와일더 걸스

와일더 걸스
Wilder Girls

로리 파워
Rory Power

박산호 옮김

어머니와 나에게

그리고 우리가 함께

이곳에 도달할 거라곤 결코

생각하지 못했던 또 다른 우리에게.

모든 것이 정반대고,

독창적이고,

남아돌면서,

기이하다

제라드 맨리 홉킨스,

〈얼룩무늬의 아름다움〉

차례

헤티

바이엇

헤티

바이엇

헤티

Hetty

1장

뭔가 있다. 저 멀리 밖의 희끄무레한 어둠 속. 나무들이 빽빽하게 자라난 잡목 숲속에서 움직이고 있다. 그것이 바스락거리며 바다로 가는 사이에 나뭇가지들이 휘어지는 모양새를 지붕에서 볼 수 있다.

크기로 봐선 코요테가 분명했다. 뒷다리로 서면 내 어깨까지 올라오는 큰 놈 같은데. 이빨이 내 손바닥에 딱 맞는 칼처럼 큼지막한 놈. 나는 끝부분이 울타리 사이를 뚫고 들어온 코요테 이빨을 발견한 적이 있어서 안다. 나는 그걸 잡아 빼서 내 침대 밑에 숨겼다.

숲에서 또 요란한 소리가 나더니 다시 조용해졌다. 평지붕 맞은편에 있는 바이엇이 총을 내린 다음 난간에 올려놨다. 도로는 텅 비어 있었다.

나는 만일을 대비해 계속 총을 겨눈 채 조준기에 왼쪽 눈을 댔다. 오른쪽 눈은 '그것'이 재발했을 때 멀어버렸다. 위아래 눈꺼풀이 딱 붙어 버렸고, 그 밑에서 뭔가 자라고 있었다.

여기 있는 우리 모두 이런 식이었다. 기이한 병이 생겼지만 이유는 우리도 모른다. 우리의 몸속에서 뭔가 불쑥 터져 나오거나, 몸의 이런저런 부위가 사라지거나, 떨어져 나갔다. 그런 후에 그 부분은 딱딱해졌다가 다시 부드러워지면서 원래 몸에 동화됐다.

조준기로 본 정오의 태양에 온 세상이 하얗게 표백돼 있었다. 숲이 섬의 가장자리까지 뻗어 나가고, 그 너머로 바다가 보였다. 항상 그렇듯 주위에 빽빽하게 자란 소나무들이 우리가 있는 건물 위로 높이 솟아 있었다. 참나무들과 자작나무들의 잎이 떨어진 곳이 군데군데 비어 있었지만, 지붕처럼 하늘을 뒤덮은 나뭇잎들이 촘촘하게 연결돼 있었고, 솔잎들은 서리가 내려 뻣뻣해졌다. 그 사이를 라디오 안테나가 뚫고 올라왔지만 이제 신호도 잡히지 않아 아무짝에도 쓸모가 없다.

길 저쪽에서 누군가 소리를 질렀다. 저 숲 밖에서 보트 근무조가 학교로 돌아오고 있다. 섬을 가로질러 과거에 연락선들이 오가던 부두에서 해군이 배달해 주는 배급 식량과 옷가지들을 받으러 갔다가 학교로 돌아오는 이 여정에 참가할 수 있는 사람은 몇 안 된다. 나머지는 학교에 남아 그들이 무사히 돌아오기를 기도할 뿐이다.

보트 근무조에서 제일 키가 큰 웰치 선생님이 문 앞에 멈춰 자물쇠를 가지고 실랑이를 하다가 마침내 문이 열리자, 추위에 볼이 벌게진 근무조가 비틀거리며 들어왔다. 셋 다 돌아왔는데 어깨에 메고 온 통조림들과 고기와 각설탕의 무게 때문에 허리를 구부리고 있었다. 웰치 선생님이 돌아서서 교문을 닫았다. 우리 학교의 최고령 학생보다 겨우 다섯 살이 많은 그녀는 교사 중에서 가장 젊다. 과거에 웰치 선생님은 우리 기숙사에서 같이 살면서 통행금지 시간을 어기는 학생이 있을 땐 못 본 척해줬다. 하지만 이제는 간밤에 누가 죽진 않았는지 확인하려고 아침마다 우리 숫자를 철저히 세고 있다.

웰치 선생님이 이상 없다는 신호로 손을 흔들자, 바이엇도 거기에 화답해 손을 흔들었다. 나는 교문을 감시하고, 바이엇은 도로를 감시한다. 가끔 우리는 감시 구역을 바꾸지만, 내 눈으론 먼 곳이 잘 보이지 않아서 다시 바꾼다. 어쨌든 난 이 자리에 들어올 수 있는 여자애들의 절반 정도는 너끈히 이길 정도로 사격 실력이 쓸 만하다.

보트 근무조의 마지막 소녀가 현관으로 들어가 우리의 시야에서 사라졌다. 이것으로 우리가 맡은 보초 근무는 끝났다. 교대할 사람을 위해 총알을 빼서 박스에 넣어둔다. 혹시 모르니 총알 하나는 주머니에 찔러 넣어두고.

우리 학교 지붕은 평지붕이라 3층에서 2층으로 걸어서 내려갈 수 있게 경사가 완만하다. 거기서 지붕의 가장자리를 넘어 열린 창문을 통해 건물 안으로 들어간다. 전에 스커트를 입고 양말을 신고 있을 때는 그러기가 훨씬 더 힘들었다. 무의식적으로 무릎을 딱 붙이고 있어야 한다고 생각해서였다. 하지만 그건 오래전 일이고, 찢어진 청바지를 입고 있는 지금은 거칠 것이 없다.

바이엇은 내 뒤를 따라 지붕에서 내려오다가 창틀에 또 신발로 긁은 자국을 남겼다. 그녀는 머리를 한쪽 어깨 너머로 넘겼다. 나처럼 직모에 밝고 선명한 갈색 머리다. 거기다 깨끗하다. 이곳에선 먹을 빵은 없어도 샴푸는 항상 떨어지지 않는다.

"뭐가 보여?" 그녀가 내게 물었다.

나는 어깨를 으쓱했다. "아무것도 없어."

아침을 먹으나 마나 해서 배가 고파 팔다리가 덜덜 떨리는 게 느껴졌다. 바이엇도 그럴 테니까 우리는 점심을 먹기 위해 얼른 천장이 높고 큰 1층 홀로 내려갔다. 홀에는 여기저기 흠집이 생기고 한쪽으로 기울어진 테이블들, 벽난로 하나, 등받이가 높은 소파들이 놓여 있었다. 추위를 피해 불을 때려고 소파 속은 전부 다 찢어서 들어냈다. 그리고 우리, 우리 모두는 웅성거리는 소리를 내며 살아 있다.

그것이 시작될 무렵에는 약 백 명 정도의 여학생과 교사 스무 명이 있었다. 낡은 학교의 부속 건물 두 채를 전부 채우는 인원이었는데 요즘엔 하나면 충분하다.

보트 근무를 나갔던 소녀들이 큰 소리를 내며 현관문으로 들어와, 들고 온 가방들을 바닥에 떨어뜨렸다. 모두 미친 듯이 음식을 향해 달려갔다. 그들은 우리에게 주로 통조림에 든 음식들을 보냈고, 가끔은 육포를 보내기도 했다. 신선한 음식은 거의 없었고, 모두 먹을 정도로 충분한 적도 없었다. 평상시엔 웰치 선생님이 주방의 잠가놓은 벽장을 열고 거기 있는 음식을 아주 조금씩 나눠주는 게 전부였다. 하지만 오늘은 배달의 날로 보트 근무조 아이들이 등에 짊어지고 온 새로운 물품이 왔다. 이 말은 웰치 선생님과 교장 선생님은 뒤로 물러나고, 우리들이 음식을 하나씩 가져가려고 싸우게 놔둔다는 뜻이다.

하지만 바이엇과 나는 싸울 필요가 없었다. 리스가 바로 문 옆에 있다가 우리를 위해 봉투 하나를 옆으로 빼놨다. 다른 사람이 그런 짓을 했다면 다들 가만히 있지 않았겠지만, 리스인지라—왼손 손가락들에 날카로운 비늘이 돋아 있다—모두 아무 말도 하지 않았다.

리스는 마지막에 병에 걸린 소녀 중 하나였다. 어쩌면 리스는 병에 걸리지 않을지도 모른다고, 그녀는 안전할지도 모르겠다고 나는 생각했는데. 그러다 그 증세가 시작됐다. 볼 때마다 미묘하게 색조가 달라지는 그 은색 비늘들은 마치 그녀의 몸속에서 돋아난 것처럼 피부 밖으로 좍 펼쳐지면서 자라났다. 우리 학년의 다른 아이에게도 같은 증상이 나타났다. 그 비늘들이 전신으로 퍼지면서 그녀의 피를 식혔다. 그녀는 결국 잠에서 깨어나지 못했다. 그래서 우리는 리스 역시 그렇게 끝장나리라 생각해 그녀를 위층으로 옮기고, 그것이 그녀를 죽이기를 기다렸다. 하지만 그런 일은 일어나지 않았다. 리스는 위층 양호실에 있다가 다시 우리 곁으로 돌아왔다. 왼손은 야생의 짐승 같았지만, 리스는 여전히 리스였다.

리스는 그 봉지를 찢어서 열고, 나와 바이엇이 그 속을 뒤지게 놔뒀다. 내 위장은 오그라들고, 입속은 침으로 가득 찼다. 이 봉지 속에 뭐가 있든 난 먹을 것이다. 하지만 우리는 엉뚱한 봉지를 골랐다. 봉지 속에는 비누와 성냥과 펜 한 상자와 총알 한 상자가 들어 있었다. 맨 밑에 오렌지가 하나 있었다. 껍질 부분이 살짝 썩어가기 시작했지만 진짜 오렌지였다.

우리는 동시에 그걸 낚아챘다. 리스의 은빛 손이 내 멱살을 잡았다. 그 비늘들 밑에서 열기가 느껴졌지만 나는 그녀를 바닥으로 던지고, 그녀의 얼굴 옆을 무릎으로 밀쳤다. 그리고 바이엇에게 돌진해 그녀의 목을 내 어깨와 팔뚝으로 눌렀다. 둘 중 한 사람이 나를 찼는데 누군지는 알 수 없었다. 누군가 내 뒤통수를 세게 치는 바람에 내 몸이 계단으로 쏠렸고, 결국 계단 가장자리에 코를 세게 부딪쳤다. 순간 눈앞이 하얘지는 고통이 밀려왔다. 다른 아이들이 소리를 지르며 우리를 둘러쌌다.

누군가 내 머리채를 휘어잡고 날 끌어올려서 밀어냈다. 내가 몸을 비틀며 힘줄이 있는 부분을 물어뜯자 그녀가 신음 소리를 냈다. 내 이빨의 힘이 줄어들었고, 내 머리채를 잡은 그녀의 손도 풀렸다. 그래서 우리는 비틀거리며 서로에게서 떨어졌다.

나는 고개를 흔들어 눈에서 뿜어져 나오는 피를 털어버렸다. 리스가 계단에 널브러진 채, 한 손에 오렌지를 들고 있었다. 그녀의 승리였다.

2장

우리는 그것을 톡스라 불렀다. 첫 몇 달간 학교에선 톡스로 우리를 가르치려 들었다. 서구 문명에서는 바이러스로 인한 발병도 하나의 역사니까. 라틴어의 어근인 "톡스". 조제약의 제약을 받는 메인주. 학교란 게 항상 그렇듯 교사들은 피 묻은 옷을 입고도 칠판 앞에 서서, 일주일 후에도 우리 모두 살아 있을 것처럼 시험 날짜를 정했다. 세상은 멸망하지 않을 것이고, 우리의 교육도 끝나지 않을 거라고 교사들은 말했다.

식당에서의 아침 식사. 수학, 영어, 프랑스어 수업. 점심시간 이후 사격 연습. 그런 다음에 신체검사를 받았다. 웰치 선생님은 응급 처치로 사람들의 상처에 붕대를 감아줬고, 교장 선생님은 검사라는 명목하에 바늘로 우리의 피부를 찔러댔다. 모두 다 모여서 저녁을 먹고 밤새 문단속을 철저히 한 후에 잤다. 그 시절 웰치 선생님은 우리에게 종종 이렇게 말했다. 아니, 너희들이 뭣 때문에 아픈지 나는 몰라. 그리고 이렇게도 말했다. 그래, 너희들은 괜찮을 거야. 그래, 너희들은 곧 집에 갈 거야.

그런 나날은 금방 지나갔다. 톡스 때문에 교사들이 하나둘씩 쓰러지면서 수업은 계속 휴강됐다. 교칙들은 먼지가 되어 허공으로 사라졌고, 기본 중에서도 가장 기본적인 규칙만 간신히 남아 있었다. 그래도 우리는 여전히 이 사태가 끝나기를 손꼽아 기다렸고, 매일 아침 카메라들과 스포트라이트들이 날아올 거라고 믿으며 하늘을 살펴봤다. 본토 사람들은 우리에게 신경쓰고 있어, 웰치 선생님은 항상 그렇게 말했다. 그들은 교장 선생님이 해안에 있는 내쉬 해군 캠프에 연락해 도움을 청한 그 순간부터 우리에게 신경 쓰고 있으며 치료제를 찾고 있다고 했다. 보트 근무조가 제일 처음 가져온 보급품에는 쪽지가 하나 들어 있었다. 해군 전용 편지지에 타자로 쳐서 서명한 내용은 다음과 같았다.

발신: 국방부 해군 함장, 화학/생물학 사건 대응군(CBIRF), 내쉬 캠프 책임자, 질병 관리 센터(CDC)

수신: 렉스터섬의 렉스터 여학교

주제: CDC가 권고하는 격리 절차

완전한 격리 절차를 즉각 시행할 것. 안전과 전염된 초기 상황을 그대로 유지하기 위해 학생들과 교사들은 교내에만 머물러 있어야 함. 보급 물자 회수를 위해 권한을 부여받은 인원을 제외한 다른 사람이 학교 담을 넘어가는 행위는 격리 조치를 위반한 것으로 간주.

별도의 지시가 있을 때까지 전화와 인터넷 연결은 종료되며, 일체의 통신은 공식적인 무선 채널로만 가능. 모든 정보는 사실상 기밀로 간주.

보급품은 서쪽 부두에 내려주는 경로로 배송될 예정. 시간과 날짜는 내쉬 캠프 등대를 통해 통보.

질병의 진단과 치료는 현재 연구 중임. 국내 관련 시설들과 CDC가 협력해서 치료제를 개발 중. 완성되면 보낼 예정.

기다리면서 살아 있기. 우린 그게 쉬울 거라고 생각했다. 다 같이 학교 안에서, 야생의 숲에서 떨어져 안전하게, 숲속에서 점점 더 굶주리면서 기이하게 변해 가는 동물들로부터 안전하게 있기 쉬울 거라고 생각했다. 하지만 학생들의 숫자는 계속 줄어들었다. 소녀들은 병 때문에 숨을 쉴 수 없을 정도로 몸이 망가졌고, 상처들은 도무지 낫지 않았고, 때로는 열병 같은 폭력의 열기에 사로잡혀 서로 공격하는 소녀들도 나왔다. 그런 일은 여전히 일어나고 있다. 그때와 지금의 유일한 차이점은 이제 우리가 할 수 있는 일이 자신과 자기 사람들을 돌보는 것뿐이란 사실을 알아차렸다는 것이다.

리스와 바이엇은 내 사람들이고, 나는 그들의 사람이다. 나는 학교 게시판을 지나가는 길에 아직도 거기에 압정으로 꽂혀 있는 해군의 편지, 끝이 동그랗게 말려 올라간 채 누렇게 바래지는 그 편지를 두 손가락으로 쓸어보며 그 둘을 위해 기도한다. 그 편지는 우리의 부적이자 해군이 한 약속의 유물로 남아 있다. 치료제는 오는 중이다, 우리가 살아 있는 한.

리스는 은빛 손톱 하나를 오렌지에 찔러 넣어서 껍질을 벗기기 시작했고, 나는 억지로 고개를 돌렸다. 이렇게 신선한 음식이 들어오면 그걸 손에 넣기 위해 우리는 싸운다. 리스는 그것만이 분배 문제를 해결할 수 있는 유일하게 공정한 방법이라고 했다. 거저 주는 것도 아니고, 동정해서 주는 것도 아니다. 리스는 자신의 힘으로 쟁취했다는 느낌이 들지 않는 한 결코 그 오렌지를 취하지 않았을 것이다.

주위에 있는 다른 아이들은 소용돌이처럼 큰 웃음소리를 내면서 가방마다 쏟아져 나온 옷가지들을 뒤지고 있었다. 해군은 여전히 우리 모두가 입을 수 있을 정도로 넉넉하게 옷을 보내온다. 이제는 그걸 입을 만큼 몸집이 작은 아이들이 없는데도 아주 작은 부츠들과 셔츠들이 계속 도착한다.

그리고 재킷이 있다. 해군은 재킷만큼은 계속 보내줬다. 풀에 서리가 내리기 시작한 후로 그랬다. 톡스가 처음 시작된 계절은 봄이었고, 그해 여름에는 교복 스커트와 버튼다운 셔츠만으로도 충분했지만, 항상 그렇듯 메인주의 겨울은 긴 데다 무시무시하게 추웠다. 우리는 대낮에도 벽난로를 피웠고, 해군에서 지급한 발전기들은 어둠이 깔린 후에도 계속 돌아가다가 어느 날 몰아친 폭풍에 모두 박살 났다.

"너 피 난다." 바이엇이 말했다. 리스는 셔츠 끝자락을 잘라 내 얼굴에 던졌다. 나는 그걸로 상처를 꾹 눌렀다. 코에서 쩍 소리가 났다.

우리가 있는 1층 홀 위의 중이층에서 뭔가 긁는 소리가 났다. 모두 고개를 들었다. 나보다 1년 선배인 모나, 빨간 머리에 얼굴형이 하트 모양인 모나가 3층 양호실에 갔다가 돌아왔다. 그녀는 지난 계절에 병이 재발한 후 아주 오랫동안 그곳에 머물 렀다. 모나가 다시 돌아오리라 기대한 사람은 아무도 없을 거라 는 생각이 들었다. 그날 그녀의 얼굴에서 어떻게 김이 펄펄 나 다가 갈라졌는지, 이미 그녀가 죽기라도 한 양 사람들이 그녀의 얼굴을 시트로 가린 채 어떻게 그녀를 양호실로 데려갔는지, 지 금도 생생히 기억난다.

이제 그녀에겐 뺨을 가로지르는 격자 모양의 흉터들이 생 겼고, 머리 주위가 마치 후광이 비치는 것처럼 환해졌다. 리스 도 그런데. 톡스 때문에 땋아 내린 금발 주위가 마치 후광이 비 치는 것처럼 환해졌다. 그건 리스만의 특징인 줄 알았는데 모나 에게도 보여서 깜짝 놀랐다.

"안녕." 모나가 비틀거리면서 말하자 그녀의 친구들이 모 두 그녀 주위에 몰려들었다. 다들 미소를 지으며 손을 흔들었 지만, 멀찍이 떨어져 서 있었다. 병이 옮을까 두려워서 그런 건 아니었다. 톡스의 정체가 뭐든 우린 이미 다 걸렸으니까. 그저 이렇게 형편없이 망가진 그녀의 모습을 보기가 두려웠다. 언젠 가는 이런 일이 우리에게도 일어날 것을 알고 있어서다. 우리가 할 수 있는 일이라곤 그저 톡스를 이겨내고 끝까지 버텨내길 바라는 수밖에 없다는 걸 알기 때문에.

"모나, 네가 괜찮다니 정말 다행이야." 그녀의 친구들이 말 했다. 하지만 그걸 끝으로 더는 말을 잇지 않은 채 저물어 가는 햇살이 비치는 밖으로 나갔다. 나는 모나만 소파에 남아 자신의 무릎을 물끄러미 보고 있는 모습을 지켜봤다. 이제 그들 무리에 그녀의 자리는 없었다. 그들은 모나가 없는 상황에 익숙해졌다.

나는 계단의 나뭇조각이 떨어져 나간 부분을 발로 차면서 리스와 바이엇을 바라봤다. 나는 저 둘이 없는 상황에 결코 익숙해지지 못할 거란 생각이 들었다.

바이엇이 기묘하게 이마를 살짝 찡그린 채 일어났다. "여기서 잠깐만 기다려." 그녀는 그렇게 말하고 모나에게 갔다.

둘은 잠시 이야기를 나눴다. 바이엇이 고개를 숙여서 모나의 귀에 대고 무슨 말을 속삭이고 있었다. 반짝이는 모나의 머리카락이 바이엇의 피부를 스치자 그 부분이 순식간에 불그스름해졌다. 그러다 바이엇이 허리를 펴 일어섰고, 모나는 바이엇의 팔뚝 안쪽을 엄지손가락으로 눌렀다. 둘 다 조금 당황한 표정이었다. 한순간이었지만 내가 똑똑히 봤다.

"안녕, 헤티."

나는 돌아섰다. 교장 선생님이었다. 선생님은 전보다 더 말라서 얼굴 윤곽이 보다 날카로워 보였다. 회색 머리카락은 단단하게 쪽을 졌고, 셔츠는 단추를 하나도 빼지 않고 턱까지 채웠다. 그리고 입 주위에 얼룩이 져 있었다. 항상 입술 밖으로 흘러나오는 피 때문에 생기는 희미한 분홍색 얼룩이었다. 교장 선생님과 웰치 선생님의 증상은 좀 달랐다. 다른 교사들처럼 몸의 이런저런 부분들이 떨어져 나가거나 우리처럼 몸의 형태가 달라지지도 않았다. 대신 혓바닥에 계속 여러 개의 상처가 생겨 피가 흘렀고, 사지가 항상 가볍게 떨렸다.

"안녕하세요, 교장 선생님." 내가 인사했다. 교장 선생님은 상황이 이렇게까지 전락하자 많은 걸 눈감았지만 예의범절은 절대 포기하지 않았다.

선생님은 홀 저쪽에서 바이엇이 여전히 모나에게 고개를 숙인 채 이야기를 나누고 있는 곳을 향해 턱을 끄덕여 보였다. "쟤는 어떻게 지내고 있니?"

"모나요?" 내가 물었다.

"아니, 바이엇."

바이엇은 지난여름 이후로 재발하지 않았지만, 곧 할 것 같았다. 톡스 증상은 계절마다 돌아오는데 전보다 훨씬 더 악화돼서 결국 더는 견딜 수 없게 되는 지경에 이른다. 하지만 지난번의 발작 이후로 그녀의 증상이 어떻게 더 심해질 수 있을지는 상상이 가지 않았다. 바이엇은 겉보기에 달라진 점이 없었다. 그저 목이 아픈 증상이 좀처럼 가시지 않았고, 등 밑의 허리 쪽에 깔쭉깔쭉하게 솟아오른 뼈의 일부분이 살을 뚫고 나왔다. 그때 그녀가 어땠는지는 하나도 빠짐없이 다 기억난다. 그때 바이엇의 몸에서 피가 얼마나 많이 흘렀는지, 핏방울은 우리가 같이 쓰는 낡은 매트리스를 통과해 침대 밑 마룻바닥까지 뚝뚝 떨어졌다. 척추 아래의 피부가 찢어져 벌어졌을 때 그녀가 얼마나 혼란스러운 표정을 지었는지도 전부 생생하다.

"바이엇은 괜찮아요. 하지만 슬슬 재발할 때가 되긴 했죠."

내가 말했다.

"그 말을 들으니 안타깝구나." 교장 선생님이 말했다. 그녀는 모나와 바이엇이 이야기를 나누는 모습을 조금 더 지켜보면서 얼굴을 찌푸리고 있었다. "너희들과 모나가 친한 줄은 몰랐네."

대체 교장 선생님이 언제부터 그런 거에 신경을 썼나? "그냥 상냥하게 대하고 있는 거겠죠."

그러자 교장 선생님은 내가 아직도 여기 서 있어서 놀란 것처럼 나를 바라봤다. "착하네." 그녀는 그렇게 말하고 홀을 가로질러 교장실이 있는 복도로 걸어갔다.

톡스가 발생하기 전까지는 교장 선생님을 매일 봤지만, 톡스가 발행한 후부터 선생님은 양호실에서 왔다 갔다 걸어 다니거나, 문을 잠근 교장실 안에서 무전기에 딱 붙어 해군이나 CDC와 연락했다.

애초에 이 건물은 핸드폰이 터지지 않았고—학교 소개 책자에 따르면 그것이 이 건물의 특징이었다—톡스가 발생한 첫날 해군이 일반 전화선까지 끊어버렸다. 모든 것을 기밀로 유지하기 위해. 정보를 관리하기 위해. 하지만 적어도 초반에는 무전으로 가족과 이야기를 나눌 수 있었고, 부모들이 우리 때문에 우는 소리를 들을 수 있었다. 그러다 그것마저 차단됐다. 정보가 새어 나가고 있어서 취한 조치라고 해군이 말했다.

교장 선생님은 굳이 우리를 위로하려고 애쓰지도 않았다. 그때쯤엔 이미 위로고 뭐고 할 상황이 아니었다.

바이엇이 우리에게 돌아왔을 때 교장실 문은 굳게 닫힌 채 안에서 잠겼다.

"모나랑 무슨 이야기를 그렇게 했어?" 내가 물었다.

"아무것도 아니야." 바이엇은 그렇게 대답하면서 리스를 잡아 일으켜 세웠다. "어서 가자."

우리 학교인 렉스터 스쿨은 이 섬의 동쪽 끝에 있는, 아주 큰 부지에 자리 잡고 있다. 삼면이 바다로 둘러싸여 있고, 교문은 마지막 사면에 있다. 교문 너머로는 숲이 펼쳐지는데, 숲에는 교내에 있는 것과 같은 종류의 소나무와 가문비나무 들이 있지만, 새 나무의 몸통들이 오래된 것들의 몸통을 휘감으며 자라서 아주 빽빽하게 뒤엉켜 있었다. 우리 쪽 학교 담장은 예전처럼 단정하고 깨끗하다. 오직 우리만 달라졌다.

리스는 끝도 없이 부는 바람에 여기저기 깎이고, 거북의 등껍질처럼 조각조각 파여 있는 바위들이 있는 곳까지 우리를 데려왔다. 이제 우리는 나란히 앉아 있었다. 바이엇이 가운데 있었고, 차갑고 세찬 바람이 그녀의 머리카락을 앞으로 휘날리게 했다. 오늘은 바다도 잔잔했고, 파란 하늘은 아니지만 맑았으며, 시야에 걸리는 건 하나도 없었다. 교정 너머로 보이는 바다는 급경사로 뚝 떨어져서 모래톱들을 삼킨 채 해류를 끌어당기고 있었다. 바다에는 떠 있는 배 한 척조차 없었고, 육지도 보이지 않아서, 저 멀리 어딘가에 여전히 바깥세상이 존재하며, 우리를 제외한 모두가 그곳에서 변함없이 살아가고 있다는 사실을 일깨워 줄 만한 것도 보이지 않았다.

"좀 어때?" 바이엇이 물었다. 그녀가 물어본 이유는 멀어버린 내 눈 위의 흉터가 이틀 전 아침에 크게 부풀어 올랐기 때문이다. 그것은 톡스가 발생한 초기의 흔적이자, 우리에게 무슨일이 일어나고 있는지 이해하지 못했던 상황을 상기시켜 주는상징이기도 했다.

갑자기 오른쪽 눈이 멀어버리면서 위아래 눈꺼풀이 딱 붙어버린 것이 내 톡스의 첫 증상이었다. 그걸로 끝난 줄 알았는데 그러다 닫혀버린 눈 속에서 뭔가가 자라기 시작했다. 바이엇은 그게 세 번째 눈꺼풀이라고 생각했다. 아프진 않았지만 미칠 듯이 가려웠고, 그 속에서 뭔가가 움직이는 걸 느낄 수 있었다. 그래서 나는 눈꺼풀을 찢어서 열어보려고 시도했다.

어리석은 짓이었다. 이 흉터가 그 증거다. 기억은 거의 나지않지만 바이엇의 말에 의하면, 내가 보초 근무 도중에 들고 있던 소총을 떨어뜨리고 뭔가에 쐰 사람처럼 내 얼굴을 할퀴기시작하면서, 딱딱하게 딱지가 생겨 붙어 버린 눈꺼풀 사이를손톱으로 쑤셔대며 내 살을 잡아 뜯었다고 말했다.

흉터는 대체로 아물었지만, 가끔 그곳이 찢어지거나 벌어지면서 눈물 같은 핏방울이 뺨으로 흘러내렸다. 피라기보다는피고름이 섞인 분홍색 물방울에 가까웠지만. 보초 근무를 서고 있을 때는 눈 말고도 생각할 게 많았고, 지금은 그렇게 상태가 나쁘지 않지만, 피부 속에서 심장이 쿵쿵 뛰는 걸 느낄 수 있었다. 아무래도 감염된 것 같았다. 당장은 그게 걱정거리조차 될 수 없는 상황이긴 해도.

"여기 꿰매줄 수 있어?" 나는 불안해하는 목소리를 내지 않으려 했지만 어쨌든 바이엇은 내 말을 들었다.

"그렇게 안 좋아?"

"아니, 그냥."

"거기 씻긴 했어?"

리스는 만족스러워하는 소리를 냈다. "그거 그렇게 벌어진 채로 놔두지 말라고 내가 그랬지."

"이리 와봐. 어디 한번 보자." 바이엇이 말했다.

나는 바위 위에서 자세를 바꿔 내 앞에 무릎을 꿇고 앉은 바이엇에게 턱을 들어 보였다. 바이엇은 손가락으로 상처를 조심스럽게 쓰다듬으면서 내 눈꺼풀을 쓸어내렸다. 순간 그 밑에 있는 뭔가가 움찔했다.

"아프겠는데." 그녀는 그렇게 말하며 주머니에서 바늘과 실을 꺼냈다. 내 눈에 처음 흉터가 생긴 후로 바이엇은 항상 바늘과 실을 가지고 다녔다. 우리 셋 중에서는 바이엇이 열일곱 살에 가장 가까웠고, 이런 때면 그 차이를 느낄 수 있었다. "좋아, 움직이지 마."

바이엇이 바늘을 내 살에 찔러 넣자 고통이 느껴졌지만, 소소한 정도라 찬바람에 날려버릴 수 있었다. 나는 바이엇에게 윙크를 해서 웃겨보려고 했지만, 그녀는 미간을 찌푸린 채 고개를 저었다.

"움직이지 말라고 했잖아, 헤티."

그때까진 좋았다. 바이엇과 내가 이렇게 마주 보고 있고, 그녀가 옆에 있으니 나는 안전했다. 그러다 바이엇이 바늘을 너무 깊숙이 찔러 넣자 나도 모르게 허리가 푹 수그러졌다. 눈이 멀 것 같은 통증이 시작돼 사방으로 퍼져갔다. 내 주위의 세상이 온통 물바다가 됐다. 피가 귓속으로 줄줄 흘러내리는 걸 느낄 수 있었다.

"맙소사. 헤티, 너 괜찮아?" 바이엇이 물었다.

"그래 봤자 고작 몇 바늘 꿰매는 거잖아." 리스가 말했다. 리스는 눈을 감은 채 바위 위에 누워 있었다. 머리가 어질어질한 극심한 고통 속에서도 셔츠가 올라가 드러난 리스의 허연 뱃살이 언뜻 보였다. 리스는 한 번도 추위를 탄 적이 없었다. 오늘처럼 숨을 쉴 때마다 하얗게 입김이 피어오르는 추운 날에도.

"응." 내가 대답했다. 리스의 손은 내 눈과 달리 그녀를 아프게 한 적이 없었다. 나는 그녀에게 한바탕 소리를 지르고 싶은 마음을 겨우 참았다. 이런 문제로 성질을 내지 않아도 싸울 일은 차고 넘치니까. "계속해."

바이엇이 뭐라고 말하기 시작했을 때 정원 근처에서 누군가 소리를 질렀다. 우리는 고개를 돌려 누구의 첫 증상이 시작됐는지 봤다. 렉스터는 고등학교까지 합쳐 6학년제를 운영하고 있어서 이곳에서 가장 어린 소녀는 이제 열세 살이었다. 이 재앙이 시작됐을 때 그들은 열한 살이었고, 이제 그것이 아이들을 망가뜨리기 시작했다.

하지만 별일은 아니었다. 우리와 같은 학년인 다라, 손가락에 물갈퀴가 생긴 아이가 바위 무더기가 시작되는 곳에서 기다리고 있었다.

"사격 시간이야. 웰치 선생님이 사격 수업한다고 그러셨어." 다라가 우리에게 소리쳤다.

"어서 가자." 바이엇이 꿰매던 자리에 매듭을 지어 묶고 일어나 내게 손을 내밀었다. "나머지는 저녁 먹고 나서 해줄게."

✦ ✦ ✦

톡스 발생 전에도 사격 수업은 있었다. 학교가 시작됐을 때부터 전해 내려온 전통이지만 이젠 그때와 사정이 다르다. 이전에는 졸업반 학생들만—그리고 리스, 리스는 섬에서 사격 실력이 가장 좋다. 그녀가 다른 모든 면에서 탁월하듯 사격 실력도 타고 났다—하커 씨와 같이 숲속으로 가서 그가 땅바닥에 줄줄이 세워 놓은 탄산음료 캔들을 과녁 삼아 연습했다. 나머지 학생들은 총을 안전하게 다루는 법에 대한 수업을 들었지만 하커 씨가 항상 늦게 와서 결국엔 자유 시간이 되고 말았다.

하지만 톡스 때문에 하커 씨는 사라졌고, 리스는 총을 잡는 손이 망가지고 변형된 탓에 방아쇠를 제대로 당길 수 없게 됐다. 사격 연습은 이제 사냥 연습으로 변했다. 우리에겐 죽여야 할 것들이 생겼으니까. 우리는 며칠에 한 번씩 해 질 녘에 표적을 명중시킬 때까지 연습을 했다.

웰치 선생님은 우리가 준비되어 있어야 한다고 말했다. 자신을 보호하기 위해, 서로를 지키기 위해. 톡스가 발생한 첫해 겨울에 여우 한 마리가 담장의 창살 사이를 비집고 교내로 들어왔다. 보초 근무를 서던 여자아이가 여우를 발견했지만 집에서 키우던 개 생각이 나서 총으로 쏘지 못했다고 했다. 그래서 그 여우는 담장을 통과해 학교 뒤쪽에 있는 테라스까지 들어왔다. 그리고 학교에서 가장 어린 소녀를 구석에 몰아넣고 목덜미를 찢어발겨 버렸다.

우리는 섬의 돌출된 땅 가까이 있는 헛간에서 미닫이문을 양쪽으로 끝까지 밀어 열어놓고 오발탄들이 바다로 날아가게 한 상태에서 사격을 연습했다. 전에는 그곳에 말 네 마리가 있었지만, 우리는 톡스가 발생한 첫 계절에 톡스가 사람의 몸에만 들어오는 게 아니라 말들의 몸속에도 들어가 어떤 영향을 미치는지를 목격했다. 톡스 때문에 말들의 뼈는 살을 뚫고 나왔고, 말들이 끔찍한 비명을 지를 때까지 몸이 늘어났다. 그래서 우리는 말들을 물가로 데려가 총으로 쏴 죽였다. 헛간은 이제 비어 있었고, 우리는 거기에 줄줄이 들어가 차례가 돌아오길 기다렸다. 우리는 표적을 향해 쏴야 했고, 명중시키기 전까지는 나갈 수 없었다.

웰치 선생님은 대부분의 총기와 동물들의 상태에 대해 들은 다음부터 해군이 보내기 시작한 총알 들을 벽장에 넣고 잠가놓았다. 그래서 우리는 톱질 모탕과 얇은 합판으로 만든 테이블 위에 놓인 엽총 한 자루와 탄약 상자만을 가지고 연습했다. 우리가 보초 근무를 설 때 들고 있는 소총과는 다르지만, 웰치 선생님은 그래도 항상 총은 총이라 말씀하셨고, 우리가 매번 그 엽총을 쏠 때마다 리스의 턱 근육은 씰룩거리곤 했다.

나는 헛간의 문 위로 올라갔고, 바이엇이 내 뒤를 따라 올라오면서 문이 흔들거리는 게 느껴졌다. 리스는 우리 사이에 구부정하니 앉아 있었다. 리스는 손 때문에 사격이 허락되지 않았지만, 그래도 매일 따라와 한껏 긴장한 표정으로 말없이 표적을 지켜봤다.

전에는 이름의 알파벳 순서대로 연습했지만 우리는 눈이나 손이나 성(姓)과 같은 수많은 것들을 잃어버렸다. 그래서 요즘은 상급생들부터 시작한다. 대부분 몇 번 만에 명중할 정도로 실력이 좋아서 금방 빠져나갔다. 줄리아와 카슨은 두 번 만에 명중시킨 후, 랜드리가 셀 수 없이 총을 쏘는 동안 굴욕스러울 정도로 오래 기다렸다. 다음은 우리 학년 차례였다. 바이엇은 세 번 만에 끝냈다. 그 정도면 훌륭하지만, 학교에서 바이엇과 나를 짝 지어준 이유가 있었다. 바이엇이 명중시키지 못하면, 내가 할 거니까.

바이엇이 내게 엽총을 건넸고, 나는 워밍업으로 곱은 손에 입김을 불어 데운 후, 그녀가 섰던 자리로 가서 총을 어깨에 올리고 겨냥했다. 숨을 들이마시고, 집중하고, 내쉰 후, 손가락으로 방아쇠를 세게 잡아당겼다. 총소리에 온몸이 흔들렸다. 이거야 껌이지. 사격이야말로 내가 바이엇보다 잘하는 유일한 장기다.

"잘했다, 헤티." 웰치 선생님이 외쳤다. 뒤쪽에 서 있던 누군가가 그 말을 따라 하며 웃었다. 나는 눈동자를 굴리고, 총을 임시로 만든 테이블 위에 올려놓고, 헛간 문 옆에 서 있는 리스와 바이엇 옆으로 갔다.

보통은 나 다음엔 캣이었지만, 잠시 이리저리 발이 끌리는 소리, 훌쩍이는 소리가 들리더니 누군가 모나를 한가운데로 밀어 넣었다. 모나는 비틀거리며 한두 발짝 걸은 다음, 똑바로 서서 조금이라도 동정해 주는 눈빛을 기대하며 주위에 있는 소녀들의 얼굴을 훑어봤다. 하지만 그런 얼굴은 보이지 않았을 것이다. 요즘은 자신을 불쌍히 여기기도 바쁘니까.

"전 이번에는 빠져도 될까요?" 모나는 웰치 선생님에게 고개를 돌리며 말했다. 모나의 표정은 침착했지만, 밀랍처럼 창백했고, 가만히 서 있질 못했다. 모나는 이번에는 빠질 수 있을 뻔했다. 하지만 그러면 우리들이 가만 있지 않을 것이고, 웰치 선생님도 마찬가지였다.

"유감스럽지만 안 돼. 어서 시작해라." 웰치 선생님이 고개를 흔들며 말했다.

모나가 또 뭐라고 했지만, 목소리가 너무 작아 아무도 듣지 못했다. 그녀는 테이블로 갔다. 거기에 총이 놓여 있었다. 그저 총을 들고 겨눈 후 쏘면 되는 일이었다. 그녀는 총을 들어서 인형처럼 팔꿈치 안쪽에 걸쳤다.

"빨리 시작해." 웰치 선생님이 말했다.

모나는 과녁을 향해 겨누고, 손가락 하나를 슬쩍 방아쇠 위에 올렸다. 모두 입을 다물고 있었다. 모나의 손이 덜덜 떨리고 있었다. 어떻게든 겨냥은 제대로 했지만, 그러느라 힘을 다

쓴 나머지 온몸이 찢어질 것 같은 모양이었나 보다.

"못 하겠어요. 도저히…… 못 하겠어요." 그녀는 총을 내리고, 내가 있는 쪽을 바라봤다.

바로 그때 모나의 목이 마치 아가미처럼 깊게 세 줄로 갈라졌다. 피는 한 방울도 흐르지 않았다. 모나가 숨을 쉴 때마다 그 속에서 마치 맥박이 뛰는 것처럼, 피부 밑에서 뭔가 씰룩거리고 있었다.

모나는 비명을 지르지 않았다. 소란을 피우지도 않았다. 그냥 그 자리에서 그대로 쓰러진 채 헉 소리를 내며 입을 벌리고만 있었다. 그녀는 계속 나를 보고 있었고, 가슴이 천천히 올라왔다. 나는 그런 그녀에게서 도저히 고개를 돌릴 수 없었다. 웰치 선생님이 허겁지겁 그녀에게 다가가 발치에 무릎을 꿇고 맥을 짚을 때까지도.

"모나를 방으로 데려가." 웰치 선생님이 말했다. 양호실이 아니라 모나의 방으로. 양호실은 결국 상태가 최악인 사람들만 가는 곳이니까. 게다가 모나는 이보다 더 심하게 아팠던 적도 있었다. 우리 모두 그랬다.

벨트 고리에 차고 다닐 수 있게 허락받은 칼로 다른 아이들과 구분되는 보트 근무조가 앞으로 나왔다. 이런 일은 항상 그들 몫이었다. 그들은 모나의 팔을 잡고 일으켜서, 학교로 데려갔다.

모두 수다를 떨면서 따라가려고 했을 때 웰치 선생님이 목청을 가다듬었다.

"여러분." 선생님은 기숙사에서 인원 파악을 할 때처럼 목소리를 길게 빼서 말했다. "내가 그만 가라고 했나요?" 아무도 대답하지 않자, 웰치 선생님은 엽총을 들어 제일 앞에 서 있는 소녀에게 건넸다. "사격 연습을 다시 시작하겠어요. 상급생부터 시작해요."

우리는 놀라지 않았다. 아까 누구까지 했는지도 잊어버렸다. 그래서 다시 줄을 서, 기다렸다가, 순서가 오면 총을 쐈다. 우리는 총에서 모나의 온기가 스며 나와 우리 손으로 들어오는 것을 느꼈다.

◆ ◆ ◆

저녁 시간엔 모두 여기저기 흩어져 있었고, 신경도 날카로워져 있었다. 전에는 적어도 다들 같은 방에 앉아서 먹었는데, 오늘은 웰치 선생님이 나눠주는 음식을 받아서 찢어졌다. 여기 홀에서 먹는 무리도 있었고, 부엌의 오래된 나무 난로 옆에 모여서 먹는 그룹도 있었다. 몸을 덥히기 위해 마지막 남은 커튼을 태우는 중이었다. 오늘처럼 모나 같은 아이가 나온 날이면 우리는 뿔뿔이 흩어지면서 다음번은 또 누가 그럴지 궁금해했다.

나는 계단 난간에 등을 기대고 앉아 있었다. 우리 그룹은 오늘 마지막으로 음식을 받는 순서라 먹을 만한 건 거의 남아 있지 않았다. 그냥 빵 한 덩어리의 양쪽 끄트머리였는데 끈적끈적한 데다 곰팡이가 피어 있었다. 내가 그 빵 조각들을 받아왔을 때 바이엇은 금방이라도 울음을 터트릴 것 같은 표정이었다. 리스가 그 오렌지 전쟁에서 공정하게 승리했기 때문에 우리 둘 다 점심을 굶었다. 하지만 다행히 보트 근무조인 카슨이 내게 유효 기간이 지난 수프를 좀 줬다. 우리는 통조림 따개가 우리에게 올 때까지 기다렸다. 그동안 리스는 바닥에 누워 낮잠을 자보려고 애를 쓰고 있었고, 바이엇은 고개를 들어 3층 양호실로 가는 계단을 막아놓은 문을 보고 있었다.

이 건물이 처음 지어졌을 때 그곳은 고용인들의 숙소였다. 좁은 복도를 따라 여섯 개의 방이 갈라져 나왔고, 그 위에 평지붕이 있고, 그 밑에 홀이 있었다. 중이층에 있는 계단을 통해서만 그곳에 갈 수 있는데, 계단 역시 낮고 기울어진 문으로 막혀 있었고, 그 문은 잠겨진 채였다.

나는 그 문을 보는 것조차 싫었고, 거기에 우리 학교에서 가장 아픈 아이들이 처박혀 있다는 사실을 생각하기도 싫었으며, 거기에 우리 모두 들어갈 공간이 있다는 사실 역시 생각하기 싫었다. 그 방들이 다 밖에서 잠겨 있다는 점도 싫었다. 설령 본인이 원했다 해도, 어떻게 사람을 그런 방식으로 가둬놓을 수 있단 말인가.

그 대신 나는 홀 건너편의 식당을 둘러싸고 있는 유리 벽들을 바라봤다. 길고 텅 빈 테이블들은 전부 불쏘시개로 쓰기 위해 부셨고, 나이프들은 우리가 손을 대지 못하도록 다 바다에 던졌다. 이곳은 본관에서 내가 제일 좋아하는 방이었는데. 학교에 처음 와서 앉을 데도 없었던 첫날은 아니었지만, 그다음부터 아침을 먹으러 왔을 때마다 바이엇이 내 자리를 맡아놨기 때문이다. 우리가 여기 온 첫해에 바이엇은 혼자였고, 아침에 일찍 일어나서 학교 주위를 산책하길 좋아했다. 식당에서 그녀를 만나면 항상 날 위해 토스트를 받아놓고 있었다. 렉스터에 오기 전에는 토스트에 버터를 발라 먹었지만 잼을 바르는 게 훨씬 더 맛있다는 걸 바이엇이 보여줬다.

식당 건너편에 있던 캣이 나와 눈을 마주치더니 통조림 따개를 들어 보였다. 나는 난간을 밀며 일어나 그녀를 향해 조심스럽게 다가가면서, 소녀 네 명이 바닥에 서로의 배를 베고 정사각형 모양으로 누워 서로 웃기려고 하는 자리를 피해 갔다.

"카슨이 너에게 인심 썼더라." 내가 다가가자 캣이 말했다. 검은색의 곧고 가는 머리카락과 생각에 잠긴 검은 눈동자를 지닌 캣. 캣은 우리 중에서도 아주 심한 톡스에 걸려 양호실에서 몇 주 동안 두 손을 묶인 채 있어야 했다. 보글보글 끓으면서 거품이 생기는 피부를 긁지 못하게 하기 위해서였다. 캣의 전신에는 하얀 마맛자국 같은 흉터들이 남아 있었고, 계절이 바뀔 때마다 매번 그 자리에 물집이 잡혀 벌겋게 부풀어 올랐다가 터지는 바람에 피를 흘리곤 했다.

나는 그녀의 목에 새로 생긴 물집을 외면하면서 미소 지었다. "저녁을 눈곱만큼 받았거든." 캣이 통조림 따개를 줬다. 나는 층계까지 돌아가는 길에 별다른 탈이 없도록 그걸 셔츠 밑 허리 밴드에 찔러 넣었다. "너희들은 잘 지내고 있어? 춥지 않아?" 캣은 친구인 린제이의 재킷에서 분리할 수 있는 플리스 안감 하나만 달랑 입고 있었다. 그 둘은 지난번 옷을 차지하는 제비뽑기에서 운이 좋지 않았다. 거기다 하루 스물네 시간 내내 지켜보고 있지 않는 한 여기서 담요를 가지고 있을 수 있는 사람도 없었다.

"우린 다 괜찮아. 물어봐 줘서 고마워. 그건 그렇고 그 수프 말이야. 통조림 딸 때 혹시 뚜껑 가장자리가 튀어나오지 않았는지 확인하고 먹어. 그렇지 않아도 걱정할 게 태산인데 보툴리눔 식중독까지 걸리면 안 되니까."

"쟤들에게 그렇게 전할게."

이것은 캣 나름의 다정함을 표현하는 방식이다. 캣은 우리와 같은 학년이고, 그녀의 엄마는 우리 아빠처럼 해군이다. 우리 학교인 렉스터와 내쉬 캠프는 여기서 몇 마일 이내에 유일하게 사람들이 사는 곳이고, 지난 몇 년에 걸쳐 이 두 곳의 관계가 아주 돈독해져서 렉스터에서 해군 가장의 딸들에게 장학금을 주고 있다. 그래서 내가 이 학교에 온 것이다. 캣도 마찬가지고. 우리는 학기가 끝날 때마다 버스를 타고 공항까지 같이 간다. 캣은 샌디에이고 기지로 가고, 나는 노퍽 기지로 간다. 캣이 나를 위해 자리를 맡아둔 적은 한 번도 없었지만, 내가 주저하면서 옆에 앉으면 생긋 웃었고, 내가 잠이 들었을 땐 어깨를 대줬다.

내가 다시 바이엇 옆에 막 앉았을 때 현관문 근처에서 소란이 일어났다. 그곳은 랜드리 패거리가 모여 있는 곳이다. 우리 학교의 전교생은 대충 열한 개에서 열두 개의 그룹으로 나눌 수 있는데, 어떤 그룹은 크고 어떤 그룹은 작지만, 그중에서 가장 큰 그룹이 랜드리를 중심으로 모여 있다. 랜드리는 나보다 2년 선배로 보스턴의 오래된 가문 출신이다. 심지어 바이엇의 가문보다도 훨씬 더 오래됐다. 랜드리는 우리 그룹을 좋아하지 않았다. 이 섬에는 남자아이가 하나도 없다고 투덜거리자 리스가 그때까지 내가 본 중에 가장 무표정한 얼굴로 이렇게 응수한 후부터 그랬다. "여자들은 차고 넘치잖아."

리스의 그 말을 듣는 순간 나는 가슴이 두근거렸다. 아직도 밤마다 리스의 땋아 내린 머리가 천장에 드리우는 잔물결 모양의 환한 그림자를 볼 때면 여전히 그런 느낌이 든다. 손을 뻗어 그녀에게 닿고 싶은 마음.

하지만 그녀는 너무 멀리 있었다. 항상 너무 멀다.

누군가가 꺅 비명을 질렀고, 우리가 지켜보는 동안 랜드리 무리가 이리저리 움직이면서 바닥에 누워 있는 한 사람을 둘러싸고 동그랗게 원을 그리며 섰다. 나는 허리를 숙이고 누군지 보려고 애를 썼다. 윤기가 흐르는 갈색 머리에 비쩍 마르고 허약해 보이는 체격이었다.

"에이미 같은데. 첫 증상이 시작됐나 봐." 내가 말했다.

톡스가 터졌을 때 에이미는 6학년이었고, 같은 학년에 있는 다른 아이들이 하나씩 격렬한 사춘기에 돌입했다. 그들은 첫 증상이 시작되면 비명을 지르며 마치 폭죽이 터지는 것처럼 요란한 소리를 내곤 했는데 마침내 에이미의 순서가 온 것이다.

우리는 에이미가 전신을 덜덜 떨면서 발작을 일으키며 홀

쩍쩍 우는 소리를 들었다. 나는 에이미에게 증상이 나타난다면 어떤 것일지가 궁금했다. 모나처럼 아가미가 나타날지, 캣처럼 물집이 여러 개 생길지, 바이엇처럼 새로운 뼈들이 생길지, 아니면 리스처럼 손에서 비늘이 돋아날지. 하지만 톡스는 아무런 증상도 없이 그냥 거머리처럼 사람의 기를 빨아들이는 경우도 있었다. 아이들은 그렇게 한없이 기를 빨리다 시들어 죽었다.

마침내 조용해졌고, 에이미를 둘러싼 무리가 흩어지기 시작했다. 에이미는 첫 번째 발작치고는 괜찮아 보였다. 일어섰을 때 다리가 흔들거렸고, 여기서 봐도 목의 혈관들이 마치 멍이 든 것처럼 시커멓게 도드라져 있었다.

에이미가 청바지에 묻은 먼지를 털어내자 힘없는 박수 소리가 들렸다. 보트 근무조 중 하나인 줄리아가 딱딱해진 빵 한 조각을 뜯어서 에이미에게 던졌다. 오늘 밤 누군가가 에이미의 베개 밑에 선물을 놔두고 갈 것이다. 아마 머리핀이거나 지금도 아이들이 돌려 보는 잡지 중 한 권에서 찢어낸 페이지겠지.

랜드리가 안아주자 에이미는 이렇게 첫 발작을 잘 이겨낸 자신이 아주 자랑스러워 활짝 웃었다. 나는 지금 그녀의 몸속에 흐르는 아드레날린이 가시고, 랜드리가 옆에 없을 때 고통이 찾아올 거라고 생각했다. 진정한 고통이 시작되면 에이미도 변하겠지.

"내 첫 발작 때는 선물을 준 사람이 하나도 없었는데. 난 아직도 억울해." 내가 말했다.

바이엇이 웃더니 재빨리 통조림을 따서 뚜껑을 내밀었다.

"자, 너에게 주는 선물."

나는 혀끝에서 느껴지는 강렬한 신맛을 무시하고 뚜껑에 묻은 야채 국물을 핥아 먹었다. 바이엇이 통조림을 들고 한 모금 마셨다. 3분의 1 정도 마시면 내게 넘겨줄 것이다. 리스는 항상 마지막에 먹었다. 아무리 순서를 바꾸려 해도 소용없었다.

"새 보트 근무조 명단은 언제 공지할까?" 바이엇이 큰 소리로 말했다. 그녀는 내게 묻고 있었지만, 실은 리스를 위해 그렇게 말하고 있었다. 리스는 보트 근무조가 생긴 직후부터 거기에 들어가려고 무진 노력하고 있었다.

리스의 엄마는 내가 렉스터에 오기도 전에 떠났지만, 리스의 아빠인 하커 씨는 알고 지냈다. 하커 씨는 학교 관리인이자 잡역부로 섬 가장자리에 있는 집에서 살았다. 톡스가 발생하기 전까진 그랬다가 그 후에 격리가 시작되면서 해군이 하커 씨를 학교에 들어와 우리와 같이 살게 했다. 하지만 지금 하커 씨는 여기 없다. 하커 씨는 톡스가 그의 몸속으로 들어가 증상이 나타나기 시작했을 때 숲속으로 들어가 버렸고, 리스는 그때부터 아버지를 찾으려고 무척 애를 쓰고 있었다.

그러려면 보트 근무조가 되는 게 유일한 방법이었다. 학교 밖으로 나갈 수 있는 유일한 방법. 대개는 조원 중 하나가 죽을 때까지 세 명의 조원은 바뀌지 않는다. 그런데 세 번째로 들어간 테일러가 며칠 전에 이번이 마지막 근무로, 다시는 밖에 나가지 않겠다고 선언했다. 테일러는 아직까지 남은 상급생 중 하나로 항상 아이들을 도와줬다. 항상 아이들을 진정시켰고, 다

치면 상처를 꿰매줬다. 테일러가 보트 근무를 그만두기로 한 정확한 이유는 알 수 없었다.

아마도 그녀의 여자 친구인 매리 때문일 거라는 소문이 돌았다. 매리는 지난여름에 톡스 때문에 발광했다. 얼마 전까지만 해도 멀쩡했던 매리는 어느 순간 사라져 버렸고, 톡스만 그녀의 몸에 남아 눈도 흐릿해졌다. 그날 테일러는 매리와 같이 있었고, 그녀와 몸싸움을 벌여서 때려눕힌 후, 머리에 총을 쐈다. 모두 그 일 때문에 테일러가 보트 근무를 그만뒀다고 생각했지만, 어제 린제이가 그 일에 관해 물어봤을 때 테일러가 손등으로 그녀의 뺨을 후려친 후 아무도 그 일은 입에 올리지 않았다.

그렇다고 우리의 호기심이 사라지진 않았다. 테일러는 괜찮다고, 모든 게 정상이라고 했지만, 보트 근무를 그만두는 건 확실히 정상이 아니었다. 특히 그녀가 그러는 건 말이 되지 않았다. 웰치 선생님과 교장 선생님이 곧 세 번째 조원으로 테일러의 자리를 채울 새 사람을 공지할 것이다.

"어쩌면 내일 할지도 몰라. 내가 물어볼 수 있는데." 내가 말했다.

리스는 눈을 뜨고, 일어나 앉았다. 그녀의 은빛 손가락들이 씰룩거렸다.

"하지 마. 그래 봤자 웰치 선생님은 화만 내실 거야."

"알았어. 하지만 걱정하지 마. 네가 될 테니까." 내가 말했다.

"그건 두고 봐야지." 리스가 대꾸했다. 이건 우리가 서로에게 한 가장 좋은 말은 아니었지만, 얼추 비슷했다.

그날 밤 바이엇은 내 눈을 마저 꿰매줬고, 그 후에 나는 잠을 이룰 수 없었다. 나는 리스가 누워 있는 이층 침대 밑을 올려다봤다. 바이엇이 거기에 자신의 이니셜을 수없이 새겨놨다. BW. BW. BW. 바이엇은 사방에 그렇게 한다. 침대에, 우리가 들었던 모든 수업에서 자신이 앉았던 책상에, 물가에 있는 숲속 나무들 위에. 가끔은 바이엇이 부탁한다면 내 몸에도 그렇게 하라고 놔둘 것 같다는 생각이 들었다.

끝없이 정적이 이어지다가 자정 가까이 되었을 때 총성이 두 발 울리면서 침묵이 깨졌다. 나는 긴장한 채 기다렸지만, 곧바로 보초 근무조가 외치는 소리가 울려 퍼졌다. "모두 이상 없음!"

내 위에 있는 이층 침대에서 리스는 코를 골고 있었다. 바이엇과 나는 밑의 침대에서 같이 잔다. 어찌나 몸을 딱 붙이고 자는지 그녀가 꿈을 꿀 때 이를 가는 소리까지 들린다. 난방 장치가 오래전에 고장 나서 우리는 재킷을 비롯해 가진 옷을 다 입고 최대한 꼭 붙어서 잔다. 내 주머니에 손을 넣으면 속에 있는 총알의 매끄러운 감촉을 느낄 수 있다.

웰치 선생님이 첫 보초 근무조를 배정하고 난 후에 그 이야기를 들었다. 첫 근무를 선 아이들이 지붕에서 무언가를 봤다. 그것의 정체는 아이마다 말이 달랐다. 어떤 아이는 그것이 희미하게 빛나면서 마치 천천히 신중하게 걷는 사람처럼 움직였다고 했고, 또 어떤 아이는 사람이라고 보기엔 너무 컸다고 말했다. 어쨌든 교사들은 그것 때문에 식겁해 보초 근무를 서는 아이들을 2층에서 가장 작은 방에 모아놓고 총알을 부숴서 여는 방법을 가르쳐 줬다. 우리가 자살해야 할 때를 대비해 몸서리가 치는 걸 무시하고, 독을 마시는 것처럼 화약을 삼키는 법을 가르친 것이다. 가끔 그들이 본 게 뭐였을지를 생각해 보곤 하는데 그럴 때 손안에서 총알을 굴리면 기분이 나아진다. 그들이 본 게 뭐건, 뭘 두려워했건 나는 안전하다는 사실을 알고 있기 때문이다. 하지만 오늘 밤은 온통 모나 생각만 났다. 모나가 엽총을 쥐고 있는 모습, 모나가 그 총을 자신의 머리에 대고 싶어 하는 것처럼 보이던 모습.

난 렉스터에 오기 전까지 한 번도 총을 잡은 적이 없었다. 우리 집에도 총이 있긴 했다. 가끔 아빠가 집에 있을 때 해군이 지급한 권총을 가져왔지만, 항상 안전한 곳에 보관해 뒀다. 바이엇은 여기 오기 전까지 총을 본 적도 없었다.

"난 보스턴 출신이니까. 우리 식구들은 여기 사람들처럼 집에 총을 두지 않아." 바이엇이 그렇게 말했을 때 리스와 나는 웃음을 터트렸다.

내가 그 말을 기억하는 이유는 바이엇이 자기 집 이야기는 하지 않기 때문이다. 내가 노퍽 이야기를 끊임없이 하는 것과 반대로 바이엇의 집 이야기는 한 번도 나오지 않았다. 바이엇은 집을 그리워한 적이 없는 것 같다. 학교에선 핸드폰 사용이 금지돼 있기 때문에 집에 연락하려면 오후 휴식 시간에 교장실에 있는 유선 전화기 앞으로 줄을 서야 한다. 하지만 교장실에서 바이엇을 본 적은 단 한 번도 없다.

　나는 바이엇을 보기 위해 몸을 돌렸다. 그녀는 내 옆에서 몸을 쭉 편 채 이미 졸고 있었다. 내가 그녀처럼 명문가에 돈도 많은 집안 출신이었다면 집이 그리웠을 텐데. 하지만 그게 바이엇과 나의 다른 점이었다. 바이엇은 자신에게 없는 뭔가를 원해 본 적이 없었다.

　"나 좀 그만 봐." 바이엇이 투덜거리면서 내 갈비뼈를 쿡 찔렀다.

　"미안."

　"완전 변태라니까." 하지만 그녀는 새끼손가락을 내 새끼손가락에 걸고 다시 잠이 들었다.

　나도 그 후에 잠이 든 게 분명했다. 그러고 아무 기억도 안 나다가 갑자기 내가 눈을 깜박이고 있었다. 마룻바닥이 삐걱거리는 소리가 났는데, 바이엇의 자리가 텅 비어 있었다. 그녀는 문지방 앞에 서서 방 안으로 들어오느라 문을 닫는 중이었다.

　우리는 밤중에 방을 나가는 것이 금지돼 있다. 심지어 복도 끝에 있는 화장실도 갈 수 없다. 어둠이 너무 짙었고, 웰치 선생님의 통행금지령은 너무 엄격했다. 나는 상체를 일으켜서 한쪽 팔꿈치에 기댔지만, 어둠에 가려져 바이엇은 날 보지 못한 모양이었다. 그녀는 침대 발치에서 잠시 가만히 서 있다가 사다리를 타고 올라 리스에게 갔다.

　둘 중 하나가 한숨을 쉬었고, 둘이 자리를 잡으면서 바스락거리는 소리가 들린 후에 거의 하얗게 보이는 리스의 금발 머리가 침대 밑으로 떨어져 내 위에서 부드럽게 흔들렸다. 그것은 마치 깃털처럼 움직이면서 천장을 옅은 빛의 무늬들로 뒤덮었다.

"헤티는 자?" 리스가 물었다. 왜 그랬는지 이유는 모르겠지만 나는 숨을 죽여서 내가 듣고 있다는 사실을 그들이 눈치채지 못하게 했다.

"응."

"뭐야?"

"아무것도 아니야." 바이엇이 말했다.

"너 밖에 나갔었잖아."

"맞아."

순간 너무 고통스러워 속이 뒤틀렸다. 왜 바이엇은 나를 데리고 가지 않았을까? 그리고 왜 이 이야기는 리스가 듣는 거야? 바이엇이 내게서 찾을 수 없는 걸 리스에게서 찾아선 안 되는데.

둘 중 하나가 움직였다. 아마 바이엇이 리스의 품에 파고드는 것 같았다. 바이엇은 항상 그렇게 사람 몸에 딱 붙어서 잔다. 나는 항상 바이엇이 내 청바지 주머니에 손가락을 걸치고 있는 자세로 잠에서 깨곤 했다.

"어디 갔었어?" 리스가 속삭였다.

"산책하러." 하지만 나는 바이엇이 거짓말하는 목소리를 안다. 고작 산책이나 하자고 위험을 무릅쓰고 밖에 나갔을 리 없다. 산책은 아침마다 지겨울 만큼 하고 있는데. 아니, 그녀의 목소리엔 비밀이 숨겨져 있었다. 대개 그녀는 나에게 그 비밀을 털어놓는데. 지금은 뭐가 달라진 거지?

리스가 대꾸하지 않자 바이엇이 계속 말했다. "돌아오는 길에 웰치 선생님에게 들켰어."

"젠장."

"괜찮아. 1층 복도에 있다가 들켰으니까."

"뭐라고 둘러댔어?"

"머리가 아파서 물 마시러 나왔다고 했지."

리스의 은빛 손이 자신의 땋은 머리를 침대 위로 잡아 올려, 머리카락은 내 시야에서 사라졌다. 나는 희미하게 빛나는 그녀의 감은 눈과 강인한 인상을 주는 턱을 머릿속으로 그려볼 수 있었다. 어쩜 어둠 속에서라면 그녀에게 다가가기가 좀 더 쉬울지도 모른다. 어쩌면 리스는 상대가 볼 수 없다고 생각할 때 자신을 열어 보이는 사람일지도 모른다.

내가 그녀를 처음 본 건 렉스터에 도착한 날이었다. 나는 열세 살이었지만 진정한 의미의 열세 살은 아니었다. 가슴과 엉덩이가 부풀어 오르고 치아를 다 드러내며 깔깔거리는 그런 열세 살은 아니었던 셈이다. 바이엇은 본토에서 연락선을 타고 이 섬으로 오는 길에 이미 만나서 금방 친해졌다. 바이엇은 자신이 어떤 사람인지, 내가 어떤 사람이 되어야 하는지를 알고 있고, 나 스스로 채울 수 없는 나의 모든 결핍을 완벽하게 채워줬다. 하지만 리스는 달랐다.

리스는 홀에 있는 계단 위에 혼자 앉아 있었다. 교복은 너무 컸고, 양말은 발목으로 흘러 내려와 있었다. 아이들이 이미 리스를 두려워해서 그런 건지 아니면 다른 이유 때문인지는 모르겠다. 어쩌면 그녀가 학교 관리인의 딸이란 사실이 난 상관없지만 다른 아이들에겐 상관있었는지도 모른다. 어쨌든 우리 학년의 다른 아이들은 리스에게서 최대한 멀리 떨어져 벽난로 옆에 모여 있었다.

바이엇과 나는 다른 아이들에게 가는 길에 리스를 지나쳐 갔다. 그때 나를 봤던 리스의 눈빛은 항상 화가 나 있었고, 항상 이글이글 타오르고 있었다. 지금도 아주 생생하게 기억난다.

그 후에 우리 셋을 하나로 묶어줄 만한 공통점은 하나도 없었다. 그냥 수업을 같이 들을 때 고개를 한 번 끄덕이고, 샤워실로 가는 길에 복도에서 만나면 고개를 끄덕이는 그런 정도였다. 그러다 바이엇과 내가 프랑스어 수업에서 그룹 프로젝트를 하는데 한 명이 더 필요했다. 그때 리스의 프랑스어 실력은 반에서 최고였고 몇 번 치른 시험에서 계속 바이엇보다 높은 점수를 냈다. 그래서 우리는 그녀를 선택했다.

그걸로 충분했다. 리스는 그때부터 우리 옆에서 저녁을 먹었고, 모두 모였을 때도 우리 옆에 있었다. 학교에서 만난 첫날 나를 보던 그녀의 눈빛을 내가 기억하고 있다 해도, 언제든 그녀가 내 이름을 부를 때마다 배 속이 조여드는 듯한 느낌을 여전히 간직하고 있다고 해도, 상관없었다. 지금도 여전히 그렇다. 이것이 내가 그녀에게 다가갈 수 있는 가장 가까운 거리였다. 내 위의 침대에 있는 그녀. 그녀가 다른 사람에게 말하고 있는 동안 어둠 속에서 부드럽게 흘러나오는 그 목소리.

"그게 점점 더 심해진다고 생각해?" 리스는 잠시 말을 끊었다가 이었다.

바이엇이 어깨를 으쓱하는 소리를 들을 수 있을 것만 같았다. "아마도."

"아마도?"

"내 말은 모르겠다는 뜻이야. 물론 그렇겠지. 하지만 다 그런 건 아니야." 바이엇이 말했다. 잠시 아무 소리도 안 들리다가 다시 그녀의 목소리가 들렸다. 너무 조용해서 어마어마하게 집중해야 했다. "있지, 너 뭔가 아는 게 있다면."

리스가 몸을 굴려서 돌리느라 부츠가 침대를 긁는 소리를 들을 수 있었다. "내려가. 너 때문에 침대가 좁아졌어." 그녀가 말했다.

가끔 리스의 엄마가 떠나기 전에는 리스가 지금과 달랐을지 궁금하다. 지금보다 훨씬 더 다가가기 쉬웠을까. 하지만 그런 그녀를 상상할 수 없다.

바이엇이 우리 침대에 들어왔을 때 나는 뒤척였지만, 안 깬 척하면서 몸을 돌려 그녀를 등지고 누웠다. 바이엇이 잠시 나를 지켜본다는 생각이 들었지만, 곧 그녀는 잠이 들었다. 날이 밝기 시작한 후에야 나도 따라서 잠이 들었다.

3장

금방 동이 트면서 쌀쌀해졌다. 창문에 또 서리가 끼었다. 갈대들 사이에서 얼음이 두껍게 얼었다. 바이엇과 나는 침대에서 나와 리스가 깨지 않게 조심하면서 산책하러 나갔다.

처음에 산책은 바이엇만의 것이었다. 그녀 혼자 학교 주위를 천천히 돌았다. 다른 아이들은 그걸 두고 소곤거리곤 했다. 향수병에 걸렸다는 둥, 외로워서 저런다는 둥, 다들 바이엇을 동정하며 웃었다. 하지만 나는 산책이 그녀를 빛나게 해주고, 그녀에게 가까이 다가갈 구실이 된다는 사실을 알고 있었다. 여기에 온 지 두 달이 다 되어갈 무렵, 나는 그녀를 따라 배회하면서 그 산책이 내게도 영향을 미치길 바랐다.

오늘 바이엇과 홀을 지나가다 보니 현관문을 지키고 있는 소녀 하나만 빼고는 아무도 없었다. 우리 학교는 괄호처럼 생겨서 오래된 본관 건물 양쪽 끝에 새로 지은 별채가 하나씩 갈라져 나왔다. 2층에는 기숙사로 쓰는 방들과 사무실 몇 개가 있고, 1층에는 교실과 홀이 있고, 괄호 모서리에 교장실이 있다.

교장 선생님은 아마 그 안에서 보급품들을 세어보고, 그 숫자를 적은 기록을 확인하고 있을 것이다.

게시판 앞을 지나갈 때 나는 손을 뻗어서 편지 윗부분에 적혀 있는 치료제에 대한 부분을 톡톡 쳤다. 거기는 행운의 자리로 아이들이 셀 수 없이 만져서 그 부분의 색깔이 바래진 걸 볼 수 있었다. 나는 햇빛이 찬란하게 빛나는 도시에서 톡스에 걸리지 않은 나와 바이엇을 상상하며 미소 지었다.

"안녕, 별일 없지?" 바이엇이 현관문을 지키고 서 있는 아이에게 말했다. 그 아이는 우리 학교에서 가장 어린 열세 살 학생 중 하나였다.

"네." 바이엇이 부탁하지도 않았는데 그 아이는 문을 잡아당겼다. 바이엇에 대한 감정이 어떻든 사람들은 바이엇을 항상 그런 식으로 대했다.

현관문은 그 소녀 혼자서 열기엔 너무 무거워서 3센티미터 정도 열릴락 말락 했다. 현관문 보초 근무는 하급생부터 시작한다. 뭔가 정말 심각하게 나쁜 일이 생기면 총을 든 보초 근무조가 그 일을 맡겠지만, 현관문을 지키는 책임이 어린 소녀들의 정신적인 기틀을 제대로 잡아 준다. 내가 나서서 그 소녀 위로 손을 대고 함께 문을 잡아당겼다. 그러자 계절이 바뀔 때마다 점점 더 두껍고 새롭게 녹이 슬어가는 문의 감촉이 느껴졌다. 이번 겨울은 톡스와 함께 보내는 두 번째 겨울이자, 내가 렉스터에서 보내는 세 번째 겨울이 될 것이다. 과연 여기서 몇 번이나 더 겨울을 맞게 될까?

"고마워. 다음에 또 보자." 나는 그 애의 이름을 기억하지 못한다는 사실이 들통나지 않도록 그 아이의 어깨를 팔로 톡 치면서 말했다.

바이엇이 재킷의 단추를 채울 동안 나는 현관에서 기다렸다. 잔디는 오래전에 죽었고, 서리로 뒤덮인 그곳에 발자국의 흔적들이 남아 있었다. 저것 중 일부는 어젯밤에 나간 바이엇의 발자국일까?

"밖은 엄청 추운데." 내가 말했다.

바이엇은 대꾸하지 않았다. 그녀는 턱 밑에 가려진 재킷의 제일 위에 달린 단추와 씨름을 하고 있었다. 그사이에 우리는 교문으로 가는 판석 길로 올라왔다.

나는 너무 깊이 캐물을 필요가 없기를 바라며 다시 속내를 떠봤다. 바이엇이 어젯밤 어디에 갔었는지 그냥 말해 주면 얼마나 좋을까. "어젯밤에 잘 잤어?"

"그럼."

"내가 또 뒤척뒤척했어?"

"평소보다 심하진 않았는데."

나는 기다리면서 바이엇이 솔직히 털어놓을 기회를 또 줬지만, 그녀는 꿈쩍도 하지 않았다. "어제 한밤중에 잠이 깼는데 네가 옆에 없길래."

바이엇은 판석 길을 벗어나서 왼쪽으로 갔다. 우리가 항상 가는 길이었다. "그랬어?"

"응."

처음에는 바이엇이 사정을 설명하지 않을 거라고 생각했다. 난 항상 바이엇에게 설명하지만 바이엇은 안 그런 적도 많으니까. 하지만 그때 그녀가 가던 길을 멈추고 날 똑바로 보면서 말했다. "너 잠꼬대하더라."

전혀 예상하지 못했던 말이라 그만 입이 떡 벌어졌다.

"내가 그랬어?"

"응." 순간 그녀의 얼굴에 상처받은 것 같은 표정이 떠올랐는데 그걸 내게 보일지 말지도 결정하지 못한 것 같았다. "무슨 꿈을 꾸고 있었는지 모르겠지만 네가…… 무슨 말을 했어."

난 잠꼬대하지 않았다. 그 사실을 알고 있지만, 이 상황이 이해가 되지 않아서 반박하지도 못했다. "내가 뭐라고 했는데?"

바이엇은 얼굴을 찡그리면서 고개를 저었다. "다신 듣고 싶지 않은 말이었어. 그 이야긴 이만하자."

잠시 나는 그녀가 내게 의도한, 바로 그런 감정을 느꼈다. 너무 불안하고, 죄책감이 느껴져서 더는 물어보지 못할 것 같았다. 하지만 그건 사실이 아니었다. 난 깨어 있었고, 그녀를 봤다. "아. 확실해?" 내가 말했다.

그게 내가 바이엇한테 정면으로 맞설 수 있는 마지노선이었다. 너무 세게 몰아붙이면 바이엇은 성질을 부릴 것이다. 바이엇이 그러는 모습을 수백 번이나 봤다. 우리 중 하나가 숙제를 잊어버렸을 때 혼내는 교사들에게, 현장 학습 동의서의 엄마 서명을 위조한 사실을 알아차린 웰치 선생님에게, 바이엇은 사정없이 대들었다. 바이엇은 거짓말을 지독하게 잘했다. 하지만 대개는 주로 날 위해 거짓말을 했다.

"그래. 그건 괜찮아, 이제 됐어? 난 그냥 위쪽 침대에 올라가서 리스와 같이 있었어." 바이엇은 이 상황에 딱 어울리는 정도의 떨리는 목소리로 말했다.

적어도 그건 사실이다. 하지만 대체 여기서 그녀가 지켜야할 비밀이 뭐가 있을까? 우리는 모두 몸에 똑같은 참상과 똑같은 고통과 똑같은 갈망을 품고 있는데.

"미안." 내가 말했다. 이제 어쩔 수 없이 그녀의 거짓말에 장단을 맞추는 수밖에 없었다. "내가 한 말이 뭐든 말이야. 나한테는 네가 제일 소중한 친구인 건 너도 알잖아."

바이엇의 얼굴이 바로 환해지더니, 그녀는 내 어깨에 한 팔을 올리고 날 가까이 끌어당겼다. 우리는 발을 맞추어 다시 걷기 시작했다. "그럼. 알고말고." 그녀가 말했다.

우리의 머리 위로 학교 건물이 어렴풋이 보였고, 잠이 깨기 시작한 소녀들의 목소리가 금이 간 유리창들 너머로 흘러나왔다. 옷과 이불을 놓고 말다툼이 벌어졌고, 평소보다 조금 더 날카로운 목소리도 들렸지만, 대개 매일 같은 대화를 나눈다. 같은 잡지들을 돌려 보고 또 보고, 퀴즈를 내고 또 내고, 결국엔 모두 자기 이야기처럼 느껴질 정도로 같은 기억들을 이야기하고 또 한다. 부모에 대한 불평을 서로 주거니 받거니 하고, 마치 선물을 주고받는 것처럼 첫 키스의 추억을 주고받는다.

나는 거기에 더 보탤 이야기가 없었다. 아버지에 관한 이야기를 더 지어낼 수도 없었고, 기지에 있는 우리 집에 혼자 있을 엄마는 차마 생각할 수도 없었다. 그리고 과거에 내가 원했던 소년들과 소녀들이 있었지만, 지금도 그리울 만큼 강렬하게 원하는 사람, 지나간 삶의 장면들을 모아놓은 슬라이드 쇼에서 하나 뽑아서 자랑스럽게 늘어놓을 만한 사람은 하나도 없었다.

가끔 눈을 감으면 뭐가 달라졌는지 잊어버릴 때도 있다. 그 순간 렉스터는 화약과 허기가 몰려오는 그런 곳이 아니게 된다. 이곳은 지루했고, 무위의 상태가 끝없이 깊어지고 있었다.

우리는 이제 학교 담장에 이르렀다. 학교 건물은 우리 뒤쪽에 있고, 앞에 쭉 펼쳐진 숲에서 초록색 나뭇가지들이 보였다. 그 사이로 도로가 지나갔지만 해가 갈수록 점점 더 좁아지고 있었다. 담장을 넘어 조금 더 걸으니 간밤의 총성에 뭐가 맞았는지를 볼 수 있었다. 죽은 지 몇 시간쯤 되는 사슴 한 마리가 잡아먹기엔 너무 오염된 상태로 있었다. 벌어진 사슴의 입으로 벌레들이 꾸물꾸물 기어 들어가고 있었고, 털에는 피가 말라붙어 있었다.

저 사슴 뒤로 펼쳐진 숲속에는 훨씬 더 많은 것들이 있다. 모두 알고 있지만 절대 그것에 관한 이야기는 하지 않는다. 만약 때맞춰 밖에 있게 되면 가끔 땅이 흔들리는 걸 느낄 수 있다. 기지 안의 우리 집에 있을 때 제트기가 너무 가깝게 날아가면 그랬던 것처럼. 톡스가 발생한 초기에 우리는 지구과학 교과서들을 죽 훑어보면서, 거기 나온 식물과 동물의 명단을 보고 저 숲에 뭐가 있을지 궁금해했다. 하지만 얼마 후에 책이란 책은 땔감으로 쓰기 위해 다 태워야 했고, 그런 호기심도 재미없어졌다.

"어서 가자." 바이엇이 말했다.

우리는 소녀 두 명이 우리 머리 위로 소총을 겨누고 있는 지붕은 외면한 채 학교를 둘러싼 담의 창살들을 손가락으로 쓸면서 바다와 만나는 곳까지 갔다. 무더기로 쌓인 주름 장식 같은 바위 더미 사이에 고여 한겨울에도 얼지 않는 웅덩이들 속에서 물보라가 피어오르고 있었다. 회색 주름 같은 바위들, 선명한 초록색 조류, 그리고 멀리서 검은 바닷물이 들썩거리며 구불구불 흘러오고 있었다.

나는 창처럼 뾰족하게 솟은 바위 위에 기어 올라가서 바위에 손바닥을 대고 거기서 가장 큰 웅덩이를 들여다봤다. 물고기는 없지만—톡스가 발생한 후로 섬 근처에 오는 물고기는 거의 없었다—뭔가 보였다. 주먹만 한 크기에 어딘지 불길해 보이는 파란색 생물. 게였다.

"바이엇." 내가 부르자 그녀가 바위 위로 기어 올라와서 내 옆에 균형을 잡고 섰다. "이거 봐."

게들은 내가 렉스터섬에 오기 몇 년 전에 나타났다. 이 시대가 보내는 신호라고 생물 선생님이 말했다. 고등학교 2학년 가을, 기후 변화 수업에서 선생님은 우리를 데리고 이곳에 와 게들을 관찰시켰다. 과거에 게들은 코드곶 북쪽으로는 한 번도 온 적이 없었지만, 세상이 변하면서 바다도 변했다. 우리는 이 게들을 렉스터 블루스라고 불렀다. 여기로 온 게들은 기이하게 자랐다.

그때 우리는 하커 씨의 도움으로 게를 몇 마리 잡아서 교실로 다시 가져가 차례대로 메스를 들고 해부했다. 짠 내가 사방에 진동했다. 우리가 게 껍데기을 부숴서 마치 뚜껑처럼 들어 올렸을 때 여자애 두 명이 기절할 뻔했다. 선생님이 이걸 보라고 말했다. 이 게들은 아가미와 폐를 둘 다 갖고 있어서 물속에서도 땅에서도 숨을 쉴 수 있다고, 살아남기 위한 최선의 기회를 잡기 위해 몸이 변하는 거라고 말했다.

우리가 잠시 지켜보는 동안 그 게는 조수 웅덩이 바닥에서 천천히 굴러갔다. 그때 바이엇이 앞으로 나오면서 나를 치는 바람에 물속에 빠질 뻔했다.

"야, 조심해." 바이엇은 내 말을 듣고 있지도 않았다. 그녀는 팔을 쫙 뻗어서 손가락으로 수면을 휘저었다. 뭔가 얇고 긴 것이 선반처럼 생긴 바위 밑으로 쏙 들어가 버렸다.

"그거 다시 보고 싶어." 바이엇이 말했다. 그녀는 물속에 손을 넣고 계속 휘저어 게가 물살과 같이 올라오게 만들었다.

"하지 마. 징그러워. 그리고 웅덩이 속에 그렇게 계속 손을 집어넣고 있으면 동상 걸린다." 내가 말했다.

하지만 그녀는 여전히 내 말을 듣는 둥 마는 둥 했다. 전에 여기 살던 왜가리처럼 그녀의 손이 물속으로 쑥 들어가자, 팔꿈치 주위에 파문이 일었고, 다시 손을 들어 올렸을 때 게 한 마리가 따라 올라왔다. 그녀는 손가락 두 개로 게의 집게발을 쥐고 있었다. 게가 그녀를 할퀴었지만 바이엇은 그걸 땅바닥에 꾹 누르고 있었다.

바이엇은 그렇게 한 손으로 게가 꼼짝 못 하게 잡고 또 다른 손으로 웅덩이 가장자리에 있는 작은 돌멩이 하나를 더듬더듬 집었다. 마침내 돌멩이가 손에 잡히자 그걸로 게를 내리쳤다. 게는 온몸을 비틀어 댔고, 여러 개의 다리가 미친 듯이 경련을 일으켰다.

"맙소사, 바이엇."

바이엇은 박살 난 게를 빤히 내려다봤다. 집게발의 끄트머리를, 그 파란 껍데기가 서서히 거무스름해지면서 마치 잉크에 푹 담근 것처럼 까매지는 모습을. 그 변화 때문에 생물 시간의 그 여자아이들은 숨을 헐떡이면서 졸도할 뻔했다.

"왜 그랬어?" 나는 그 광경을 외면하며 말했다. 아침을 먹고 나왔더라면 지금쯤 다 토해 버렸을 것이다.

"왜냐면." 바이엇이 말했다. 그러면서 여전히 조금씩 움직이지만 이제 힘이 다 빠진 그 게를 집어서 다시 바닷물 속으로 던져버렸다. "이렇게 해야 애들이 진짜 렉스터 블루스인 걸 아니까."

"그냥 꽃 한 송이 따면 안 돼?" 렉스터섬의 붓꽃도 죽어갈 때면 시커멓게 변했다. 붓꽃은 톡스가 발생하기 전부터 그랬지만 이제 우리도 그렇다. 톡스로 죽어가는 렉스터 학생들은 손가락 관절이 까맣게 물들었다.

"그건 달라." 바이엇이 말했다.

그녀는 일어나서, 날 내버려두고 바위 더미가 끝나는 곳까지 갔다. 그녀의 발걸음은 확신에 차 있었고, 밀려드는 물살에 젖은 부츠는 매끈해 보였다. 바이엇은 예전에 학교 가장자리의 풍경이 시시각각 변하는 방식이 마음에 든다고 말한 적이 있었다. 땅이 사라지고, 그 밑으로 바닷물이 들어오는 곳에서 바이엇은 눈을 감은 채 턱을 들어 올렸다.

"기억나?" 내가 불현듯 소리쳤다. 세찬 겨울바람이 내 목소리를 갈기갈기 찢어놓고 있었다. "예전에는 어땠는지?"

바이엇은 어깨 너머로 나를 바라봤다. 나는 바이엇이 나와 같은 생각을 하고 있는지 궁금했다. 상급생들이 현관에서 우리가 지켜보는 가운데 하얀 졸업식 드레스를 입고 해변에 모여서, 졸업식을 하는 동안 손에 손을 잡은 채, 웃지 않기 위해 잡은 손에 힘을 꽉 주고 있던 그 순간. 식당에 서서, 저물어 가는 마지막 햇빛이 판유리를 끼운 유리창으로 들어오고, 자리에 앉아서 식사하기 전에 음정에도 맞지 않는 찬송가를 부르던 그 생각을 바이엇도 하는지.

"그럼. 물론이지." 바이엇이 말했다.

"그때가 그리워?"

순간 대답하지 않을 것 같았지만, 그러다 그녀의 입술이 벌어지더니 미소를 짓고 있었다. "그게 뭐 중요해?"

"아니겠지. 어서 들어가자." 머리 위에 떠있던 구름이 여기저기 흩어지면서 조금 온기가 느껴졌다.

우리는 주방 문턱에서 리스와 만났다. 리스는 빗물 한 양동이를 부어놓은 싱크대에서 여자아이 두 명이 머리를 감는 동안 자기 순서를 기다리고 있었다. 바이엇과 나는 며칠에 한 번씩 돌아가며 머리를 감는다. 내 머리는 너무 짧아서 모근만 북북 문질러주면 되는 정도로 끝나지만, 리스의 땋은 머리는 마치 별처럼 무수한 물방울을 사방에 뿌려댄다. 아름답지만 보고 있기 힘든 광경이고, 리스는 머리를 감을 때마다 싱크대를 독차지한다.

"평생 머리만 감고 있을 건가 봐." 우리가 옆으로 다가갔을 때 리스가 말했다. 그녀는 은빛 손으로 땋은 머리를 꽉 잡고 있었고, 두 소녀가 긴장하고 있는 모습도 볼 수 있었다. 그들은 금방이라도 도망칠 것처럼 문을 바라보고 있었다.

"미안해요. 거의 다 끝났어요." 한 소녀가 말했다.

"얼른 끝내."

그들은 서로 마주 보더니 젖은 머리를 비틀어 짜면서 얼른 우리 옆을 지나갔다. 두 번째 소녀의 관자놀이에서는 비눗방울들이 반짝이고 있었다.

"고마워." 리스는 그들에게 마치 선택권을 주기라도 한 것처럼 말했다.

바이엇과 내가 문간에 서 있는 동안 리스가 땋은 머리를 풀고 양동이 물속으로 머리를 푹 담갔다. 몇 분 걸렸다. 머리를 다 감았을 때 그녀의 소매는 흠뻑 젖어 있었고, 우리 셋이 홀의 텅빈 소파를 찾아서 새로운 보트 근무조원 발표를 기다리려고 앉았을 때도 여전히 물이 뚝뚝 흘러내렸다. 근무조원이 바뀐다면, 웰치 선생님은 아침 일찍 가장 어린 학생들이 아침을 다 먹었을 때 알려준다.

나는 소파 팔걸이에 몸을 기댄 채 바이엇의 무릎에 내 다리를 올려놨다. 바이엇의 맞은편에는 리스가 허리를 숙이고 젖은 머리를 다시 땋고 있었다.

리스는 긴장하진 않았다. 그녀의 마음속 깊은 곳에는 단단하게 뭉친 응어리 같은 것이 있었다. 그건 항상 같은 자리에 있지만, 어떤 때는 표면으로 좀 더 올라온 것처럼 느껴질 때도 있는데 오늘이 바로 그런 날이었다. 리스가 은빛 손으로 소파 덮개를 잡아당기기 시작하면 우리는 입을 다문다.

나는 리스가 보트 근무를 원하는 것처럼 뭔가를 간절하게 원해 본 적이 없다. 아직도 하커 씨가 떠나던 날 교문에 서서 아버지를 잡으려고 손을 뻗던 그녀의 모습을 어제 일처럼 생생하게 볼 수 있다. 리스가 나가지 못하도록 테일러가 그녀를 잡고 있는 동안, 리스가 지르던 소리를 아직도 들을 수 있다. 리스는 당연히 밖에 나가고 싶을 것이다. 담을 넘어서, 도로의 구부러진 곳을 지나 계속 가고 싶을 것이다. 아버지의 흔적이라도 남았는지 보기 위해.

우리는 그녀를 몰래 학교 밖으로 나가게 할 수 없었다. 해군의 편지에서 나왔듯이 격리 조치를 위반하지 않고선 그럴 수 없었다. 어쨌든 리스 혼자 나가기엔 너무 위험했지만, 바이엇과 나는 우리가 할 수 있는 일은 다 했다. 나무들 속에 있는 그녀의 오래된 집의 윤곽을 찾을 수 있는지 보려고 평지붕에 데려갔지만, 리스는 화만 냈다.

다 같이 지붕에 올라갔을 때 리스가 말했다. "나도 모르겠다. 그냥 기분이 엿 같아." 그러더니 이틀 동안 우리와 말을 섞지 않았다.

교장실 문이 홱 열리더니 웰치 선생님이 종이 한 장을 들고 복도를 걸어왔다. 리스가 벌떡 일어났다.

"여러분, 변경된 시간표를 봐주길 바랍니다. 여러분 중 일부는 교대 근무가 바뀌었을 겁니다." 웰치 선생님은 예전 시간표를 떼고, 새 시간표를 벽난로 위쪽에 있는 해군의 편지 옆에 압정으로 고정했다. "보트 근무조는 날 찾아와요. 난 남쪽 저장실에 있을 거니까."

나는 웰치 선생님이 자리를 뜨자마자 리스가 미친 듯이 달려갈 줄 알았지만, 리스는 게시판에 다가가면서 머뭇거렸고, 그녀의 다리는 기계적으로 움직였다. 홀에 있는 사람들의 이야기 소리가 계속 들렸지만, 리스 말고는 아무도 앞에 나와서 확인하는 사람이 없었다. 그래서 모두 지켜보고 있다는 사실을 알았다.

리스가 가까이 다가갔다. 나는 바짝 긴장한 채 그녀의 얼굴에 작은 미소가 피어오르길 기다렸다. 그럼 원하던 걸 얻었다는 뜻이니까. 다만 미소는 보이지 않았다.

빙그르르 돌아선 리스는 우리가 있는 소파로 성큼성큼 걸어오더니 은빛 손으로 내 발목을 꽉 잡았다. 맙소사, 그녀의 손은 얼음장처럼 찼다. 그녀가 내 발목을 세게 잡아당기자 나는 속절없이 바닥으로 떨어졌다.

"리스." 그렇게 부른 순간 온몸에 충격이 느껴졌고, 나는 일어나 앉으려고 했지만, 리스가 이미 움직이고 있었다. 그녀는 다리를 벌리고 내 몸에 걸터앉아서, 두 무릎으로 내 팔을 세게 눌러 움직이지 못하게 하고, 손바닥으로 내 턱을 사정없이 밀어서 내 목을 드러냈다.

나는 뭔가 말하려고 애를 쓰면서, 두 발로 바닥을 사정없이 치며, 엉덩이를 틀어보려고 애를 썼다. 그럼 도움이 될지도 모른다, 난 그저 숨을 쉬고 싶었다, 딱 한 번만. 하지만 리스는 내 몸을 더 세게 누르면서, 내 가슴을 은빛 주먹으로 내리쳤다.

"무슨 일이야? 리스, 멈춰! 무슨 일이 있었어? 뭐냐고?" 바이엇이 점점 더 크게 지르는 소리를 들을 수 있었다.

순간 리스가 고개를 아주 살짝 돌려서, 나는 팔 하나를 빼내 싸울 수 있게 됐다. 나는 리스의 땋은 머리를 잡아당겨서 고개를 내 쪽으로 다시 휙 돌리게 만들었다. 리스는 울부짖었고, 내 멀어버린 눈 쪽의 얼굴 어딘가가 순간 할퀴어지면서 불타는 것 같은 통증이 느껴졌다. 리스는 팔뚝으로 내 숨통을 사정없이 누르며 몸을 앞으로 기울였다.

나는 리스를 밀어내려 했지만, 그녀는 무지막지하게 힘이 셌다. 마치 뭔가에 씐 사람 같았고, 바이엇이 뒤에서 계속 소리를 지르고 있었다. 세상이 어둡게 변하기 직전에 나는 헐떡이면서 그녀의 이름을 불렀다.

리스는 허겁지겁 몸을 뒤로 빼면서 일어났다.

"맙소사." 바이엇이 핏기가 싹 가신 얼굴로 말했다.

나는 움직일 수 없었다. 가슴이 너무 아파 견딜 수 없었다.

우린 전에도 싸운 적이 있었지만, 그건 배급 식량을 놓고 싸울 때뿐이었다. 항상 거기서 끝났고, 우리는 언제나 선을 지켰다.

리스는 눈을 깜박이더니, 목청을 가다듬었다. "쟨 괜찮아. 괜찮을 거야." 그녀는 무뚝뚝하게 말했다.

그러고 리스는 가버린 게 분명했다. 바이엇이 내 옆에 무릎을 꿇고 있었고, 내가 다시 일어설 수 있게 됐을 때 도와준 사람은 그녀밖에 없었으니까.

나는 바뀐 시간표를 확인도 안 하고 그냥 2층에 가서 쉬려했다. 그러다 게시판 앞을 지나갈 때 눈을 가늘게 뜨고 새 보초근무와 다른 교대 근무조 들을 훑어보다가 내 이름을 발견했다. 거기에 있었다. 이것 때문에 리스가 그랬다. 새 보트 근무조에 뽑힌 사람은 나였다.

나는 미소를 짓고 있었다. 그럴 생각은 아니었지만 어쨌든 그러고 있었고, 뒤에서 소곤거리는 사람들의 목소리가 들렸다. 당장 못 하게 막아야 했다. 안 그러면 리스가 그 소리를 듣고 나를 더 증오하게 될 테니까.

바이엇이 내 어깨에 손을 올려놨다. "가서 리스를 찾아봐. 이야기를 해보라고."

"그건 좋은 생각 같지 않은데."

"리스가 한 짓이 옳지 않다는 건 나도 알아." 바이엇은 그렇게 말하면서 내 얼굴에 흘러내린 머리카락을 넘겨 주고 있었다. "하지만 리스는."

"난 웰치 선생님에게 가야 해." 내가 말했다. 참으려고 해도 어쩔 수 없이 내 목소리에 들뜬 기색이 풍겼다. 나는 이걸 원하진 않았지만—원래 내가 되면 안 된다는 것 정도는 알고 있다—내가 뽑혀서 자랑스럽다. 난 사격 솜씨가 좋다. 내가 맡은 역할도 잘 해낼 수 있다. 나는 내가 뽑힌 이유를 알고 있다.

"알았어." 바이엇이 대답했다. 그녀는 뒤로 물러서서 팔짱을 끼었고, 그녀에게 뭔가 하고 싶은 말이 있음을 알 수 있었다. 하지만 바이엇은 나를 한 번 더 보더니 2층으로 올라갔다.

내 주위에서는 다른 소녀들이 기다리고 있었다. 내가 이제 보트 근무조가 됐기 때문에 새롭게 나를 주목하면서 지켜보는 중이었다. 그들은 내가 그들에게 뭔가 보여주고, 뭘 하라고 지시하길 기다리고 있었지만 나는 그걸 감당할 수 있을 것 같지 않았다. 하지만 오래된 규칙들이 다 무너졌어도, 그보다 더 강하고 엄격한 새 규칙들이 생겼다는 점을 나는 기억해야 했다. 아무도 학교 담을 넘어가선 안 된다. 그것이 첫 번째이자 가장 중요한 규칙이다. 그리고 나는 이제 그걸 어겨도 되는 몇 안 되는 소녀 중 하나가 된 것이다.

나는 가장 가까운 곳에 있는 소녀에게 성숙하고 책임감 있어 보이길 바라는 미소를 지어주고, 서둘러 홀을 나갔다. 계속 날 보는 아이들의 시선이 느껴졌다. 웰치 선생님이 자길 찾아오라고 했기 때문에 남쪽 복도를 따라 저장실로 갔다. 거기서 선생님은 재고 목록을 만들고 있었다.

"헤티, 잘 왔다." 선생님이 말했다. 선생님은 몹시 지쳐 보였는데 순간 고마운 마음이 들었다. 선생님은 학생들처럼 톡스로 극심한 고통을 받진 않았지만, 적어도 우리는 발작이 일어난 후 다음 발작이 일어나기 전까지 잠시나마 평화를 누릴 수 있으니까. "와서 나 좀 도와주렴."

선생님이 내 팔에 담요 더미를 내려놓으면서 작은 목소리로 수를 세는 소리가 들렸다. 나는 담요에 이마를 대고, 내가 천천히 숨을 쉬고 있는지 확인했다. 내 생각에 아픈 눈을 꿰맨 부위가 다시 벌어진 것 같았다.

"우린 아마 내일이나 모레 다시 나갈 것 같아." 웰치 선생님이 담요를 다시 받아들면서 말했다. "어제 온 물자가 너무 적어서 운이 좋으면 보충을 받을지도 모르겠다."

우리가 바랄 수 있는 최선은 여분의 음식과 담요 한두 장정도일 것이다. 톡스 초반에는 그들이 보낸 물품이 많았다. 콘택트렌즈 용액이 와서 카라가 안경을 쓸 필요가 없었고, 올리비아를 위한 인슐린과 웰치 선생님의 호르몬 관리에 필요한 피임약이 왔다. 하지만 한두 달 지나자 그런 물건들은 더 이상 오지 않았고, 교장 선생님조차 구할 수 없었다. 그래서 카라는 렌즈 없이, 웰치 선생님은 피임약 없이 지내야 했고, 올리비아는 죽었다.

"그럼 선생님하고 어디서 만날까요? 그리고 제가 뭘 가져오는 건가요? 거기." 내가 연달아 물었다.

"내가 널 데리러 갈게." 그러더니 선생님은 나를 한 번 훑어봤다. "넌 푹 쉬도록 해. 할 수 있으면 아까 홀에서 일어난 그런 소란이 또 일어나지 않게 피하고."

"리스에게 그렇게 말하세요." 나는 중얼거렸다.

"앗, 실례." 뒤에서 목소리가 들렸다. 돌아보자 테일러가 문간에서 한 발을 들었다가 또 다른 발을 들었다 하면서 서 있었다. 처음에는 내가 보트 근무조에서 자기 자리를 차지해 테일러가 날 괴롭히러 온 줄 알았다. 물론 본인 의사로 그 자리를 박차고 나왔지만. 그러나 테일러는 웰치 선생님만 보고 있었다.

"방해하려던 건 아니었어요. 웰치 선생님, 나중에 뵐 수 있을까요?" 테일러가 말을 이었다.

둘 사이에 눈짓이 오갔다. 거의 의미 없는 눈짓 같았고, 내가 무슨 뜻인지 감을 잡기도 전에 사라져 버렸다. "물론이지." 웰치 선생님이 아무렇지 않게 말했다.

테일러는 복도로 나갔다. 나는 그녀의 뒷모습을 보면서 톡스가 그녀에겐 무슨 짓을 했는지 알아내려고 애를 썼다. 발작을 겪은 후 테일러에게 어떤 후유증이 남았는지 아무도 알지 못했다. 심지어 그녀와 같은 학년의 학생들도 몰랐다. 어떤 변화를 겪었건, 옷 속에 꽁꽁 숨기고 있을 것이다.

"잊지 마, 헤티." 웰치 선생님이 담요를 다 세고 말했다. 나는 재빨리 그녀에게 돌아섰다. "푹 쉬고, 물 충분히 마시고. 소란 피우지 말고. 그만 가봐."

복도로 나갔을 때 마침 테일러가 주방으로 들어가는 모습이 보였다. 웰치 선생님은 학교 밖으로 나가면 무슨 일이 일어날지 말해 주지 않겠지만, 테일러는 해줄지도 모른다.

그녀를 따라 쭈뼛쭈뼛 주방으로 들어가니 테일러는 오래된 냉장고 옆에 무릎을 꿇고, 냉장고 뒤에 한쪽 팔을 넣고 있었다.

"저기." 내가 말하자 화들짝 놀란 테일러의 손이 보트 근무 시절에 칼을 차고 있던 벨트로 재빨리 향했다.

"맙소사, 헤티. 기척 좀 하고 다녀."

"미안해요. 뭐 해요?" 나는 조금 더 가까이 다가갔다.

테일러는 여전히 경계를 풀지 않은 채 내 어깨 너머를 흘끗 보더니 살짝 미소를 지었다. 긴장이 조금 풀어진 표정이었다. 그녀는 쪼그리고 앉아서 냉장고 뒤에서 비닐봉투에 들어 있는 크래커를 꺼냈다. "간식 먹을래?"

여기서 음식을 숨기는 짓은 엄격하게 금지돼 있다. 처음에 시도한 여자아이들이 몇 명 있었는데, 그들을 호되게 꾸짖은 건 교사들이 아니라 남은 학생들이었다. 보트 근무조가 그들을 데리고 나가서 몇 마디 하고, 피투성이가 된 그들을 마당에 내버려 뒀다. 하지만 테일러는 상당한 자유를 쟁취했다. 누가 됐건 테일러를 벌주는 모습은 상상할 수 없었다.

"물론이죠." 나는 체크무늬 타일 바닥에 그녀와 같이 앉았다. 테일러가 크래커를 하나 건넸다. 내가 한 입 깨어 무는 동안 날 지켜보는 그녀의 시선을 느낄 수 있었다. "고마워요."

"작년 여름에 여기다 이 과자를 넣어놨어. 지금쯤이면 누가 찾아냈을 줄 알았는데."

"아무도 거기는 찾아보지 않을걸요. 징그러운 거미줄이 너무 많으니까. 어쩌면 쥐 같은 게 있을지도 모르고." 내가 말했다.

테일러는 코웃음을 쳤다. "여기서 마지막으로 쥐를 본 게 대체 언젠데?" 그녀는 크래커 하나를 두 입에 먹어치우고 입가에 묻은 부스러기를 닦았다. "그건 그렇고. 궁금한 거 물어봐."

"뭐라고요?"

"보트 근무조에 네 이름이 올랐는데, 우연히 네가 여기 와서 나랑 수다 떠는 거라고? 내숭 떨지 마, 헤티."

나는 크래커를 하나 더 집었지만, 입이 깔깔해서 그냥 축축한 손바닥에 쥐고 있었다. "내가 어떤 준비를 해야 할지 궁금해서요. 내 말은, 예를 들면, 우린 물건을 가지러 갔다가 오면 그걸로 끝나요? 그 일이 그렇게 간단할 리 없을 텐데요."

테일러가 웃었다. 같이 웃지 않으면 그녀가 울음을 터트릴 것 같은 소리였다. "그들이 내쉬 캠프에 있는 등대를 써서 가고 있다는 신호를 우리에게 보내. 모스 부호나 뭐 그딴 개소리를 쓰는 거지. 나도 잘은 몰라. 아무튼 그런 식으로 신호를 받으면 웰치 선생님이 와서 널 깨워. 해지기 전에 돌아올 수 있도록 새벽에 출발하는 편을 좋아하시거든. 우리가 그렇게 왔다 갔다할 것 없이 그냥 여기에 물건을 떨어뜨려 주면 좋을 텐데."

나는 그럴 수 있는 가능성조차 생각해 보지 못했다. "왜 그렇게 하지 않아요?"

테일러는 부서진 크래커 조각을 하나 더 집었다. "그러면 바이러스에 오염될 위험이 있으니까 안 된다고 했어." 그녀는 입속에 크래커를 가득 넣은 채 말했다. "사실 내 생각엔 그들은 학교 근처의 바윗덩어리들 때문에 여기까지 오기가 힘든 것 같

아. 해군이면서 그것 하나 못 하나. 물론 해군이라고 그런 항해에 능숙해야 한다는 법도 없지만."

그렇게 신성시 여겨지는 절차를 이렇게 신랄한 표현으로 듣고 있자니 충격이었다. 하지만 나보다는 테일러가 이 일은 훨씬 더 잘 알고 있으니 뭐.

"그거……." 여기까지 말하고 적절한 용어를 찾아야 해서 잠시 멈췄다. "그건 여기서 보이는 것만큼 커요?"

"크냐고?"

나는 땅을 생각하고, 아주 거대해진 소나무들을 생각했다. 내가 지붕에서 본 소나무들은 지금까지 본 적이 없을 만큼 높이 자랐다. 숲속에서 톡스는 여전히 야생의 존재였다. 거기엔 감염시킬 여학생이 없으니 그 외 다른 모든 생물에 침투했다. 밖에 있는 생명체들은 일종의 환희를 품은 채 활짝 피어나서 사방으로 퍼져 나갔다. 그들은 그 무엇에도 메이지 않은 채 자유롭고 사나워졌다.

"네." 내가 말했다.

테일러가 몸을 앞으로 기울였다. "넌 전에는 어땠는지 기억나? 그 첫날은?"

1년 반 전 봄의 이른 아침 햇살 속에서 그 일이 일어났다. 그 일이 일어났을 때 나는 나무들의 몸통과 나뭇가지들이 얼기설기 얽혀 있는 뱅크스소나무 숲에 있었다. 리스와 바이엇이 지켜보는 동안 나는 나무에서 가장 낮은 가지 위를 최대한 빨리 걷고 있었다. 그러다 밑으로 떨어졌는데 그건 이상한 일이 아니었다. 당시 우리 모두 몸의 여기저기가 딱지와 베인 자국으로 뒤덮여 있었다. 모퉁이를 너무 빨리 돌다가 넘어진 아이들도 있었고, 치맛단을 너무 짧게 꿰맨 아이들도 있었고, 어떤 느낌인지 보려고 자기 몸에 날카로운 것을 대고 눌러보는 아이들도 있었다. 그러다 보면 딱지도 생기고, 베인 자국도 있기 마련이다.

나는 웃으면서 일어났는데, 그때 오른쪽 눈에서 피가 뚝뚝 흐르기 시작했다. 처음엔 천천히 흐르다 점점 빠른 속도로 뺨을 타고 내려와 입속에 고이기 시작했다. 내 피는 금방이라도 부글부글 끓을 것처럼 뜨거웠고, 나는 앞을 볼 수 없어서 소리를 지르기 시작했다.

바이엇이 욕설을 퍼부으며 내 팔꿈치를 움켜쥐었다. 리스가 반대쪽 팔을 잡고 서둘러 나를 학교로 데려갔다. 나는 그동안 계속 눈을 감고 있었다. 다른 아이들의 소리가 들렸다. 모두 이야기를 하며 낄낄 웃고 있다가 우리가 지나가자 조용해졌다. 바이엇이 내게 몸을 찰싹 붙이고 날 부축해서 데려갔다. 그녀 덕분에 그날 쓰러지지 않을 수 있었다.

홀에 도착한 후 바이엇이 나랑 같이 계단에 앉아 있는 동안 리스가 간호사를 데리러 달려갔다. 우리는 거기에 한동안 앉아 있었다. 얼마나 오랫동안 그러고 있었는지는 나도 모른다. 바이엇이 두 손으로 내 손을 감싸 쥐고 있는 동안 나는 그녀의 어깨에 얼굴을 기댄 채 그녀의 셔츠를 피로 물들였다. 리스는 웰치 선생님과 같이 왔다. 그들은 내 오른쪽 눈의 피가 다 마를 때까지 거즈를 댔다. 그리고 내 눈꺼풀의 위아래가 완전히 붙어

버린 걸 봤다.

간호사는 사라졌다. 다른 소녀 세 명이 병에 걸렸다. 모든 것이 시작되고 있었다.

다음 날 아침 그들이 섬을 격리했다. 군에서 보낸 헬리콥터들이 도착했다. 방호복을 입은 의사들이 학교에서 몰려다니며 테스트를 하고 또 했지만 아무런 답도 찾을 수 없었다. 그저 그 병이 우리 모두에게 퍼져가고 있을 뿐이었다.

"네. 기억나요." 나는 헛기침을 하면서 말했다.

"밖은 여전히 그 상태야. 학교 안은 어느 정도 진정되고 편해졌지만, 밖은 여전히 그 첫날과 같아. 그것에 대해 우리가 아는 건 하나도 없고." 테일러가 말했다.

아마 테일러는 나에게 진실을 말하고 있을 것이다. 난 이제 보트 근무조니까 그걸 들을 권리가 생겼을 것이다. "그래서 그만뒀어요?"

그건 하지 말았어야 할 질문이었다. 내가 그걸 묻는 순간 테일러의 표정이 돌변했다. 눈빛이 차가워지고, 입술이 일자로 굳게 다물어졌다. 그녀는 일어났다. "크래커는 맘대로 먹어도 돼. 먹고 나서 나머진 제 자리에 넣어놔."

리스는 저녁 식사 때도 우리에게 오지 않았다. 우리가 웰치 선생님에게 물어보자 통금 시간에 맞춰 들어왔다는 말은 들었지만, 밤에도 보이지 않았다. 주방에서 내가 음식을 배급받았을 때도 없었고, 머리끈 한 통을 두고 로렌과 알리가 싸워서 줄리아가 둘을 떼어놔야 했을 때도 보이지 않았다. 그건 이제 내 일이기도 하다는 생각이 들었다. 난 보트 근무조다. 난 이제 그 아이가 된 것이다.

우리가 방에 왔을 때 리스의 침대는 비어 있었고, 순간 복도 저편으로 멀어지는 그녀의 은빛 손이 번쩍이는 모습을 언뜻 본 것 같았다. 나는 억지로 고개를 돌렸다.

"지금 화를 낼 사람이 누군데? 걔가 내 목을 졸랐다고, 내가 그런 게 아니라." 우리가 침대에 자리를 잡고 누웠을 때 나는 바이엇에게 그렇게 말했다.

"네가 리스 것을 뺏어갔잖아. 적어도 리스는 지금 이 상황을 그렇게 보고 있어." 바이엇이 말했다.

나는 숨을 죽인 채, 따끔거리는 눈에서 눈물이 나오지 않게 턱을 한껏 치켜들었다. 리스는 설마 내가 자기를 속상하게 하려고 일부러 그랬다 생각하진 않겠지? 하지만 리스는 원래 성격이 그랬다. 항상 내가 볼 수 없는 위협에 대비해 자신을 지키려 들었다. "내가 그렇게 해달라고 한 것도 아니잖아."

"리스가 그런 것까지 신경 쓰진 않을 듯 하네."

침대에서 각자 자리를 잡느라 우리 사이엔 잠시 침묵이 흘렀다. 나는 벽에 등을 바짝 대어 누웠고, 바이엇은 똑바로 누워 침대를 거의 다 차지했다. 우리는 톡스가 시작된 후 계속 이렇게 잤다. 처음에는 조금이라도 따뜻하게 자기 위해서였고, 나중엔 그냥 이런 구도에 익숙해졌다.

"네가 그 자리를 거절할 수도 있었잖아." 완전히 자세를 잡고 누웠을 때 바이엇이 말했다.

"그랬을지도 모르지. 리스가 부탁했다면." 나는 사납게 대꾸했다. 하지만 나의 분노는 금방 수그러들었다. 나는 눈을 감으며 한숨을 쉬었다. "난 정말 리스를 어떻게 대해야 할지 모르겠어."

바이엇이 작게 툴툴거렸다. "내가 있어서 정말 다행이지?"

"넌 정말 내 맘이 어떤지 몰라." 어떤 때는 괜찮았다. 하지만 또 어떨 때는 마음이 무너질 것 같았다. 끝도 없이 뻗은 텅 빈 수평선, 내 몸에서 일어나는 끝없는 허기, 우리가 서로를 견뎌낼 수 없다면 이 상황을 어떻게 견뎌낼 수 있을까, 나는 막막했다.

"우린 끝까지 살아남을 거야. 그럴 거라고 말해 줘."

"치료제가 오고 있어. 우린 살아남을 거야. 내가 약속할게." 바이어트가 말했다.

4장

테일러 말이 맞았다. 다음 날 웰치 선생님은 해가 뜨기도 전에 날 깨웠다. 아직 잠기운이 가시지 않은 데다 눈곱까지 끼어서 눈이 잘 떠지지 않아 잠시 후에야 선생님이 보였다.

"무슨 일이에요?" 내가 말했다. 선생님은 다시 나를 잡고 흔들었다.

"최대한 빨리 아래층으로 내려와. 우린 나갈 거야."

그러더니 선생님은 찰칵 소리를 내며 문을 닫고 나갔다. 리스는 위쪽 침대에서 잠들어 있었지만, 바이엇은 몸을 굴려서 팔꿈치를 침대에 대고 일어났다.

"가는 거야?" 잠에 취해 쉰 목소리였다.

"응."

"알았어. 조심해."

그건 명령이었다. 바이엇이 나를 보고 있을 경우를 대비해 나는 살짝 미소를 지었다. "노력해 볼게."

내가 주방 밖에 있는 벽장 앞에 도착했을 때 웰치 선생님은 카슨과 줄리아와 같이 기다리고 있었다. 카슨은 톡스 발작 후에 양호실에 갇혀 문을 긁어대다가 손톱이 세 개나 빠졌고, 줄리아의 짙은 갈색 피부에는 매일 자라는 멍들이 여기저기 흩어져 있었다. 왜 그런 멍들이 생기는지 아무도 알 수 없었지만, 그 멍들의 색깔은 절대 옅어지지 않았다.

줄리아와 카슨이 처음부터 보트 근무조는 아니었다. 처음 팀원 중 마지막까지 남은 사람이 바로 내가 대타로 들어간 테일러였다. 첫 보트 근무조는 테일러와 에밀리, 크리스틴 이렇게 세 명이었는데, 에밀리와 크리스틴은 워싱턴 DC 근처 학교를 다니던 쌍둥이로 교환 학생차 렉스터에 왔다. 원래 한 학기만 있을 예정이었으니 학교를 잘못 고른 셈이다. 톡스가 시작된 지 세 달 후 그들은 자신의 이름도 잊어버린 채 숲에서 돌아왔다. 톡스 때문에 자기가 누구인지도 잊어버렸고, 칼을 쥐는 법 외에는 아무것도 머릿속에 남아 있지 않았다. 그런 탓에 1층에서 저녁 먹던 둘은 서로를 칼로 찔렀고, 서로 피 흘리다 죽는 모습을 지켜봤다.

내가 가까이 다가가자 카슨이 빙긋 웃었다. 재킷을 두 개나 입고 있었는데 위에 입은 건 안감이 플란넬로 묵직했고, 머리카락은 후드 티의 후드 속에 집어넣은 채였다. 옆에 서 있는 줄리아는 벽장 앞에서 허리를 숙인 채 그녀와 아마도 날 위한 옷가지들을 끄집어내고 있었다.

"자." 그녀는 옷 한 뭉치를 내 품에 밀어 넣고, 양말을 더 신기 위해 부츠를 던져서 벗었다. "그거 입어."

검은색과 남색 중간의 애매한 색의 코트는 납작하고 판판한 트렁크처럼 앞쪽에 황동 걸쇠들이 달려 있었다. 코트는 내 몸에 꽤 잘 맞았고, 옷깃을 세우자, 목을 스치는 바람이 전혀 느껴지지 않았다. 귀마개가 달린 빨간 모자도 있었지만, 내게 안 맞을 것 같아서 웰치 선생님을 올려다봤다. 선생님은 머리를 빨간 스카프로 묶고 있었다. 카슨도 마찬가지였다. 이제 똑바로 서서 짜증스러운 표정으로 초조해하는 줄리아는 재킷 위에 붉고 부해 보이는 조끼를 입고 있었다.

"이 색깔이 눈에 띄기 쉬워. 일이 생길 경우에 서로 찾기 쉬워야 하거든." 웰치 선생님이 말했다. 선생님은 허리띠에 걸려 있는 무전기를 만지작거리고 있었다. 분명 교장 선생님의 무전기와 교신할 수 있는 것이리라.

줄리아가 코웃음을 쳤다. "우리만 그런 게 아니라 다른 것들도 우리를 아주 쉽게 찾아낼 수 있겠죠. 서둘러, 헤티. 어서 입어. 이제 출발해야 해."

웰치 선생님이 내 손바닥에 칼집이 있는 사냥칼을 내려놓고 줄리아와 카슨처럼 내 청바지 허리띠 고리에 그걸 거는 법을 알려줬을 때, 나는 새삼 놀랐다. 지금으로선 내가 지닐 수 있는 무기라곤 이 칼이 전부겠지만, 줄리아는 웰치 선생님처럼 총을 하나 가지고 있었다. 우리가 지붕에서 쓰는 소총이 아니라, 손에 꼭 맞는 작은 권총이었는데 줄리아는 사용법을 잘 아는 눈치였다.

"다 준비됐어?" 웰치 선생님이 이렇게 말하고 내게 고개를 끄덕여 보였다. "줄리아 뒤에서 바짝 붙어 따라와."

우리는 현관문을 나가서 판석이 깔린 길로 들어섰다. 나는 때맞춰 돌아서서 학교 건물을 바라봤다. 기억하기 위해서였다. 그러자 내가 차에서 내려 보도를 걸어갈 때 바이엇이 반걸음 정도 뒤에서 따라오던 그 열세 살 때로 돌아간 것 같았다. 큰 정문, 현관, 모든 것이 이제부터 뭔가 중요한 일이 일어날 것처럼 느껴졌다.

우리는 담장 앞에 멈춰 서 웰치 선생님이 교문을 잡아당겨 열기를 기다렸다. 그것은 연철 문으로, 아무리 숨을 세게 들이마신다고 해도 그 틈으로 빠져나가지 못할 만큼 창살이 촘촘히 박혀 있었다. 이 문은 약 백 년 전에 이 학교가 지어질 때부터 있었다. 원시림과 깔끔하게 손질된 교내 부지를 분리하기 위해, 쓰레기 냄새를 맡고 온 동물들이 들어오지 못하게 세운 문이었다. 또 여학생들이 학교 밖으로 빠져나가지 못하게 세웠을 것이란 생각도 들었다. 밖으로 나가봤자 이 섬에서 갈 데가 어디 있다고.

하지만 톡스 이후로 나무들이 전보다 더 가까이 슬금슬금 다가오면서 자랐고, 새 묘목들이 솟아나 마치 우리를 향해 손을 뻗어오는 것처럼 담장을 넘어왔다. 죽은 솔잎들이 얼어붙은 땅바닥에 떨어져 있었고, 나머지 나무들도 껍질이 벗겨지고 마디가 생겨났다. 나무들은 바로 그 연철 문에 기대어 자랐고, 가지들은 담장 위를 넘어갔다가 거기에 잔뜩 열린 핏빛 같은 산딸기 열매들 때문에 밑으로 축 처졌다. 그걸 먹는 사람은 하나도 없었다. 그 열매들이 찢어져서 벌어지면, 속에서 검은 액체가 흘러나왔다.

학교 담장에서 나무들이 멀찍이 떨어져 있는 유일한 곳이 바로 섬 북쪽이다. 거기서 바로 600미터 아래 밑으로 떨어지는 절벽이 있다. 거기를 제외한 다른 곳은 모두 사정없이 자라난 나뭇가지들을 잘라내고, 손에 닿는 건 뭐든지, 우리가 쓸 수 있는 건 뭐든지 다 써서 이 담장을 세웠다.

나무들도 끔찍한데—나무들이 분명 우리를 노리고 있다고 맹세라도 할 수 있다—동물들이 우리를 무시무시하게 빠른 속도로 덮쳐왔다. 코요테들은 늑대들보다 더 커졌다. 여우들은 무리지어 다니며 잔인하게 사냥하고 있었다. 가끔은 총기 근무조의 소녀들이 제어하지 못할 정도로 빠르게 움직이기 때문에, 우리는 담장에 유리 조각들과 다 먹은 수프 통조림의 뚜껑들을 박아놨다. 그래도 남은 틈은 교실 벽에서 뜯어낸 게시판 조각들로 막았다.

담장 앞에는 보초를 세우지 않았다. 숲에 너무 가깝기도 하고, 동물들에게 지나치게 유혹적으로 느껴지기도 했으며, 어쨌든 그럴 필요가 없었다. 대신 교문은 쉽게 열리고 쉽게 잠겼다. 교문 안으로 다시 들어올 수 있는 유일한 방법은 웰치 선생님의 벨트에 대롱대롱 매달려 있는 연철 열쇠뿐이었다.

교문이 빠끔히 열리자 우리는 그 좁은 틈으로 옆걸음질 쳐서 빠져나왔다. 웰치 선생님이 문을 다시 닫았을 때 자물쇠가 걸리는 소리를 들을 수 있었다. 그 소리가 어찌나 엉성한지 생각만으로도 부숴 버릴 수 있을 것 같았다. 이게 정말 우리를 안전하게 지켜주고 있는 거 맞나?

"준비됐니?" 웰치 선생님이 말했다. 선생님은 내가 준비됐는지 보려고 기다리지도 않았다. 우리는 걷기 시작했다.

흙길인 도로 가장자리에는 나무뿌리들과 잡초들이 무성하게 돋아나 있었고, 움푹 팬 곳들은 리스의 아빠인 하커 씨가 갖다 놓은 돌멩이들로 채워져 있었다. 나는 지붕에서 이 길을 보며 1년 반을 보냈지만, 이곳을 발로 밟으며 걷는 건 어떤 느낌인지 잊어버리고 있었다. 서리가 얼은 길바닥은 사탕 과자처럼 오도독오도독 소리가 났다. 내 입김이 구름처럼 하얗게 피어올랐다가 허공에서 흩어졌다. 일주일 전만 해도 가을이었는데 오늘은 겨울이나 다름없었다.

우리 머리 위로 소나무들이 머뭇머뭇 하늘까지 높게 자라 있었다. 원래 정상적인 크기보다 훨씬 더 높게 자랐고, 몸통들은 더 넓적해졌고, 가지들은 수도 없이 갈라져 나갔다. 그 가지들이 태양이 있는 곳까지 가려서 햇빛이 흐리고 탁하면서 끈적끈적한 느낌이 들었다. 이곳에서는 모든 게 잊힌 느낌이 들었다. 마치 우리가 백 년 만에 여기에 처음 나타난 사람들 같았다. 도로에 타이어 자국은 하나도 없었고, 이곳이 한때 도로였다는 흔적도 없었다.

우리는 여기 있어선 안 됐다. 이곳은 더 이상 우리 것이 아니었다.

♦ ♦ ♦

　우리가 학교에서 얼마나 많은 소리를 내는지 한 번도 의식한 적이 없었는데, 밖에 나와서 몇 분 지나자 바로 알아차렸다. 이곳은 너무 조용해서 숲의 소리를 들을 수 있을 정도다. 숲이 자라고 움직이는 소리를 들을 수 있고, 그 속에 있는 것들이 자라고 움직이는 소리도 들을 수 있었다. 톡스가 발생하기 전에는 작았던 사슴들이 지금은 너무 커져서, 사슴 고기만으로도 몇 주 동안 먹을 수 있을 정도다. 다만 이미 죽어가는 순간에도 고기가 썩어 있다는 게 문제지만. 숲에는 코요테들도 있고, 한 번도 본 적은 없지만 늑대들의 소리도 들었다. 다른 동물들은 모습을 드러내지 않았다. 톡스는 우리만이 아니라 모든 것에 일어났다.

　숲의 바닥에서 이끼가 두꺼운 융단처럼 겹겹이 자랐고, 덩굴 식물들은 끝도 없이 나선형으로 올라갔다. 날이 이렇게 추운데도 여기저기서 꽃들이 기운차게 크고 있었다. 그것은 붓꽃으로, 선명한 쪽빛 꽃잎들이 서리에 뒤덮여 있었고, 한가운데 무리 지어 핀 꽃송이들은 스커트 자락처럼 넓게 펴진 꽃잎들을 밑으로 드리우고 있었다. 붓꽃은 섬 전역에서 사시사철 자랐고, 우리는 사실상 교실과 기숙사의 방이란 방마다 꽃병에 붓꽃을 꽂아두곤 했다. 렉스터 붓꽃들은 일단 꺾으면 꽃잎들의 색이 까매진다는 점에서 특별하다. 마치 렉스터 블루스처럼. 그리고 이제는 우리처럼 그렇다.

섬이 격리되기 전까진 이렇지 않았다. 섬의 동물들은 사실상 길들인 것처럼 순하게 느껴졌다. 물론 그때도 짐승들이 꿇지 않도록 음식을 제대로 보관하라는 잔소리를 듣긴 했다. 숲도 그때는 우리의 숲처럼 느껴졌다. 소나무들은 빽빽이 자랐지만, 토양 자체가 메말라서 몸통이 마치 바늘처럼 날씬하고 뾰족했다. 그래서 자리만 제대로 잡고 나무 위에 서면 섬의 한쪽 끝에서 반대쪽 끝까지 다 볼 수 있었다. 그리고 공기 중에서 항상 톡 쏘는 소금기가 풍겼기 때문에 주위에 바다가 있다는 사실을 결코 잊지 못했다. 하지만 이렇게 무시무시하게 울창한 숲속에서는 가끔 아주 희미한 소금기가 풍길 따름이었다.

숲이 제일 먼저 톡스에 걸렸다. 나는 어쨌든 그렇게 생각한다. 그 야생의 톡스가 우리 몸속에 들어오기 전에 먼저 땅속으로 스며들고 있었다. 나무들이 전보다 더 높게 자랐고, 새 묘목들이 멋대로 빠르게, 그것도 난데없이 솟아나고 있었다. 그건 괜찮았다. 그것은 관심을 가질 만한 현상이 아니었다. 그러다 어느 날 창밖을 보는데 내가 아는 렉스터가 사라진 사실을 깨달았다. 그날 아침에 두 소녀가 밥을 가지고 마치 짐승들처럼 사납게 서로의 머리채를 휘어잡았고, 그날 오후 톡스가 우리를 덮쳤다.

이쪽 도로는 화살처럼 곧게 나 있었고, 보트 근무조들이 1년 반 동안 왔다 갔다 한 발자국들이 여기저기 찍혀 있었다. 도로 양쪽엔 아무것도 없었다. 나무들 속으로 서둘러 사라지던 작은 길들엔 아무 흔적도 없었다. 다른 사람의 흔적도 없었다. 내가 찾을 수 있는 거라곤 나무 몸통에서 찢겨나간 긴 줄무늬들뿐이었다. 아마 뭔가의 발톱이거나 이빨로 한 짓이겠지.

난 이곳은 다를 거라고 기대했다. 나는 나무들이 담장을 공격하는 모습을 지켜보고, 그들 사이에서 점점 깊어지는 어둠이 다가오는 모습을 지켜봤다. 나는 톡스가 무슨 짓을 하는지 알고 있었다. 하지만 과거의 삶 중 일부는 아직도 여기 남아 있으리라 생각했다. 우리 중 일부는 여기에 살아남았을 거라고.

"서둘러." 웰치 선생님이 말했다. 내가 어느새 뒤처진 걸 깨달았다. 다른 사람들은 저만치 앞에 있었다. "계속 가야 해."

나는 리스의 집에 뭐가 남아 있을지 궁금했다. 그 집은 여기서 오른쪽으로 쭉 가면 나오는 갈대밭 어딘가에 있을 것이다. 난 거기까지 가는 길은 한 번도 관심을 두지 않고, 항상 리스가 이끄는 대로 따라갔다. 리스가 우리를 자기 집에 초대하기까진 아주 오랜 시간이 걸렸고, 마침내 초대했을 때도 어쩐지 우리는 거기 있어선 안 될 것 같은 느낌이 들었다. 리스와 그녀의 아빠가 웃으면서 이야기하는 동안 바이엇은 음식을 깨작거렸고 나는 뭘 해야 할지 몰라서 내내 미소만 짓고 있었다.

우리 뒤쪽 어딘가에서 요란한 소리가 나더니 높고 빠르게 일종의 메에 하고 우는 것 같은 소리가 들렸다. 나도 모르게 순간 욕이 나왔다. 웰치 선생님은 가장 가까운 나무에 몸을 던지고, 날 잡아당겨서 나무뿌리들 사이에 같이 납작하게 엎드렸다. 도로 맞은편에서 카슨과 줄리아가 덤불 속의 성긴 틈으로 들어가, 쪼그려 앉은 채 고개를 숙이고 있었다.

"대체 무슨."

"쉿. 움직이지 마." 웰치 선생님이 속삭였다.

지붕에 있을 땐 이렇지 않았다. 그저 나뭇가지들과 내 소총만 보였다. 하지만 이제 땅이 흔들리는 걸 느낄 수 있었다. 뭔가가 육중하게 흙을 휘젓는 발자국소리였다. 입이 바짝 마르고, 겁이 나서 온몸이 덜덜 떨렸다. 나는 소리를 내지 않으려고 입술을 깨물었다.

웰치 선생님 옆 땅바닥에 바짝 몸을 붙이고 있는데, 여기저기 뻗친 소나무 뿌리들이 우리 주위를 구불구불하게 감싸고 있는 곳에서 언뜻 뭔가 보였다. 처음에는 거대한 그림자만 보이다 그것이 어슬렁거리면서 시야로 들어왔다. 털이 마치 긴 풀잎들처럼 흔들렸다. 코요테라고 하기엔 너무 컸고, 보브캣*이라고 보기엔 털색이 너무 진했다. 흑곰이었다.

만약 곰이 우리를 보면 어떻게 해야 할지 알고 있었다. 회색곰은 다르지만, 흑곰을 만났을 때는 소리를 내면서 눈싸움을 해서 이겨야 한다. 도망치지 말고 그 자리에서 맞서 싸워야 한다. 하커 씨가 자기 집 쓰레기통을 뒤지는 흑곰 한 마리를 본 후에 우리에게 가르쳤다. 흑곰은 보기보다 몸이 빨라, 그리고 덤불 속에서 언뜻 보이는 색을 알아챌 수 있어. 아저씨는 그렇게 말했다.

나는 얼른 쓰고 있던 빨간 모자를 벗어서 코트 속에 쑤셔

★ 북미산 야생 고양잇과 동물.

넣었다. 두피에서 솟아나는 땀이 순식간에 얼어붙고 있었다. 나는 사정없이 뛰는 심장 박동을 하나하나 세면서, 크게 숨을 쉬지 않으려고 애를 썼다.

옆에 있는 웰치 선생님이 희미한 미소를 지었다. 무의식중에 짓는 미소 같았다. 우리가 거기서 얼마나 그러고 있었는지 나도 모른다. 그 발소리가 지나갈 때까지, 나무들의 움직임이 진정될 때까지, 그 소리가 희미해질 때까지 기다렸다가 웰치 선생님이 일어나면서 나도 일으켜 세웠다.

"그건 갔어. 다시 모자를 써도 돼." 선생님이 말했다.

선생님은 카슨과 줄리아를 큰 소리로 불렀다. 그들은 방금 하나도 겁이 나지 않았던 것처럼, 이런 종류의 위험은 항상 겪는 것처럼 나뭇가지들 사이로 뛰어왔다.

"재미있었어?" 줄리아가 물었다. 아무래도 농담이 아닌 것 같았다.

렉스터섬은 대략 8킬로미터 정도의 길이로, 총알처럼 생겼고, 뾰족한 끝부분은 서쪽을 향해 있다. 하지만 우리는 아주 천천히 움직이고 있어서 반대쪽 끝까지 가는 데 한참 걸렸다. 그곳이 어디쯤인지는 그냥 봐도 분간할 수 있다. 나무들이 다 마치 해안을 두려워하는 것처럼 뒤로 멀찍이 물러나 있었다. 저위쪽 어딘가, 숲의 끄트머리에서는 잘 보이지 않게 숨겨진 곳에 관광 안내소가 있다. 거긴 학교가 생기기도 전에 지어진 곳으로, 이 지역 낚시 회사의 본사였다가 바닷가재들이 사라지면서 용도가 바뀌었다. 톡스가 발생하기 전에는 항상 비어 있다가 여름만 열었다. 여름에도 하커 씨 혼자 카운터 뒤에 앉아서 야구 중계를 듣는 동안 연락선을 타고 온 관광객들이 다른 도시나 다른 섬으로 가는 길에 들르곤 했다.

마침내 숲의 나무들이 줄어들기 시작했고, 저 앞쪽에 해수 소택지가 펼쳐져 있는 풍경이 보였다. 한 800미터 정도 떨어진 곳에 회색의 거친 바다가 보였고, 언제나 그렇듯 수평선도 텅 비어 있었다.

"아." 나도 모르게 말이 나와버렸다.

웰치 선생님이 얼굴을 찡그리고 나를 봤다. "뭔데?"

"전 그저 사람들이 여기서 우리를 기다리고 있을 줄 알았어요."

아무도 대꾸하는 사람이 없어서 실망을 삼키고 그들을 따라 한 줄로 걸었다. 카슨이 앞장서고, 다음에 나, 마지막으로 줄리아가 웰치 선생님을 따라 나무들 속에서 빠져나왔다. 바로 거센 바람이 불어왔는데 얼마나 센지 넘어질 뻔했다. 나는 모자를 코트 주머니에 찔러 넣고 줄리아에게 다가서면서, 그녀가 바람을 조금이라도 막아주길 바랐다.

이쪽 도로는 바닷물에 씻겨서 반질반질해졌고, 도로 양쪽의 땅은 갈대밭과 질퍽질퍽한 웅덩이로 기울어져 있었다. 오른쪽에 부두에서 관광 안내소까지 이어져 있던 판자 길의 흔적을 볼 수 있었다. 그 판자 길은 구불구불한 습지를 지나 숲속으로 들어갔고, 옛날엔 거기에 이런저런 정보가 담긴 명판들이 여기저기 꽂혀 있었는데 이젠 그마저도 보이지 않았다. 나는 그 명판들이 어떻게 됐는지 묻고 싶었다. 하지만 그거라고 다를까. 다 톡스 때문에 사라졌겠지.

우리는 도로로 계속 천천히 걸어가다가 마침내 연락선이 정박하는 부두가 시작되는 곳에 이르렀다. 그곳 입구에 낡아서 너덜너덜해진 붉은 테이프가 바람에 펄럭거리고 있었다. 처음에는 그들이 벽을 세울 계획이라고, 금속과 플라스틱을 써서 투명하게 비칠 수 있는 진짜 벽을 세울 거라고 했지만, 이것이 그들이 취한 조치의 전부였다. 빨간 테이프와 '격리가 끝날 때까지 출입금지.'라고 쓴 표지판 하나.

우리는 여기서 멈췄다. 웰치 선생님이 가방을 땅바닥에 떨어뜨리고 그 속을 뒤지다가 쌍안경을 꺼내서 수평선을 바라봤다.

"이제 뭐 해요?" 나는 추위를 달래려고 한 발을 다른 발에 대고 툭툭 치면서 말했다.

"보통은 여기서 한동안 기다려야 해. 하지만 그러려면." 카슨이 입을 열었다.

그때 새 한 마리가 짹짹거렸다. 나는 홱 돌아서서 나무들을 살펴봤지만, 주변 환경을 둘러보는 사이에 거리 감각이 사라져버렸다. "저게 대체 뭐였어요?"

우리가 병이 든 후로 새들은 더 이상 지저귀지 않았다. 마치 세상에 존재하지 않았던 것처럼 입을 다물어 버렸다. 시간이 흐르면서 우리는 새들이 멀리 날아가는 모습을 지켜봤다.

왜가리들과 갈매기들과 찌르레기들이 끝도 없이 남쪽으로 날아갔다. 너무 오랫동안 새소리를 듣지 못해서 그게 어떤 소리인지도 잊고 있었다.

"오, 잘됐다. 그들이 거의 다 왔어." 웰치 선생님이 말했다.

왜 다른 사람들은 새에 대해 이상하다고 느끼지 않는지 내가 여전히 의아해하고 있을 때 저 앞바다에서 무적* 소리 같은 소리가 크게 울려 퍼졌다. 나는 깜짝 놀라 심장이 사정없이 쿵쿵 뛰고, 호흡이 거칠어졌다.

"그건 어디 있어요?" 내가 물었다.

오늘은 하늘이 맑아서 회색 하늘 뒤쪽 어딘가에 해가 떠 있었다. 여기서도 파도 너머 얼룩처럼 보이는 해변을 볼 수 있었다. 하지만 어떤 보트도, 어떤 배도 보이지 않았다.

"그냥 기다려."

"하지만 아무것도 안 보이는데."

또다시 무적 소리가 들렸고, 다른 사람들은 준비가 된 것처럼 보였다. 원래 이런 식으로 일이 진행되는 것처럼, 그러다 갑자기 마치 거대한 회색 안개를 뚫고 나타난 것처럼 뱃머리가 보였다.

그것은 앞부분이 뭉툭하고 선체의 색이 바랜 예인선이었다. 우리가 있는 섬 쪽으로 가까이 오기엔 너무 컸지만, 깊은 물 위로 툭 튀어나와 있는 부두에 대기에 딱이었다. 예인선이 점점

---

* 항해 중인 배에게 안개를 조심하라는 뜻에서 부는 고동.

더 가까워지면서 거기 찍힌 마크 속의 하얀 숫자와 노란색과 파란색 줄무늬들을 볼 수 있었다. 이런 표지를 노픽에서 본 적이 있었다. 이건 내쉬 캠프에서 나온 해군 소속 배라는 뜻이다.

배가 방향을 틀자 배가 지나간 흔적이 해안을 스쳤고, 눈을 가늘게 뜨고 보면 환한 색 양복을 입은 두 사람, 실제로 보면 체격이 더 클 두 사람이 갑판 끝에서 움직이는 모습을 볼 수 있었다. 배는 방향을 틀고 있었고, 모터 소리가 점점 더 커져서 카슨이 귀를 손으로 틀어막았다. 배 뒤쪽에 커다란 오렌지색 크레인이 하나 있었다. 이제 그게 눈에 들었다. 그것이 뭔가를 들어서 내밀고 있었고, 우리는 그것이 갑판에 있는 화물 운반대 하나를 집어서 물 건너편, 부두 끝을 향해 들어 올리는 모습을 바라봤다.

크레인이 그것을 놓자 그 화물이 쿵 소리를 내며 부두 바닥에 떨어졌다. 부두의 판자들이 덜덜 떨렸다. 내가 한 발짝 다가서자 줄리아가 내 가슴 앞으로 팔을 휙 뻗었다.

"저기서 경보를 해제하는 신호를 줘야 해." 줄리아가 말했다.

크레인이 다시 제자리로 돌아가고 있었고, 갑판의 두 사람은 그대로 서서 우리를 바라보고 있었다. 그중 한 사람이라도 우리에게 손을 흔들거나 아는 척하기를 기다리고 있을 때 무적 소리가 울렸다. 그 배가 순간 너무 가까이서 너무 크게 보였기 때문에 우리가 입을 헤 벌린 채 멍하니 서 있는 동안 우리 옆을 스쳐 지나가 버렸다.

마침내 그 소리가 멈췄다. 나는 헉헉거리며 신선한 공기를 들이마셨다.

"이제 가도 돼." 줄리아가 말했다.

바닷물이 부두의 버팀대를 후려치는 동안 항적이 점점 더 커졌고, 이제 예인선은 다시 빠르게 움직이고 있었다. 갈매기 두 마리가 시끄러운 소리를 내며 부두 난간에 내려앉았다. 그들은 우리를, 배가 떨어뜨리고 간 보급품을 지켜보고 있었다. 여기서 그들이 뒤질 수 있고, 건질 수 있는 건 건져가려고 기다리는 것이다. 그들은 분명 본토에서부터 예인선을 따라왔을 것이다.

이제 가까이 다가가자 그 배달된 물품이 아주 많은 걸 볼 수 있었다. 정말 많았다. 보트 근무조가 평소에 가지고 오는 양보다 훨씬 많았다. 그 화물 운반대는 나무 상자들로 뒤덮여 있었는데 모두 단단히 못질이 돼 있었고, 그 위에 자루가 대여섯 개 정도 있었다. 보트 근무조가 항상 가지고 돌아오는 그런 종류의 자루였다.

"이게 다 뭐예요?" 내가 물었다. 나는 바이엇이 갈비뼈가 튀어나올 정도로 비쩍 마른 걸 잘 알고 있다. 바이엇은 이 음식이 필요하다. 우리 모두 그렇다.

"이건 우리만의 비밀이야. 그게 다야." 웰치 선생님이 말했다.

"그래도 괜찮아." 카슨이 말하고 있어서 그 박스들에게서 억지로 눈을 떼야 했다. "이해하기 쉽지 않은 건 나도 알아."

"이거 다 음식이에요? 이거면 우리가 일주일은 너끈히 먹을 수 있는 양인데."

"그보다 더 오래 먹을걸, 아마도." 줄리아가 냉정하게 말했다.

이들은 모두 나를 지켜보며 뭔가 기다리고 있었는데 그게 뭔지 나만 모르고 있었다. "항상 이런 식이에요?" 아마 이번이 처음이겠지, 아마 이들도 나만큼 놀랐겠지. 하지만 웰치 선생님이 침착하게 고개를 끄덕였다. "이해할 수 없어요. 여기 온 음식들은 다 어디로 가는데요? 왜 학교로 다 가져가지 않아요?"

웰치 선생님이 날 향해 몇 발자국 다가와서 이제 나와 음식 사이에 섰다. 줄리아와 카슨도 선생님 옆으로 왔는데, 불안해서 미간을 찡그리고 있는 카슨만 빼놓고 둘 다 표정이 굉장히 엄숙했다.

"내 말 잘 들어. 내가 널 뽑은 데는 이유가 있어. 이 일의 가장 큰 목적은 학교에 남아 있는 아이들을 보호하는 거야. 그게 아주 힘든 일이더라도 말이야. 그게 네가 예상한 상황과는 다르게 보이더라도 말이야." 웰치 선생님이 말했다.

나는 고개를 저으며 한 발짝 뒤로 물러섰다. 이건 옳지 않다. 나는 이 상황을 도저히 이해할 수 없었다. "대체 지금 무슨 말을 하는 거죠?"

"여기 음식 중 일부는 상했어. 그들은 음식을 많이 보내지만 아마도 이 중 절반만이 먹을 수 있을 거야. 여기엔 온갖 종류의 나쁜 음식들이 와. 유효 기간이 지난 것도 많고, 농약이 들어 있는 것도 많아."

"농약이라고요?" 나는 믿을 수 없어서 그렇게 되물었지만, 줄리아와 카슨이 고개를 끄덕였고, 둘 다 웰치 선생님만큼이나 표정이 심각했다. "우리가 농약 때문에 이렇게 굶주리고 있다고요?"

"우리의 몸은 이미 면역 기능이 크게 손상됐어. 이런 상태에서 음식으로 더 큰 위험을 감당할 순 없어."

"그래서 우리는 굶어 죽다시피 해야 하나요?"

"그래." 웰치 선생님이 말했다. 선생님의 목소리는 차분했고, 날 찬찬히 바라보는 시선은 서늘했다. "내가 말했지, 헤티. 내가 널 뽑은 이유는 네가 이 상황을 감당할 수 있을 거라고 생각했기 때문이야. 가끔은 나도 사람 보는 안목이 부족할 때가 있다는 거 인정해. 그런 경우에는 그것도 잘 처리할 수 있고." 선생님은 아주 슬쩍 움직였는데 순간 손을 자신의 청바지 허리띠에 찔러 넣은 권총에 대고 있는 모습이 보였다.

나는 그 장면을 상상할 수 있었다. 내 두 눈 사이에 총알을 정통으로 한 방 맞고 나서 웰치 선생님이 지켜보는 동안 내 몸이 천천히 바다 속으로 쓰러지는 모습을. 학교에 남은 사람들에게 보트 근무조원이 하나 사라졌다고 설명하기란 식은 죽 먹기일 것이고.

"하지만 난 내 판단이 틀린 건 죽기보다 싫은 사람이야. 거기다 내가 틀렸다고 생각하지도 않고. 내 생각에 넌 이걸 감당할 수 있을 것 같아, 헤티. 안 그래?" 웰치 선생님이 이야기를 계속했다.

처음에 나는 대답하지 못했다. 우리는 아주 작은 음식 부스러기 하나를 가지고 서로 머리채를 잡고 싸워왔다. 그런 내내 음식이 아주 많이 있었다니. 웰치 선생님은 대체 무슨 권리로 우리가 먹을 음식을 뺏은 거지?

하지만 내가 이 싸움을 하기로 들면 목숨이 위험해진다. 웰치 선생님은 눈 하나 깜빡하지 않고 나를 죽일 것이다. 양심의 가책도 전혀 없을 것이고. 톡스와 1년 반의 시간을 보내면서 우리는 모두 해야 할 일을 해내는 법을 익혔다. 거기다 솔직히 이들이 날 고른 게 아무 의미도 없는 척은 할 수 없었다. 리스가 아닌 나를 고른 이유 말이다.

"어때, 헤티?"

이 상황의 뭐가 잘못됐건—뭔가 잘못된 건 분명히 알겠지만—지금 나로서는 고칠 수 없다. 나는 허리를 똑바로 펴고 일어서서 웰치 선생님의 눈을 정면으로 바라봤다. 난 바이엇처럼 능숙하게 거짓말을 칠 순 없지만, 시도는 해볼 수 있다.

"네. 선생님 말이 맞아요." 내가 말했다.

웰치 선생님이 내 어깨를 꽉 잡았는데, 진심으로 활짝 웃고 있었다. "우리 선택이 맞았어."

"잘했어." 줄리아가 말했고, 카슨이 내게 다가와 바짝 튼 입술로 내 뺨에 살짝 키스했다. 나는 놀라서 몸을 홱 뒤로 뺐다. 내 몸에 닿은 카슨의 몸은 무시무시하게 차가웠고, 그녀의 입술은 공기보다 더 차가웠다.

"네가 들어와서 좋아." 그녀가 말했다. 둘 다 안도한 표정으로 미소를 짓고 있었다. 마치 나 없이 집에 갈 준비를 했던 것처럼.

물론 그러려고 했을 테지.

웰치 선생님이 내 어깨에 한 팔을 걸쳤다. "당연히 다른 아이들에겐 말하면 안 돼." 선생님은 그렇게 말하면서 나를 상자들이 있는 곳으로 데리고 갔다.

"참고로 말하자면, 교장 선생님도 몰라야 해."

"교장 선생님도요?" 나는 놀란 기색을 감출 수 없었다. 이 상황 자체도 너무 이상하지만, 웰치 선생님과 교장 선생님이 서로 뭔가를 감출 수 있다는 사실이 더 이상했다.

"선생님은 신경 쓰실 일이 아주 많아. 그러니 음식 배달 같은 일로 선생님을 귀찮게 할 필요가 없잖아. 그냥 우리끼리 처리하는 게 더 간단해. 교장 선생님이 얼마나 세세한 일까지 다 챙기려고 하는지 너도 잘 알잖니." 웰치 선생님이 빙긋 웃으며 말했다.

"그럼요." 내가 말했다. 그게 정답처럼 느껴졌고, 웰치 선생님은 이 비밀을 지키기 위해 어떤 희생이라도 감수하겠다는 점을 아주 확실히 보여줬으니까.

"좋아. 이제 시작하자. 너는 이 상황이 너무 새롭고 버거울 테니까 이번에는 그냥 보고 있으면 어떨까? 앞으로 계속 다니다 보면 자연스럽게 익힐 수 있을 거야." 선생님이 내 어깨를 놓아주면서 말했다.

카슨이 그 자루들을 줄리아에게 건네주자 줄리아는 끈을

풀어서 안에 들어있는 내용물들을 바닥에 쏟았다.

채소, 과일, 심지어 베이컨까지 있었다. 모든 식품이 마치 식료품 가게에서 곧바로 가져온 것처럼 포장돼 있었다. 하지만 좀 더 가까이서 들여다보자 어떤 팩들은 개봉된 흔적이 있었고, 어떤 팩들은 비닐을 찢었다가 내쉬 캠프 마크가 찍힌 테이프를 사용해서 다시 붙여져 있었다. 나침반 하나와 지구본 하나 그리고 너무 작아서 읽기 힘든 글이 찍힌 현수막도 있었다.

웰치 선생님이 당근 자루 하나를 들어서 코에 대는 동안 내 배에서 꼬르륵 소리가 났다.

"상했어." 선생님이 그렇게 말하고 물가 가장자리로 던져버렸다. 그 당근 자루를 쫓아 물속으로 뛰어들고 싶은 걸 겨우 참았다.

다음에 베이컨이 물속으로 풍덩했고, 다음엔 포도, 다음엔 피망 그렇게 자루 두 개가 비워졌고, 부두 근처의 물속은 음식으로 가득 찼다.

"또 시작이군." 웰치 선생님이 말했다. 선생님은 이제 세 번째 자루를 뒤지고 있었는데 안에 생수 박스가 들어 있었다. 신선한 생수병에 항상 그렇듯 똑같은 상표가 눈부시게 빛났다. 요즘 우린 그 물만 마신다. 학교에선 전에는 우물물을 마셨지만 톡스가 발병한 후로 해군이 그 물은 오염됐을지 모르니 마시지 말라고 했다.

카슨은 물병 박스들을 세기 시작했다. 옆에 선 줄리아는 성냥과 비누를 골라내서 쌓기 시작했다. 그녀가 들고 있는 자루에서 샴푸 병들이 삐죽 튀어나온 걸 볼 수 있었다. 모두 진주처럼 하얀색으로 아무짝에도 쓸모없는 것들이었다.

끝나기까지 한참 걸렸지만, 그들은 마침내 모든 자루를 비우고 가져갈 음식과 물건들을 따로 치워놨다. 원래 포장 상태 그대로 보존된 음식들, 비스킷과 육포와 돌멩이처럼 단단해진 베이글들. 그때 줄리아가 칼을 꺼내 첫 번째 나무 상자를 열었다. 그 속에 있던 종이들이 바람에 날려가 마치 재처럼 수면을 뒤덮었다.

총 네 개의 상자가 있었다. 하나는 구급상자와 생물학적 유해 물질을 넣는 봉투들, 의사들이 쓰는 마스크들이 들어있었다. 우리는 그 내용물을 반쯤 버리고 나머지는 챙겼다. 두 번째 상자는 가장자리까지 탄약으로 가득 차 있었고, 세 번째는 완충재를 써서 깔끔하게 포장된 권총 두 자루가 있었다. 웰치 선생님은 그 총들을 꺼내 자기 가방에 넣고, 총알 상자들은 우리에게 몇 개씩 나눠줬다.

그리고 마지막 상자를 열었다. 주로 종이와 지푸라기가 들어 있었지만, 그 한가운데 초콜릿이 있었다. 진한 색의 진짜 초콜릿, 고급 초콜릿이었다. 우리가 주위에 몰려드는 동안 선생님이 그걸 상자에서 꺼냈다.

"저게 그……." 나는 미처 말을 끝맺지 못했다. 웰치 선생님이 포장지를 뜯고 있어서 그 냄새를 맡을 수 있었기 때문이다. 그동안 그게 어떤 느낌인지 까맣게 잊고 있었다. 마치 덩굴 식물이 자라는 것처럼 설탕이 공기 중으로 퍼지는 것 같았고, 나도 모르게 어느새 나는 손을 뻗고 있었다.

카슨이 웃었다. "기다려, 너도 주실 거야."

"전에도 이걸 먹었어?" 내가 묻자 줄리아가 고개를 끄덕였다. 이 말에 화가 나야 했지만, 고작해야 질투밖에 할 수 없었다.

웰치 선생님이 크게 한 조각을 뚝 뗐을 때 난 소리는 지금까지 내가 들어본 소리 중 최고였다. 아주 두툼한 소리, 진짜배기 소리, 진짜 여기 있는 초콜릿에서 나는 소리였다.

"매번 하나씩 보내 줘."

"음, 매번은 아니지." 웰치 선생님이 말했다. 두 번째 조각은 이제 줄리아의 손에 있었다. "하지만 자주 보내 주지."

이제 내 순서였고, 초콜릿은 이미 내 살에 닿아 녹고 있었다. 너무 빨리 입속에 쑤셔 넣는 바람에 숨이 막힐 것 같았지만, 뭔 상관인가. 솔직히, 누가 그런 걸 상관하겠나. 맛이 이토록 환장하게 좋은데 말이다.

초콜릿을 다 먹었을 때는 한참 시간이 흘러 있었다. 나는 계속 손가락을 핥으면서 초콜릿의 남은 여운까지 남김없이 맛보려고 애를 썼다. 우리는 자루들을 들고 다시 길을 나섰다. 화물 운반대 위에는 아무것도 남지 않았다. 웰치 선생님이 상자들도 물속으로 밀어 넣었고, 내가 그 이유를 묻자 뭐든 하나라도 여기 남겨놓으면 저들이 다음번엔 덜 보낼 거라서 그랬다고 설명했다. 우리는 이번에 도착한 보급품 중 대충 3분의 1정도밖에 챙기지 않았지만, 그곳은 완벽하게 치웠다.

나는 우리가 아침에 온 그 길로 가고 있는 걸 알고 있었지만, 부두에서 점점 더 멀어질수록, 길의 풍경은 더욱 더 달라 보였다. 아침보다 더 노래진 햇빛 때문에 그럴지도 모르지만, 어쩌면 그게 아닐지도 모른다. 어쩌면 다른 이유가 있는지도 모르겠다. 갈매기들이 하늘로 날아올라 이제 우리 머리 위를 빙빙 돌면서 몹시 흥분해서 사납게 울고 있었다. 머리에 쓴 모자의 덮개를 좀 더 세게 잡아당겨 귀를 덮고 있을 때 웰치 선생님이 느닷없이 멈췄다. 너무 갑작스럽게 서는 바람에 카슨이 선생님에게 부딪쳤다.

"죄송해요." 카슨이 말했지만, 선생님은 듣고 있지 않았다.

"뭐예요?" 줄리아가 말했다.

웰치 선생님이 돌아서서 우리를 바라봤다. 입 가장자리가 잔뜩 긴장돼 있었다. "뭔가 오고 있어." 갈매기들은 가버렸고, 이제 사방에서 귀에 거슬리는 침묵만 흐르고 있는데. "찢어지자. 둘씩 나눠서 가. 도로를 피해서 교문 앞에서 다시 만나자. 헤티, 넌 나랑 같이 가고." 선생님이 말했다.

줄리아와 카슨이 서로 쳐다보더니 덤불 속으로 사라져 결국엔 그들이 입은 붉은 옷이 하나의 점으로만 보였다.

웰치 선생님이 나를 이끌고 숲속으로 들어갔다. 우리는 재게 발을 놀렸고, 소나무들 사이로 걸어가는 동안 옷에 계속 나무껍질이 걸렸다. 어둠이 점점 짙어지고 있었고, 나무들 사이로 먹이를 찾아 슬금슬금 돌아다니는 동물들의 소리가 들렸다. 숲으로 점점 더 깊이 들어갈수록, 들고 있는 자루가 내 축축한 손바닥으로 미끄러졌다.

"선생님." 내가 불렀지만, 선생님은 말없이 손을 뒤로 뻗어서 내 재킷을 잡고 끌고 갔다.

우리 왼쪽 덤불 속에 갈라진 틈이 하나 있었다. 웰치 선생님이 갑자기 멈춰서더니 그대로 서서 팔을 뒤로 뻗어 날 막았다. 소나무들이 우리 주위를 둘러싸고 있었고, 그렇게 모여선 나무들이 지평선을 조각조각 잘라놓고 있었다. 움직이는 건 하나도 보이지 않았다. 어쩌면 우리가 잘못 들은 건지도 모르겠다는 생각이 들었다. 어쩌면 우리는 무사히 집에 갈 수 있을지도 모른다. 하지만 그것이 다시 왔고, 뭔가 스치는 소리가 들렸다. 뭔가 움직였다. 유리 같은 노란 눈동자가 나타났다가 사라졌다.

"저게 뭐였어요?" 나는 속삭였다. 심장이 사정없이 콩닥거렸고, 압도적인 공포에 숨이 막힐 것 같았다.

"나도 잘 모르겠다." 선생님은 가지고 다니는 권총을 벨트에서 빼서, 허리에 대고, 손가락은 방아쇠에 대지 않고 있었다. "나는 잘 못 봤는데."

그때 뭔가가 선생님이 하던 말을 잘라먹었다. 우리 뒤에서 조용히 으르렁거리는 소리가 났다. 으르렁거리는 소리에 이어 나뭇가지가 탁 부러지는 소리. 나는 돌아섰다.

그것은 보브캣이었다. 회색 털을 기른 긴 몸을 쭈그린 채 앉아 있었다. 뾰족한 귀를 납작하게 머리에 붙인 채 으르렁거리는 놈의 이빨이 반짝반짝 빛났다. 우리에게서 10미터 정도 떨어진 거리에서 아주 조심스럽게 살금살금 다가오고 있었다. 그러자 땅바닥에 깔린 서리에서 으드득 소리가 났다.

톡스가 발생하기 전의 보브캣들은 몸집이 작고 아주 겁이 많아서 총 한 방으로 쫓아버릴 수 있었다. 하지만 이건 달랐다. 그 회색 털 밑에서 물결치는 근육을 볼 수 있었고, 거대한 어깨는 일어서면 거의 내 허리까지 닿을 듯 했다.

"내 뒤로 와. 아주 천천히." 선생님이 속삭였다.

나는 숨도 쉴 수 없었고, 보브캣에게서 눈을 뗄 수도 없었지만, 천천히 웰치 선생님 뒤로 돌아갔다. 한 발짝 한 발짝 떼어 놓을 때마다 발밑의 흙이 다 느껴졌다. 보브캣은 다시 으르렁거리면서, 가슴을 땅바닥에 찰싹 붙였다. 이제 조금 더 가까워진 놈의 등에 생긴 검은 점들을 볼 수 있었다. 그것은 살이 군데군데 떨어져 나간 부분에 말라붙은 피딱지들이었다. 앞다리 안쪽에 생긴 염증마다 거품이 부글부글 올라오고 있었고, 목의 하얀 털에 떨어진 담즙 때문에 여기저기 얼룩져 있었다.

그것은 꼬리를 이쪽저쪽으로 탁탁 튀기면서 한 발자국 한 발자국 다가오고 있었다. 웰치 선생님이 날 뒤로 밀어냈는데 그러다 발이 나무뿌리에 걸렸다. 나는 비틀거리면서 나도 모르게 욕을 했다. 보브캣이 쉭쉭거리더니 앞으로 몸을 날리면서 귀에 거슬리는 소리를 질렀다.

웰치 선생님은 허공에 대고 총을 발사했다. 그 소리가 내 머릿속에서 폭발했다. 보브캣은 또다시 으르렁거리면서 얼른 뒤로 물러나 꼬리로 허공을 후려치면서 우리 주위를 빙빙 돌았다.

"내가 신호를 보내면 학교로 달려가. 내가 따라잡을 수 있으면 그렇게 할게." 웰치 선생님이 말했다.

웰치 선생님이 들고 있는 총이 덜덜 떨렸다. 난 이제 우리가 어느 쪽에서 왔는지, 내가 어느 쪽으로 가야 할지도 분간할 수 없었다. 하지만 그건 중요하지 않았다. 고동치는 내 맥박 소리가 나에게 어서 달려, 달려, 달리라고 외치고 있었다.

"준비됐니?" 웰치 선생님이 말했다. 보브캣은 여전히 으르렁거리면서, 웰치 선생님이 그것의 눈 사이를 겨냥하는 동안 입을 쩍쩍 벌리고 있었다.

아뇨, 난 생각했다. 하지만 너무 늦었다. 선생님이 방아쇠를 당겼고, 보브캣이 소리를 지르는 사이에, 총알 하나가 그 옆구리를 찢으면서 날아갔다. 웰치 선생님이 날 밀어냈다. "가! 지금!" 선생님이 소리를 꽥 질렀다.

귓가에 윙 하고 울리는 총소리 때문에 선생님의 목소리가 희미해졌지만, 내 몸은 그 소리를 들었다. 나는 자루를 어깨 위로 들어 올리고 튀어나갔다. 내 발이 천둥 같은 소리를 내며 흙바닥을 내리쳤고, 나는 헉헉거리면서 차가운 공기를 마시며, 내 몸을 앞으로 밀면서, 최대한 빨리 달렸다. 뒤에서 또 다시 총소리가 들렸다. 나는 돌아보지 않았다.

내가 소나무 사이를 요리조리 빠져나가는 동안 나무들이 정신없이 스쳐 지나갔다. 두려움은 마치 베일 같아서 모든 것이 다르게 보였다. 모든 것이 위험하게 보였고, 모든 것이 나를 해칠 것 같았다. 앞에 길이 하나 열려서 그것을 따라갔다. 팔뚝의 털들이 일제히 곤두섰다. 여기서 나는 사방에 노출돼 있었고, 너무 취약했지만, 이것이 바로 하커 씨가 낸 길, 바로 섬의 남쪽에 있는 길이라고 생각했다. 적어도 지금 나는 맞는 길로 가고 있었다.

내 폐는 활활 타오르는 것 같았고, 다리에 경련이 일기 시작했고, 자루가 내 엉덩이를 아프게 쿵쿵 치고 있었다. 앞에 줄줄이 서 있는 가문비나무들이 보였다. 가지들이 땅바닥까지 축 처져 있었다. 만약 저 안으로 들어가면 날 쫓아오는 게 뭐든 그걸 피해 숨어서 웰치 선생님을 기다릴 수 있을 것이다.

나는 복잡하게 얽힌 나뭇가지들을 어깨로 치고 들어가서 사방이 가려진 아주 작은 은신처 같은 공간을 하나 찾아냈다. 그곳의 공기는 풋풋하면서도 진했고, 온 세상이 그물처럼 얽힌 날카로운 이파리들로 갈기갈기 잘려나가 있었다. 그 너머에 있는 숲은 고요했고, 아무것도 움직이지 않았다. 웰치 선생님의 붉은 옷도 보이지 않았다. 나는 가방에 쑤셔 박은 붉은 모자를 찾아서 나뭇가지에 걸어뒀다. 만약 웰치 선생님이 지나가면 볼 수 있게.

몇 분 안에 선생님이 오시지 않으면 혼자 계속 가자고 다짐했다. 하지만 다시 밖으로 나간다는 생각만 해도 속이 뒤틀렸다. 톡스가 발생하기 전에도 여기서 혼자 시간을 보낸 적은 없었다. 항상 같은 반 여자아이들과 있었다. 모두 생물 수업을 위한 자연 관찰 산책을 나왔거나, 리스와 바이엇과 같이 리스 집에 저녁을 먹으러 갔던 게 전부였다. 그때는 숲이 이렇지 않았다. 나무들이 이렇게 빽빽이 자라지도 않았고, 우리가 숨 쉴 수 있는 공기도 더 많았다.

나는 한 가문비나무의 밑동에 쪼그리고 앉아서 앉을 수 있게 마른 나뭇잎들을 한데 그러모아 쌓았다. 서리가 언 바닥이 너무 차가워서였다. 하지만 그 덤불 밑에 뭔가가, 뭔가 단단하고 속이 텅 빈 것이 숨겨져 있었다.

나는 그 나뭇잎들을 긁어내면서 거기서 폭포수처럼 쏟아져서 사방으로 흩어지는, 반짝거리는 검은 구슬 같은 딱정벌레들은 무시했다. 나뭇잎들을 더 많이 긁어내는 동안 뭔가 톡 쏘는 썩은 내가 코를 간질였다. 마침내 그 속에 숨겨진 것이 드러났다. 쿨러 백이었다. 선명한 파란색의 플라스틱 쿨러 백에 접이식 손잡이가 달렸는데 마치 누군가 소풍을 왔다가 놔두고 간 것 같았다.

나는 어깨 너머를 살펴보고 더러운 손톱으로 그 쿨러 백을 비집어서 열었다. 아마 하커 씨의 낡은 낚시 도구 상자겠지만, 한 번 확인해 볼 가치는 있었다.

그 속에서 곰팡이가 핀 미끼와 낚싯바늘 한 뭉치와 낚싯줄이 나올 거라고 예상했지만 아니었다. 가방 바깥쪽은 꼬질꼬질 때가 끼었지만 속은 아주 깨끗했다. 마치 뭔가로 닦아낸 것처럼 보였다. 그리고 바닥에 아주 환한 붉은색 테이프로 봉한 투명한 비닐봉투 속에 혈액을 담은 유리병이 있었다. 거기에 '랙스 009 후보'라는 라벨이 붙어 있었다.

"헤티?" 웰치 선생님의 목소리가 나무들 사이로 흘러들어왔다. 아주 다급하면서도 딱 부러지는 소리였다.

나는 탁 소리를 내며 가방을 닫고 나뭇잎들을 다시 그 위에 덮었다. 이 안에 든 게 뭔지 몰라도, 내가 봐도 되는 것 같진 않았다.

"너 거기 있니?" 웰치 선생님이 다시 나를 불렀다. 나는 일어나면서 자루를 다시 어깨에 짊어졌다.

"여기요." 나는 나뭇가지에 걸어놓은 모자를 잡아 빼고, 전나무 속에서 나왔다.

선생님은 나무들을 헤치면서 큰 소리를 내며 정신없이 달려왔다. 선생님의 뺨에는 피가 묻어 있었고, 재킷은 찢어진 데다 땋은 머리에서 머리카락이 삐져나온 채였다. 선생님은 순식간에 내 앞으로 다가와 내 어깨를 잡고 사정없이 흔들었다.

"대체 지금 뭐 하는 거야, 헤티?" 이렇게 말하는 그녀는 외출 금지 시간을 어겼다고 야단치는 선생님 같지 않았다. 그저 톡스 때문에 감정이 너덜너덜해지고, 걱정에 가득 찬 지친 소녀일 뿐이었다. "넌 학교로 가라고 했잖아."

"죄송해요. 전 그저…… 선생님이 걱정돼서." 내가 말했다. 솔직히 말하면 혼자 가는 게 너무 무서웠지만, 그건 절대 말할 수 없다. "보브캣은 어떻게 됐어요?"

"죽었어. 하지만 헤티, 내가 너에게 지시를 내렸잖아. 다음번엔 꼭 따라야 해, 알겠니?" 선생님이 말했다.

나는 얼른 고개를 끄덕였다. "그럴게요."

선생님은 내 어깨 너머를 확인해 보면서, 가문비나무들을 한참 바라봤고, 나는 자세를 조금 바꿨다. 나는 선생님에게 그

쿨러 백에 대해 알고 있는지, '랙스009'가 무슨 뜻인 줄 아는지 물어보고 싶었지만, 선생님이 부두에서 날 바라보던 표정이 기억났다. 우리가 뭘 알고 있건 그것에 대해 말해선 안 된다고. 이건 선생님이 내게 준 또 다른 테스트일까? 이 비밀을 지키는 것도 내가 해야 할 일 중 하나인가?

웰치 선생님이 얼굴을 찡그렸다. "너 괜찮니?"

나중에 후회하는 것보다는 지금 조심하는 게 낫겠지.

"네." 나는 그렇게 말하고 억지 미소를 지었다. "어서 집에 가요."

우리는 다시 도로로 돌아가서 학교를 향해 빠르게 걸었다. 여기서 길이 시작돼 풀들이 자라는 탁 트인 길이 보였고, 묘비들 같은 돌무더기들이 여기저기 쌓여 있었다. 나는 보이지 않는 오른쪽 눈을 의식하면서 눈을 세게 깜박였다.

늦가을 바람에 땀이 차갑게 식고 있었다. 오후가 한참 저물어 갈 무렵 교문에 거의 다 도착했을 때 나는 덜덜 떨고 있었다. 나무들 위에 있는 하얀 학교 문장을 보는 것이 어떤 느낌인지 잊고 있었다. 학교의 평지붕 위에서 보초를 선 두 소녀의 윤곽만 보였다. 나는 그들에게 어떻게 보일지 궁금했다.

교문 옆에 죽은 코요테가 한 마리 있었다. 그 피투성이 얼굴에 파리 떼가 꼬여 있었다. 줄리아와 카슨은 코요테 바로 뒤에서 우리를 기다리며 담장에 기대앉아 있었다. 그러다 우리가 다가가자 일어서서 그 시체를 돌아 나왔다.

"기억해. 활짝 미소 짓는 거. 안에 있는 아이들에게 모든 일이 다 잘됐다고 보여주는 게 우리가 할 일이야." 선생님이 허리를 숙여서 내 귀에 대고 말했다.

아까 숨이 턱에 차게 달리는 바람에 아직도 가슴이 아팠고, 손은 물가에 버리고 온 음식 때문에 무거웠지만, 나는 똑바로 서서 최선을 다해 그 생각을 털어버렸다. 그 비밀들은 이제 내가 지켜야 할 내 비밀이 됐으니까. 이들이 날 선택한 이유는 내가 그걸 감당할 수 있을 거라고 생각해서였으니, 그렇게 행동해야 한다.

웰치 선생님이 교문의 자물쇠를 열자 우리는 한 줄로 서서 들어갔다. 나는 들고 온 자루를 바닥에 내려놓고, 그 안에 들어 있는 걸 하나라도 가져가 보려고 시끄럽게 모여든 소녀들에게서 억지로 시선을 뗐다. 계단 밑에서 바이엇이 날 기다리고 있었다. 그녀는 고개를 갸웃거렸지만 아무 말도 하지 않았다.

"리스는 어디 있어?" 나는 그녀에게 가까이 다가갔을 때 물었다.

"하루 종일 못 봤어." 바이엇이 내게 손을 내밀었다. 나는 그녀에게 기대어 쓰러지고 싶었고, 그녀가 날 잡아주길 바랐지만, 다른 사람에게 그런 모습을 보여선 안 된다. "너 괜찮아?"

"피곤해."

뒤에서 침착하게 다가오는 발소리가 들렸고, 고개를 돌리자 교장 선생님이 보였다. 걱정스러운 표정 때문에 엄마처럼 보이기도 했다.

"너 괜찮니?" 선생님이 물었다.

나는 점점 가슴이 답답해지는 느낌을 무시하면서 고개를 끄덕였다. "괜찮아요. 그저 새로 익혀야 할 일이 많아서."

"2층에 올라가는 게 어떠니? 좀 쉬는 게 좋을 것 같다." 선생님이 내 어깨에 손을 올렸는데 마치 몸속에서 톡스가 살아 숨 쉬는 것처럼 손가락이 덜덜 떨리고 있었다.

"선생님 말대로 해. 어서 가서 쉬어." 바이엇이 말했다.

"하지만 음식이……." 난 그냥 쉬고 싶었지만. 아이들이 자기 몫을 다 가져갈 때까지 기다린 다음 나머지는 식료품 저장실로 가져가야 했다. 그게 내가 맡은 일이었다.

웰치 선생님이 와서 나를 한쪽으로 데리고 갔다. "이건 우리가 알아서 처리할게. 넌 가서 눈 좀 붙이렴." 선생님이 말했다.

선생님과 다툴 기운도 없었다. "알겠어요." 나는 사냥칼을 빼서 다시 선생님에게 돌려주려고 했지만, 선생님이 고개를 저었다.

"넌 그걸 가지고 있을 자격을 획득했어." 선생님이 말했다. 줄리아와 카슨처럼 나도 벨트에 칼을 차게 됐다. 이렇게 공식적인 보트 근무조의 일원이 된 모양이다.

나는 바이엇이 이끄는 대로 2층으로 올라가면서 한두 걸음을 걸은 후엔 눈을 감아버렸다. 뒤에서 아이들이 서로 음식을 차지하기 위해 할퀴는 소리를 들을 수 있었다. 그러자 부둣가의 바닷물과 우리가 거기 던져버린 모든 음식이 떠올랐다. 여기 처박혀 있는 사람은 누구 하나 생각하지 않은 채 내가 먹어치웠던 초콜릿도.

마침내 우리 방에 돌아왔을 때 나는 침대에 올라가 옆으로 누웠다. 바이엇은 침대 가장자리에 앉았고, 나는 그녀 옆에서 몸을 동그랗게 감고 누웠다.

"물 좀 마실래?" 바이엇이 물었다.

"난 진짜 괜찮아."

"밖에서 무슨 일이 있었던 거야, 헤티?"

나는 말하고 싶었다, 아, 정말 그러고 싶었다. 내게 어떻게 해야 할지 말해 줄 사람이 있다면 그건 바로 바이엇이니까. 하지만 나는 힘겹게 마른침을 삼키고, 몸을 조금 더 동그랗게 구부렸다. 다 괜찮다고 하는 웰치 선생님의 목소리가 들렸다. "아무것도 아니야."

바이엇은 한동안 가만히 있다가 내게 등을 기댔다. 그녀의 두 번째 척추 마디가 내 엉덩이를 깊숙이 찔러 들어왔다.

바이엇의 얼굴 윤곽선이 저물어 가는 마지막 햇살을 받아 환하게 빛났다. 기울어지는 코의 선과 긴 목이 너무 익숙한 나머지 꿈에서도 그려볼 수 있을 것 같았다. 진한 밤색 머리가 어깨까지 내려와 있었다. 나도 그녀처럼 머리가 길었지만 여기 온 첫해 봄에 바이엇이 잘라줬다. 우리 둘이 현관에 나와 있었는데 바이엇이 내 턱 선에 머리카락 끝이 스치는 길이로 천천히 꼼꼼하게 잘라줬다. 바이엇은 아직도 몇 달에 한 번씩 끝이 갈라지고 상한 내 머리를 잘라준다. 보트 근무조 아이들에게서 간신히 빌려온, 날이 뭉툭한 칼로.

내가 바이엇을 팔꿈치로 슬쩍 찌르자 그녀가 나를 내려다 봤다. "너 괜찮아?" 내가 물었다. 나는 가끔 잊어버린다. 바이엇도 우리와 같다는 사실을. 하지만 바이엇은 그저 애정을 듬뿍 담은 미소를 지어보였다.

"눈 좀 붙여. 내가 옆에 있을게."

나는 아까 그런 일을 했고, 그런 광경을 목격했지만, 바이엇이 옆에 있으니 마치 그게 세상에서 가장 쉬운 일인 것처럼 잠들었다.

5장

리스는 다음 날 아침에도 나타나지 않았다. 내가 그녀를 마지막으로 본 후로, 내가 보트 근무조가 된 후로, 거의 이틀이 지났다. 하지만 바이엇은 리스를 학교에서 봤다고, 전에 교무실이었던 방에서 숨어 있는 모습을 밤에 봤다고 했다.

우리는 오늘 벽난로 옆에 있는 여러 개의 소파 중 하나에 캣과 린제이와 같이 앉아 있었다. 그들은 우리와 같은 학년이지만 교실 밖에서 그 아이들과 말해 본 적은 별로 없었다. 톡스가 발생한 후로 우리는 음식과 담요를 교환하느라 모이기 시작했다. 모두 전보다 서로의 도움이 더 필요해졌다.

대개 음식을 받으러 가는 사람은 나였지만, 어제 일을 생각할 때마다, 우리가 물속에 던져버린 식량을 생각할 때마다 계속 토할 것 같았다. 그래서 오늘은 바이엇이 대신 가서 크루통* 한 봉지를 확보하는 데 간신히 성공했다. 이제 그녀는 크루통을

★   수프나 샐러드에 넣는, 바삭하게 튀긴 작은 빵 조각.

한 움큼 집고 나서 그 봉지를 내 손에 찔러줬다.

"너 뭐 좀 먹어야 해." 바이엇이 말했다.

"나중에." 난 먹을 수 없었다. 그럴 만한 이유가 있기 때문에 우리가 그 음식들을 물속에 던져버렸다는 사실을 알고 있지만, 그렇다 해서 바이엇이 매번 한 입씩 세면서 먹는 모습을 지켜보기가 더 쉬워지진 않았다.

"헤티, 나랑 이야기 좀 할까?"

웰치 선생님이었다. 나는 소파에서 몸을 돌려 선생님을 바라봤다. 선생님은 입을 일자로 굳게 다물고 있었지만, 톡스가 발생하기 전에 외출 금지 시간을 어긴 학생을 잡았을 때 그랬던 것처럼 아주 불안해 보였다.

"그러죠." 나는 일어나서 웰치 선생님을 향해 다가갔다.

"음식을 좀 남겨놓을게. 네가 좋든 싫든." 바이엇이 소리쳤다.

나는 어깨 너머로 손을 흔들었다. "고마워, 엄마."

웰치 선생님은 나를 복도 입구까지 데리고 갔다. 가까이서 보자 이마를 잔뜩 찌푸리고 있었고, 눈은 마치 열이 나는 것처럼 환하게 빛나는 모습을 볼 수 있었다.

"무슨 일이세요?" 내가 말했다.

"바이엇 말이 맞아. 너 뭘 좀 먹어야지."

"배고프지 않아요." 나는 먹을 수 없었다. 이미 먹어치운 것 이상을 또 먹을 수 없었다.

웰치 선생님이 한숨을 쉬었다. "헤티. 제발 좀 더 노력을 해

봐." 선생님의 목소리는 심각했다.

"뭘요?" 이렇게 1층 홀에 내려와 있는 것만으로도 힘들어 미칠 것 같은데 여기서 뭘 더 하라고.

"여기 있는 아이들에게 우리 상황이 괜찮다고 보여주는 게 네가 할 일이라고 어제 말했잖아. 하지만 넌 솔직히 말해서 금 방이라도 토할 것 같은 얼굴로 앉아 있잖아."

"저도 노력하고 있어요, 아시겠어요?" 나는 불만이 뚝뚝 떨어지는 소리로 말했다.

"그거론 부족해." 선생님은 어깨 너머, 바이엇이 앉아 있는 곳을 바라보며 말했다. "평소에는 너희 셋이 다녔잖아. 리스는 어디 있어?"

"그게 지금 무슨 상관이 있어요?"

웰치 선생님은 콧방귀를 뀌었다. "다 상관이 있어. 네가 보 트 근무조에 뽑혀서 리스가 그 난리를 친 후에, 너희 둘은 사람 들의 관심을 끌고 있어." 선생님은 내게 얼굴을 가까이 대고 말 했다. "아이들이 널 지켜보고 있다고, 헤티. 그러니까 그 시시한 싸움의 이유가 뭐건 간에 어서 해결해. 화해하고 다시 친구로 지내라고. 너희 셋이 다시 평소대로 돌아갈 수 있도록 뭐든 해. 평소대로 하란 말이야, 헤티."

"리스는 원래 그래요. 항상 부루퉁해 있잖아요."

"나 지금 부탁하는 거 아니야." 웰치 선생님이 사납게 말했 다. 어금니에 힘을 주고 있었고, 눈은 차갑게 번득이고 있었다.

"네. 알겠어요. 리스에게 이야기해 볼게요." 나는 항복의 표시로 두 손을 들어 보이며 말했다.

"절대 말해선 안 될 이야기는 하지 말고."

리스가 기분이 좋은 날에도 나는 그녀에게 별다른 이야기는 하지 않는다. "안 해요."

웰치 선생님은 미소를 지었다, 아니 그 비슷한 것을 짓고 나서 내 어깨에 손을 댔다. "고맙다. 오늘 중에 하면 좋겠구나."

선생님이 몇 발자국 갔을 때 나도 모르게 이 말이 나와버렸다.

"선생님은 괴롭지 않으세요? 모두에게 거짓말을 하는 게?"

잠시 선생님은 아무 대답도 하지 않다가 내게 몸을 돌렸다. 선생님의 얼굴에서 볼 수 있었다. 선생님이 얼마나 그 일을 제대로 하고 싶어 하는지, 얼마나 어른다운 말을 하고 싶어 하는지 볼 수 있었다.

"그래, 괴로워." 그러고 선생님은 어깨를 으쓱했다. "그래서?"

그러니까 그건 뭔가 의미가 있지 않나요? 그러니까 그건 중요하지 않아요? 나는 소리를 지르고 싶었다.

"아무것도 아니에요."

선생님은 고개를 끄덕였다. "오늘 해라, 헤티."

다시 바이엇에게 돌아갔을 때 그녀가 우리 둘을 지켜보고 있었다는 사실을 알 수 있었다. 손톱을 새로 물어뜯은 자국들이 보였고, 얼굴을 찌푸린 기색이 남아 있었다.

"난 리스에게 말해 봐야 해. 리스가 다시 날 죽이고 싶을지도 모르니까 5분 후에 네가 우리를 찾으러 오는 게 좋겠어." 내가 말했다.

"그냥 목만 조른 거잖아." 바이엇이 그렇게 말했지만, 고개를 끄덕이고, 내 벨트 고리에 손가락을 걸어서 가려는 날 붙잡았다.

"조심해, 알았지?"

나는 그녀에게 웃어 보였다. 리스랑 단둘이 있는 경우도 거의 없지만, 그럴 때면 난 항상 조심한다. "당연하지."

리스 아버지가 여기 있을 땐 리스와 같이 있기가 이렇게 힘들지 않았다. 해군에서 격리시켰을 때 그들은 하커 씨를 학교로 데려와서 교사들과 같은 건물에 지내게 했다. 우리 모두 교내에서 남자와 같이 지내게 된, 아주 기이한 일이 일어나지 않은 척했다.

하커 씨는 이곳에 한 달 정도 있었다. 그때까지는 그런 사실들을 계속 파악하고 있었지만, 이제는 너무 오래전 일처럼 느껴져서 기억도 잘 나지 않는다. 이제 남은 거라곤 언뜻언뜻 떠오르는 잔상뿐이다. 리스와 그녀의 아버지가 학교 식당에서 아침을 먹는 모습. 그때는 연료로 쓰려고 가구들을 부수기 전이었다. 리스와 그녀의 아버지가 학교 뒤쪽에서 발전기를 급조하는 모습. 아버지와 함께 현관에서 하늘의 별자리를 찾던 리스가 나와 바이엇과 있을 때는 한 번도 하지 않았던 식으로 웃음을 터트리던 모습.

다른 기억들도 떠올랐다. 하커 씨가 어떻게 변해 갔는지에 대한 기억들. 처음에는 천천히 변했다. 죽어라고 몸을 긁어서 피부를 찢어발기던 모습들. 톡스, 다만 그때까지는 우리는 그걸 톡스라고 부르지 않았다. 우리가 아는 거라곤 하커 씨가 안전했는데 어느 순간부터 그렇지 않았다는 점이다. 그는 멀쩡했다가 어느 날 갑자기 검은 진흙 같은 물질을 토해내면서 우리를 멍한 눈으로 바라봤다.

리스는 그걸 무시하면서 아무 일도 일어나지 않은 척했고, 바이엇과 고래고래 소리를 지르며 다퉜다. 다음 날 하커 씨가 사라졌다. 그는 리스가 자고 있을 때 그녀의 노트에 떠나야 한다고 쓴 쪽지를 찔러두고 갔다. 그게 모두를 위해 가장 안전한 길이라고.

그날 아침에 리스는 학교 담장까지 뛰어갔다. 나도 그건 기억한다. 담장 사이로 빠져나가려고 손바닥의 살이 갈기갈기 찢겨나가게 창살을 긁으면서 몸부림을 쳤다. 그러나 테일러와 나와 바이엇이 그녀를 잡았고, 우리 모두 그녀가 쓰러지는 모습을 지켜봤다. 리스가 다시 정신을 차렸을 때 그녀 속의 뭔가가 사라져 버렸다.

난 한 번도 그런 일을 겪은 적이 없었다. 공항에서 작별 인사를 하고, 아빠에 대한 뉴스를 보긴 했지만, 우리 아빠는 항상 집으로 돌아왔으니까.

나는 물가에 있는 뱅크스소나무 숲에서 리스를 찾아냈다. 톡스가 발생한 첫날 바로 그 자리에 우리는 앉아 있었다. 리스는 이제 그 나무의 축 처진 가지에 앉아 있었다. 그날과 유일하게 다른 점은 얇은 재킷을 입고 덜덜 떨고 있는 그녀의 손이 은빛으로 반짝인다는 것뿐이었다.

나는 천천히 다가가서 그녀가 날 볼 수 있도록 앞에 섰다. 그것이 항상 제일 안전했으니까. 이틀 만에 본 리스는 눈 밑에 다크서클이 짙게 끼어 있었다. 배가 고파 보인다는 생각이 들었다. 그리고 추워 보였다. 하지만 리스가 우리를 필요로 한 적은 단 한 번도 없었다. 항상 그 반대였지.

"안녕." 내가 인사했다. 리스는 고개를 들지 않았고, 나는 해선 안 될 말을 하지 않기 위해 입술을 깨물었다. 웰치 선생님이 한 말을 기억해야 한다고 나는 생각했다. 이 대화가 중요하다는 점을 잊지 마.

"보트 근무조에 대해서 말인데." 나는 리스에게서 널찍이 거리를 둔 채 나무에 몸을 기대며 말했다. "내가 뽑힐 줄은 나도 몰랐어. 난 네가 될 줄 알았다고."

"나도 그랬어." 그렇게 대답하는 리스의 목소리는 잔뜩 쉬고 거칠었다. 마치 목이 졸린 사람은 내가 아니라 그녀인 것 같았다. 나는 소리를 지르면서 리스에게서 억지로라도 사과를 받아내고 싶었다. 그때 리스가 얼굴을 찡그리며 나를 바라봤다. "넌 괜찮아?"

그건 정말 대단했다. 아마 내가 리스에게서 기대할 수 있는 최선의 반응이었을 것이다. "좋아. 정말 괜찮아."

"정말로? 얼굴이 무지 안 좋아 보여. 마치 작은 아씨들에 나오는 아픈 베스 같아." 리스는 미소를 지어 보이려고 애쓰면서 말했다.

"아, 아니야. 내가 아프기라도 할 것 같아?" 나는 단호하게 말했다.

"렉스터에서?" 리스는 눈썹을 추켜올리면서 놀란 척했다. "그럴 일은 절대 없지."

우리 둘 다 아무 말도 하지 못했다. 우리 둘이 이런 시시한 농담이라도 주고받았다는 사실에 충격을 받았다. 이 분위기를 망치기 전에 어서 바이엇이 와줘야 하는데.

나는 고개를 돌려서 나무들 속을 살펴보다 다시 앞을 보자 리스는 발을 흔들고 있었다. 리스는 수줍어하는 것처럼 보였다. 하지만 리스는 그렇게 수줍어하는 아이가 아니다. 내게 자신이 동성애자라는 사실을 밝혔을 때도, 그걸 마치 무기처럼 휘둘렀다. "난 동성애자야." 리스는 그렇게 말했는데 마치 내가 거기에 대고 한 마디라도 했다가는 가만히 두지 않겠다는 것처럼 느껴졌다.

"너 어제 보트 근무 갔지." 리스가 그렇게 말하고 기다렸다.

"응."

"어땠어?"

"달랐어." 나는 간신히 그렇게 대꾸했다.

"어떻게 달라?"

"그게." 웰치 선생님을 기억하자. 내 일을 기억하자. 모든 게 다 괜찮아.

"밖에 나가니까 나무들이 더 많았어." 나는 바보처럼 말했다.

"있지, 헤티. 난 알아야 해. 반드시 알아야 해. 너 그를 봤어? 우리 아빠 말이야? 우리 집은? 뭐든 봤어?"

나는 고개를 흔들었다. "미안해, 리스." 그녀는 고개를 돌렸지만, 그 전에 나는 흐르는 눈물을 애써 참느라 눈을 깜박이는 리스의 모습을 보고야 말았다. 나는 어색하게 헛기침을 하며, 지금 여기서 내가 사라져 버릴 수 있기를 간절히 빌었다. "바이엇은 어디 있지? 우리를 찾으러 온다고 했는데."

리스가 대답하지 않아서 나는 학교를 향해 걷기 시작했다. 하지만 숲에서 나온 지 얼마 지나지 않았을 때 캣이 거칠게 숨을 쉬면서 달려왔다. 나는 그녀의 머리 선을 가로질러 사방에 나 있는 물집들을 보지 않으려 애를 썼다. 물집 하나하나가 다 찢어져서 피가 나고 있었다.

"야, 너 어서 안에 들어가 봐." 캣이 말했다.

무시무시한 공포가 천천히 내 몸에 스며들었다. 나는 침을 꿀꺽 삼켰다. "무슨 일인데?"

"네 친구 말이야. 지금 발작을 일으켰어."

처음에는 아무것도 느껴지지 않았다. 그저 손가락이 따끔거리고, 보이지 않는 눈 뒤에서 둔탁한 통증이 느껴졌다. 그러다 머리가 어질어질하면서 무릎이 푹 꺾이는 바람에 비틀거렸다.

"아니야. 아니야, 내가 방금 막 보고 왔는걸." 내가 말했다.

"유감인데 나도 최대한 빨리 왔어." 캣이 말했다.

그건 있을 수 없는 일이었다. 불과 10분 전까지만 해도 바이엇과 같이 있었는데 그때 그녀는 멀쩡했다. 반드시 그래야 했다.

나는 돌아서서 리스를 찾았지만, 그녀는 이미 가지에서 펄쩍 뛰어내려 나를 따라 숲을 나와 바로 내 뒤에 있었다. 그녀는 입을 꾹 다물고 있었다. 우리는 한 마디도 하지 않은 채 학교로 미친 듯이 달렸다. 나는 정신없이 1층 홀로 들어갔다.

하루 중 이맘때면 홀은 거의 비어 있어서 벽난로 옆에 아이들만 몇 명 있는 게 다였다. 바이엇은 보이지 않았다. 캣에게 바이엇이 어디 있는지 물어볼걸. 그랬어야 했는데, 꼭 그랬어야 했는데.

"진정해." 리스가 조용히 말했고, 나는 손을 뻗어서 더듬더듬 그녀의 손을 찾아 꽉 쥐었다.

바이엇이 발작을 할 때마다 나는 항상 그 자리에 있었다. 거의 일주일 동안 바이엇의 목소리를 앗아가 버린 첫 발작 때도, 그녀의 등을 찢고 두 번째 척추가 솟아난 발작에도. 이번에도 바이엇의 옆에 있어야 했는데.

그때 온몸을 전율하게 만드는 울음소리가 들렸다. 서늘한 공포가 다시 엄습해서 나는 잡았던 리스의 손을 놨다. 그 소리는 학교 뒤쪽, 주방으로 향해 있는 남쪽 별채에서 나는 소리였다.

나는 벽난로 옆에 있던 아이들을 팔꿈치로 밀치면서 복도를 따라 있는 교실과 사무실을 미친 듯이 달려 지나쳤다. 교실과 사무실은 다 비어 있었고, 바이엇은 그 어디에서도 보이지 않았다. 그러다 마침내 그녀가 보였다. 주방 바닥에 널브러진 채 갈색 머리가 얼굴을 다 덮고 있었다.

제발. 이럴 순 없어.

나는 큰 소리를 내며 그녀 옆에 무릎 꿇고 앉았다. 코피가 두 줄로 흘러서 이빨을 적시고 있는 동안 바이엇은 숨을 쉬려고 안간힘을 쓰고 있었다. 바이엇이 울고 있다는 생각이 들었지만 정말 그런지 분간하기 힘들었다. 바이엇의 한 손은 비스킷 봉지를 꽉 쥐고, 다른 손으로 자신의 목을 할퀴고 있었다.

"무슨 일 있었어? 어디가 아파? 무슨 일이야?" 나는 정신없이 쏟아냈다.

바이엇이 입술을 달싹거리며 뭐라 했는데 마치 내 이름을 말하는 것처럼 보였다. 그러다 그녀의 눈동자가 뒤로 넘어갔다. 그녀가 경련을 일으키면서 마치 물결이 그녀의 몸을 휩쓸고 지나가는 것처럼 온몸의 근육이 금방이라도 찢어질 듯이 팽팽하게 당겨졌다.

내가 비명을 지르고 있다는 생각이 들었지만, 그건 아무 소리도 아닌 것처럼 들렸다. 사람들이 내 어깨를 잡고 나를 뒤로 끌어내고 있었다. 나는 그 손들을 후려치면서 바이엇의 목에서 맥을 짚어봤다.

"바이엇." 내가 그렇게 부르자 그녀가 눈을 떴는데 무시무시하게 충혈돼 있었다. "나야. 넌 괜찮아."

"웰치 선생님을 찾아오라고 했어." 리스가 말했다. 침착하고 차분한 목소리였지만 나는 리스를 잘 안다. 이 목소리는 그녀가 공황에 빠졌다는 뜻이다. 리스는 바이엇의 몸 맞은편에 와서 섰지만, 그녀를 보고 있지 않았다. 리스는 나를 보고 있었다. "조금만 기다려, 알겠어?"

바이엇이 지난번에 발작할 때는 출혈이 아주 심했다. 그녀의 몸 밑으로 흐르는 피가 꽃처럼 피어나면서, 마룻바닥의 틈마다 웅덩이처럼 고였다. 이번에는 코피만 나서 입가를 얼룩지게 하며 바닥으로 뚝뚝 떨어지고 있었다. 나는 바이엇의 소매를 밀어 올리고 무슨 자국이든 상처든 뭐든 찾아봤다.

"네가 도와줘야 해." 나는 바이엇의 옆에 무릎을 꿇은 채 그녀를 보며 말했다. 이런 모습의 바이엇을 보고 있으려니 머릿속이 텅 비어버리는 것 같았다. "어디가 잘못됐는지 말해 줘."

바이엇은 덜덜 떨리는 손을 올려서 내 셔츠 옷깃에 손가락을 걸었다. 나는 그녀에게 바짝 고개를 숙여서 내 뺨에 그녀의 침이 달라붙는 것까지 느낄 수 있었다.

"헤티. 헤티, 제발." 바이엇이 말했다.

그것은 내가 지금까지 들어본 소리 중 최악의 소리였다. 마치 금속에 대고 금속을 긁는 것 같았고, 백만 명의 사람들이 일제히 비명을 지르면서 동시에 속삭이는 소리 같았다. 그 소리를 듣자 고통이 느껴졌다. 너무 아파 온몸의 뼈가 다 으스러질 것 같은 그런 고통이었다. 마치 내 몸의 모든 뼈가 유리처럼 금이 가는 듯했다.

나는 몸을 구부리고 내 귀를 두 손으로 막았다. 그 소리는 영원히 끝나지 않을 것같이 느껴졌다. 그러자 마침내 내 전신을 흔드는 덜거덕거리는 소리가 사라지자 다시 생각할 수 있었다.

"맙소사." 리스도 같은 통증을 느꼈는지 힘이 빠지고 공허한 목소리로 말했다. "방금 그거 뭐였어?"

나는 리스를 무시하고 다시 바이엇에게 기어갔다. 바이엇은 이제 헐떡거리면서 일어나 앉으려고 애를 쓰고 있었다. 겁을 먹은 것처럼 보였다. 톡스가 발생한 지 1년 반이 지났지만 바이엇이 이토록 두려워하는 모습은 처음 봤다.

"넌 괜찮아." 나는 바이엇에게 손을 뻗으며 말했다. 하지만 바이엇은 고개를 흔들면서 내 뺨에 손을 대고 눌렀다. 마치 이렇게 묻고 있는 것 같았다. **넌 어때?**

복도 저쪽에서 점점 가까워지는 사람들의 목소리를 들을 수 있었다. 웰치 선생님과 또 다른 몇 명이 함께 있는 듯했다. 아마도 줄리아와 카슨일 것이다. 이것이 바로 보트 근무조가 하는 일이다. 학교에서 일어난 난장판을 눈에 보이지 않는 곳으로 치워버린다. 다만 이제 그 난장판은 바이엇이고, 난 절대로 그들이 바이엇을 내가 보지 못하는 곳으로 데려가게 놔두지 않을 것이다.

바이엇이 내 귓불을 잡아당겨서 내 관심을 자신에게 돌리려고 했을 때 내가 말했다. "난 괜찮아. 웰치 선생님이 오고 있어, 알았지? 선생님이 널 돌봐 주실 거야."

바이엇이 숨을 들이쉬면서 뭔가 말하려 했다. 그때 리스가 와서 손으로 바이엇의 입을 확 틀어막았다.

"말하지 마. 그러면 또 아파." 리스가 말했다.

웰치 선생님이 주방으로 뛰어 들어왔고, 줄리아와 카슨이 몇 발짝 뒤에서 따라왔다. 그들은 바이엇을 지켜보고 있었다. 줄리아의 손이 벨트에 찬 칼 주위를 맴돌고 있었지만 웰치 선생님이 내게 고개를 돌렸다.

"바이엇이 걸을 수 있겠니?"

바이엇이 뭐라고 할지 나는 알고 있었다. 자신이 바로 여기 있으니 자기가 대답할 수 있다고. 하지만 바이엇이 입을 열었을 때 느꼈던 그 고통을 다시는 겪고 싶지 않았다. "그럴걸요."

웰치 선생님이 카슨과 줄리아에게 고개를 끄덕여 보였다. "위층으로 데려가."

나는 조금 비틀거리면서 허겁지겁 일어났다. "제가 도울게요."

"절대 안 돼." 웰치 선생님이 고개를 저으며 말했다.

"이건 보트 근무조의 일이에요. 전 보트 근무조고."

"이번에는 아니야."

줄리아와 카슨이 더 가까이 다가왔다. 체크무늬 타일 위로 찍찍 소리를 내며 걸어오는 그들의 부츠 소리가 들렸다. 그들은 바이엇의 양옆에 쪼그리고 앉아서 그녀의 팔꿈치를 잡아 일어날 수 있도록 돕는 내내 내게서 시선을 떼지 않았다.

바이엇은 싸우지 않았다. 그래 봤자 아무 소용이 없다는 사실을 그녀가 알고 있다는 생각이 들었다. 그들이 그녀를 데리고 가는 동안 바이엇은 그저 나를 바라보기만 했고, 마지막 순간 손을 뻗어서 뭔가를 내 손바닥에 내려놨다.

그것은 비스킷 봉지였다. 이제 산산조각이 나 있었다. 테일러가 숨겨놓은 걸 발견한 게 분명했다.

나는 그걸 가슴에 꼭 붙든 채 울지 않으려고 애썼다. 바이엇은 내가 그걸 먹길 바랐다. 절대 굶어선 안 된다고 바이엇이 말했다.

"그건 다시 제 자리에 놔둬." 웰치 선생님이 말했다. 나는 돌아서서 그녀를 봤다. 설마 농담이겠지?

"뭐라고요?"

선생님은 비스킷을 향해 고개를 끄덕여 보였다. "음식은 음식이니까."

나는 뭐라고 해야 할지 알 수 없었다. 하지만 대꾸할 필요도 없었다.

"됐거든요. 이 비스킷은 우리가 가지겠어요." 리스가 말했다.

리스가 날 봤고, 순간 너무나 뿌듯했다. 항상 자기 사람을 챙기는 리스가 우리 편이라는 게 바로 이런 기분인 것이다.

웰치 선생님은 우리를 번갈아 보다 어깨를 으쓱했다. 선생님이 학생에게 항복하는 모습을 볼 사람은 여기 하나도 없었다. 그리고 선생님은 아직도 우리에 대한 애틋한 마음이 있으니 그걸 보여줄 만한 여유가 있을 땐 그렇게 하는 편이다.

웰치 선생님이 거의 주방을 나갔을 때 나는 소리를 질렀다.

"바이엇은 괜찮겠죠?" 내 목소리는 갈라지려고 했고, 그 정도로 바이엇에 대한 간절한 마음을 드러내면 창피해질 것이다. "바이엇은 곧 아래층으로 내려오겠죠?"

웰치 선생님이 멈춰 섰지만 돌아보진 않았다. 그저 어둠 속에서 어깨의 윤곽만 보이다 가버렸다. 시야가 흐릿해진 나만 주방에 놔두고. 그리고 여전히 내 목을 졸랐던 그 손의 감촉을 느낄 수 있었지만, 이제 내가 원하는 건 리스밖에 없었다.

"장담하는데 별일 아닐 거야." 나는 큰 소리로 말하면 좀 더 말이 되는 것처럼 그렇게 말했다.

"맞아." 리스가 말했다.

리스는 이층 침대에서 날 내려다보고 있었다. 나는 밑의 침대에서 똑바로 누워 팔짱을 끼고 있었다. 나는 리스가 또 나갈 줄 알았다. 내가 보트 근무조에 뽑혔을 때 이후로 쭉 그랬던 것처럼 다른 방에서 잘 줄 알았는데 리스는 아무 일도 없었다는 듯이 나를 따라서 위층으로 올라왔다. 난 잠을 자려고 애썼다.—우리 둘 다 그랬다—하지만 한밤중이 됐을 때 내가 한숨을 쉬자 리스가 침대 난간에 몸을 기댄 채 나를 내려다봤다.

"바이엇은 분명 괜찮을 거야."

하지만 우리 둘 다 상태가 심각한 아이들만 양호실로 올라간다는 사실을 알고 있었다. 그리고 대부분 다시는 내려오지 못했다.

나는 재킷을 더 단단하게 여몄다. "난 걱정돼."

"나도 알아."

"내겐 바이엇밖에 없어."

잠시 침묵이 흘렀고, 방금 내 말이 리스에게 어떻게 들렸는지 깨달았다. 리스가 바로 내 옆에 있는데.

"미안해." 내가 말했다.

"괜찮아."

이쯤에서 좀 전에 한 말은 진심이 아니었다고 말해야 한다는 걸 알고 있었다. 하지만 사실 난 단 한 번도 리스를 내 것으로 생각해 본 적이 없었다. 리스 같은 사람은 절대 나 같은 사람, 아니 누구의 것도 되지 않을 것 같았다.

"하지만 정말이야. 바이엇은 괜찮을 거야." 리스가 말했다.

"너도 그건 약속할 수 없잖아."

리스는 얼굴을 찡그리고 다시 침대로 올라가서 더는 얼굴을 볼 수 없었다. "난 아무것도 약속하지 않았어."

"알았어." 그리고 그녀가 편하게 누우려고 자세를 바꾸는 소리가 들렸다.

"우리가 그 박물관에 갔을 땐 어땠어? 포틀랜드에 있는 거 말이야." 리스가 천천히 말했다.

바이엇과 나는 톡스가 발생한 초반에 한동안 이런 식으로 시간을 보냈다. 예전에 있었던 일들을 이야기했다. 우리 둘은 아래층 침대에 있었고, 리스는 위층 침대에 있었지만, 리스는 단 한 번도 끼어들지 않았다. 그런데 이제 그녀가 그동안 우리가 나눴던 이야기를 듣고 있었다는 사실을 알게 됐다.

"아, 그래. 기억나." 내가 대답했다.

"난 그때까지 단 한 번도 포틀랜드에 가본 적 없었어."

"넌 어디든 가본 적이 없잖아." 내가 웃으며 말했다.

"그리고 음료 자판기가 있는 푸드 코트에서 점심을 먹었지.

그때 컵 하나에 모든 음료수를 섞어 마셨잖아."

"그 현장 학습 정말 재미있었지." 내가 말했다.

"진짜 재미있었던 부분은 네가 플라네타륨 천문관에서 토했을 때지."

그건 바이엇이 할 법한 말이었다. 리스는 노력하고 있었지만, 제대로 해낼 순 없었다. 그녀는 바이엇이 아니고, 심지어 그때의 바이엇은 더더욱 아니니까. 바이엇에겐 그런 면이 있었다. 아무도 건드릴 수 없는, 나도, 리스도, 어느 누구도 건드릴 수 없는 그런 면이. 그게 바로 그녀만의 독특함이었고, 사실 그게 뭔지도 정확히 알 수 없었다. 다만 그런 게 있는데 바이엇이 떠날 때 그것까지 가지고 사라져 버린 것이다.

6장

아침이 오길 바라지 않았지만, 어쨌든 아침은 왔다. 구름 사이로 단단하고 밝은 태양이 고개를 내밀었다. 나는 베개에 얼굴을 묻은 채 바이엇의 빈자리를 보게 될까 봐 두려웠다.

이층 침대가 삐걱거리는 소리가 났고, 리스가 내 이름을 속삭이는 소리가 들렸다. 나는 몸을 굴리면서 천천히 눈을 떴다. 멀어버린 한쪽 눈은 잠에서 깰 때는 항상 그렇듯 통증 때문에 사정없이 욱신거렸다. 리스는 자신의 침대 가장자리에서 날 내려다보고 있었다. 땋은 머리가 풀려서 가는 금발머리가 눈 위로 흘러내렸다. 작고 동그란 코와 평평하고 반짝거리는 광대뼈가 보였다.

"안녕." 리스가 말했는데, 내 입속은 바싹 말라 있었다. 내가 멍하니 리스를 보고 있었던 걸까? "너 코 고는 거 알아?"

어이쿠. 나는 실망처럼 느껴지는 감정을 애써 삼켰다. "나코 안 골거든."

"아주 끝내주게 골던데. 마치 작은 휘파람 소리 같아. 마치 새처럼. 물 끓는 주전자 소리 같기도 하고." 리스는 머리를 한쪽으로 기울이며 말했다.

내 뺨이 벌겋게 달아올랐고, 나는 눈을 질끈 감았다. "이거 정말 끝내주는데. 아침에 일어나자마자 나를 흉보는 소리를 듣다니. 기분 째져."

리스가 웃었다. 나는 고개를 들다가 마침 그 모습을 봤다. 그녀의 머리카락은 햇빛을 받아 환하게 빛나고 있었다. 목을 뒤로 젖히고 있어서 햇빛에 그대로 드러나 있었다. 리스는 오늘 아침에 기분이 좋았다. 이유는 알 수 없지만. 바이엇에게 무슨 일이 있었는지 잊어버렸나? 그런 건 상관하지 않는 걸까?

리스는 관심 없을지 몰라도 나는 그렇지 않다. 그리고 나는 바이엇이 괜찮다는 사실을 확인할 때까지 가만히 있지 않을 것이다.

"어디 가?" 내가 일어났을 때 리스가 물었다.

"양호실." 나는 허리를 숙여서 부츠 끈을 맸다. 우리는 밤에도 너무 추워서 신발을 신은 채 자지만, 나는 항상 잠자리에 들기 전에 끈을 느슨하게 풀어둔다. "바이엇 보러 갈 거야. 너도 같이 갈래?"

"아니." 리스는 침대 가장자리에 턱을 받친 채 말했다. "교장 선생님이 절대 허락하지 않을 테니까."

그럴지도 모르지만 난 이제 보트 근무조고, 그걸 입증할 수 있는 칼도 벨트에 차고 있다. 만약 예외가 있다면, 선생님은 날 위해 그렇게 해주겠지. "바이엇은 나한테 가장 소중한 친구야. 그러니 시도해 볼 가치가 있어." 내가 말했다.

리스는 한동안 말이 없었고, 내가 고개를 들었을 때 도무지 속을 알 수 없는 표정으로 날 바라보고 있었다. 분노는 아니고—그 정도는 잘 알고 있다—그보다 부드러운 뭔가였다. "난 잘 모르겠던데, 헤티. 너와 바이엇 사이가 정말 우정이 맞아?" 리스가 물었다.

나도 그게 궁금했던 적이 있었다. 물론 그랬다. 나는 바이엇을 세상 그 무엇보다 사랑한다. 나보다 더 사랑하고, 여기 렉스터에 오기 전의 내 인생보다 더 사랑한다. 하지만 바이엇을 볼 때 내 마음에 느껴지는 온기도 잘 알고 있다. 그 마음은 불꽃 하나 없이도 부드럽고 매끄럽게 타오른다.

"물론이지. 바이엇은 내 자매와 같아, 리스. 그녀는 내 일부야." 내가 말했다.

리스는 얼굴을 찌푸리더니 일어나 앉아서 다리를 침대 밖으로 걸치고 흔들었다. "있지, 나도 이게 내가 상관할 일이 아니란 건 알지만."

"그런데도 어쨌든 언급 할 필요성을 느꼈다는 거잖아."

"그게 내게 영향을 미치니까 그렇지." 리스가 말했다. 나는 그녀의 날카로운 목소리와 말아 올린 입술을 보고 깜짝 놀랐다. "나도 바이엇을 좋아해, 알겠어? 하지만 네가 바이엇을 대하는 방식으로 나를 대하진 말았으면 좋겠어."

"넌 우리랑 친구로 지내기 싫어?"

리스는 마치 내가 말실수를 한 것처럼, 마치 내가 이해해야 할 게 뭔가 더 있는 것처럼 한숨을 쉬었다. "응. 난 싫어." 리스는 분명하게 말했다. 그 말에 나는 아무렇지 않은 척할 수 없었다.

"음, 그렇다면." 나는 입을 열었지만 더는 아무 말도 나오지 않았고, 놀라지 않은 척을 할 수도 없었다. "알았어." 나는 마침내 말을 마치고 문을 향해 갔다. 리스가 내 이름을 부르는 소리를 들을 수 있었지만, 그냥 문을 잡고 휙 열어서 얼른 복도로 나와버렸다.

리스의 그 말은 개의치 말아야 했다. 나는 바이엇 걱정을 해야 하고, 게다가 리스는 오래전에 단념하다시피 하고 있었다. 리스는 사람이 너무 폐쇄적이고 차갑다고 나는 생각했다. 리스가 나와 같이 있는 이유는 나 말고는 같이 있을 사람이 없기 때문이다.

복도는 중이층으로 연결돼 있고, 그 밑의 1층에 모여 있는 아이들의 말소리가 흘러왔다. 그들의 목소리는 잠이 덜 깨서 부드러웠다. 아침을 먹은 후에 다시 침대로 돌아가는 아이들도 몇 명 있을 것이다. 가끔은 그거 말고는 할 일이 없기도 했다.

하지만 중이층 맞은편에 양호실 계단으로 통하는 문이 있고, 거기 어딘가에 바이엇이 있다. 보트 근무조로 받은 칼을 사용해 자물쇠를 딸 수 있을까, 생각하던 참에 문이 휙 열리더니 교장 선생님이 금방이라도 무너질 것 같은 좁은 층계에서 내려왔다.

"잠깐만요." 나는 그렇게 말하면서 서둘러 다가갔다. 선생님은 들고 있던 클립보드에서 고개를 들었다. 나를 보자마자 선생님은 계단으로 들어가는 문을 쾅 닫아버렸다. "바이엇은 괜찮아요? 어떻게 지내고 있어요?"

"이런 식으로 말고 좀 다르게 우리의 대화를 시작할 수 있을 것 같은데." 교장 선생님이 말했다. 선생님은 항상 그렇듯 바지와 버튼다운 셔츠를 입고 있었다. 지금 신고 있는 튼튼한 하이킹 부츠만이 자신의 학교에서 일어난 사태를 인정하는 유일한 징표였다. 바지 주머니에서 피로 얼룩진 손수건의 가장자리가 언뜻 보였다. 선생님의 혀에 난 종기들이 터져서 피가 날 때쓰는 손수건이었다. "예를 들어 안녕하세요, 라거나."

나는 멈춰 선 채 심호흡을 한 번 하면서 선생님을 확 밀어버린 다음 계단으로 올라가고 싶은 충동과 싸웠다. "안녕하세요, 교장 선생님."

선생님은 환하게 미소를 지었다. "너도 안녕. 오늘은 기분이 좀 어떠니?"

이건 고문이다. 이거야말로 진정 고문이다. "전 좋아요." 내가 이를 악물고 대답하자 선생님이 한쪽 눈썹을 추켜올렸다. "음, 죄송해요. 잘 지내고 있어요."

"그 말을 들으니 아주 기쁘구나." 선생님은 들고 있던 클립보드를 힐끗 내려다본 후에, 내가 그 자리를 떠나지 않으리란 사실을 깨닫고, 목청을 가다듬었다.

"내가 뭐 도와줄 거 있니?"

"바이엇이 양호실에 있어요. 보러 가도 될까요?" 나는 교장 선생님이 양호실에 바이엇이 있다는 사실을 마치 모르는 사람인 양 말했다.

"유감스럽게도 그건 안 된다, 채핀 양."

"전 양호실에 들어가지도 않을게요. 그냥 문틈으로 바이엇이랑 이야기만 할게요." 나는 애원했다. 바이엇을 보지 못한다 해도 상관없었다. 괜찮은지만 확인해야 했다. 바이엇이 변하지 않고 원래의 그녀로 남아 있는지 알아야 했다.

하지만 교장 선생님은 고개를 흔들면서 어른들이 항상 비상용으로 갖추고 있는 미소, 그러니까 넌 아직 이해하지 못하겠지만 참 딱한 아이구나, 라는 의미의 미소를 지어 보였다. "넌 1층에 가서 아침을 먹지 그러니?"

이건 공정하지 않다. 여긴 교장 선생님의 집일 뿐만 아니라, 내 집이기도 하다. 난 어디든 가고 싶은 곳에 갈 수 있어야 한다. "잠깐만 볼게요."

"너도 규칙을 알잖니." 선생님은 항상 벨트에 걸고 다니는 열쇠고리에 매달린 열쇠들 중 하나로 양호실 계단으로 가는 문을 잠갔다. 나는 당장 그걸 선생님에게서 낚아채지 않기 위해 주먹을 꽉 쥐고 참아야 했다. 이런 짓이 대체 무슨 의미가 있나? 우린 다 같은 병에 걸렸다. 바이엇의 상태를 본다고 우리들의 상태가 여기서 더 나빠질 순 없다. "미안하다. 네가 친구를 그리워하는 마음은 잘 안다."

내 친구. 내 자매. 나는 리스에게 그렇게 말했다. 바이엇을 내 생명 줄이라고 불렀어야 했는데. "맞아요. 그리워요."

교장 선생님이 마음을 바꾸지 않으리란 건 확실해서 또 다른 계획을 생각하기 위해 돌아서서 가려고 했을 때, 선생님이 내 이마에 손등을 대고 눌렀다. 우리 엄마가 전에 그랬던 것처럼 열이 있는지 확인하려고 그런 것이다. 나는 깜짝 놀라 뒤로 물러섰다. 선생님은 못마땅해하는 소리를 내면서 다시 내 이마를 짚었다.

"몸은 좀 어떠니? 추워 보이는데?" 교장 선생님이 말했다.

잠시 후에야 기억이 났는데, 선생님은 내가 보트 근무를 끝내고 돌아왔을 때를 지금 말하고 있는 것이었다. 그건 그저께였는데 아주 오래전에 일어난 일 같았다.

"전 괜찮아요." 나는 거북한 느낌에 선생님에게서 조금씩 멀어지며 말했다. 평소에 선생님은 학생들에게 신경 쓰는 마음을 드러내길 싫어한다.

톡스가 발생하기 전엔 이렇지 않았다. 나는 선생님을 처음 만났을 때를 기억한다. 그때 노퍽에서부터 여기까지 혼자 오느라 얼마나 긴장했는지 모른다. 열세 살에 혼자 온 나는 엄마가 그리웠다. 학교를 구경시켜 주다가 내 눈에 눈물이 고인 걸 본 선생님이 그때 이렇게 말했다. 교장실 문은 항상 열려 있으니 누군가와 대화를 하고 싶거나 다른 아이들과 잠시 떨어져 있고 싶을 땐 언제든 찾아오라고.

"흠." 선생님은 내 재킷 칼라에서 보푸라기 하나를 떼어내면서 말했다. "몸이 나아졌다니 다행이구나. 네 친구인 윈저 양도 분명 그렇게 될 거야. 이렇게 자길 찾아다니는 친구도 있고 윈저 양은 행운아구나."

그 말이 물결처럼 나를 스치고 지나갔다. "찾아다니고 있다고요?" 마치 바이엇이 사라진 것처럼, 마치 그녀가 여길 떠나버린 것처럼. 내가 교장 선생님이 한 말을 제대로 들었다는 걸 알았다. 내가 제대로 들은 것이다.

잠시 선생님의 표정이 굳어졌다가 다시 미소를 지었는데 굉장히 어색했다. "내 말은 자길 챙기는 친구란 뜻이었다." 그렇게 표현을 정정하고 선생님은 다시 말했다. "이제 아래층에 내려가서 아침을 먹지 그러니? 분명 배가 고플 텐데."

나는 잠시 그 자리에 그대로 서서 클립보드를 쥐고 있는 선생님의 손마디가 하얗게 질리는 걸 봤다. 그걸로 충분했다. 나는 뒤로 물러나서, 최선을 다해 미소를 지어 보이고, 1층 홀로 갔다. 그곳에선 아이들이 여기저기 모여 곰팡이가 핀 빵을 조금씩 뜯어 먹고, 만든 지 오래된 비스킷 가장자리를 잘라 먹고 있었다.

그걸 보자 다시 주먹으로 한 방 맞은 것 같았다. 지금까지 일어난 모든 일, 지금까지 내가 본 모든 것과 내가 지킨 비밀들에 한 방 맞은 것 같았다. 다른 아이들은 식량 배급을 받아 굶어 죽지 않을 만큼의 아침을 먹고 있는데, 나는 이들에게 필요한 음식을 두 손 가득 들고 있었다.

도저히 못 먹겠다. 지금은 먹을 수 없어.

나는 조심스럽게 아이들 사이를 지나쳐서 현관의 이중문을 통해 밖으로 슬쩍 나왔다. 내 재킷은 추위를 막기엔 너무 얇았지만, 홀보단 밖에 있는 편이 나았다. 적어도 밖에 있으면 내가 한 짓을 상기시켜 주는 사람은 없으니까.

그날 내내 물가에서 시간을 보냈다. 그곳의 돌들은 물에 쓸려 하얗게 바래고 반들반들해졌다. 나는 추워서 감각이 사라지는 손가락들을 하나씩 세어보면서, 흐린 햇살이 내 얼어붙은 피부에 흩어지게 놔뒀다. 밤이 찾아와 자려고 다시 방에 돌아왔을 때 리스는 이미 와서 이층 침대에 대자로 누워 있었다. 자고 있거나, 잠든 척하는 거겠지. 우리 사이의 이런 거리에 나는 차츰 익숙해지고 있었다. 다만 적어도 이번에는 리스가 날 피하진 않고 있다. 적어도 방에 와 있으니까.

바이엇이 다시 여기로 돌아올지 모르겠다. 하지만 난 이대로 가만 있진 않을 것이다.

나는 달이 하늘 한가운데 뜰 때까지 기다렸다. 내가 침대에서 나오자 매트리스에서 삐걱거리는 소리가 났다. 나는 숨을 참은 채 리스가 듣지 않았는지 확인하려고 기다렸다. 그녀의 침대에선 아무 소리도 들리지 않았다. 나는 문을 향해 살금살금 갔고, 그녀는 여전히 어둠 속에 머리를 묻은 채 누워 있었다. 나는 복도로 슬쩍 빠져나갔다.

복도는 텅 비어 있었고, 기숙사 방에서 아이들이 하는 이야기가 토막토막 흘러나와 정적을 깨뜨리고 있었다. 하급생들이 뭔가에 대해 속삭이고 있었다. 여기서 웃음소리가 들리자, 저기서 쉿 소리가 들렸다. 내가 발끝을 들고 복도와 중이층이 만나는 지점까지 살금살금 걸어가서 몸을 웅크리고 있는 동안 그들은 아무 소리도 듣지 못했다.

양호실 계단으로 가는 문은 항상 그렇듯 단단하게 잠겨 있었다. 열쇠 없이는 도저히 통과할 길이 없다. 그렇다면 양호실로 갈 수 있는 최선의 길은 지붕을 통하는 것이다. 2층에서 평지붕으로 올라가는 경사는 완만하고, 방마다 지붕창이 하나씩 달려 있다. 그 창문들 중 하나를 통한다면 뒤쪽으로 돌아가서, 보초 근무조나 교장 선생님에게 들키지 않고 지붕으로 올라갈 수 있을 것이다.

나는 열까지 셌다. 마룻바닥을 걸어갈 때 삐걱거리는 소리는 전혀 나지 않았다. 렉스터에 오기 전에는 밤을 두려워한 적이 없었다. 기지에서 살 때는 항상 투광 조명등이 켜져 있어 밤이 그렇게 어둡지도 않았다. 하지만 이곳의 밤은 어쩐지 느낌이 달랐다. 밤이 살아 있는 것 같았다.

나는 재킷을 더 힘주어 여몄다. 그리고 텅 비어 있는 중이층을 가로질러 계단 위로 올라가서 북쪽 별채 입구까지 들어갔다. 복도를 걸어가는 사이에 마주친 사람은 하나도 없었다. 텅 빈 방들만 있었다. 오래전 다 태워버려서 종이 한 장 없는 교사 사무실만 몇 개 있었다. 그리고 교사들이 쓰는 방엔 침대 프레임만 남아 있었다. 불쏘시개로 쓰려고 의자들도 다 부숴버렸다. 복도 끝에 보초 근무조가 쓰는 방이 있는데, 아직도 문에 사무실 표지판이 달려 있었다. 열린 창문으로 쌀쌀한 가을바람이 세차게 밀려들어 오고 있었다. 나의 탈출구다.

보초 근무를 설 때 매일 그랬던 것처럼 내 몸을 들어 올려 거기로 올라가는 건 아주 쉬웠다. 뒤에서 내 뒤꿈치를 찰싹 때리는 바이엇이 없는 상황이 낯설었지만 나는 곧 경사진 지붕 위로 올라가서 서리가 녹아 축축해진 지붕널에 손을 대고 쭈그려 앉았다. 내 위쪽 덱에서 총을 든 채 조준하고 있는 두 소녀의 검은 윤곽을 볼 수 있었다. 그들은 바로 앞에 있는 숲을 바라보며 조용히 이야기를 나누고 있었다. 잘됐다. 내가 아무 소리도 내지 않는 한 그들은 내가 여기 있는 걸 눈치채지 못할 것이다.

나는 앞으로 기어가서 가장 가까운 지붕창으로 향했다. 그 창으로 여러 개의 양호실 중 하나가 보였다. 침대 하나와 시트를 씌우지 않은 매트리스 하나가 어둠에 잠겨 있었고, 복도로 나가는 문은 닫혀 있었다. 바이엇은 없었지만, 교장 선생님도 없었다. 나는 창틀 밑에 어깨를 대고 창문을 들어 올리기 시작했다.

1년 반 동안 전혀 관리를 안 해서 창문 목재가 휘어져 있었다. 나는 몇 번씩 힘껏 창문을 밀었다가 멈추면서 보초 근무를 서는 아이들이 내 소리를 듣지 않게 조심해야 했다. 여기저기 갈라진 지붕널에서 발이 계속 미끄러졌고, 내 밑에는 어둠에 삼켜진 땅바닥이 있었지만, 내려다보지 않았다. 한 번, 두 번, 세 번, 창문이 덜덜 떨리면서 아주 조금 올라갔다.

나는 곧바로 들어가지 않고 지붕널 위에 쭈그리고 앉아 기다리면서, 교장 선생님의 촛불 불빛이 문 밑의 바닥을 비췄다가 서서히 사라지는 모습을 지켜봤다. 선생님이 2층으로 내려가면서 계단을 치는 발소리가 들렸다. 그리고 조용해졌다.

나는 머리부터 창문 속으로 들이밀고 들어가 비틀거리면서 간신히 일어섰다. 3층은 방이 여섯 개로 앞쪽에 세 개 뒤쪽에 세 개가 있다. 나는 지금 계단에서 가장 가까운 방에 들어와 있었다. 다른 사람들에게 들키기 전에 다섯 개를 더 확인해 봐야 한다.

문까지 가서 걸쇠를 건드려 봤는데 잠겨 있지 않았다. 이 방들은 다 밖에 빗장이 달려 있다. 학교가 지어진 초기에 남은 유물로 우리가 병들었을 때 쓰게 됐지만, 지금은 아무도 없으니 귀찮게 빗장을 채울 필요도 없다고 교장 선생님은 생각했으리라. 나는 두 손으로 문을 잡아당겨 열었다.

그리고 좁은 복도로 나와서 다시 멈춰 소리를 들었다. 이 학교가 이렇게 조용할 수가 없는데. 이렇게 건물이 낡고, 모든 것이 변한 상황에서 그럴 수가 없는데도 교장 선생님이나 웰치 선생님의 소리는 어디에서도 들리지 않았다. 바이엇의 소리도 들리지 않았지만, 나는 애써 그녀가 자고 있을 거라고 생각했다.

반대쪽 문을 밀어봤다. 그 방도 안 잠겨 있었는데 좀 전에 내가 나왔던 방처럼 비어 있었다.

괜찮다. 방은 아직 네 개나 남아 있으니까. 바이엇이 있을 만한 방이 네 개나 더 남았다는 뜻이니까.

하지만 세 번째 방이 비어 있었고, 네 번째 방도 비어 있었고, 다섯 번째 방에 도착했을 때 나는 헐떡거리고 있었다. 귓가에서 내 심장이 쿵쿵 뛰는 소리를 들을 수 있었지만 바이엇은 없었다. 그녀는 여기 없다.

여섯 번째 방문을 홱 열었다. 침대는 비어 있었고, 삐딱하게 놓여 있는 매트리스는 달빛에 물들어 있었다. 그리고 긁힌 자국이 나 있는 바닥에 바늘 하나와 실이 떨어져 있었다. 바이엇의 것이다. 바이엇이 항상 주머니에 넣고 다니던 바늘과 실, 내 상처를 치료해 줄 때 쓰던 바로 그것이다.

바이엇이 사라졌다.

서늘한 공포가 온몸으로 서서히 퍼져 나갔지만 애써 밀어냈다. 무슨 일이 일어났다. 하지만 그게 뭐건 바이엇은 이겨냈다. 바이엇이 항상 그렇듯 말이다. 그녀는 어딘가에 살아 있다. 내가 2층 사무실들과 교실들도 다 확인해 봐야 했는데. 망할. 혹시 모르니 그 큰 찬장도 확인······.

계단에서 소리가 났다. 누군가 오고 있었다.

나는 그 자리에서 얼어붙었다가 얼른 바늘과 실을 낚아채고 첫 번째 방으로 다급하게 돌아갔다. 열어 놓은 창문이 날 기다리고 있었고, 매서운 돌풍이 불어닥치고 있었다. 시간이 없다. 아무 소리도 내지 않으면서 밑으로 내려갈 수도 없고, 불빛이 보인다. 교장 선생님의 촛불이 점점 더 가까이, 여기로 다가오고 있다. 그것이 이 방문 앞에서 멈췄다.

움직일 수 없다. 숨도 쉴 수 없다. 만약 교장 선생님이 이 방에 들어오면, 만약 선생님에게 들키면, 선생님이 무슨 짓을 할지 나도 모른다.

그때 내가 1년 동안 한 번도 들어보지 못한 소리, 하커 씨가 떠난 후 한 번도 들어보지 못한 소리가 들렸다. 전파가 지지

직거리는 소리, 워키토키가 작동되는 소리가 들리더니 어떤 목소리가 들렸다. 남자 목소리였다. 그 소리가 마치 내 혈관으로 흘러 들어오는 찬물 같아서 나도 모르게 부르르 떨었다.

"렉스터, 대답하라, 오버."

삑 소리가 나면서 지지직거리는 전파 소리가 잠시 끊겼다가 다시 들렸다.

"여긴 렉스터다, 오버."

놀라서 나도 모르게 움직였다가 머리를 창틀에 부딪칠 뻔했다. 그 목소리는 예상과 달리 교장 선생님이 아니라 웰치 선생님이었다. 웰치 선생님은 여기 거의 올라오지 않는데.

"상황 보고하라, 오버." 남자가 말했다.

이 사람은 분명 해안에 있는 기지 사람일 것이다, 아마 해군이거나 CDC 사람이거나. 그들만이 이곳에서 일어나는 일을 알고 있는 극소수의 사람들이다. 우리 부모님들조차 진실을 다 아는 건 아니다. 그들은 아마 우리가 유행성 감기에 걸렸다고 들었을 것이다. 그게 거짓말인지 아는지 궁금했다.

"모두 좋다. 그 대체물은 안전하게 도착했나? 오버." 웰치 선생님이 말했다.

침묵이 흐른 후에 그 남자가 말했다. "수령 확인하고 있다. 오버."

수령이라고? 그리고 뭐에 대한 대체물이란 거지? 이 섬에선 아무것도 나가지 못한다. 심지어 시체까지도. 만약 학생이 죽으면 학교와 담장에서 최대한 멀리 떨어진 곳으로 가 시체를 불태운다. 흙까지 완벽하게 소각하는데 그 냄새는 참을 수 없을 정도고, 뼈는 작은 돌무덤 밑에 묻는다.

"보고할 게 더 있어요. 반환해야 해요, 오버." 웰치 선생님이 마지못해 말하는 듯한 목소리로 덧붙였다.

처음에는 그 반납해야 할 게 보급품이라고 생각했지만 그건 이미 하지 않나. 선생님이 말하는 건 다른 게 분명했다.

그는 오랫동안 대답하지 않았다. 웰치 선생님은 서성거리기 시작했고, 나는 문 밑에서 계속 움직이는 불빛을 보며 그걸 눈으로 따라갔다. 선생님은 방 안으로 들어오진 않을 거야, 난 되뇌었다. 난 안전하다, 난 안전하다, 난 안전하다. 마침내 선생님의 워키토키가 다시 살아났다.

"내일 이 시간에 그녀를 하커의 집에 두도록. 오버."

그녀라니. 시체가 아니라 **그녀**라고 했어. 그렇다면 바이엇이야. 반드시 그래야만 해. 그들은 그녀가 여전히 중요한 사람처럼 말하고 있었어. 순간 안도한 내 심장이 꽃처럼 활짝 피어나는 게 느껴졌다. 하지만 바이엇이 여기 없다면 웰치 선생님은 내일까지 바이엇을 어디에 가두고 있는 걸까? 그리고 대체 왜 그런 걸까?

웰치 선생님의 서성거림이 멈췄다. "접수했다, 오버."

"통신 끝."

사방이 조용해졌다. 잠시 후 문 밑의 불빛이 희미해졌고, 웰치 선생님의 발소리가 복도 저편으로 멀어졌다. 나는 조심스럽게 밖으로 나온 후 창문을 닫았다. 그런 다음 무릎을 꿇고 바닥에 손을 짚은 채 천천히 지붕 위를 기어갔다. 보초 근무조는 여전히 숲만 주시하고 있었고, 내가 지붕 가장자리에서 몸을 낮춰 2층 창문으로 쏙 들어가는 모습을 보지 못했다.

나는 슬쩍 복도로 가서 중이층을 가로질렀다. 달이 뜨는 모습을 확인하고 머릿속에 확실히 기억해 뒀다. 내일 이 시간이라고 워키토키에 나온 남자가 말했다. 그리고 내 방으로, 내 침대로, 리스에게로 돌아갔다. 그녀는 자신의 침대 위에 일어나 앉아서 나를 기다리고 있었다. 당연히 내가 방을 나간 걸 알고 있었으니까.

"뭔가 일이 있었어. 바이엇은 양호실에 없어." 내가 말했다.

리스는 얼굴을 찡그렸고, 나는 이미 그녀의 얼굴에 불신이 쌓이는 모습을 볼 수 있었다. "대체 무슨 소리를 하는 거야?"

"그리고 워키토키에 어떤 남자 목소리가 나왔는데." 나는 숨을 가쁘게 몰아쉬면서 더듬거리며 리스에게 다 쏟아내려 했다.

"잠깐만 천천히 해봐. 처음부터 이야기해."

나는 리스에게 전부 말했다. 텅 빈 방들에 대해, 실과 바늘에 대해. 웰치 선생님과 워키토키와 선생님과 대화하던 남자 목소리와 그들이 바이엇을 하커 씨 집으로 옮기기 위해 세운 계획에 대해.

"웰치 선생님이 어디에 바이엇을 가뒀는지 모르겠어." 나는 침대 사다리에 몸을 기대며 말했다. 온몸이 덜덜 떨리고 있음을 느낄 수 있었다. "내일까지 떠나지 않을 거라면 분명 다른 어딘가에 가둬둔 게 분명해."

1층 교실들은 누군가를 숨겨둘 정도로 은밀하지 않고, 학교를 나가면 헛간 말고 다른 건물은 없다. 헛간도 오래된 공구 창고에 불과하지만, 그것마저도 땔감으로 쓰려고 여기저기 부셔놓은 상태다. "어떻게 생각해?" 나는 리스를 보며 물었다.

처음에 그녀는 아무 말도 하지 않았다. 그녀의 머리카락에 반사된 빛에 동그래진 눈만 보였다. 그러다 몸서리를 치면서 한숨을 쉬었다.

"우리 집." 리스가 말했다. 리스는 마치 웃지 않으려고, 혹은 울지 않으려고 하는 것처럼 얼굴이 이상하게 일그러졌다. "그 남자가 분명 우리 집이라고 했어?"

물론 리스는 거기에 관심이 가겠지. 그렇다고 해서 그녀를 비난할 순 없다. "확실해. 리스, 우린 정말 바이엇을 찾아야 해. 바이엇은 아직도 여기 어딘가에 있어." 내가 말했다.

"분명 그렇겠지." 리스가 말했다. 그녀의 말은 가볍고 수월하게 나왔고, 얼굴은 무표정했다. 뭔가 감추고 있다는 뜻이다.

"하지만 뭐? 바이엇은 여기 어딘가에 있겠지만 뭐?" 내가 말했다.

리스가 분명 이런 말을 할 거라고 예상해야 했지만 막상 그 말을 듣자 난 놀라고 말았다. "하지만 바이엇이 죽었을까, 살았을까?"

순간 마음을 산산이 부수는 것 같은, 선명하면서 뜨거운 분노가 솟구쳤다. 양호실에 다녀온 후 내내 그 생각을 하지 않으려고 애쓰고 있었는데 왜 리스는 그런 나를 가만두지 않는 걸까? "무슨 질문이 그래?"

"중요한 질문이야. 넌 바보가 아니야, 헤티. 우리 같은 사람들에게 보통 무슨 일이 일어나는지 넌 알고 있잖아." 리스가 말했다.

"이 중 그 어떤 일도 보통 일어나는 일은 아니야." 나는 심호흡을 하면서 주먹을 꽉 쥐었다. 리스의 말에 신경 쓰지 말자. 바이엇은 살아 있다, 그녀는 살아 있다, 그녀는 살아 있다. "사람들은 보통 이런 식으로 사라지지 않아. 이건 분명 뭔가 다른 의미가 있어."

"맞아. 내 생각에 그건 바이엇이 이미 죽었다는 뜻이야." 리스가 말했다.

나는 침대에서 뒤로 물러나면서, 마음속에서 솟아오르는 거대한 공포를 무시했다. 리스가 틀렸고, 바이엇은 잘 있다. "그럼 왜 우리가 그녀의 시체를 태우지 않았지? 그녀는 살아 있어. 난 그녀를 찾고 말 거야. 반드시 그렇게 할 거야."

"그다음엔 어쩔 건대? 우린 바이엇을 도울 수 없어."

물론 리스의 말이 맞았다. 하지만 그건 중요하지 않다. "우린 바이엇과 같이 이겨낼 수 있어. 우리에게 남은 건 그것뿐이야. 그리고 난 포기하지 않아. 지금은 바이엇이 어디 있는지 모르지만, 내일 밤엔 알 수 있어. 난 바이엇을 쫓아가겠어."

"넌 그럴 수 없어." 내게 몸을 기울이는 리스의 목소리는 낮고 절박했다. "네가 그럴 수 없는 건 너도 알잖아. 그건 격리 조치 위반이야."

"그래서 뭐? 난 보트 근무조야. 보트 근무조는 학교 밖으로 나갈 수 있어." 내가 말했다.

리스는 눈동자를 데굴데굴 굴렸다. "그건 가서 보급품을 가져오라는 뜻이지 네 친구를 쫓아 몰래 나가라는 뜻은 아닐 텐데."

나는 손사래를 쳤다. 그들은 항상 우리에게 격리 조치가 가장 중요하다고 말해 왔지만 그것과 바이엇 중 하나를 선택해야 한다면, 두 번 생각할 일도 아니었다.

"설령 밖으로 나간다 쳐도 돌아올 때는 어떻게 담을 넘어올 건데?" 리스는 은빛 손가락으로 땋아 내린 자신의 머리끝을 잡아당겼다. 그녀의 머리끝은 갈라지고 상하기 시작했다.

"교문은 잠겨 있고."

"문을 넘어갈 거야. 어떻게든 방법을 알아내겠어. 그건 걱정 안 해." 나는 흥분해서 말했다.

"난 걱정돼." 그녀가 말했지만, 눈은 나를 보고 있었다. 어찌할 바를 모르는 그 표정에 모든 감정이 드러나 있었다. 그걸 보자 가슴이 막 뛰면서 처음 만났을 때부터 줄곧 무시하려고 부단히 애썼던 애타는 마음이 다시 느껴졌다.

"나랑 같이 가자. 우리 같이 가자." 내가 말했다.

그것은 마법이었다. 순식간에 그녀는 그 계획에 동참해, 나를 향해 고개를 숙이고 있었다. 그러다 갑자기 내게 너무나 익숙한 자세로 돌아가 버렸다. 팔짱을 끼고, 어금니에 힘을 준 채,

지독하게 공허한 눈동자로.

"아니. 넌 네 맘대로 해. 하지만 난 너랑 같이 가지 않을 거야." 리스가 말했다.

이번만은 나도 순순히 물러서지 않을 것이다. 그러기엔 이번 일은 너무 중요했다. "왜 안 해?"

리스는 격노한 목소리로 말했다. "헤티."

지금까지 손톱만큼이라도 남아 있던 인내심이 순간 사라져 버렸다. 나는 침대 가장자리를 너무나 세게 잡아서 쪼개진 나뭇조각 하나가 손바닥을 깊게 찌르고 들어오는 걸 느낄 수 있었다. "넌 대체 뭐가 문제야? 바이엇은 우리 친구야. 넌 바이엇이 괜찮기를 바라지 않아?"

"내 바람은 이 일과 아무 상관없어." 리스가 말했지만 나는 이미 미친 듯이 쏟아내고 있었다. 생각보다 더 화가 나서 나도 모르게 목소리가 커졌다.

"넌 아무에게도 관심을 두지 않아." 나는 분노에 차서 신랄하게 말을 이어갔다. "그래서 네가 나보다 더 이성적인 사람인건 알겠어. 하지만 난 너처럼 이 세상이 존재하지 않는 척 단념해 버릴 수 없단 말이야."

"내가 아무에게도 관심이 없다고? 너……." 그러다 리스는 마음의 상처를 입은 것처럼 말을 뚝 끊어버렸다. 순간 그녀의 얼굴에 드러난 그 모든 감정을 볼 수 있었다. 갈망과 체념과 배신감이 뒤섞인 표정, 그동안 그녀가 사랑하는 이 섬이 그녀가 사랑하지 않은 척하던 사람들을 뺏어가는 모습을 지켜보며 받은 상처가 그대로 다 드러났다.

"젠장." 나는 중얼거렸다. 목소리가 잠겨서 잘 나오지 않았다. 나는 리스를 만난 후 매일 틀린 생각을 하고 있었다. 리스는 차갑다고 줄곧 생각했던 동안, 어쩌면 그녀는 내내 불타고 있었는지도 모른다.

"미안해, 리스. 맙소사, 리스, 정말 미안해."

리스의 부모님 둘 다 사라졌고, 그것 때문에 리스가 이렇게 됐다. 그 상처들이 남긴 잔해가 지금의 그녀인데. 내가 그걸 알아챘어야 했는데. 그녀가 나만큼이나 열정적으로 사랑하는 사람이라는 점을 알아챘어야 했는데. 다만 사랑이 나를 강하게 만들어 주는 반면, 리스는 사랑에 발목이 잡히고 말았다.

"나도 그럴 수 있으면 좋겠어. 나도 너처럼 그럴 수 있으면 좋겠어. 하지만 내가 아빠를 찾으러 갈 수 없었는데, 바이엇을 찾으러 갈 순 없어. 난 보트 근무조가 되는 것만이 학교 밖으로 나갈 수 있는 유일한 길이라고 생각했어. 하지만 넌 지금 맨주먹으로 그걸 무너뜨릴 각오가 서 있고." 리스가 그렇게 말하더니 덜덜 떨리는 숨소리를 뱉고 나서 조용히 말했다. "난 왜 우리 아빠를 위해 그렇게 하지 못했을까?"

이번만은 나도 어떻게 말해야 할지 알고 있었다. 그것은 내 어린 시절, 아빠가 부대에 배치됐을 때 어른들이 내게 하던 말이었다.

"넌 아빠 딸이니까. 네가 아빠를 지키는 사람은 아니잖아."

리스는 아무 대답도 하지 않았지만 계속 내 말을 듣고 있었다.

"하지만 바이엇은 우리 친구야." 나는 리스의 얼굴을 지켜보고 있었고, 이제 그녀가 내 말에 넘어왔음을 알았다. 분명히 알 수 있었다. "우린 바이엇을 지켜야 해. 바이엇도 우리를 위해 그렇게 할 거고." 나는 심호흡을 한 번 했다. "내가 널 위해 그렇게 하듯 말이야."

순간 그녀의 얼굴에 놀란 표정이 스쳤다. 그걸 보자 수치스러워졌다. 리스는 정말 그걸 몰랐나?

하지만 그때 리스가 손을 뻗어 그녀의 손바닥이 내 손바닥을 스치며 잡았을 때 울컥했다.

"그래. 알았어." 리스가 말했다.

오늘 밤엔 더는 할 일이 없었고, 온몸에서 아드레날린이 빠져나가면서 금방이라도 쓰러질 것 같았다. 나는 리스에게 미소를 지어 보이고 손을 놔준 후, 내 침대로 들어갔다.

항상 그랬듯 옆에 바이엇이 누울 자리를 남겨둔 채 똑바로 누웠다. 위에서 리스가 담요처럼 덮기 위해 재킷을 벗는 소리가 들렸다. 사방이 너무 조용했다. 방금 그녀를 설득하기는 아주 쉬웠지만, 이제는 서로 자는 척하는 소리를 들을 필요가 없도록 땅이 날 집어삼켜 버렸으면 싶었다.

"헤티. 그 목소리 우리 아빠는 아니었지? 그 워키토키에서 들리던 목소리 말이야." 리스가 갑자기 물었다.

"음." 난 어떻게 그녀의 희망을 저버려야 할지 알 수 없었다.

"신경 쓰지 마." 리스는 쑥스러웠는지 무뚝뚝한 목소리로 말했다. 그 순간 그녀가 머리를 흔드는 모습을 상상할 수 있었다. "난 그냥…… 난 그저 우리 부모님 중 하나가 돌아온다면, 아빠일 거라고 생각했어."

바스락거리는 소리, 그리고 목재 침대 프레임이 삐걱거리는 소리가 들리면서 리스는 편안하게 자세를 잡고 대화를 끝냈다.

하지만 여기에 바이엇이 없는 상황에서 리스는 달랐다. 어쩌면 우리 둘 다 달라졌는지도 모른다. 나는 주먹을 꽉 쥐고, 용기를 내려고 안간힘을 썼다. 리스를 만난 후 계속 궁금한 게 있었지만, 리스가 원하지 않을 땐 그 무엇으로도 그녀의 입을 열 수 없었다.

"저기, 꼭 대답할 필요는 없는데." 내가 이야기를 시작했다. 목소리가 살짝 떨렸지만 이야기를 계속했다. "너희 엄마는 어디 가셨어?"

나는 그녀를 볼 수 없었다. 그래서 대신 천장에 비친 그녀의 땋은 금발 머리의 패턴을 보면서, 그 희미하고 부드럽게 비치는 패턴을 눈으로 따라갔다. "그게 좀 복잡해. 아니면 내가 그러길 바라는 건지도 모르겠고." 리스가 마침내 입을 열었다.

"무슨 말인지 이해가 안 돼."

"마지막에 들은 바로는 엄마는 여전히 메인에 있다고 들었어. 아마 포틀랜드에 있겠지."

"뭐라고?" 그렇다면 여기서 고작해야 320킬로미터 거리잖아. 난 항상 리스 엄마가 아주 멀리 떠났거나, 혹은 어디 있는지 리스도 모른다고 생각하고 있었다.

"그렇단다." 리스가 말했다. 그녀의 목소리는 슬프거나 화가 난 것처럼 들리진 않았다. 아니, 아무 감정도 느껴지지 않았다.

"엄마는 메인을 떠나고 싶은 게 아니라 그냥 날 떠나고 싶었던 거야."

그런 상처를 어떻게 위로해야 할지 알 수 없었다. 하지만 리스가 내게 말하고 있었다. 그건 중요한 의미가 있었다.

"유감이야. 조금 더 일찍 말해 줬으면 좋았을 텐데." 내가 말했다.

"세상엔 남들에겐 말하지 않아야 할 일도 있어. 그냥 나만 알고 있어야 할 일도 있다고." 리스의 지친 목소리가 허공을 떠돌고 있었다.

그렇지 않아도 우리의 성격이 완전 딴판인 건 나도 알고 있었다. 리스는 항상 사람들과 거리를 두고 지냈지만, 난 항상 누군가의 반쪽이 되고 싶었다. 렉스터에 와서야 비로소 내 자리를 찾은 느낌이었다. 바이엇이 내게 말해 주기 전까지는 내가 누군지도 모르고 있었던 것 같은 느낌.

그런 내 감정에 대해 리스가 무슨 말을 할지 알고 있었다. 그건 건강하지 않다고, 그렇게 살아서는 안 된다고 말하겠지. 하지만 매일 우리를 둘러싼 세상이 조금씩 무너져 내리고 있고, 우리에겐 그보다 더 큰 문제들이 있는데 그게 뭐 대순가?

아니, 리스는 바이엇이 아니다. 하지만 난 리스를 좋아한다. 리스가 자신이 원하는 바를 간결하게 전달하는 방식이 마음에 든다. 그녀가 항상 나를 좋아하는 건 아니라는 사실마저 좋아한다.

바이엇

• • • •

Byatt

7장

눈을 깜박여서 뜨려고 했지만
뜨겁고 건조한 내 혓바닥처럼 느리고 걸쭉한 뭔가
내 눈꺼풀 밑으로 세상이 슬쩍 끼워놓은 뭔가가
내가 여기서 내가 여기서
잠이 깼다.

마치 파도 같은 열기가 머릿속을 훑고 지나갔다. 빛이 내 눈을 따끔따끔 찌르고 있었고, 마침내 내가 어떤 방의 침대에 누워 있는 걸 알았다.

그리고 대번에 나는 아프지 않지만, 온몸이 아프다는 느낌이 들었다.

이 방은 아주 컸다. 원래는 이런 용도로 지어진 방이 아닐 텐데. 바닥에 깔려 있는 리놀륨 장판이 벗겨지고 있었다. 커튼이 내 주위로 절반쯤 쳐져 있었고, 그 틈으로 벽에 비딱하게 걸려 있는 게시판이 하나 보였고, 나머지 침대 세 개는 다 비어 있었다. 나는 손을 뻗어서 커튼을 만지고 나서 젖히려고 했는데.

움직일 수 없다. 손이 묶여 있었다. 손목이 묶여 있었고, 팔에 정맥 주사가 꽂혀 있었다.

어딘가에서 문이 열리고

소리를 죽인 묵직한 발자국 소리들,

생기 없는 옅은 파란색 비닐 옷, 그것이 다가오는 모습을 커튼 사이로 볼 수 있었다. 내 앞에 오자 커튼이 달라붙지 않도록 팔을 흔들며 그것이 말했다.

기분은 괜찮아?

그는 소년이라고, 그가 말했다.

그의 이름은 디트리히다.

아니, 그건 그의 농담이었다. 왜 그런 농담을 했는지는 자기도 모른다.

그의 이름은 테디고 열아홉 살이다. 그는 한낱 수병에 불과하고, 오늘이 근무를 시작한 첫날이다. 내쉬 캠프에 온 지 한 주도 지나지 않았고, 그들이 그를 여기로 보냈다. 여전히 상부에서 왜 그런 지시를 내렸는지 그는 모르고 있다. 그가 여기서 하는 일이라곤 장비를 옮기고 창밖을 내다보는 것뿐이었으니까. 그는 내게 유감이라면서 횡설수설했는데 그 이유는 CDC 의사들이 평소에 주로 무슨 말을 하는지 모르고, 그에게 의료란 아주 혼란스러운 행위인 데다, 그가 굉장히 긴장했기 때문이다.

그를 자세히 보면서 소년의 몸이 어떤지를 기억해 보려고 노력했다. 하지만 그가 쓰고 있는 수술용 마스크 위로 나온 눈만 볼 수 있었고, 나머지는 파란 비닐 방호복에 가려져 있었다. 머리는 나처럼 갈색이고, 햇빛을 잘 보지 못한 것처럼 황금빛 피부는 창백해져 있었다.

테드는 내게 여러 가지를 물어봤다. 오늘이 무슨 요일인지. 내 생일과 내 성과 우유 가격을 물었다. 나는 대답하지 않았다. 하고 싶었지만, 도무지 말이 나오지 않았다.

잭은 넘어져서 왕관을 깨뜨렸어, 그가 말했다. 질은 질은 너도 이거 알잖아.

질은 비틀거리며 왔다고 나는 말했지만

그게 내가 할 수 있는   전부

아 맙소사   잊고 있었어

이게 얼마나 아픈지 잊어버렸어

쇼크가 온 것처럼 마치 내 목구멍을 따끔따끔 찌르는 담즙처럼   마치 온몸이 덜덜 떨리면서   덜덜 떨면서 영원히 그치지 않을 것처럼 비명을 질렀고

난 산산이 부서질 것이고   눈물이 나고   속이 뒤집히고

조용히 해 테디가 말했다

제발 조용히 해

안 그러면 우리 둘 다 아파

그는 내게 괜찮다고 했다. 물이 든 컵을 내 입술에 기울여서, 나는 한 방울 한 방울 똑똑 떨어지는 물을 삼켰다. 그는 나가면서 문을 잠갔다.

혼자 잠이 깼다. 이제 내 몸으로 정신이 돌아왔다. 주위엔 아무도 없고, 그저 커튼 너머 어딘가에서 선풍기가 윙 소리를 내며 돌아가고 있다. 잡아당기고 또 잡아당겼지만 내 손목을 묶은 끈은 조금도 움직이질 않았다.

나는 평생 문제아였다는 생각이 든다. 그런데 이제 문제가 있는 곳으로 다시 돌아왔다. 처음엔 렉스터였고, 이젠 여기다. 난 항상 문제가 있는 곳으로 온다, 그렇지 않나. 너무 영리하고, 너무 지루해하고, 내게 뭔가 결핍됐거나 어쩌면 너무 많아서 그런지도 모르겠다.

그건 엄마의 아이디어였고, 아빠는 고개만 끄덕이더니 다른 방에 앉아 있으려고 나갔다. 그들이 나를 렉스터로 가는 차에 태울 때까지 그해 여름 내내 침묵이 흘렀다. 거기 있는 사람들은 아무도 모를 거야, 나는 되뇌었다. 네가 지루할 때 뭘 하는지 아는 사람은 하나도 없을 거야. 단순히 네가 할 수 있다는 이유만으로 그런 짓을 한다는 걸 말이지.

❖ ❖ ❖

해가 뜨자 테디가 돌아와서 그들이 나를 어떻게 할지 궁리하는 중이라고 말했다. 그러니 우선은 조용히 있어, 하며 그가 말했고 난 그 말을 마음에 두지 않았다. 그때 얼마나 아팠는지 기억하고 있으니까. 그는 설문지 더미를 펼쳐놓고, 내 손목을

묶은 벨트를 풀어주더니 정맥 주사대를 옮겨서 내가 설문지의
답을 쓸 수 있게 도와줬다.

바이엇

바이엇 윈저

거의 열일곱 살

1월 14일

알레르기 없음

엘리자베스와 크리스토퍼 윈저

비컨 힐

거리 이름은?

웨스트 세다

번지는?

6번

너 불안해하고 있구나, 그럴 것 없어. 테디가 말했다.

난 거의 다 잊어버렸다, 라고 썼다.

안 잊어버렸잖아.

원래 일어나야 할 시간보다 일찍 잠이 깼고

정맥 주사용 점적병은 여전히 가득 차 있고,

아무리 눈을 깜박거려도 흐릿한 기운은 가시지 않고

눈을 감으면 다시 그 숲으로 돌아와 있다

그날 밤   내가 이곳에 온 그날 밤

차갑고   축축하고   붓꽃이 내 부츠 밑에서 으드득으드

득 으스러지고　　웰치 선생님이 날 꽉 붙잡고 있고　　이게 너
의 친구들을 위한 최선이야, 라고 말하고 있다

　　마치 내게 선택의 여지가 있는 것처럼

　　하지만 내게 선택의 여지는 없었고　　날 양호실에서 끌어
내서

　　계단을 내려가　　거기엔 보초도 없었고　　아무도 없었
고　　헤티는 어딘가에서 자고 있었고 헤티 혼자

　　헤티에겐 내가 필요하다고 말하자 웰치 선생님은　　아니
라고 말했다　　헤티를 위해 네가 이렇게 해야 한다고 말했다.

　　교문을 나가 숲속으로　　덤불 속에서 동물들이 마치 손
전등 같은 눈동자들을 움직이는 소리가 들리고　　내 귀에 닿
는 웰치 선생님의 입김이 따뜻하고　　그 후에 사람들이 기다
리고 있었고

　　그들이 날 잡았다 내가 몸부림을 치며 싸웠는데도

　　내가 도망쳤는데도　　그러다 내 허벅지에 작은 화살이 꽂
혔고 순간 머릿속에 안개가 퍼져가면서 웰치 선생님이 내게 몸
을 기울였고

　　미안하다, 선생님이 말했고 나는 생각했다

　　선생님이 진심으로 이런 말을 하다니, 최악이구나, 나는 생
각했다.

　　그보다 더 큰 방에서 뭔가 파란 것이 보였고, 나는 눈치챘
다. 내 눈은 선명하게 보였고, 주위 세상은 확실하게 실체가 있

는 진짜였다. 그걸 다 보기도 전에, 내 정맥 주사를 확인하고 그것이 텅 비어 있는 걸 미처 다 보기도 전에 커튼이 옆으로 밀리고, 비닐이 바스락거리더니, 한 사람이 보였다. 테디처럼 비닐 방호복을 입은 여자가 침대 발치에 서 있었다. 그녀는 무늬가 있는 병원용 가운을 들고 있었다.

"안녕. 옷을 갈아입을 시간이다." 그녀가 말했다. 목소리가 마치 미소를 짓고 있는 것처럼 들렸다.

그녀는 날 묶어놓은 벨트들을 다 풀고 내가 일어설 수 있게 도와줬다. 팔다리에 힘이 하나도 없고 덜덜 떨려서 그녀가 내 옷을 벗겨줬다. 그녀는 두툼한 손가락으로 내 셔츠 버튼들을 천천히 하나씩 끄르고 내 부츠 끈을 끌러줬다. 잠시 나는 브래지어와 속옷만 입고 덜덜 떨고 있었다. 그러면서 그녀가 날 빤히 지켜보는 걸, 내 피부 위로 또 하나의 뼈가 솟아난 등을 뚫어져라 보고 있는 걸 봤다. 다음에 그녀는 내 머리 위로 병원 가운을 씌워서 입혀줬다. 나는 가운 소매에 넣기 위해 팔을 들 힘도 없어서 그것도 그녀가 해줬다.

그녀의 방호복은 테디의 옷처럼 두껍고, 재질은 고무처럼 보였으며, 뻣뻣했다. 그들은 나를, 내게 있는 뭔가를 두려워하는 게 분명했다. 하지만 그 보호복은 그녀의 목까지만 올라와서 맥이 뛰는 모습을 볼 수 있었다. 그 맥이 뛰는 걸 하나, 둘까지 세자 기분이 좀 나아졌다.

"이렇게 하면 어때? 편하니?" 그녀는 내 손목을 다시 묶으면서 물었다.

나는 입을 열었지만, 미처 말을 하기도 전에 그녀가 장갑을 낀 손가락을 하나 들어서 내 입을 막았다.

"당분간 대답할 때는 고개만 끄덕이기로 하자. 테디가 그러는데 네가 말할 때 문제가 좀 있었다면서." 그녀는 커튼을 뒤로 조금 더 젖혀서 벽 한쪽 구석에 있는 세면대를 보여줬다. 여긴 별로 병원처럼 보이지 않았다. 어딘가 서글프면서도 평범한 분위기가 풍겼다. 마치 교회 뒤쪽에 있는 부엌이거나 사무용 건물의 휴게실 같았다.

그 여자는 플라스틱 컵에 물을 채워서 내가 한 모금 마실 때까지 그걸 내 입에 대고 있었다. "필기도구를 갖다줄게. 그전까진 넌 쉬는 편이 좋겠어. 아주 많은 일을 겪었으니까."

나는 컵이 다 비워질 때까지 물을 마셨다. 그녀는 그걸 내 침대 발치에 있는 쓰레기통에 버리고 더 가까이 다가왔다.

"난 파레타 박사라고 한다." 그녀는 내 오른팔 위로 고개를 숙이면서 말했다. "널 바이엇이라 부를까? 아니면 다른 이름으로 불러줬으면 좋겠니? 별명 같은 거?"

나는 고개를 저었다.

"그럼 바이엇으로 하자. 좋아, 조금 따끔할지도 몰라."

그녀가 정확히 무슨 짓을 하는지 보이진 않았다. 그녀가 입고 있는 방호복의 접힌 부분이 너무 많아서 잘 안 보였다. 하지만 그녀가 내게서 몸을 뗐을 때 피로 가득 찬 유리병 하나를 들고 있었다. 그녀는 그걸 높이 들어 조명에 비춰봤다. 마치 그 안에서 무슨 일이 벌어지고 있는지 알아볼 수 있는 것처럼 눈을 가늘게 뜨고 보더니, 침대 발치에 있는 작고 빨간 쿨러 백을 하나 가져와서 그 혈액이 든 유리병을 또 다른 병 옆에 집어넣었다. "렉스 후보." 이런 꼬리표가 붙은 것 같았지만 나머지를 미처 읽기도 전에 그녀가 쿨러를 닫아버렸다.

"잊어버리기 전에 하나만 더 하고 자게 해 줄게." 그녀는 두 손으로 내 손을 잡고, 내 손가락을 말고, 손목을 구부려서 내가 침대 프레임 옆을 느낄 수 있게 했다. 거기에 툭 튀어나온 동그란 버튼이 하나 있었다.

"이건 호출 버튼이야. 통증이 너무 심해지거나 뭔가 필요할 때 눌러. 이거 느껴지니?"

나는 고개를 끄덕였다. 그녀는 날 보더니, 허리를 쭉 펴고 일어섰다. 그리고 잠시 기다리더니 말했다. "내 이름은 기억하니?"

나는 입을 열었다. "파레타."

나는 말하고 싶었다. 뭔가 말해서 다시 내 목소리를 찾고 싶었고, 그게 그렇게까지 아플 줄 몰랐다. 단 한 마디 한다고 그렇게 아플 수는 없을 것이다. 하지만 정말 아팠다. 마치 뭔가가 내 척추를 목구멍 밖으로 찢어내려는 것 같은 극심한 고통이 밀려왔다.

"아이고." 파레타가 말했다. 그녀는 숨을 헐떡이고 있었다. "다시는 이러지 말자."

8장

얼마나 오랫동안 정신을 잃고 있다가 깨어났는지 모르겠
다. 내가 똑바로 누워 있는 상태에서 주위 세상이 움직이는 동
안 방호복을 입은 네 사람이 내가 누워 있는 바퀴 달린 들것을
밀면서 어두운 방으로 들어가고 있었다. 나는 손목을 묶은 나
일론 벨트들을 잡아당겨 봤지만, 꿈쩍도 하지 않았고, 벨트만
내 살을 파고들었다.

"좋은 아침이야." 한 사람이 내게 인사했다. 그녀를 몰라볼
뻔했지만, 눈과 하나로 높게 묶은 곱슬곱슬한 갈색 머리가 보였
다. 파레타였다.

그 방은 천장이 높고 창문은 없었다. 수술실인 셈인데 급조
한 분위기가 풍겼다. 한가운데 있는 테이블은 종이로 덮여 있었
고, 삭막하고 지나치게 밝은 조명이 비추고 있었다. 그들은 바
퀴 달린 들것을 테이블 옆에 나란히 놓고 내 손목을 묶은 벨트
들을 푸르기 시작했다. 내가 싸울 수도 있다는 건 알고 있지만,
뒤에 있는 문은 단단히 잠겨 있었다. 그리고 사실 내가 뭘 위해

싸우게 될지조차 모른다.

벨트가 풀리자마자 뭔가 생각하기도 전에 그들이 내 몸을 꽉 잡고 들어 올렸다. 그들은 날 테이블 위로 올려놓고 내 팔을 쫙 펴서 다시 벨트에 묶었다. 나는 움찔하고 놀랐다. 새로 솟아오른 두 번째 척추 같은 뼈가 테이블에 긁히는 느낌이 불쾌했다. 의사 하나가 내 왼쪽 팔에 혈압계의 띠를 둘렀고 그것이 죄어들어 오는 동안, 또 다른 의사는 내 코 밑에 산소가 들어오는 튜브를 끼우고 조정했다. 그 후에 내 이마와 가슴에 센서들이 부착되었고, 화면에 여러 신체 부위의 활동이 나타나면서, 심장 박동과 파형이 기록됐다.

"다 괜찮군." 누군가 말했는데 파레타였다. 그녀는 허리를 숙여 날 보다가 내 얼굴에 흘러내린 머리카락을 쓸어줬다. "넌 지금 너에게 무슨 일이 일어나고 있는지, 그걸 어떻게 고칠 수 있을지 우리가 알아낼 수 있도록 돕고 있어."

다른 세 의사는 천천히 뒤로 물러나다가 마침내 보이지 않았다. 이제 나와 파레타 박사만 있었다.

"우린 너의 친구들 몇 명을 연구해 왔단다. 그래서 이제 진정한 발전을 이룰 수 있을 것 같은 지점에 거의 다다랐어. 하지만 그러자면 너의 도움이 필요해. 날 위해 그렇게 해줄 수 있겠니, 바이엇?"

내 친구들이라고? 여기에 다른 아이들도 왔었단 말이야? 나는 입을 열어서 물어보려고, 뭔가 말하려 했지만 파레타가 재빨리 내 입을 손으로 덮었다.

"기억나니? 조용히 있으라고 했지. 이건 금방 끝날 거야."
파레타가 말했다.

잠시 후 그녀는 손을 떼고, 근처에 있는 바퀴 달린 쟁반을
이쪽으로 끌고 왔다. 은색 쟁반 위에 은색으로 빛나는 뭔가가
있었다. 비닐로 포장된 메스들이었다. 나는 몸부림치기 시작했
다. 칼날들을 보자 마음속 깊은 곳에서 공포가 솟구쳤다. 내 뱃
속에서 뭔가가 격렬하게 괴로워하며 몸부림치고 있었다. 소리
지르지 않기 위해 나는 사력을 다해야 했다.

하지만 파레타 박사가 집은 건 메스가 아니었다. 생수병 옆
에 놓여 있는 뭔가 작고 해가 없어 보이는 것이었다. 투명한 포
장지에 들어 있는 동그랗고 노란 알약이었다.

"이게 다야. 걱정할 거 하나도 없어." 그녀는 그 알약을 손
바닥에 놓으면서 말했다.

"렉스009." 나는 파레타가 내 입을 벌리고 그 알약을 억지
로 집어넣기 전에 그녀가 버린 포장지의 라벨에 적힌 명칭을 봤
다. 그 알약은 이제 내 혓바닥 위에서 쓸쓸한 맛을 남기며 천천
히 녹았다.

009. 아마도 이 약의 아홉 번째 버전일 것이다. 아니면 내가
이 테이블에 묶인 아홉 번째 소녀이거나.

나는 약을 꿀꺽 삼켰다가 그 쓴맛이 목 뒤쪽을 강타하자
구역질을 했다. 파레타는 날 주의 깊게 살펴보다가 생수병을 집
었다. 우리가 렉스터에서 받는 것과 같은 브랜드의 생수였다.
파레타 박사는 뚜껑을 열고 내 머리를 조금 들어서 내 입속으

로 물을 쪼르르 부었다. 혀에 알약 가루가 뭉텅이로 붙어 있었는데 물을 몇 번 마시자 씻어낼 수 있었다.

난 곧바로 뭔가 일어나리라고 예상했다. 내 등에 새로 돋아난 뼈들이 녹아버리거나, 내 목소리가 다시 정상으로 돌아오거나. 하지만 1분이 지나고 또 1분이 지나고, 또 1분이 지났다. 파레타는 사라졌고, 나는 목을 길게 빼서 그녀가 벽에 기대서 있는 다른 의사들에게 합류하는 모습을 지켜봤다. 그들도 나처럼 그냥 기다리고 있었다.

시간이 계속 흘러갔고, 나는 깜빡깜빡 졸면서 의식이 들어왔다 나갔다 했다. 너무 피곤했다. 전신이 아팠고, 연약한 두 번째 척추는 멍이 들었다. 쉴 수 있다면 이 모든 일이 이렇게 나쁘지 않을지도 모른다.

그때였다. 불꽃이 확 일었다. 나는 이것이 어떤 느낌인지 알고 있었다.

발작이 일어나기 직전에 찾아오는 느낌이었다. 이건 뭐가 어떻다고 구체적으로 묘사하기 힘들고, 명확하게 설명하기도 힘들지만, 나로서는 그런 고통을 감수할 만한 가치가 있었다. 내가 그동안 겪은 그 모든 고통과 상실이 이 순간을 맛보기 위해 치르는 공정한 대가 같았다. 이 힘, 이 에너지, 내 이빨을 드러내게 만드는 이 격정.

나는 그동안 익숙해졌듯이 이 느낌이 희미해지길, 이것이 눈이 멀 것 같은 고통으로 변하길 기다렸다. 그러나 이 느낌은 점점 커지면서 내 몸속을 총알처럼 헤집고 다니며 내 속을 갈기갈기 찢어놓았다. 내 손은 반사적으로 주먹을 쥐었고, 손톱들이 손바닥 깊숙이 파고 드는 게 느껴졌다. 심장 모니터가 발작을 일으키면서, 방이 삐 소리와 경고음으로 가득 찼다.

"무슨 일이 일어나고 있는 거야?"

"모니터에 나온 데이터를 확보해."

의사들이 서둘러 데이터를 수집하기 위해 달려왔고, 그들의 검은 윤곽들이 내 주위에서 흐릿하게 움직였다. 나는 눈을 감았다. 이건 내 몸이다. 내 몸은 내 의지대로 움직일 것이다.

진정하자, 나는 생각했다. 이대로 참아봐.

하지만 내 몸의 일부는 그러고 싶어 하지 않았다. 그것의 소리를 들을 수 있었다. 낮게 으르렁거리면서 나보고 놓으라고 하는 소리가 들렸다. 이것은 항상 내 속에 있었는데, 이 의사들이 이걸 끄집어내려 한다고 내게 말하고 있었다.

내 등이 활처럼 휘어지면서 뭔가에 맞은 것처럼 내 눈이 번쩍 뜨였다. 나는 나를 묶어놓은 손목의 벨트가 끊어지도록 몸부림을 치며 온몸을 좌우로 흔들었다. 침대 발치에 서 있던 파레타가 내 이름을 불렀지만, 내게 이 짓을 한 사람이 바로 그녀였다. 나는 비명을 질렀다.

코에서 피가 뚝뚝 떨어지면서 극한의 고통이 메스처럼 내 등을 가르며 내려왔다. 파레타가 두 손으로 자기 귀를 틀어막고 뒤로 물러났다. 나는 다시 비명을 지르면서 있는 힘껏 손목의 벨트를 잡아당겼다. 그래도 여전히 몸속에서 어마어마한 힘이 날뛰었다. 톡스가 내게 준 선물이었다. 마침내 벨트 하나가 찢어져서 풀렸다.

　나는 다른 벨트를 허겁지겁 풀고 테이블에서 펄쩍 뛰어 일어났지만 다른 의사들이 있었다. 그들이 내 팔을 잡고 날 다시 뒤로 끌고 가려고 했다. 나는 발로 차면서 그들이 입고 있는 방호복의 앞부분을 할퀴어서 찢어버렸다.

　"바이엇! 바이엇, 진정해." 파레타가 소리를 질렀다.

　나는 갑자기 도망치고 싶지 않았고, 자유를 원하지도 않게 됐다. 그저 그녀를 해치고 싶었다.

　내가 딱 한 발자국 다가갔을 때 그들이 내 목에 주사기를 찔러 넣었고 세상이 어두워졌다.

헤티

• • • •

Hetty

9장

나는 두통을 느끼며 잠에서 깼다. 관자놀이가 욱신거리고, 보이지 않는 눈 뒤쪽에서 날카로운 통증이 느껴졌다. 그래서 침대 가장자리를 붙들고, 다가올 발작을 대비해 온몸에 힘을 줬다. 첫 발작이 일어난 후, 다음에 발작이 올 때는 항상 이런 통증이 오고 나서 전보다 더 끔찍한 일이 일어났다. 지난번에는 목구멍 속의 축축하게 젖은 조직이 망처럼 복잡하게 얽혀서 숨을 쉴 수 없었고, 마치 내 뱃속에서 찢겨져 나온 것 같은 조직마다 피가 뚝뚝 흘렀다.

이런 두통은 다음 발작의 전조를 뜻할 수도 있었다. 아니면, 바이엇이 말하듯 그냥 평범한 두통일 수도 있고.

내 위에서 리스의 침대가 삐걱거렸고, 순간 어젯밤에 일어난 모든 일이 한꺼번에 떠올랐다. 웰치 선생님의 목소리와 워키토키에서 들린 그 남자와 선생님이 세운 계획들. 이제 내 주머니 속에 안전하게 들어 있는 바늘과 실. 바이엇은 이 건물의 어딘가에 있다. 오늘 내가 그녀를 찾아낼 수 없다면 오늘 밤엔 찾을 것이다. 어둠이 가장 짙어지는 자정 직후에 학교 담장 밖에서. 리스와 나는 웰치 선생님을 따라 리스의 집으로 갈 것이고, 바이엇은 거기 있을 것이다. 그리고 그녀는 살아 있을 것이다.

"이렇게 아무 말도 안 하고 누워 있는 것도 재미있긴 한데. 하지만 아침 먹으러 가면 안 될까?" 위에서 리스가 갑자기 말했다.

보급품이 배달되지 않는 날이면, 식사 시간은 조용하고 거의 질서정연하다고도 할 수 있었다. 쓸 만한 음식은 보트 근무조가 와서 사람들이 몰려든 첫날 놀라운 속도로 사라져 버린다. 남은 것들은 사실 아무도 원하지 않는 것이다. 소녀들은 대부분 1층 홀에서 기다리고, 각 그룹 대표가 주방이 있는 남쪽 복도로 갔다. 거기서 웰치 선생님이 조금씩 나눠주는 음식과 생수병을 받아서 친구들에게 갖다 준다.

그 일은 처음부터 내 몫이었다. 바이엇은 사람들이 내 꼬락서니를 보면 동정심이 느껴져서 남아 있는 음식 중에서 그나마 가장 좋은 걸 줄 거라고 말했다. 아이들은 리스를 두려워했고, 보트 근무조가 되려면 그런 면이 도움이 되겠지만, 이 게임의 핵심은 동정심을 사는 것이므로 내가 가야 이길 수 있었다.

나는 리스를 1층 홀에 남겨두고 캣을 따라 남쪽 부속 건물의 복도로 갔다. 복도가 왼쪽으로 꺾어지는 모퉁이에 교장실이 있다. 그곳은 우리가 가선 안 되는, 마지막까지 남아 있는 금단의 구역 중 하나였다. 나는 전에 그 방에 딱 두 번 가봤다. 한 번은 렉스터에 온 첫날이었고, 그다음에는 한 학기 뒤의 조례 시간에 떠들었다고 야단맞으러 갔다.

아마도 바이엇이 감금된 곳은 교장실일 거라고 나는 생각했다. 그러면서 무의식중에 교장실의 자물쇠에 손을 올려놨다가 지금은 벌건 대낮이란 사실을 깨달았다. 거기다 캣이 날 기다리고 있었다.

나는 그녀를 따라잡기 위해 서둘러 갔다. 캣은 내게 미소를 지어 보였지만 내 상태가 어떤지, 대체 내가 뭘 하고 있었는지 물어보지 않아서 고마웠다. 우리는 아무 일도 없는 척 아침을 먹은 후에, 내가 학교 주위를 둘러보면서 교장실의 창문을 들여다볼 것이다. 거기서도 바이엇이 보이지 않으면 다른 곳을 찾아봐야지.

캣과 나는 모퉁이를 돌아서 계속 열려 있는 주방을 향해 갔다. 주방은 천장에 채광창이 있고, 바닥에는 바둑판무늬 타일이 깔려 있다. 마지막으로 여기 왔을 때 바이엇은 바닥에 쓰러진 채 산산이 부서지는 중이었다. 마지막으로 내가 여기 왔을 때 내가 아는 세상이 막을 내렸다.

이제 그만, 나는 생각했다. 지금 내가 할 수 있는 일을 하는 중이야. 곧 그녀를 다시 찾게 될 거야.

다른 소녀들 몇 명이 벌써 도착해서 웰치 선생님이 들어와 음식을 보관해 두는 찬장 문을 열기를 기다리고 있었다. 나는 선생님의 눈을 보기가 두려웠지만, 간밤에 내가 뭘 엿들었는지 선생님이 알 길은 전혀 없었다.

"안녕하세요." 내 어깨에 닿을락 말락한 키의 에이미가 인사했다. 그녀의 매끄러운 머리카락은 아직도 갓난아기처럼 가늘었다. 요전번에 첫 발작을 일으킨 후로, 에이미는 몹시 흥분해 있었다. 그 발작 때문에 기침하다가 치아 몇 개를 뱉어냈는데도 우리와 똑같아졌다는 사실에 신나 했다. 하지만 오늘은 엄숙한 척을 하고 있었다. 그러는 태도도 당연한 게 에이미는 지금 여기에 랜드리를 위해 와 있는 것이었다. 아마도 아직까지 렉스터에 남아 있는 사회적 계급의 꼭대기에 선 랜드리를 대표해 오게 되어 자부심에 가슴이 터질 것 같겠지.

"전 그냥 선배가 괜찮길 바란다는 말을 하고 싶어요. 바이엇 선배에게 그런 일이 있었으니 말이죠." 에이미가 말을 계속했다.

"고마워." 나는 그렇게 대꾸했고, 그걸로 그만하길 바랐지만, 에이미는 좀처럼 입을 다물지 않았다.

"우린 바이엇 선배를 위해 기도하고 있어요." 에이미는 랜드리처럼 아주 세련되면서 모나지 않은 말투로 말했다.

"바이엇도 고마워할 거야." 나는 눈동자를 굴리며 말했다. 계속 무지근하게 머리를 죄어오는 두통에 에이미와의 이런 대화는 아무 짝에도 도움이 되지 않았다. 이제 좀 적응이 되긴 했지만, 그래도 에이미가 랜드리 흉내를 내는 소리를 듣고 있기보다는 그냥 혼자 있고 싶었다.

발소리가 들려서 우리는 문으로 시선을 돌렸고, 마침내 웰치 선생님이 서둘러 주방으로 들어왔다. 선생님은 벌써 벨트에 달린 열쇠 꾸러미를 가지고 법석을 떨고 있었다. 지금까지 어디 있다가 온 걸까? 바이엇과 같이 있었을까? 선생님은 어제와 달라 보이지 않았고, 뭔가 숨기고 있는 것처럼 보이지도 않았다. 하지만 부두에서 그런 일을 겪은 후로 나는 선생님이 내 예상보다 훨씬 더 뛰어난 연기자라는 사실을 알고 있었다.

"미안하다." 우리가 그녀 주위로 몰려들었을 때 선생님이 말했다. 그녀의 입가에 생긴 딱지가 누렇게 변해가고 있었고, 시큼한 냄새도 났다. 아마 선생님과 교장 선생님에게 생긴 물집에 앉은 딱지일 것이다. "일이 좀 있었거든. 자, 오늘은 누가 제일 먼저 왔지?"

처음에는 학교에서 가장 나이가 많은 학생들이 음식을 제일 먼저 받았다. 우리가 전에 그랬듯, 다른 학교들도 다 그렇듯 말이다. 그러다 우리 학교에서 가장 나이가 많은 학생들은 계속 그렇게 남아 있을 거라는 사실을 깨달았다. 우리 중 그 누구도 이곳을 떠날 수 없으니까. 그러니 돌아가면서 받기로 했다. 학년별로 매일 돌아가면서. 오늘은 가장 어린 학생들이 순서대로 받아가는 날이었기 때문에 랜드리가 에이미를 보낸 것이다. 랜드리는 항상 배식 순서에 맞게 대표들을 잘 골라서 늘 제일 먼저 먹었다.

캣과 나는 중간에 있었고, 줄리아와 카슨과 같은 학년에 있는 다른 소녀들 몇 명이 우리 뒤에 있었다.

마침내 내 차례가 오자 나는 상인방 밑을 지나 식료품 저장실 앞으로 간 다음 캣도 같이 설 수 있게 옆으로 비켜섰다.

캣은 오늘 상태가 괜찮아 보였다. 피부도 거의 나은 것처럼 보였다. 톡스가 처음 발생한 후로 우리는 캣이 전보다 더 나아졌다고 생각했다. 하지만 물집들은 계속 다시 생겨났고, 새로 날 때마다 전보다 더 커지고 깊어졌으며, 물집이 난 살의 아랫부분에서는 뼈가 언뜻언뜻 보이곤 했다.

식료품 저장실은 주방 뒤쪽에 있었다. 보트 근무조는 사람들이 첫날 가져가지 않은 음식과 물건을 다 가져와 박스에서 꺼내 여기 있는 여러 개의 쓰레기통에 넣어놓는다. 웰치 선생님은 매일 그 쓰레기통 중 하나를 좁은 방 한가운데로 끌고 와서 우리가 뒤져가게 한다. 그리고 우리가 가져간 식품들의 수량을 세고 기록해 놓는다.

캣은 재킷에 묻은 거미줄을 쓸어내고 한숨을 쉬면서 아마도 에이미가 꺼내 갔다가 바닥에 떨어뜨렸을 각설탕들을 바라봤다.

"이러면 개미가 끓는데."

"그보다 더 끔찍한 것도 많았잖아." 나는 쓰레기통에 고개를 숙이고, 바닥까지 뒤졌다. 어떤 소녀들은 나중에 다시 가져가려고 괜찮은 음식들을 숨겨놓기도 한다. 거기에 말린 육포가 한 팩 있었다. 우리에게 필요한 음식이었지만 나는 망설였다. 나는 보트 근무조가 우리 모두 충분히 먹을 수 있을 만한 양의 음식을 바다에 버리는 모습을 지켜봤다. 나는 아무것도 가져가선 안 된다. 그럴 자격이 없다.

하지만 내가 여기 온 이유는 날 위해서만이 아니라 리스를 위한 것이기도 했다. 그리고 오늘 밤 리스의 집까지 가려면 뭔가 먹어둬야 했다. "내가 육포를 가져갈게. 그리고 아무도 원하지 않는 저 허니머스터드도."

캣은 바삭바삭하게 구운 토스트 한 상자와 쌀 한 봉지를 집었다. 그리고 잠시 가만히 있다가 작은 건포도 한 갑을 주머니에 슬쩍 넣었다.

"오늘은 린제이의 생일이야. 제발 아무에게도 말하지 마." 그녀가 조용히 말했다.

나는 웰치 선생님이 문간에 기대서 있는 곳을 어깨 너머로 흘끗 봤다. 선생님은 열쇠 꾸러미를 만지작거리고 있느라 우리의 대화를 듣지 못한 것 같았다.

"물론이지." 내가 말했다. 그 부두 사건이 있었으니 이렇게라도 해야지.

나는 저장실에서 나오면서 내가 고른 음식들을 웰치 선생님에게 보여주며 손이 떨리지 않도록 최선을 다했다. 선생님은 어떻게 아무것도 잘못되지 않았다는 듯 저토록 무심히 서 있을 수 있지? 어떻게 내 친구를 어딘가에 가두지 않은 것처럼 멀쩡하게 있을 수 있지? 나는 억지 미소를 지으며 바이엇의 핏자국이 드문드문 보이는 이 주방에 서서 그녀에게 무슨 일이 벌어지고 있을지 궁금해하지 않으려고 사력을 다했다.

"좋아. 넌 통과." 웰치 선생님은 멍하니 말했다.

나는 선생님의 멱살을 잡고 흔들어서라도 대답을 듣고 싶은 충동을 간신히 억누르며 서둘러 주방을 나와 1층 홀로 돌아갔다. 거기서 카슨과 같이 앉아 있는 리스를 보고 깜짝 놀랐다. 리스는 자기 부츠를 보고 있었고, 카슨은 내가 너무나 잘 아는 무력한 표정, 리스의 극단적으로 무표정한 태도와 침묵에 항복하기 직전인 표정으로 그녀를 보고 있었다.

"안녕, 카슨. 여기서 보다니 반갑고 놀랍네요." 나는 그들에게 다가가면서 말했다.

"그냥 '놀랐다'는 말이 맞는 표현이지." 리스가 말했다. 나는 리스에게 눈살을 찌푸렸다. 카슨을 비난하는 것은 공정하지 않다. 카슨은 지금 무슨 일이 일어나고 있는지 전혀 모르니까. 그러자 리스는 어깨를 으쓱했다.

"안녕." 뒤에서 줄리아의 목소리가 들렸다.

"아, 맙소사. 또 누가 왔네." 리스가 말했지만, 표정은 조금 더 부드러워 보였고, 내게 미소 짓는 얼굴이 조금은 슬퍼 보이기까지 했다.

나는 리스 옆에 앉았고, 줄리아가 내 맞은편에 앉자 눈썹을 추켜올리지 않으려고 애썼다. 우리는 주로 셋이서 지냈지만, 이제 내가 보트 근무조니까, 줄리아와 카슨도 나와 같은 그룹이 된 건가? 아니면 내가 리스에게 모든 비밀을 털어놓지 않았는지 감시하려고 온 건가?

우리가 아침을 먹는 동안 숨 막히는 침묵이 흘렀다. 난 할 말이 없었고, 리스도 분명히 할 말이 없음을 알고 있었다. 그리고 여기서 1분 1초씩 허비할수록 바이엇을 찾을 시간이 사라진다.

카슨이 허리를 똑바로 펴고 앉아서 새로운 대화를 시작하려고 입을 여는 순간 리스가 노려봤다. "선배도 알겠지만, 우리가 항상 대화를 해야 하는 건 아니잖아."

"미안." 나는 그렇게 말하면서 리스를 곁눈질로 흘겨봤다. 리스는 살짝 가책을 느끼는 것처럼 보일 정도의 예의는 있었다. "우리가 좀 피곤해서 그래."

"괜찮아." 줄리아가 말했다. 줄리아는 오히려 이제 대화를 하지 않아도 된다는 사실에 안도한 표정이었다. 그녀가 입고 있는 셔츠 단 밑으로 새로 생긴 멍이 언뜻 보였다. 점점 커지는 그 멍이 그녀의 에너지를 다 빨아먹는 것처럼 몹시 지쳐 보였다. 내가 지켜보는 동안 줄리아는 바닥에 피를 한 모금 뱉어내더니 굳이 닦으려고 애쓰지도 않았다.

나는 내 몫으로 절반 떼어낸 육포를 먹을 수 없었다. 냄새만 맡아도 토할 것 같았고, 이 문제에 대해 정신을 집중해 너무 심각하게 생각하면, 멀어버린 눈 뒤가 따끔거리기 시작하면서 안개같이 흐릿한 통증이 뚫고 나오는 걸 느낄 수 있었다. 리스는 말없이 내가 들고 있는 육포를 뺏어 나중을 위해 자기 주머니에 찔러 넣었다.

이렇게 밝은 곳에서 보니 리스는 아빠를 많이 닮았다. 톡스에 걸리기 전의 하커 씨처럼. 그녀는 자신의 아빠처럼 턱선이 강했고, 황금빛이 감도는 눈도 같았다.

리스가 날 볼 때는 무슨 생각을 할지 궁금했다. 우리 부모님은 아닐 것이다. 난 다른 아이들처럼 부모님의 사진을 벽에 핀으로 꽂아둔 적이 한 번도 없으니까.

　나는 부모님 생각은 별로 하지 않는다. 해야 한다는 건 알고 있다. 톡스가 발생한 직후, 처음 한두 달은 생각했다. 부모님과 연락하기 위해 줄을 서서 아주 짧고 부자연스러운 대화를 몇 번 나눴다. 하지만 해군이 통신을 차단해 버렸고, 상황이 점점 더 악화돼서, 그건 더 이상 대수로운 일이 아니었다. 부모님을 다시 보게 되면 엄마, 아빠는 내가 두 사람을 얼마나 그리워했으며, 그것이 내게 일어난 최악의 일이었다는 말을 듣고 싶어 할 테지만. 내가 그랬다고 말한다면 그건 거짓말이 되는 셈이다.

　한편으로 나는 이 일이 간단할 거라고 진짜 믿고 있었다. 학교 어딘가 깊숙한 곳에 바이엇이 숨겨져 있고, 그 잠긴 문을 열기만 하면 그녀를 찾아낼 수 있을 거라고.

　나는 정말 바보였다.

　아침을 먹은 후에 리스가 나를 따라 밖으로 나왔고, 그녀가 지켜보는 동안 나는 교장실의 창문 안을 들여다봤다. 아무것도 없었다. 그저 낡고 거대한 책상과 구석에 쌓여 있는 골판지 상자들뿐이었다.

　"바이엇은 저기 없어." 나는 리스에게 말했고, 그 후 모든 교실과 사무실을 확인하면서 같은 말을 반복했다. 나는 벽장이란 벽장은 물론이고, 화장실도 전부 확인했다. 이 건물 전체가 마치 날 기다리고 있었던 것처럼, 마치 뭔가 입증하려는 듯 잠겨 있지 않았다.

나는 더 이상 참을 수 없었고, 더는 지끈거리는 두통을 무시할 수 없었으며, 이런 식으로 바이엇을 실망시켰다는 죄책감 말고는 결국 아무것도 생각할 수 없었다.

리스는 어젯밤에 그랬던 것처럼 내 손을 잡고 다시 밖으로 나왔다. 상쾌한 바깥 공기가 재빨리 내 피부 속에 잠들어 있는 피를 깨우고, 두통을 서서히 줄여주다 마침내 사라지게 해줬다. "아직 오늘밤이 남았잖아. 아직 안 끝났어." 리스가 조용히 말했다.

이제 우리는 학교의 북쪽에서 바다 쪽으로 돌출된 땅을 향해 무작정 배회하고 있었다. 왼쪽에 있는 절벽은 점점 좁아지다가 우리가 서 있는 땅과 맞닿아 평평해졌고, 앞쪽에는 테더볼* 기둥 하나와 녹슨 스윙 세트**가 있었다. 둘 다 한쪽으로 기울어져 있었고, 그 주위에 있는 죽은 풀은 서리에 뒤덮여 있었다. 추위가 마치 칼날처럼 날카롭게 폐를 찌르는 걸 느낄 수 있었고, 코는 감각을 잃어갔지만 상관없었다. 이렇게 밖에 있으면 나는 숨을 쉴 수 있다. 여기서는 깨어 있는 기분을 느낄 수 있다.

이곳은 나무들이 무서울 정도로 빽빽하게 우거져 있는 숲과 달리 사방이 탁 트여 있었다. 그걸 생각하다 내가 입을 열었다. "총을 한 자루 구해야겠어." 내가 너무 갑자기 말해서 리스는 발을 헛디딜 뻔했다.

★ 　기둥에 매단 공을 라켓으로 치고 받는 게임.
★★ 　그네와 미끄럼틀 등으로 이뤄진 아이들 놀이 기구.

"뭐 하러?"

내 몸은 학교 담을 처음 넘어갔을 때 살기 위해 죽어라 달리면서 느꼈던 전율과 공포를 아직도 기억하고 있었다. "날 믿어. 우린 총이 필요해."

"알았어. 하지만 웰치 선생님 몰래 벽장에서 총을 훔칠 수 있는 것도 아니잖아." 리스가 얼굴을 찡그리며 말했다.

소녀들 한 무리가 횡설수설 지껄이면서 머리를 감으러 가거나 아니면 담요를 몇 장 훔치러 가거나 아니면 그냥 지루해져서 새로운 곳으로 가려고 하는 중인지 우리 옆을 지나갔다. 우리는 그들에게 고개를 끄덕여 보이며 딱딱한 미소를 지었다. 둘은 우리보다 한 학년 아래고, 남은 둘은 우리와 같은 학년인 사라와 로렌이다. 나는 로렌은 좋아하지만, 사라는 내게 마지막으로 남아 있던 깨끗한 교복 스커트를 훔쳐서 내가 여기 온 지 3주째가 됐을 때 복장 검사에 걸리게 했다. 게다가 로렌이 자신의 발작에 대해 떠벌리는 꼬락서니도 도저히 참고 봐줄 수가 없었다. 심장은 하나인데 심장 박동은 두 번 뛴다나 뭐라나, 그거 참 대단하네. 로렌은 그게 자기가 다른 사람들보다 훨씬 더 오래 살 뜻이라 생각하고 있었다. 난 그게 그녀가 우리보다 더 심하게 망가졌다는 뜻이라고 생각했다.

"안녕, 헤티." 로렌은 가던 발걸음을 늦추며 말했다. "오늘 혹시 사격 연습 있니?"

그렇다면 아침 먹을 때 웰치 선생님이 말했겠지. 그렇게 쏘아주고 싶은 생각이 굴뚝같았지만 나는 이제 보트 근무조다.

이제 아이들이 온갖 질문을 해대는 위치가 된 것이다.

"오늘은 아니야. 좋은 하루 보내." 내가 말했다.

"좋은 하루 보내라고." 리스가 조용히 내가 한 말을 따라했다. 지금 그녀를 보면 웃음을 참고 있는 표정이 보이겠지.

로렌은 조금 실망한 표정이었지만 어깨를 으쓱했다.

"고마워. 또 보자, 헤티."

"이것 봐라. 너 완전 정치가 같다. 아니면 쇼핑몰에서 고객들을 맞이하는 점원 같거나." 그들이 떠나자 리스가 말했다.

바이엇이 여기 있었더라면 이렇게 놀렸을 것이다. 바로 이런 말과 이렇게 재미있다는 표정으로. 하지만 어쩐지 리스의 표정이 평소보다 더 부드러웠다. 적어도 리스의 말에 기분이 상하진 않았다.

다시 안으로 들어가자고, 가서 물품 보관 창고를 살펴보고 혹시 웰치 선생님이 낮에는 그곳을 그냥 방치해 두는지 보자고 말하려 했을 때 리스가 내 옷소매를 잡아당겼다. 그리고 내 어깨 너머를 향해 고개를 끄덕여 보였다. 거기에 어둡고 텅 빈 헛간이 서 있었다.

"사격 연습. 저기에 우리가 가져갈 수 있는 총이 있어." 리스가 말했다.

"어떻게?"

하지만 리스는 이미 걷기 시작해서 서리에 발자국을 남겨 놓고 있었다.

하루 중 이 시간이면 헛간은 비어 있었다. 텅 빈 헛간에 먼지만 허공을 둥둥 떠다니고 있었고, 미닫이문이 바다를 향해 열려 있어서, 섬찟하게 차가운 바람이 매섭게 치고 들어왔다. 나는 리스를 따라 헛간 뒤쪽의 표적으로 삼기 위해 쌓아 올린 건초더미로 갔다. 그 뒤에 안장과 등자들을 넣어두는 용도로 쓰느라 오랫동안 잠가뒀던 상자 앞으로 갔다. 웰치 선생님은 이제 여기에다 연습에서 쓰는 엽총을 보관한다.

"여기." 리스가 그렇게 말하면서 상자 앞에 쭈그리고 앉았다. 그 상자에 맹꽁이자물쇠가 하나 달려 있었다. 다이얼을 돌려서 비밀번호를 맞추는 방식으로, 녹슬었지만 부수긴 쉬워 보였다. 이걸 부숴버리면 웰치 선생님이 알아채겠지만, 위험을 감수할 만한 가치는 있겠다는 말을 내가 하려고 했을 때 리스가 다이얼로 번호 세 개를 돌렸다. 3-17-03. 그녀의 생일이었다.

자물쇠가 찰칵 소리를 내며 열렸고, 그녀는 생긋 웃으며 나를 올려다봤다. "아빠가 이 비밀번호를 설정했거든. 웰치 선생님이 안 바꿨을 줄 알았어." 그녀가 말했다. 리스는 상자 뚜껑을 들어 올리고 낡은 마구 더미 속에서 엽총을 들어 올렸다. 그리고 혹시 그 안에 돌아다니는 탄약은 없는지 찾아봤다. "이제 어떻게 하지?"

"이걸 어딘가 숨겨놔야지." 갑자기 찾아온 행운에 놀란 내가 말하는 동안 리스는 상자 속에 있던 탄환 몇 개를 주머니에 넣었다. 날씨가 차서 금속이 그녀의 살에 쩍쩍 달라붙었다. 우리는 딱 두 발만 쏠 수 있었다. "나가는 길에 쉽게 들고 갈 수 있게 담 근처에 숨겨두자." 교문 왼쪽에 가문비나무들이 빽빽하게 서 있는 잡목림이 있다. 예전에는 면회일이 되면 상급생들이 본토에서 찾아온 남자 친구들을 거기로 데려갔다. 거기에 리스와 같이 갈 생각을 하자 얼굴이 확 달아올랐지만, 오늘 밤까지는 그 총을 안전하게 숨겨놔야 한다.

"좋았어." 리스는 그 엽총을 내게 내밀며 말했다. 내가 뭘 어찌해야 할지 모른 채 받자 리스는 돌아서서 재킷을 벗었다. 나라면 이런 날씨에 덜덜 떨겠지만, 리스는 팔에 소름이 살짝 돋았을 뿐이었다.

"그 총을 내 허리띠에 찔러 넣어서 등 뒤에 세워두면 될 거야."

그러면 되겠지만, 순간 나도 모르게 불안해서 웃음이 터지고 말았다. 리스는 날 돌아봤다. "뭐? 이보다 더 좋은 방법이 있어?"

아마도 리스가 자진해서 나와 같이 이 일을 하겠다고, 내가 그래 달라고 부탁했기 때문에 바이엇을 위해 그녀가 목숨을 걸고 있어서 이런 생각이 들었는지도 모른다. 어쩌면 그녀의 강인한 턱선이나 매혹적인 머릿결 때문인지도 모른다. 하지만 그녀가 내게 뭔가를 줬고, 그녀에게 신세를 졌으니 보답을 해야 했다. "있지. 너 총 쏘는 법 배우고 싶어?" 내가 말했다.

나는 리스가 내게 쏘아붙일 거라고 예상했다. 대신 그녀는 아주 신중하고 무표정한 얼굴로 대답했다. "나도 총 쏠 줄 알아."

"내 말은 반대쪽으로 말이야." 잠시 침묵이 흐르면서 그녀의 얼굴에 회의가 떠올랐지만, 거절하려는 눈치는 아니었다. 그래서 다시 시도해 봤다. "난 오른손으로 쏘잖아. 내가 널 가르칠 수 있어."

"좋아." 리스가 말했다. 긴장한 한편으로 단단히 마음먹은 그녀. 나 같다.

나는 그녀에게 총을 다시 건네고, 그녀를 헛간 앞으로 데려가서, 톱밥이 깔린 마룻바닥에 서서 겨냥하게 했다. 리스는 자리를 잡고, 다시 재킷을 입었다. 나는 그녀 옆에 다가가 섰다.

"평소에 어떤 자세로 서는지 보여줘."

그 말에 리스는 발끈했다. 일주일 전이라면 리스가 지시받는 걸 끔찍이 싫어해서라고 여겼을 것이다. 그런 성격은 여전하지만 또 한편으로는 약해 보이는 모습을 보이기 싫어서란 생각도 들었다.

"그냥 보여줘." 내가 부드럽게 말했다.

리스는 마지못해 엽총의 개머리판을 왼쪽 어깨에 대고, 총열은 오른손으로 부드럽게 잡았다. 그리고 은빛 손가락을 방아쇠 주위에 걸려고 애를 썼다. 하지만 손가락의 끝부분이 너무 가늘어서 방아쇠를 잡고 당길 수 없는 형편이었다.

"봤지?" 리스가 말했다.

"알았어. 하지만 괜찮아. 이제 자세를 바꿔봐. 왼발을 앞에 놓고 엉덩이를 살짝 기울여 봐."

학교에선 웰치 선생님이 날이 선 자세라고 부르는 자세로 총을 쏘라고 가르쳤다. 개머리판을 받치는 어깨를 표적을 향해 내밀고, 방아쇠를 당기는 어깨는 뒤쪽으로 빼는 자세다. 선생님은 그렇게 해야 우리가 첫발에 명중시킬 수 있다고 했다. 혹시라도 해군이 더는 탄환을 보내주지 않을 경우를 대비해서 아껴야 했기 때문이다.

리스는 자세를 조정해서 엽총을 은빛 손 위로 들어 올리고, 다른 손으로 방아쇠를 잡았다. 이제 어깨는 제대로 자세가 잡혔지만, 엉덩이가 여전히 반듯하게 서 있는 모습으로 봐서 이 자세를 마음에 들어 하지 않는다는 사실을 알 수 있었다.

"집중해서 해야 해. 다시 해봐." 내가 말했다.

"이렇게 하면 표적이 정말 잘 안 보여."

나는 웃었다. "내가 눈 하나로 볼 수 있다면, 너도 눈 두 개로 볼 수 있어."

리스는 초조해하면서 자세를 제대로 잡으려고 애썼지만, 이런 식으로 계속 서 있으면 총을 쏠 수 없을 게 뻔했다. 나는 그녀 뒤로 가까이 다가가서, 손을 뻗어, 내 손을 그녀의 엉덩이 가까이 가져갔다.

"내가 도와줘도 돼?"

리스가 고개를 돌리자 목덜미의 고운 피부가 보였고, 순간 숨이 턱 막혔다. 조금 전까지만 해도 이건 아무것도 아니었다. 이건 아무것도 아니고, 그저 나와 리스가 전에 백 번도 더 했던 식으로 같이 있을 뿐이었다. 하지만 이젠 같지 않았다. 바이엇이 사라졌고, 우리 둘 말고는 아무도 없으니까.

"그래. 해도 돼." 리스가 조용히 말했다.

나는 한 손을 그녀의 엉덩이에 대고, 다른 손은 허리께로 미끄러져 올라갔다. 재킷 밑으로 느껴지는 그녀의 몸은 따뜻했고, 생생하게 살아 있었다. 그리고 여기에 나와 같이 있었다. 내 손으로 직접 느끼지 못했다면 믿을 수 없었겠지만, 리스는 살짝 떨고 있었다. 금욕적이고, 날카롭고, 강철처럼 단단한 리스가 내 손길에 몸을 맡긴 채 떨고 있었다.

"이쪽으로." 나는 그녀의 몸을 살짝 틀어서 나와 같은 방향으로 서게 했다. 그녀의 몸이 내 몸에 닿았을 때, 나는 침을 꿀꺽 삼켰다. "하지만 자세는 그대로 유지해야 해."

리스는 다시 총을 들어 올렸고, 우리는 같이 자세를 잡았다. 그녀가 엉덩이를 날이 선 자세로 유지할 수 있게 내가 손으로 잡고, 내 머리가 그녀의 머리 가까이 다가갔다. 리스가 표적에 집중하기 위해 한쪽 눈을 감았을 때 얼굴에 닿은 속눈썹이 아주 짙었다.

"그래, 그거야. 완벽해." 나는 떨리는 목소리로 말했다.

우리는 그렇게 내가 뒤에서 그녀를 안다시피 한 자세로 서 있었고, 그러다 리스가 긴장을 풀었다. 한 번에 풀지도 않았고, 아주 조금이었지만, 그 순간 그녀의 등이 내 가슴에 닿았다. 내 심장이 세차게 뛰는 소리가 내 귓속에서 크게 울렸다. 이렇게 리스와 가까이 있는 건 처음이었다. 그녀의 코 옆에 있는 흉터를 본 적도, 머리를 넘긴 귀 뒤쪽을 본 적도 없었다. 그곳은 아주 보드랍고, 화장지처럼 얇아 보였다. 나는 무의식중에 내 손이 움직이고 있다는 사실도 알아차리지 못한 채 손가락 끝으로 거기

언뜻 비치는 핏줄을 쓸어내렸다. 아주 흐릿한 파란색이었다.

그때 리스가 고개를 홱 돌려서 얼른 손을 뺐다. 나도 모르게 입을 쩍 벌린 채 공황이 몰려오기 시작했다. 내가 이 순간을 망쳐버렸다는 사실이 믿기지 않았다. 나는 너무 심하게 들이댔고, 너무 가까이 다가갔다. 우리가 어떻게 하면 친구가 되는지 이제 막 알아가기 시작한 바로 이때 말이다.

"미안." 나는 목이 메어 간신히 말했다. 다시 안전지대로 돌아올 수만 있다면 뭐든 할 텐데. "그러면 안 되는 거였는데."

리스는 말없이 날 빤히 보면서 얕고 빠르게 숨을 쉬고 있었다. 그녀 주위로 차가운 구름이 모여들고 있었고, 은빛 손에 총이 대롱대롱 매달려 있었다. "그건 뭐였어?" 리스가 마침내 말했다.

나는 그것에 이름을 붙이지 않은 채 3년이란 세월을 보냈다. 하지만 여기에 그녀가 있다. 별처럼 빛나는 머리카락에 번갯불 같은 심장의 리스. 나는 어젯밤 우리 방에서 이 감정을 뭐라 불러야 할지 알고 있었다. 어둠 속에서 비치는 그녀의 얼굴은 아름다우면서도 낯설었다. 리스를 처음 만난 날부터, 마치 이해할 수 없는 뭔가를 보는 것처럼 그녀가 날 바라보던 그 순간부터 나는 알고 있었다. 그때부터 지금까지 계속 알고 있었다.

"아무것도 아니야." 나는 단호하게 말했다. 아무것도 아니야, 정말 아무것도 아니야. 나는 이 문을 닫아버릴 수 있다. 그동안 연습은 충분히 했다. "넌 걱정하지 않아도 돼."

"아니, 헤티. 그게 뭐였는지 내게 말해." 리스는 총을 급조한 테이블에 내려놓고, 그런 내내 내게서 한시도 눈을 떼지 않으며 말했다. "반드시 말해. 난 지금 돌아버릴 것 같은 기분이니까."

"그게 무슨 뜻이야?" 나는 최선을 다해 아무렇지 않은 목소리를 내면서 말했다. 난 할 수 있다. 나는 안 그런 척 연기를 하면서 이 일을 해명할 수 있다.

하지만 리스는 속지 않았다.

"네가 그동안 나를 다르게 대했다는 뜻이야." 리스가 말했고, 지금 그녀의 얼굴이 달아오르고 있다고 맹세라도 할 수 있었다. 하지만 여전히 어금니는 꽉 물고 있으면서 내가 너무나 잘 아는 그 격렬한 의지를 불태우고 있었다. "내 말은 넌 마치 마침내 내가 여기 있다는 사실을 눈치챈 그런 표정으로 날 봐왔다고."

내가 마침내 그녀의 존재를 눈치챘다고? 맙소사, 그녀는 모른다. 정말 아무것도 모른다. "그건 아니……."

"그래서." 리스는 내 말을 무시하고 계속 말했다. "그러니까 방금 그게 뭐였는지 말해." 그녀가 한 발자국 다가오자 차갑게 빛나는 그녀의 땋은 머리가 내 피부에 스쳤다. "네 마음이 내 마음과 같은 곳에 있는지 난 알아야겠어."

순간 숨이 턱 막혔다. 리스가 설마, 그럴 리가? 난 이런 상황에 익숙하지 않다. 심장이 너무 부푼 나머지 터져버릴 것 같다. 내가 뭐라도 바라게 된 지 너무 오랜 시간이 흘렀으니까. "네 마음이 어디 있는데?"

"여기." 리스가 말했다. 그리고 손을 뻗어서 내 손을 잡았다. 그런 내내 나를 지켜보고 있었고, 리스의 목소리는 강한 자신감과 확신에 차 있었다. 하지만 그녀가 덜덜 떨고 있는 걸 느낄 수 있었다. 바로 내가 그런 것처럼. 마치 나만큼이나 오랫동안 나와 같은 걸 꿈꾸었던 것처럼.

그리고 리스는 아무래도 그랬던 것 같았다. 리스는 날 원했지만, 내가 그럴 일은 없을 거라고 생각했기 때문에, 매번 그녀는 내 콧대를 꺾었고 나는 그녀의 마음에 가닿을 수 없었던 것이다. 게다가 리스는 자신을 지키는 일을 정말 잘했다.

하지만 이제 난 그녀의 마음을 다 꿰뚫어 봤고, 우리가 그동안 서로에게 무슨 짓을 했는지, 우리가 어떤 양보를 해왔는지, 우리가 어떤 모욕을 삼켰는지를 알았다. 우리 둘 다 그 상처를 견디기가 너무 아팠지만 그래도 서로에 대한 마음을 놓을 수 없었던 것이다.

"그래. 나도 여기 있어." 내가 말했다.

잠시 우리는 움직이지 않았고, 내가 들을 수 있는 소리라곤 툭툭 뛰면서 시간이 흐르는 걸 알려주는 내 심장 소리뿐이었다. 그러다 리스가 떨리는 한숨을 뱉었고, 그때 우리 둘 다 웃음을 터트리면서 서로에게 몸을 기댔다. 우리는 사실상 안도한 채 기쁘고 들떠 있었다.

"오케이, 좋아." 리스는 은빛 손가락으로 조심스럽게 내 턱선을 쓰다듬었다. 아주 간신히 느낄 수 있을 정도로 보드라운 손길이었지만, 나는 분명히 느꼈다. 그 작은 움직임은 마치 종이에 불을 붙이는 것처럼 내 마음에 불을 질렀다. 우리의 웃음 소리가 잦아드는 사이에 그녀의 굴곡진 몸이 내 몸에 찰싹 달라붙었다. 리스가 내게 키스했을 때 그녀는 미소 짓고 있었다.

나도 그랬고.

10장

저녁에 우리는 다시 우리 방으로 올라왔다. 헛간을 나온 후에 우리는 엽총을 학교 담장 옆에 있는 가문비나무 잡목림 속에 몰래 넣고 썩어가는 나뭇잎들을 그 위에 쌓아서 숨겨놨다. 리스는 항상 그렇듯 내 옆에 있었고, 그녀의 눈빛과 내 혈관을 흐르는 열기만 빼놓고 우리 사이에 달라진 건 하나도 없었다.

이제 리스가 내 침대 위에 대자로 누워서 날 바라보는 동안 나는 방 한쪽 끝에서 다른 쪽 끝까지 계속 왔다 갔다 했다. 해가 저물수록 두려움도 내 뱃속에서 돌돌 말린 용수철처럼 커져서 금방이라도 튀어 오를 것 같았다. 긴장이 점점 더 커질 때 교문이 열리고 웰치 선생님이 바이엇을 숲으로 데려갈 것이다.

복도에선 다른 소녀들이 위층으로 하나둘 올라가면서 취침 점호를 할 시간에 맞춰 자기들의 방으로 돌아가고 있었다. 우리는 내내 가문비나무 잡목림에 있으면서 저녁도 거른 채 아무 말도 하지 않았다. 나는 배가 고프지 않았다. 아직도 음식 생각만 하면 죄책감에 구역질이 나왔다. 하지만 그 순간 리스의 배가 너무나 크게 꼬르륵 소리를 내는 바람에 방 맞은편에서도 그 소리를 들을 수 있었다.

내가 서성거리던 걸 멈추고 그녀를 바라보는 동안 그녀는 일어나 앉아서 아침 식사 때 주머니에 넣어둔 육포를 꺼내 태반을 입속에 쑤셔 넣었다.

나는 움찔하지 않으려고 애를 쓰면서 우리가 먹을 수 있는 음식이 좀 더 많아야 한다고 생각했다. 내가 부두에서 웰치 선생님을 돕지 않았더라면 그 정도의 음식은 있었을 텐데.

내가 지켜보는 걸 보고 리스는 입속에 넣은 뻣뻣한 육포를 간신히 삼키더니 한 입 남은 육포를 내밀었다. "미안해. 너도 먹고 싶었어?" 그녀가 물었다.

나는 가쁜 숨을 몰아쉬며 웃음을 터트렸다. 이건 너무나 어이없는 상황이다. 웰치 선생님이 내 가장 친한 친구를 데려갔는데, 난 여기서 여전히 그녀가 강요한 비밀을 지키고 있다니. "너에게 해야 할 말이 있어." 내가 말했다.

그리고 나는 최대한 간단히 그 일을 설명했다. 이상하게 포장한 음식들로 넘치던 그 자루들, 자신이 올바른 선택을 했냐고 물어보면서 아무렇지 않게 총에 손을 대던 웰치 선생님의 모습. 내가 이야기를 하는 동안 리스는 입을 헤 벌렸다. 그녀는 침대에서 믿지 못하겠다는 듯 크게 뜬 눈으로 날 올려다봤다.

"너 그거 진심으로 하는 말이구나." 내가 이야기를 마쳤을 때 그녀가 말했다.

나는 고개를 끄덕였다. 리스에게 초콜릿 이야기는 하지 않았다. 그게 뭐 좋은 이야기라고 하겠나. 그리고 그건 나만의 비밀로 간직하고 싶은 마음도 있었다. "그렇다니까. 우린 그걸 그냥 물속에 던져버렸어." 리스는 말없이 창밖만 멀거니 바라보며 주먹을 꽉 쥐고 있었다. 그런 내내 속이 타들어 갔다. 이런 식으로 우리 사이를 망칠 순 없다. 아직 제대로 시작도 안 해봤는데 벌써 그럴 수는 없었다. "너 화났어?"

리스는 콧방귀를 뀌었다. "당연히 화났지."

"아니, 내 말은 나에게 화가 났냐고."

그때 리스가 나를 보더니 손가락을 내 벨트 고리에 머뭇머뭇 걸었다. 어떻게 그동안 이걸 못 보고 지나칠 수 있었지? 그녀의 눈에 서린 이 온기, 다른 누구도 아닌 나를 향한 이 온기를.

"너에겐 선택의 여지가 없었잖아, 안 그래?"

이러면 안 되지만 그 말을 듣자 기분이 나아졌다.

밖에서 줄리아가 복도를 걸어 다니며 방마다 멈춰서 취침 점호를 하는 소리가 들렸다. 리스와 나는 시선을 교환했고, 줄리아가 우리 방에 고개를 들이밀었을 때 우리는 내 침대에 나란히 누워 있었다. 두 소녀가 규칙에 따라 당연히 있어야 할 곳에 있었다.

"셋." 줄리아가 그렇게 말했다가 민감하게 기침을 했다. "미안, 두 명."

줄리아가 간 후에 나는 바닥을 빤히 보면서 내 세계가 마룻바닥 사이의 깊은 틈 사이로 좁아지는 모습을 지켜봤다. 웰치 선생님은 몇 시간 후에 리스의 집으로 갈 것이고, 우리도 그럴 것이다. 격리 조치를 어기고, 숲속으로 조심조심 나아갈 것이다. 우리의 목숨과 바이엇의 목숨을 위해 싸울 것이다.

나는 바이엇을 위해 이 일을 해낼 수 있다. 그래야 한다.

리스의 비늘이 돋은 차가운 손가락들이 내 손목을 감싸 쥐었다. 우리를 둘러싼 어둠이 깊어지고 있었고, 내가 그녀에게 고개를 돌렸을 때 그녀의 머리카락에서 반짝거리는 빛이 우리를 스쳐 지나갔고, 그녀의 땋은 머리 무늬가 천장에서 움직였다.

"넌 좀 쉬어야 해. 밖에 나가려면 기운이 있어야지." 리스는 너무나 다정해서 그녀의 목소리라고는 생각할 수 없을 정도였다.

"난 그럴 수 없어." 창밖에서 달이 떠오르고 있었다. 나는 간밤에 하늘을 환하게 밝힌 저 달을 본 게 언제쯤이었는지만 기억하고 있었다. 나는 목을 졸라오는 걱정을 애써 참았다.

"우리가 그때를 놓치면 어떡해?"

"내가 밤을 새울게." 리스가 움직이자 매트리스도 움직였다. 그녀는 자신의 재킷을 내 어깨에 걸쳐줬다. "어서 좀 자."

적어도 내가 잠이 든다면, 우리가 이제부터 해야 할 일에 대해 걱정할 순 없겠지. 나는 리스가 시키는 대로 벽을 보고 옆으로 누우면서 그녀가 누울 공간을 남겨뒀다. 렉스터의 침대는 한 사람만 잘 수 있게 좁았지만 나는 톡스가 발생한 첫날부터 바이엇과 같이 잤다. 그래서 익숙하다.

그렇다고 생각했는데. 리스가 옆에 눕자 그녀의 어깨가 내 가슴을 눌렀는데 이건 느낌이 완전히 달랐다. 바이엇의 몸이 내 몸처럼 느껴졌던 때와는 전혀 달랐다. 리스와 몸이 닿는 아주 작은 부분까지도 느낄 수 있었고, 마치 이것이 세상에서 나는 유일한 소리인 것처럼 그녀가 쉬는 숨소리까지 들을 수 있었다.

"너 괜찮아?" 리스가 말했다.

"그럼."

나는 다시 자세를 잡아서 그녀의 목에 대고 내 얼굴을 묻었다. 눈을 감으면서 리스가 꿈에 나오기를, 오늘 헛간에서 있었던 일을 꿈꾸기를 빌었다.

리스 대신 꿈에서 나를 기다리고 있는 사람은 바이엇이었고, 나는 그녀의 손을 잡아 숲속으로 데려갔다. 숲속에 빛은 하나도 없었지만, 어쩐 일인지 그녀가 들어 있는 수의를 꿰매는 나의 모습은 볼 수 있었다.

바이엇

• • • •

Byatt

11장

내가 열 살 때 이야기를 하나 했다.

여름 방학이 끝난 직후였다. 그때 나의 가장 친한 친구는 트레이시란 여자아이로, 항상 새로 다린 옷을 입고 다녔다. 트레이시가 방학이 끝나고 돌아왔을 때 캠프에서 새 친구를 하나 만났다고 했다.

나는 캠프에 가지 않았다. 나는 새 친구를 만나지 않았다.

그래서 트레이시에게 다른 이야기를 했다. 나는 트레이시에게 에린이란 아이를 만났다고 했다. 에린은 말을 타고 1년 내내 수영을 한다고. 에린은 우리랑 다른 학교에 다니고, 우리 집에서 몇 집 건너에 산다고 했다.

그리고 나는 편지를 몇 통 쓴 후에 트레이시에게 그 편지들을 에린에게서 받았다고 했다. 다음엔 내 지긋지긋한 사촌과 사진을 찍은 후에 트레이시에게 보여주고 그게 에린이라고 했다. 그러다 어느 날 나는 트레이시에게 이제 에린은 집에 없다고 말했다. 에린의 엄마가 그랬는데 에린이 아프다고. 다음 날 나는 검은 옷을 입고 가서 트레이시에게 에린이 죽었다고 말했다.

트레이시는 울었다. 울면서 엄마에게 그 이야기를 했고, 트레이시의 엄마는 우리 선생님에게 울면서 이야기했다. 선생님은 날 상담실로 데려가서 무슨 일이 있었는지 물었다. 그래서 나는 그 이야기를 처음부터 끝까지 전부 털어놓았다. 나는, 나는, 내게 어떤 능력이 있는지 보는 게 좋으니까.

나는 눈을 깜박였고, 엄마가 창가에 있었다. 엄마는 아침 하늘처럼 파란 옷을 입고 창가에 서 있었다.

"우리 이제 이런 단계는 넘어선 줄 알았는데." 엄마가 말했다.

이전부터 그랬고, 지금도 여전히 그렇긴 하지만, 내 마음속엔 도저히 끄집어 낼 수 없는 고통스러운 갈망이 있다. 창문이 닫히며 사라졌고, 엄마는 점점 더 키가 커졌다.

"우린 아주 실망했다. 실망하고 실망하고 또 실망했어." 그렇게 말하는 엄마의 머리가 천장을 스치고 있었다.

대개 그건 우연한 사고였다. 처음부터 하려고 했던 건 아닌 거짓말. 처음부터 치려고 했던 건 아닌 장난. 내가 입을 열면 뭔가 기묘한 것, 내 것은 아니지만 새로운 말이 나오곤 했다. 마치 내 안에 다른 사람이 있는 것처럼.

죄송해요, 나는 부모님에게 말하곤 했다. 내가 만들어 낸 것이 요란한 소리를 내며 무너질 때마다. 난 결코 누구도 다치게 하고 싶지 않았다. 가끔은 그러려고 하기도 했지만.

하지만 가끔은 그럴 마음이 없었다. 바닥을 알 수 없는 검은 분노가 내 안에 도사리고 있었는데 도저히 그걸 잘라낼 수 없었다. 그것은 점점 커져서 마침내 내 안에 분노 말고는 다른 감정을 둘 수 없었다.

렉스터로 가라, 엄마가 말했다. 또 시작이군.

그래서 나는 노력했다. 하지만 우리 모두 잘하는 게 있지 않은가.

◆　◆　◆

말하는 게 그립진 않았다. 그러리라고 생각했지만 이런 식으로 하는 건 아주 쉬웠다. 내가 아주 짧은 단어 하나만 써도 그들은 머릿속에서 자기들 멋대로 생각한 나를 만들어 냈다. 아주 적절하게 들리도록 하고, 적절한 뜻을 품고 있게 만든다면. 그러면 내가 할 일의 절반은 끝낸 셈이었다.

파레타가 돌아왔을 때 침대를 둘러싼 커튼 너머로 그녀의 형체가 보였다. 그녀가 문간에 멈춰 서서 망설이는 모습이 보였다. 마치 내가 한 짓을 기억하고 있는 것처럼. 그러다 그녀는 커튼을 젖혔고, 전과 똑같이 파란 방호복을 입고, 희미한 무늬가 새겨진 마스크를 쓰고 있었다. 나는 이들에게 여벌의 장비가 있는지, 아니면 다른 의사들이 내가 찢어놓은 그들의 옷을 기워서 입고 있는지 궁금했다.

"좋은 아침이야." 그녀가 말했다.

나의 두 손은 묶여 있어서 파레타가 침대에 기대 세워 놓은 화이트보드까지 손이 닿지 않았고, 아무것도 할 수 없어서 그녀에게 엄지를 들어 보이는 동작만 간신히 할 수 있었는데. 물론 그녀에게 그렇게 해줄 생각은 전혀 없었다.

"너 공명 주파수가 뭔지 아니?"

나는 눈썹을 추켜올렸다. 또 환상적인 하루가 시작되겠군.

"그건 특정한 물체가 진동하는 주파수란다." 파레타가 설명했다. 그녀는 뭐든 이렇게 간단히 표현하는 데 익숙하지 않은 것처럼 목소리가 불편하게 들렸다. "네가 그 물체의 공명 주파수와 일치하면, 그건 부서질 수 있어. 네가 딱 맞는 음으로 노래할 수 있다면 유리가 깨지는 것과 같은 원리지."

나는 주먹을 쥐면서 파레타가 화이트보드를 쓸 수 있게 해주길 바랐다. 내게 왜 이런 이야기를 하는지 이해가 되지 않았다.

"대부분의 물질은 공명 주파수가 있어." 그리고 파레타는 나를 아주 오랫동안 바라봤다. "심지어 뼈에도 있단다, 바이엇."

나는 침을 꿀꺽 삼켰다. 내 몸속을 산산이 부수는 것 같은 고통, 나를 사정없이 흔들어 부숴버리는 것 같은 고통이 기억났다. 나와 파레타, 그리고 내가 지르는 소리를 들었던 다른 사람들.

"사람을 아프게 할 만큼 그 주파수를 세게 울리는 건 없어. 너와 네 목소리 빼고 말이다." 파레타가 조용히 말했다. 그녀는 장갑을 낀 손을 내밀어서 손가락 하나를 내 목에 댔다. "그게 너에게 무슨 짓을 하고 있는 거니, 애야?"

나도 몰라요, 나는 말하고 싶었다. **당신이 말해 줘요.**

대신 그녀는 뒤로 물러났다. 그녀가 하는 헛기침 소리를 듣는 동안 그녀의 눈에 슬픔이 퍼졌다. "너에게 뭘 좀 보여주고 싶구나." 그녀는 그렇게 말하고 내가 할 수 없는 대답을 잠시 기다렸다. "하지만 다시는 지난번 같은 일을 일으키지 않겠다는 약속을 해줘야겠다."

나는 고개를 끄덕였다. 그거 말고는 달리 할 게 없었으니까. 그러자 파레타는 허리를 숙여서 내 손목을 묶은 벨트를 풀었다. 이렇게 가까이 다가오자 그녀에게서 땀 냄새 같기도 하고 소금 냄새 같기도 한 냄새가 났다. 그녀의 이마 끝, 머리카락이 시작되는 곳곳의 건조한 피부와 입가 가장자리에 난 점을 볼 수 있었다.

아직은 혼자 일어날 수 있을 만한 기운이 없어서 파레타가 날 도와 휠체어에 앉혀야 했다. 나는 담요를 덮은 채 덜덜 떨었다. 내 다리엔 멍이 들어 있었고, 발톱은 부러져 있었다. 렉스터에서는 우리의 몸이 결코 이상하게 보이지 않았지만, 여기에서 나는 입고 있는 병원 가운의 단을 밑으로 끌어내리고, 내 등에 생긴 두 번째 뼈의 굴곡을 감추기 위해 똑바로 앉았다.

그녀는 화이트보드를 내 옆에 끼워 넣고, 내 손에 마커를 쥐여주고, 내가 탄 휠체어를 방 밖으로 밀고 나갔다. 나는 눈에 보이는 모든 것을 기억하고, 모퉁이를 돌 때마다 그것도 잊지 않으려고 애를 썼다. 우리는 작은 로비를 지나쳤고, 전에는 뭔가 걸려 있었을 벽에 있는 흐릿한 정사각형의 빈자리를 봤고, 파레타가 밀어주는 내 휠체어가 지나가는 복도와 허름한 카펫과 퀴퀴한 공기를 기억했다. 하지만 그렇게 들어온 이미지들은 금방 머릿속에서 쓱 사라져 버렸다.

난,   나는,

내 생각만큼 이 순간에 집중하지 못하고 있었다.

이러다 토할 것 같았다. 나는 허리를 숙이고, 손을 이마에 대고 꾹 눌렀다. 파레타가 입은 방호복이 내 어깨를 스치는 게 느껴졌지만, 그것도 순간이었다. 나는 눈을 질끈 감고 사라지려고 애를 썼다.

다시 눈을 떴을 때 나는 다른 곳에 와 있었다. 처음에는 내가 보고 있는 것이 뭔지 몰랐다가 다시 눈을 깜박이자 천장과 바닥이 구분됐다. 높이 쌓여 있는 박스들, 접의자들이 들어 있는 카트들, 모든 것이 두꺼운 비닐 방수포에 덮여 있었다. 바닥에는 다른 곳처럼 껍질이 벗겨진 리놀륨 장판이 깔려 있었지만, 벽에 벽감 두 개가 파여 있었다. 그곳은 텅 비어 있었지만, 그 안에는 뭔가를 전시해 놓았던 것처럼 조명이 켜져 있었다.

나는 화이트보드를 집어서 그걸 들어 올려 파레타의 관심을 끈 후에 글을 썼다.

이게 뭐에요

여기는 어디에요

"여긴 창고의 일부란다." 파레타가 말했다. 그것만으론 내 질문에 대한 답이 되지 못했지만 어쨌든 그 이상 말하진 않을 것 같았다. 파레타는 내가 탄 휠체어를 밀면서 두 개의 선반 사이에 있는 좁은 길을 지나갔다. 선반도 다 아주 두꺼운 투명 비닐이 덮여 있어서 마치 구름이 잔뜩 낀 것 같았다. 창고의 또 다른 곳으로 왔는데 여기는 실험실처럼 보였고, 내가 모르는 장비들이 놓인 테이블 두 개가 있었다. 한 테이블 위에는 렉스터 블루의 유해들이 놓인 것을 본 듯싶었다. 조각조각 부서진 조개껍데기가 언뜻 보인 것 같았지만 파레타가 휠체어를 틀어서 또 다른 벽감으로 데려갔다. 문간에서는 보이지 않았던 벽감이었다.

이 벽감에는 흙이 30센티미터가 넘는 높이로 층층이 쌓여 있었고, 거기에 렉스터 붓꽃 네 송이가 활짝 피어 있었다.

그걸 보자 눈물이 따끔따끔 눈을 찔러댔고, 나는 깜짝 놀라 눈을 깜박였다. 하지만 난 이게 그리웠다. 나는 헤티와 리스가 그리웠지만, 그 무엇보다 나무들 사이로 다가오는 새벽이 그리웠다. 절벽 북쪽과 그 밑에서 굽이치던 파도가 그리웠고, 애초에 결코 내 것이 아니었던 것처럼 내 입김을 낚아채면서 휘몰아치는 바람이 그리웠다.

무의식중에 그 꽃으로 손을 뻗자, 파레타가 장갑 낀 손으로 내 손목을 잡아서 뒤로 당겼다.

"그건 좀 바보 같은 짓인데." 그녀가 말했다.

내가 썼다. **왜 이게 여기 있죠**

파레타는 내가 그녀의 얼굴을 볼 수 있도록 휠체어를 돌렸다. 그러지 말지. 나는 이미 그 붓꽃이 그리웠다. 그 친숙한 쪽빛과 새틴 휘장 같은 꽃잎들.

"우린 저것들을 연구해 왔다." 그녀는 내 앞에 쭈그리고 앉으면서 말했다. "저 붓꽃들과 저 바닷게도 마찬가지로 다 연구해 왔어. 이 모든 걸 우리는 렉스터 현상이라고 부른단다."

현상. 질병이나 질환이 아니라 현상. 그 말이 내 심장을 까맣게 태웠다. 이거야말로 내가 찾던 말이다. 하지만 그녀가 그 말을 하는 방식이 좀 묘했다. 그녀는 그 이름을 너무 친숙하게, 너무 쉽게 사용했다.

"학교에서 너희들에게 렉스터 블루스에 대해 가르친 적 있니? 뭣 때문에 그게 그렇게 특별한지?" 파레타가 물어서 나는 고개를 끄덕였다.

폐가 특별하다는 뜻이겠죠

"아가미도 그래. 이건 상당히 놀랍지 않니? 그래서 어디서나 살아남을 수 있어. 그리고 너희들도 이제 이것의 일부라는 사실 역시 꽤 놀랍다고 난 생각한다."

일부라. 우리의 몸이 변하고 구부러지는 방식을 뜻하는 건가. 우리가 죽기 직전에 우리의 손가락들이 까매지는 거 말인가. 칠흑 같은 검은색이 우리의 손가락 관절까지 퍼지는 거 말이야. 나는 전에 어둠 속에서 내 손을 바라본 적이 있었다. 헤티가 옆에서 자고 있었는데, 내 의지력만으로 손의 색깔을 바꾸려고 시도해 본 적이 있었다.

"우리가 이걸 어떻게 쓸 수 있을지 상상해 봐. 우리가 도울 수 있는 사람들을 상상해 보라고." 그녀의 목소리는 절박하면서도 마치 비밀을 털어놓는 것처럼 은밀했다.

나는 우리가 태워버린 시체들과 우리가 견뎌낸 고통을 생각했다.

지금은 이게 누구든 돕고 있는 것 같지 않은데요

"맞아." 그녀는 장갑을 낀 손을 내 무릎 위에 올려놨다.

"네 말이 확실히 맞아. 이걸 가지고 누구든 도우려면, 우린 이걸 치료할 수 있고, 통제할 수 있어야 해. 그러려면 왜 이런 일이 벌어지고 있는지 이해해야 하고."

행운을 빌어요

그녀는 고개를 저었고, 그녀의 마스크 너머로 미소 같은 것이 언뜻 보였다는 생각이 들었다. "나도 알아. 난 몇 년째 이걸 연구해 왔어, 바이엇. 처음엔 블루스, 다음엔 붓꽃, 다음엔 너희들을 연구해 왔지만 전혀 해답에 가까워지지 않았지."

몇 년 동안이라니, 내가 그 말을 생각하는 동안 그녀는 일어나서 휠체어를 밀어 그 조각조각 난 게가 놓여 있는 테이블로 갔다.

파레타 박사의 말은 우리가 톡스에게 당하기도 전부터 그녀가 여기 있었다는 뜻일 것이다. 우리는 생물 시간에 렉스터 블루스는 연구할 만한 가치가 있다는 말을 들었다. 그런데 실제로 누군가가 그걸 연구하고 있을 거라는 생각은 결코 해본 적이 없었다.

파레타는 내 휠체어를 테이블 앞에 놓고, 뭔가에 대해 말하고 있었지만, 난 듣지 않았다. 테이블 위에 렉스터 블루스가 몸통이 벌어진 채 놓여 있었다. 다리들은 몸통에서 잘려 있었고, 껍데기는 그 안을 다 볼 수 있도록 옆으로 기울어져 있었다. 나는 구역질이 나길 기다렸지만, 대신 헤티랑 바위 위에서 같이 있던 그날 느낀 파도의 물방울과 내 손에서 게가 시커멓게 변해 가던 감촉만이 떠올랐다. 그 게는 산산이 부서지는 순간에도 계속 살아 있었다.

나도 그렇게 될지 궁금했다.

"너에게 줄 특별한 것이 있어." 테디가 말했다. 시계를 보니 오후였지만 낮은 아니었다. 전과 같은 파란 방호복에, 파란 수술용 마스크. 그의 눈이 마음에 든다는 생각이 들었다. 내 눈과 닮았다.

그는 먼저 내 왼손을 묶은 벨트를 풀더니, 오른손을 풀었다. 그리고 내 손에 화이트보드를 잡게 했는데 손가락이 저렸다.

좋은 쪽으로 특별한 거?

"다른 종류도 있나? 우린 밖에 나갈 거야." 그가 말했다.

정말

"정말이야."

왜 밖에 나가

"파레타 박사님이 네 얼굴에 화색이 조금 더 돌면 좋겠다고 하셨어." 테디는 커튼을 열었다. 병실은 엉망으로 어질러졌고, 침대들은 한쪽으로 밀려 있었다.

"박사님이 산책을 제안하셨어. 밖에 나가는 건 내 아이디어였고. 하지만 눈을 감아. 놀라게 해주고 싶으니까."

열성적이고 남을 돕길 좋아하는 사람, 내 차트와 나만 보느라 정신없는 의사들에겐 투명인간 같은 테디. 그는 규칙을 깨고 있었다. 아무도 그에게 그 어떤 규칙도 말해 주지 않았으니까.

나는 몸을 일으키기 시작했지만, 그가 내 어깨에 한 손을 댔다. "내가 도와줄게."

그가 내 다리를 들어 올린 다음 침대 옆으로 돌려서 내려 줬다. 방호복을 통해 느껴지는 그의 손길은 차가웠고, 내 다리 털은 정전기가 일어서 곤두섰다.

내 재킷은 벽에 붙어 있는 캐비닛에 있었는데 테디가 날 도와 입혀줬고 버튼을 채운 후에 허리를 숙여서 내 부츠 끈을 묶어줬다.

"좋았어. 이제 다 됐다. 일어서는 거 도와줄까?" 그는 다 마친 후에 말했다.

나는 고개를 흔들고 일어났다. 내가 점점 더 강해지는 것 같다는 생각이 들었다. 아직 강해지진 않았다 해도 그의 도움은 필요 없다.

나는 화이트보드를 들고, 마커는 주머니에 넣었다. 테디가 내 손을 잡고 방 밖으로 나가서 모퉁이를 세 번 돌았다. 나는 그 길을 기억하고 머릿속에 저장해 뒀다. 테디가 눈을 떠도 된다고 했을 때 나는 좁고 여기저기 찌그러진 문 앞에 있었다. 문이 완전히 닫혀 있는 건 아니어서, 그 틈으로 바닥에 있는 풀들이 죽어가기 시작한 풍경이 보였다.

"어서 나가봐." 테디는 그렇게 말하고 내가 문을 열 수 있도록 손을 드는 걸 도와줬다.

바람이 날 잡아당기면서, 내가 입고 있는 병원 가운의 옷자락을 세차게 후려쳤다. 너무 추워서 곧 아무 감각도 느끼지 못하겠지만 상관없었다.

"심호흡해 봐. 아주 천천히."

나는 고개를 끄덕였다. 한 번에 꿀꺽 다 들이마시지 않으려고 애썼다. 이 공기, 이 짜릿함과 이 달콤한 맛을. 우리는 같이 문밖으로 나왔고, 문이 삐걱거리며 우리 뒤에서 닫히게 놔뒀다.

꼭대기에 철조망이 달려서 사람들이 밖으로 나가는 걸 방지하는 울타리가 둘러쳐져 있었다. 나무들이 그 울타리까지 밀고 들어올 기세로 바짝 붙어서 자라고 있었고, 나뭇가지들이 구불구불하게 그 틈을 비집고 들어왔다. 울타리와 나 사이의 땅에 끝없이 오르락내리락하는 작은 언덕들이 있었고, 냉기가 닿은 땅속은 갈색으로 갈라져서 금방이라도 부서질 것 같았다.

"어서 가자. 산책하러 가는 거야." 테디가 말했다.

내 맨다리는 소름이 돋아서 따끔따끔했고, 흐르는 땀에 뼛속까지 시렸지만, 우리는 계속 갔다. 가까이 다가갈수록, 울타리가 더 선명하게 보였다. 한 발자국, 한 발자국, 걸어가다가 무릎이 풀려서 테디가 내 허리를 안았다. 마침내 침입해 들어오는 숲이 보였다. 나는 철조망에 손가락을 감았다.

여긴 내쉬 캠프가 분명해. 눈을 가늘게 뜨면 이곳이 렉스터처럼, 내 집처럼 보일 수도 있을 것이다.

테디가 뭐라고 했다. 바깥세상의 소리가 너무 컸다. 나는 화이트보드를 울타리에 기댔다.

내가 썼다.

하나도 안 들려

그는 다시 말했다. 망할, 너무 추워. 하지만 나는 듣지 못한 척하면서 고개를 흔들었다. 그리고 손을 뻗어서 그가 얼굴에 쓰고 있는 천으로 된 수술용 마스크를 튕겼다. 그가 그걸 벗길 바랐다.

"절대 안 돼."

우린 안으로 들어갈 수도 있어

네가 원한다면

"이봐, 그런 식으로 나오지 마. 밖에 나오니까 재미있잖아, 안 그래?"

나는 어렸을 때 배웠다. 그냥 조용히 있으면 된다. 그렇게 항상 내가 원하는 걸 얻었다.

"정말 이러면 안 되는 거 너도 알잖아." 그는 내 대답을 기다렸다. 그러다 한숨을 쉬더니 몇 발짝 뒤로 물러섰다. "좋아, 하지만 넌 그 자리에 그대로 있어야 해."

왜 그랬냐면 그는 열아홉 살이니까. 왜 그랬냐면 그는 아무 생각이 없으니까. 왜 그랬냐면 나는 이 미소를 수도 없이 연습했고, 이게 어떤 위력을 발휘하는지 알고 있으니까.

테디가 마스크 끈이 있는 머리 뒤로 더듬더듬 손을 뻗은 다음 끈을 풀어 마스크를 내렸다. 마침내 그의 얼굴이 나타났다. 도톰한 입술. 날카로운 턱선. 테디.

"바이엇."

나는 손을 흔들었고, 그는 씩 웃었다. 나는 화이트보드를 들어서, 그걸 내 엉덩이에 받치고 글을 썼다.

내가 너에게 가서 인사하면 안 될까

"안 돼." 그는 즉시 대답하면서 한 손을 내밀어 나를 막았다. "너 약속했잖아."

사실 난 약속하지 않았고, 나는 지금 아주 그럴듯한 표정으로 보이기를, 조금은 수줍어하고, 조금은 호기심 어린 표정으로 보이게 했다.

"있지, 그 병실에서 너 혼자 있으려면 정말 외로울 거 나도 알아. 내가 좀 더 자주 와서 같이 있어 줄게, 하지만." 그가 말했다.

내가 손을 들자 그의 목소리가 작아졌다. **그거랑은 달라,** 나는 썼다. 그러고 나서 그의 눈이 조금 더 커졌을 때 내가 덧붙였다.

이건 너에게 전염되지 않아

그는 웃음을 터트렸다. "그거 진짜야?"

물론 가짜지. 하지만 난 지금 이걸 원해.

소년들은 걸리지 않아

그는 입술을 깨물면서 생각하며 나를 보고 얼굴을 찡그렸다. 그러다 한숨을 쉬는 것처럼 어깨가 축 처지는 모습을 볼 수 있었다. 그가 알건 모르건, 그는 방금 포기한 것이다.

나는 한 발자국 다가갔다. 그리고 또 한 발자국. 그는 아무 말도 하지 않았다. 그저 날 지켜보고 있었고, 그의 손가락이 구부러지는 모습이 보였다. 방호복으로 비치는 손은 우스꽝스러워 보였지만 그에게 그런 말은 하지 않을 것이다. 그가 내 손에 들어왔음을 난 안다.

그의 입술은 반들반들하면서 짙었다. 그의 턱에는 면도하다 벤 자국이 하나 있었고, 깜박 잊고 씻어내지 않은 핏자국도 하나 볼 수 있었다. 나는 우리 둘 사이의 거리를 좁혀가면서 그의 얼굴을 향해 내 얼굴을 기울였다. 내 머리카락 한 가닥이 흘러내려서 앞으로 휘날렸다. 나는 그의 아랫입술만 뚫어져라 쳐다봤다. 그러면서 그의 눈이 떨리다 감기는 모습을 지켜봤다.

그건 간단했다. 아무 일도 아니었다. 나는 고개를 기울인 채, 아주 조금씩 가까이 다가가면서, 손가락으로 그의 턱을 쓸어내리며 그의 입술을 내 입술로 이끌었다.

그는 마치 날 두려워하는 것처럼 키스했다. 물론 그는 날 두려워하고 있지만, 별 상관없었다.

그가 뒤로 물러났을 때는 내게서 그리 멀리 떨어지지 않았고, 한 손으로는 내 머리카락을 감싸 쥐고, 또 다른 손은 내 엉덩이를 가볍게 스쳐 지나가고 있었다. 그가 뭔가 묻고 싶어 한다는 걸 알 수 있었다. 그의 눈빛에, 느낄 듯 말 듯 너무나 가벼운 그의 손길에, 그런 호기심이 올올이 배어 있었다.

내가 그의 가슴에 화이트보드를 기댔고, 그가 날 놓아주지 않으면서도 내가 쓴 글을 볼 수 있게 화이트보드에서 글자를 거꾸로 쓰려고 애를 쓰는 동안 그는 웃음을 터트렸다.

어서 해봐

물어봐

"뭘 물어보라는 거야?"

내가 그를 노려보면서 눈동자를 굴리자, 그는 수줍은 미소를 지었다.

"난 그저 그 병이 정확히 너에게 어떤 영향을 미쳤는지 궁금했어."

나는 내 엉덩이에 올라와 있는 그의 손을 잡아서 위로 끌어올려 내 허리께로 가져갔다. 그 부분은 재킷을 입고 있어도 산등성이처럼 길쭉하게 솟아오른 두 번째 등뼈를 또렷하게 느낄 수 있었다. 그가 나의 새로 생긴 뼈의 굴곡과 뾰족하게 튀어나온 부분을 만지는 동안 눈이 동그래졌다.

"맙소사." 그가 외치자 나는 빵 터질 것 같은 웃음을 참았다. "너희들 모두 이런 게 있어?"

나는 고개를 저었다.

그냥 죽은 아이들도 있어

"하지만 내 말은……"

나도 알아

나는 목록을 적었다. 모나의 아가미. 헤티의 눈. 나는 심지어 리스의 손을 그리려고 애를 써봤는데, 백 명의 아이들이 가지고 있는 백 개의 다른 증상들은 제대로 기억도 할 수 없었다. 이렇게 다 적어놓고 보니 경악스러웠다. 톡스가 어떻게 주위의 동물들을 모델로 우리의 몸을 변화시키려 하고, 우리들이 원치 않는 방식을 사용해 극한으로 밀어붙이고 있는지. 이건 마치 우리가 적응만 할 수 있다면 우리의 몸을 더 낫게 만들려 시도하고 있는 것 같았다.

"이거 정말 무서운데." 내가 목록을 다 썼을 때 그가 말했다. 눈을 동그랗게 뜬 그의 침통한 얼굴을 보자 웃지 않을 수 없었다.

아무래도 처음엔 좀 힘들지

"다음엔?"

다음엔. 헤티와 리스와 나를 필요로 하는 누군가가 생겼지. 모두에게 야생의 기운이 깃들었고. 마치 내 속에서 항상 느끼던 그런 기운처럼. 하지만 이번에는 진짜였다. 단지 내 머릿속만이 아니라 내 몸속에 뭔가가 진짜로 있었다.

그렇게 힘들진 않아

"사람들이 밝혀낼 거야." 그는 내 뺨을 만졌다. 비닐장갑이 내 살에 닿는 감촉이 걸리적거렸다. "톡스의 정체가 뭐건 사람들이 고칠 거야."

숲속에서 잠시 있는 동안 새 한 마리가 날아갔다. 그는 고개를 홱 돌려서 그걸 바라봤다. 순간 세차게 부는 바람에 그의 피부 껍질이 벗겨지면서 피가 흐르는 모습 말고는 아무것도 보이지 않았다.

어서 안으로 돌아가자

다시 병실의 내 침대다. 커튼을 젖히고, 재킷과 부츠를 벗었다. 손목은 묶지 않았고, 화이트보드는 깨끗하게 지웠다.

"파레타 박사님이 곧 올 거야." 그가 말했다. 그리고 윙크를 하면서 마스크를 쓰고 단단히 묶었다. "박사님이 물어보시면 방 안을 몇 바퀴씩 돌면서 아주 즐거운 시간을 보냈다고 말해."

파레타가 들어왔을 때는 전처럼 파란색 방호복을 입고 있었고, 파일 한 뭉치와 노트 한 권과 연필 한 자루와 삼각대, 그리고 카메라를 한 대 가져왔다. 그녀의 짙은 머리카락은 윤기가 흘렀고, 눈 주위에 굵은 주름이 잡혀 있었다. 그녀가 쓰고 있는 마스크 속 입가에도 같은 주름이 잡혀 있을지 궁금했다.

"오늘 오후는 기분이 어떠니, 바이엇?"

나는 어깨를 으쓱했다.

좋아요

"그동안 너에게 투여해 온 진정제 약을 조금씩 줄였어. 지금 아프진 않았으면 좋겠는데."

나는 고개를 저었다. 그리고 화이트보드를 가리켰다.

"어제 너랑 한 이야기가 아주 큰 도움이 됐다. 네가 허락해 준다면 몇 가지를 더 물어보고 싶은데." 그녀는 카메라를 내 침대 위에 올려놓고 삼각대를 설치하기 시작했다.

"이게 조금은 독특한 방식이라는 건 나도 알아. 평소에는 이런 인터뷰에서 내가 필기를 하니까. 하지만 지금은 네가 답을 글로 써야 하니, 이편이 훨씬 더 쉬울 거야." 삼각대를 고정시킨 후 파레타는 카메라를 거기 끼웠다.

난 뭘 해요

"내가 질문을 하면, 넌 그 답을 보드에 써서 카메라에 보여 주면 돼. 아주 간단해."

화면이 켜지고, 빨간 불이 깜박거리면서 켜졌다. 파레타는 내 발치에 있는 침대 위에 앉고 나서 노트를 무릎 위에 올려놨다.

"먼저 이 병에 대해 구체적으로 질문하기 전에 네 차트에 빠진 정보가 있는 걸 알게 됐어. 너의 생리 주기에 대해 말해 줄 수 있겠니? 격리 기간 동안 생리는 규칙적이었니? 스트레스와 영양 상태가 주기에 아주 큰 영향을 미칠 수 있다는 걸 난 알고 있거든."

우리 다 톡스가 시작된 후로 생리가 끊겼어요

파레타는 몸을 앞으로 기울였다. "그거 아주 큰 도움이 되는 정보구나, 정말. 격리가 시작되기 전에 아직 사춘기가 오지 않았던 아이들은 어떠니?"

사실 그 점은 한 번도 생각해 본 적이 없었다. 하지만 해군에서 보낸 보급품에 생리대나 탐폰이 없었을 때 아무도 불평하지 않았다.

그런 아이들은 생리를 시작도 안 했던 것 같아요

"하지만 그런 아이들에게도 이 병의 증상들이 나타났지, 그렇지?"

맞아요

"너희 선생님들은?" 순간 파레타의 눈이 번득였고, 흥분한 목소리였다.

"교사들도 학생들과 같은 증상이 나타났니?"

나는 그건 확실히 모르겠다. 하지만 어쩐지 웰치 선생님이나 교장 선생님이 나처럼 옷 속에 또 다른 척추를 감추고 있다는 느낌은 받지 못했다. 그들도 아프다는 사실은 알고 있었다. 나는 그들의 피부에 생긴 종기들을 봤고, 열이 오르면 눈빛이 멍해지면서 초점이 사라지는 표정을 봤다. 하지만 우리처럼 심하게 아프진 않았다.

남아 있는 선생님들은 그러지 않았어요

"그 선생님들은 너의 교장 선생님하고 또 누구지?"

웰치 선생님

그들이 그나마 가장 정상에 가까운 사람들이다, 그렇지 않나? 지금 여기에 와 있어야 할 사람들은 그들이고, 난 내 방에 있어야 했다. 헤티가 내 옆에서 내 입김이 느껴질 정도로 찰싹 달라붙어 누워 있어야 했는데.

나는 방 주위를 손짓하며 비통한 미소를 지어 보였다.

선생님들을 당신의 치료제로 쓰지 그래요

파레타는 보드에 쓴 내 답을 읽었고, 나는 그녀가 미간을 찌푸리는 모습을 지켜봤다. "우린 진심으로 치료제를 찾고 싶단다, 바이엇. 하지만 그러자면 답을 찾아야 할 질문들이 아직도 너무나 많아. 너도 분명 그 점은 이해할 거야." 그녀는 잠시 후에 말했다.

아니, 이해 못 해요

파레타는 내가 보드에 아무 말도 쓰지 않은 것처럼 하던 이야기를 계속 이어갔다. "내가 가진 기록에 따르면 이 섬에선 남자가 딱 한 명 있다고 나오는데. 다니엘 하커라고?"

리스의 아빠. 나는 고개를 끄덕였다. 파레타가 내게 또 뭘 원하는지 알 수 없었다. 하커 씨에 대해 알고 싶다면 리스를 골랐어야지.

"그 사람은 톡스에 어떻게 반응했니? 너희 소녀들과 똑같은 방식이었니?"

사실 처음에는 그랬다. 그러다 여자아이들 몇 명이 그랬던 것처럼 화를 냈다. 폭력적으로 변하기도 했다. 하지만 소녀들 대부분이 이성을 유지했는데, 그는 이성을 잃기 시작했을 때 학교를 떠났다.

아뇨

그게 내가 하커 씨의 상태에 대해 분명하게 할 수 있는 대답이었다.

"흥미롭군." 파레타는 말했다. 그녀는 노트를 만지작거렸고, 나는 그녀가 거기다 뭔가 갈겨쓰는 모습을 지켜봤다. 대부분은 읽기 힘들었지만, '에스트로겐'이라는 말이 보였고, 그 위에 '아드레날린'이란 단어도 보였다. 그 말은 고등학교 2학년 생물 시간에 사춘기에 대한 수업을 하다 나온 기억이 났다. 아마 우리 소녀들이 톡스가 지낼 안식처를 준 반면, 교사들이 죽었던 이유에는 그 아드레날린도 관계가 있었을 것이다.

"이건 좀 이상하게 들릴지도 모르겠다만." 파레타는 이렇게 이야기를 시작했다가 다시 노트를 뚫어져라 보더니 말을 이었다. "너희 교장 선생님 말이야…… 특정 연령대를 지나셨니?"

마치 우리는 '폐경'이란 말도 할 수 없는 것처럼 물어보다
니. 교장 선생님은 내가 학교에 온 첫해에 폐경 때문에 얼굴이
화확 달아올라서 적어도 두 번이나 조회를 취소했다.

네

"그럼 너희들 중 호르몬 대체 요법을 받은 사람은 하나도
없는 거지, 그렇지?" 파레타가 질문을 계속했다.

내가 알기론 그래요

하지만 그때 린제이가 받은 생필품 꾸러미에서 웰치 선생
님이 콘돔을 발견하고 우리에게 했던 훈계가 기억났다. 너희들
은 항상 준비돼 있어야 하고, 자신에게 어떤 선택권들이 있는지
알고 있어야 하고, 어떤 아이들에게는 IDU*가 더 맞을 수도 있
다고.

잠깐만, 피임약은 있었어요

파레타는 내가 미처 답을 다 쓰기도 전에 쌓여 있던 파일
들을 확확 넘겼다. "샬럿 웰치, 26세. 아, 알겠어. 호르몬 관리 때
문에 피임약을 처방받았군." 파레타는 나를 흘끗 올려다보면
서 비꼬는 미소를 지었다. "그럼 그 선생님은 그 약을 어느 순간
부터는 구할 수 없었을 것이고, 그게 분명 한몫을 했을 거야."

**왜 그렇게 빙글거리고 있죠? 그 약을 구할 수 없었던 게 그렇
게 재미있나요? 그건 당신 잘못인데.** 나는 파레타에게 이렇게 묻
고 싶었다.

★ 자궁 내 피임 기구

"알았다. 그건 우리가 조사해 볼게. 이제, 남은 질문을 해볼게. 내가 여기 온 이유는 너에게서 그 질병의 발생에 대해 최대한 많이 알아내기 위해서야. 내가 더 많이 알수록, 그 치료법을 알아내기가 훨씬 쉬워질 거야."

그게 뭔지 알아요

묻고 싶은 건 수백 수천 가지지만, 이것이 가장 중요한 질문이다.

"우리도 그건 잘 몰라. 테스트 결과에서 나온 게 별로 없거든. 이런 질병은 정말이지 단 한 번도 본 적이 없어. 너희 소녀들의 증상이 너무 다양해서 말이야."

너희 소녀들, 마치 말할 만한 가치도 없는 존재들처럼 말하다니. 나는 아무 표정도 짓지 않으려 노력했다. 내가 그 점을 눈치채지 못했다고 생각하게 놔둬야 한다. 내가 그딴 것에 신경쓰지 않는다고 생각하게 놔두는 편이 더 좋고.

"적어도 이게 공기로 전염되는 병원균이 아니란 점은 알았어. 오염된 표면과 접촉해서 걸리는 것도 아니고, 그게 전염 방지에는 도움이 됐어. 하지만 더 많이 알려면 너의 도움이 필요해. 그러니까, 바이엇. 그 일이 일어나기 전 이야기부터 시작해보자."

그 전에. 내가 여기 도착하기 전, 렉스터가 변하기 전, 내가 이곳을 지도에서 찾아내기도 전.

그때 보스턴은 내 손가락 사이로 빠져나가고 있었다. 벽돌과 돌과 몇 개의 거리가 자신의 꼬리를 잡아먹고 있었다. 나는 걷고 또 걷다가 길을 잃고 항상 다시 돌아왔다.

그리고 또 다른 손에 렉스터가 있었다. 수평선 너머로 보이는 연락선은 한 척도 없었고, 본토는 점점 더 멀어졌다. 매일매일 물과 해변이 새롭게 태어났다. 매일 자신이 원하는 것으로 태어났다. 모든 것이 내 것이었다.

나는 어딜 가건 거기에 파묻혀 버린다.

"그 일이 일어나기 전에 뭐 생각나는 거 있니? 뭔가 좀 달라진 게 있었어?"

나는 어깨를 으쓱했다.

그냥 평범했던 것 같은데

하지만 헤티가 내게 뭔가 말했다.

그것이 시작됐던 날 아침에 어떤 여자아이들이 싸웠다고

"어떤 싸움이었어? 말다툼이었어?"

머리채를 휘어잡는 몸싸움은 아니었죠

하지만 내 눈으로 보지 않았어요

"알았다. 그리고 누가 제일 먼저 걸렸니?"

내 생각엔 주로 상급생들이 먼저 걸렸고, 다음은 선생님들

박사님 또래

파레타는 코웃음을 쳤다. "네 눈에 내가 몇 살로 보이는지는 물어보지 않을게." 그녀는 뭔가 적기 시작하다가, 내 화이트보드를 보고 큰 소리로 웃으면서 두 손을 들어 자기 눈에 댔다.

어제 태어나셨잖아요

"정말 친절하기도 해라."

교사들 대부분에게 종말은 아주 빨리 다가왔다. 우리 학교 간호사는 아주 나이가 많았다. 내 생각에 그녀는 톡스에 걸리기도 전에 죽었던 것 같고, 몇 명은 숲에 나갔다가 다시는 돌아오지 않았다. 남은 학생들이 먹을 식량을 아끼기 위해서, 라고 그들이 남기고 간 쪽지에 적혀 있었다. 하지만 나머지 사람들, 우리 엄마 또래 여교사들, 이제 막 흰 머리가 나기 시작한 사람들은 마치 열병에 걸린 것처럼 죽어갔다. 그냥 픽 쓰러져 죽었고, 그들의 손가락은 우리처럼 까맣게 물들지도 않았다.

"그럼 지금 학교에는 여학생들이 몇 명이나 남아 있을까?"

그녀 옆에 쌓여 있는 파일들이 얼핏 보였다. 너무 많은 이름, 너무 오래전에 세상을 떠난 소녀들. 나는 한동안 숫자를 세다가 그만둔 후로 헤티와 리스 이렇게 우리 셋만 있는 세상으로 침잠해 버렸다.

한 60명쯤이겠지만 확실하진 않아요

"너의 친구들은? 헤티와 리스? 그 아이들은 괜찮니?"

난 대답하지 않았다. 난 절대 말하지 않을 것이다. 순간 온몸에서 온기가 싹 빠져나가면서, 어금니를 꽉 깨물고, 눈을 가늘게 떴다.

당신이 그 아이들을 어떻게 알죠

그녀는 손사래를 쳤다. "우린 너희를 다 알고 있어."

또 이런다. 너무나 가볍게, 마치 아무 일도 아닌 것처럼, 하지만 그녀가 내게 준 알약에는 '렉스 009'라는 표지가 찍혀 있었다. 내가 009라면, 내 친구 중 하나는 010이 될 것인가?

아니, 그들은 내 것이야. 난 절대 그들을 놓지 않아.

그녀는 괜찮아요

우린 다 괜찮아요

나는 파레타가 더 많은 정보를 원한다는 사실을 알고 있었다. 하지만 나는 절대 주지 않을 것이다.

당신이 질문을 많이 했으니까 이젠 내 차례에요

파레타는 불안한 것처럼 침대 위에서 자세를 바꿨다. 파레타는 내가 자기들이 원하는 방식으로 마음을 열지 않으리라는 사실을 깨달았을 때 엄마가 내게 보냈던 심리 상담사들처럼 보였다. "물론이지."

왜 나죠

나는 그녀를 주의 깊게 지켜보고 있었기 때문에 그녀가 내게 미소를 지었을 때, 거기 서린 슬픔을 감지할 수 있었다.

"사실대로 말하자면, 바이엇. 정말 그 어떤 이유도 없단다." 파레타가 말했다.

파레타는 이 대답에 내가 상처를 받았으리라고 예상하는 것 같았다. 하지만 나는 안도했다. 난 특별하지 않다. 난 이 병에 대한 면역력이 없다. 나는 남들보다 이 병에 맞서 더 잘 싸울 수 있는 것도 아니다. 그건 좋다. 난 그러고 싶은 마음이 없으니까.

그냥 타이밍이 맞아서 여기 있는 거?

"그렇지. 그런 거야." 파레타가 일어났다.

이 사달의 발단은 모나였다. 그녀는 양호실에서 내려왔는데, 난 그 사실을 믿을 수 없었다. 그녀가 아직 살아 있다는 사실을 믿을 수 없었다. 내가 모나에게 몸은 좀 어떠냐고 물었고, 그동안 무슨 일이 있었느냐고 물었지만 모나는 거의 아무 말도 해주지 않았다.

내가 가려고 하자 모나가 내 팔 안쪽에 손을 대고 비꼬는 목소리로 말했다. "그들이 그걸 망칠 거야."

내가 고개를 돌렸을 때 교장 선생님이 헤티에게 말하는 모습이 보였다. 날 지켜보면서.

그날 밤, 보초 근무조가 취침 점호를 끝내고, 모나의 발작이 일어난 후에, 나는 헤티와 같이 자는 침대에서 몰래 빠져나왔다. 그리고 방으로 다시 돌아왔을 때 리스에게 아래층에 다녀왔다고 말했다. 리스는 평소 성격대로 아무것도 묻지 않았고, 나로선 그런 반응이 필요했다. 그건 사실이 아니었으니까.

사실 나는 모나의 방에 갔다. 그녀의 친구들은 모두 다른 방으로 옮겨가서 그녀만 혼자 놔뒀다. 그래서 모나는 복도 끝에 있는 방에서 혼자 자고 있었고, 방문은 잠겨 있지 않았다. 나는 방 안으로 들어갔다. 창가에서 들어오는 불빛은 거의 없었지만, 아래층 침대에 엎드려 있는 그녀의 모습을 볼 수 있었다.

"이봐. 너 아직 살아 있어?" 내가 속삭였다.

모나가 대답하지 않기에, 나는 그녀가 눈을 뜰 때까지 몸을 흔들었다. 모나는 상태가 아주 안 좋아 보였다. 목에 난 아가미가 천천히 퍼덕거렸는데 그 가장자리들이 너덜너덜한 데다 피투성이였다.

"꺼져." 모나가 말했다.

나는 꺼지는 대신 그녀 앞에 무릎을 꿇고 앉았다. 원하는 대답을 듣기 전까진 가지 않을 생각이었다. "무슨 뜻이었어? 아까 아침에 홀에서 한 말 말이야."

모나는 일어나 앉았다. 아주 천천히, 마치 그게 세상에서 제일 하기 힘든 일인 것처럼. 그러다 마침내 그녀는 날 마주 보게 됐다. 양반다리를 하고, 빨간 머리카락은 아주 희미하게 빛나고 있어서 눈에 띄지도 않았다. 모나는 심호흡을 한 번 했다. 아무래도 내가 여기 있다는 사실을 잊어버린 것 같다는 생각이 들었다. 하지만 그때 그녀가 손을 들어서, 떨리는 손가락 끝으로 자신의 목에 난 부채꼴 모양의 아가미 끝부분을 쓸어내렸다.

"너라면 그걸 간직할 거야. 할 수만 있다면. 그렇지?" 그녀가 말했다.

대체 지금 모나가 무슨 말을 하는 건지 모른 척할 수 없었다. 헤티는 한쪽 눈을 잃었을 때 울었고, 심지어 리스마저 비늘이 돋아난 자신의 손을 차라리 잘라내 버리고 싶은 것처럼 바라보고 있을 때가 있었다. 나, 나는 상관없었다. 피가 흐르고, 비명이 절로 나오긴 했지만, 그게 바로 편하게 자기 위해 치러야 할 대가였다.

"아닌데." 난 거짓말을 했다. "넌 그러고 싶어?"

모나는 너무 지쳐 보였다. 갑자기 그녀가 안쓰러워 보일 지경이었다. "네 침대로 돌아가, 바이엇." 그녀가 말했다.

하지만 나는 이런 기분으로는 내 방과 침대를 마주할 수 없어서 아래층으로 내려가 1층 홀을 왔다 갔다 하며 마룻바닥의 갈라진 틈 사이를 걸어 다녔다. 그러면서 모나를 생각하고, 나를 생각했다. 물론 나는 이걸 지킬 것이다.

왜냐면 나는 평생 이걸 찾아다녔다는 생각이 드니까. 내 머릿속에서 휘몰아치는 폭풍과 아주 잘 어울리는 내 몸속의 폭풍 말이다.

그때 웰치 선생님과 딱 마주쳤다. 내가 선생님에게 머리가 아프다고 하자, 그녀는 내 이마를 짚어보더니 양호실로 데려가 내 피를 뽑고—혹시 모르니까 만일을 대비해 넉넉히 뽑았다고 선생님이 말했다—날 방으로 돌려보냈다. 방에 돌아갔을 때 나는 리스가 있는 이층 침대로 올라갔다. 리스라면 내가 거짓말을 하게 추궁하지 않을 테니까.

내가 모나와 이야기를 나누지 않았더라면. 내가 그날 밤 내 방에서 나가지 않았더라면. 여기에 오지 않을 길이 백만 개는 있었겠지만, 그중 어느 하나도 가능했다고 느껴지지 않았다. 난 항상 여기로 오게 돼 있었다. 이런 일은 언제나 내게 일어났다.

12장

"기분은 좀 어때?"

나는 어깨를 으쓱했다.

"스트레스는 없어? 특별히 두드러지게 느껴지는 감정적 반응은 없어? 넌 그동안 아주 많은 일을 겪었잖아?"

이 여자는 처음 본 사람이다. 파레타가 가고 난 후에 들어왔다. 자기 이름도 말하지 않고, 그냥 내 침대 옆에 휠체어를 끌고 와서 마치 자기 방에 들어온 것처럼 앉았다.

"불편한 건 있니?" 그녀가 물었다.

그녀는 파레타가 평소에 입는 것처럼 방호복과 수술용 마스크를 쓰고 있었다. 다만 그녀가 쓴 마스크는 투명한 비닐 소재였다. 그래서 우리가 잠시 연결된 것 같은 느낌이 들 수도 있지만, 그보다는 그녀의 하관이 일그러져 보일 뿐이었다.

"바이엇?" 그녀는 나를 향해 몸을 기울이며 불렀다.

나는 고개를 돌린 채, 화이트보드를 향해 허리를 숙였다.

난 불편하지 않아요 그냥 지루할 뿐이지

이렇게 쓰고 싶었다.

하지만 이렇게 썼다.

아뇨

"아니라고?"

불편하지 않다고요

그녀는 고개를 끄덕이면서, 허리를 뒤로 기대어 앉았다. 나는 이불로 덮은 내 다리를 내려다봤다.

"내 이름은 아니?" 그녀가 물었다.

아뇨

"알고 싶니?"

나는 화이트보드를 가리켰다.

그다지

나는 계속 입을 다문 채, 그녀를 향해 눈을 천천히 깜박였고, 그녀는 그게 무슨 의미가 있는 것처럼 고개를 천천히 끄덕였다.

"내가 무슨 일을 하는지 그건 어때? 그건 알고 싶니?" 그녀가 물었다.

심리 치료사잖아요

"네가 그걸 어떻게 알아?"

나는 눈동자를 굴렸다.

"전에도 나 같은 사람을 만난 적이 있구나?"

어떨 것 같아요

"다른 걸 해보자." 그녀가 말했다. 나는 그녀를 안다. 새 치료사지만, 이런 사람을 수천 번은 만나봤다. 내가 속내를 드러내지 않을 때 그들은 나를 이런 표정으로 바라본다.

그녀는 가지고 있던 클립보드를 들어 올리고, 그 밑에 들고 있던 제본한 얇은 책 한 권을 내게 건넸다. 그것은 해군 용품으로 돋을새김된 황금색 글자가 찍혀 있었다. 나는 그게 뭔지 알아봤다. 렉스터 졸업 기념 앨범이었다. 톡스가 일어나기 전에 우리가 만든 마지막 앨범. 내가 사계절 내내 여기 있었던 유일한 해.

나는 화이트보드를 허겁지겁 잡았다.

당신이 그걸 어떻게 갖고 있죠

그녀는 대답하지 않고 앨범을 펼쳐서 천천히 넘겼다.

"이건 네가 렉스터에 온 첫해에 나온 거지, 그렇지? 톡스가 일어나기 전 해지?" 나는 어깨를 으쓱했다. "여기 네 사진은 별로 없군."

사진 찍는 걸 별로 안 좋아해서

"아, 이것 봐. 여기 한 장 있다." 그녀가 내게 내민 앨범을 받아서 무릎 위에 놨다.

나와 헤티와 리스가 1층 홀의 소파에 나란히 앉아 있는 사진이었다. 헤티는 날 보면서 뭔가 말하고 있었고, 리스는 내 뒤에서 소파 팔걸이에 걸터앉아 내 머리를 땋는 중이었다. 리스는 미소 짓고 있었다—아주 희미한 미소였지만 분명히 볼 수 있었다—나는 웃느라 머리를 뒤로 기울이면서 눈을 감고 있었다. 지금 렉스터의 풍경과도 크게 다르지 않았지만, 그때 이 소파는 속이 빵빵하게 차 있었고, 배경으로 나오는 창턱의 꽃병에 렉스터 붓꽃이 꽂혀 있었다.

"애들은 누구야? 너의 친구들 말이야."

나는 앨범을 향해 고개를 더 수그렸다. 헤티의 눈은 따뜻한 데다 즐거워서 한껏 크게 뜨고 있었다. 헤티가 두 눈이 멀쩡하던 때의 얼굴을 거의 잊고 있었다.

"이 아이가 헤티 맞지? 헤티 채펀? 그리고 이 아이는 리스 하커일 것이고."

나는 심리 치료사가 앨범을 들여다보는 순간 탁 소리가 나게 덮어서 내 화이트보드 밑에 넣어버렸다. 파레타의 또 다른 팀원이 내 친구들에 관해 물을 때는 분명 좋은 이유로 그러는 건 아닐 테니까. 나는 헤티나 리스가 나 다음으로 이 침대에 올라오길 바라지 않는다.

왜 알고 싶어 하죠

그녀는 고개를 갸웃거리면서 뒤로 물러앉으며, 무릎에 올린 두 손을 깍지 끼었다.

"넌 그 아이들을 보호하려 드는구나. 이해한다. 하지만 괜찮아, 바이엇. 그 아이들은 안전해. 웰치 선생님과 교장 선생님이 그 아이들을 돌보고 있어."

내 안의 뭔가가 입을 쩍 벌렸다. 나는 침대에서 그녀를 향해 달려들었다. 너무 빨라서 순간 머리가 어질어질했다. 그녀는 날 지켜보고 있으면서, 한 손은 내 침대 끝에 있는 호출 버튼에 대고 있었다. 비상 사태를 대비해서.

"바이엇. 다시 앉아라." 그녀가 말했다.

세상이 마치 쭉정이를 가려내려고 키로 까부르는 것처럼 그녀의 목에서 뛰는 맥만 빼고 모든 것이 흐릿해지면서 형체가 변했다. 나는 그 맥이 뚝뚝 뛰는 모습을 볼 수 있었다. 나는 눈을 한 번 깜박인 후에 그녀를 덮치려고 몸에 힘을 줬다. 내가 눈을 깜박이는 순간 그녀가 호출 버튼을 누르자 경고음이 요란하게 울렸다. 또 한 번 깜박이자 내가 두 무릎으로 그녀의 갈비뼈를 누르고, 두 손으로 그녀의 팔뚝을 죽어라 잡고 있었고, 그녀의 방호복은 찢겨서 벌어져 있었다. 또 다시 눈을 깜박이자 내 손톱이 그녀의 살 속을 파고 들어갔다.

"바이엇! 지금 뭐 하는 거야?" 누군가 소리를 질렀다.

누군가가 내 허리를 두 팔로 꽉 껴안아서 허공으로 들어 올렸다가 바닥에 쾅 소리를 내며 내동댕이쳤다. 머리가 아팠다. 그 심리 치료사는 자기 팔을 꽉 잡아 가슴에 대고 있었다. 거기서 피가 두 개의 띠처럼 줄줄 흘러내렸다. 그리고 구불구불한 두 개의 자국이 그녀의 손목에 깊게 새겨져 있었다. 내 입은 축축하고 끈적끈적했다.

나는 미소 짓기 시작했다. 주위의 모든 것이 너무나 환하고 새로웠다가 그 느낌이 사라졌다. 나는 다시 혼자가 됐다. 누군가의 손이 내 입을 틀어막았다. 그리고 갑자기 어깨가 따끔하더니 사방이 어두워졌다.

정신을 차리게 하려고 누군가 내 뺨을 짝 소리가 나도록 후려쳤다. 나는 숨을 거칠게 몰아쉬었다.

"어서 이 아이를 밖으로 데려가. 어서."

내 위에서 불빛이 깜박거렸다. 나는 침대에 누워 있었고, 두 팔은 다시 묶여 있었다. 시야가 선명해지기 시작했고, 여러 개의 형체들이 사람으로 변했다. 인상을 잔뜩 찌푸린 채 날 내려다보고 있는 파레타의 얼굴이 가장 먼저 눈에 들어왔다.

"다리를 잡아."

누군가 날 내리누르면서 허벅지를 묶었다. 나는 경련을 일으켰다. 끈이 점점 더 단단히 묶이는 동안 내 안의 뭔가가 필사적으로 몸부림을 쳤다. 이번에는 엉덩이가 묶였고, 다음에는 발목이 묶였다. 손목도 묶였다. 이곳에 온 이후 어깨까지 묶인 것은 처음이었는데 그들은 내 이마와 턱을 향해 손을 뻗었다.

나는 몸부림을 치며 밑으로 미끄러져서 내려가려고 애를 썼다. 그래서 순간 엉덩이와 침대 사이에 틈이 생겼는데, 파레타가 날 내려다보다가 나를 들어 올린 다음 다시 침대로 세게 내리쳤다.

아직 턱은 묶이지 않아서 나는 머리를 좌우로 흔들며 저항했다. 나는 소리를 지를 것이다, 그렇게 할 것이다. 그래서 우리 모두 다치게 할 것이다. 아니, 나만 다치는 것보단 그편이 더 나을 것이다.

"저 아이가 말을 하게 놔두지 마!" 파레타가 소리를 질렀다. 내 뒤의 누군가가 두 손으로 내 머리를 잡았고, 그때 테디, 테디의 얼굴이 보였다. 그는 내 머리카락을 쓰다듬고 있었다.

"괜찮아. 불안해하지 마. 내가 옆에 있잖아." 그는 계속 이렇게 말했다.

정말 거의 괜찮아 보이긴 했다. 하지만 난 어떤 징후를 봐야 하는지 알 수 있었다. 그것이 그에게 다가오고 있었다. 그의 뺨에 서린 열기. 순간적으로 그는 두려워 보였다.

갑자기 그의 몸이 들썩이면서 그것이 시작됐다. 뭔가가 그의 몸속에서 위로 데굴데굴 굴러오듯 올라오면서, 이마에 땀이 나기 시작했다. 그러다 전신이 떨리는 증상이 멈춰지지 않더니 내 위로 쓰러졌고, 턱으로 침이 뚝뚝 흘러내렸다. 그는 쓰고 있던 마스크를 찢어내고 뭔가를 뱉어냈는데, 그것이 내 가슴에 떨어졌다. 뭔가 하얗고 반짝이는 것. 그것은 뼛조각이었다.

"테디, 맙소사." 파레타가 곧바로 와서 그가 일어설 수 있도록 도와줬지만, 그의 사지가 하나씩 힘이 풀려서 쓰러지고 있었다.

"테디, 내 말 들을 수 있니? 테디!" 그들은 나에 대해선 잊어버렸다. 내 몸을 묶은 벨트들이 느슨해지도록 내버려둬서 나는 몸을 틀어 바닥에 누워 있는 그를 볼 수 있었다. 그의 눈은 이제 흰자만 보였다. 그리고 전신에 약하게 경련이 일고 있었다.

그러다 들것에 실려 갔고, 나는 아직 이곳에 남았다.

헤티

Hetty

13장

내 이름을 부르는 소리에 잠이 깨서 보자 리스가 날 살짝 흔들고 있었다. 셔츠 뒤쪽까지 땀에 흠뻑 젖은 채였고, 자는 동안 비명을 지르지 않기 위해 애를 쓰고 있었던 것처럼 목이 아팠다.

"시간 됐어." 그녀가 속삭였다. 우리 주위는 조용했다. 다른 기숙사 방에서 이 정적을 깰 만한 소리는 들리지 않았고, 달이 너무 높이 떠서 창밖으로도 보이지 않았다. 지금은 자정이 지난 시각이 분명했다. 일 년 중 이맘때라면 앞으로 몇 시간은 더 흘러야 해가 뜨겠지만, 잔디밭은 서리가 얼어서 유리처럼 반짝거렸다. 손전등이 없어도 숲속에서 잘 볼 수 있을 것이다.

우리는 일어나서 천천히 조심스럽게 움직였다. 나는 우리 방문 앞에서 머뭇거렸다. 지금 바이엇은 살아 있다. 그건 알고 있다. 만약 지금 밖으로 나간다면, 그 생각을 손에 들고 부러질지 보기 위해 구부려 보는 셈이다.

"준비됐어?" 리스가 뒤에서 말했다.

바이엇은 살아 있다. 그녀는 살아 있고, 내가 항상 그녀를 필요로 했던 것처럼 지금 그녀에겐 내가 필요하다. "응."

문밖으로 나와서 1층 홀로 내려왔다. 리스는 환한 머리색이 드러나지 않도록 후드를 눌러쓰고 내 옆에 딱 붙은 채 걷고 있어서 내 손등을 스치는 그녀의 손등을 느낄 수 있었다. 잠이 깬 사람은 없었고, 만약 누군가 깨어 있다면, 너무나 조용했다. 그래서 우리는 다른 기숙사 방들을 지나쳐서 중이층으로 아주 쉽게 나왔다.

우리는 층계 꼭대기에 쭈그려 앉은 채 학교 현관문을 지키기 위해 그 자리에 배치된 소녀를 찾으려고 눈에 불을 켰다. 그 소녀가 웰치 선생님이 바이엇을 리스의 집으로 데려가는 걸 도울지, 아니면 웰치 선생님이 혼자 할지 궁금했다.

창문으로 은색 달빛이 흘러들어 왔지만 아무도 보이지 않았다. 하지만 내 한쪽 눈이 멀어서 보이지 않은 걸 수도 있으니 리스를 팔꿈치로 쿡 찔렀다. "보초는 어디 있어?"

"나도 몰라." 리스가 말했다. 나는 뒤를 돌아봤고, 리스는 얼굴을 찌푸리고 있었다. "누군가 보초를 서고 있어야 하잖아."

"선생님이 분명 보초 일정을 바꿨을 거야." 우리 둘 다 그 이유를 알고 있었다. 둘 다 말로 하진 않았지만. 웰치 선생님은 자신이 이제부터 하려는 일을 누구에게도 보이고 싶지 않은 것이다. 선생님에게 유리하겠지만, 나에게도 유리한 기회다. 난 이 기회를 놓칠 생각이 없었다. "어서 나가자."

나는 일어나서 마지막 몇 계단을 천천히 내려왔다. 나는 어둠 속에서 층계 턱을 보려고 안간힘을 썼다. 한 발자국 한 발자국, 리스가 내 뒤에 바짝 붙은 채 1층으로 내려왔다. 그런데도 여전히 아무도 없었다. 우리를 잡을 보초도 없었고, 웰치 선생님도 보이지 않았다. 우리가 너무 일찍 나왔나? 아니면 너무 늦었을까?

리스가 이중문 중 하나를 열었고, 내가 그녀를 따라 슬쩍 빠져나왔다. 냉기가 서린 겨울바람이 재킷 속으로 파고드는 동안 나는 현관 포치 밑에서 잠시 망설였다. 지붕에서 보초를 서는 아이들도 현관문 보초처럼 없을 거라는 느낌이 들었지만, 조심해서 나쁠 건 없었다.

지붕 보초 근무조는 항상 해가 진 후에 랜턴을 켜둔다. 나는 리스가 후드를 머리에 단단히 눌러쓰고 어둠 속으로 나가서, 지붕을 올려다볼 때까지 기다렸다.

"아무도 없어. 나와도 돼." 그렇게 말하는 리스의 입김이 어둠 속에서 하얀 구름처럼 떠돌아다녔다.

이 모든 일이 은밀하게 일어나고 있었다. 이게 바이엇을 위해 어떤 의미가 될지 상상도 할 수 없었다.

그래서 우리는 밖으로 나와 판석이 깔린 길을 따라 학교 담장 옆에 있는 가문비나무 잡목림까지 나왔다. 리스가 기다리는 동안 나는 아무 감각도 없어진 손으로 그 속에서 엽총을 파내느라 손톱 밑에 얼어붙은 흙이 잔뜩 끼었다. 총은 우리가 놔둔 자리에 그대로 있었다. 기뻐해야 했지만 사실 난 이 어떤 것도 원하지 않았다. 내 소중한 친구의 목숨을 어깨에 진 채 총을 들고 있는 이런 현실은 절대 원하지 않았다.

나는 잠깐 기다리면서 1층 홀의 게시판에 핀으로 꽂혀 있는 그 쪽지를 생각했다. 격리 조치를 지키라고 그들은 말했다. 규칙을 따르면 우리가 너희를 도울 것이라고.

벨트에는 칼을 차고, 손엔 엽총을 들고. 1년 반 동안 하늘은 텅 비어 있었고, 약은 항상 부족했고, 학교 뒤에선 수도 없이 시체를 태웠다. 우린 스스로를 지켜야 한다.

교문 앞에서 내가 먼저 출발했다. 우리가 교문의 창살 위에 붙여 놓은 유리 조각들에 손을 베지 않도록 최대한 조심스럽게 열었다. 학교 안쪽에서는 누구든 쉽게 문을 열 수 있지만, 우리가 나가면 문이 자동으로 잠길 것이고, 유일하게 다시 안으로 돌아올 수 있는 길인 교문 열쇠는 웰치 선생님의 벨트에 대롱대롱 매달려 있다.

"그 북쪽 가장자리는 확실해?" 리스가 물었다. 학교로 다시 돌아올 내 계획에 관해 물은 것이다. 사실 계획이라기보다는 그것이 유일한 선택이었지만, 섬의 북쪽 절벽과 만나는 그쪽 담장은 쉽게 넘어올 수 있을 거라고 난 꽤 확신하고 있었다.

"그 정도면 확실해." 내가 대답했고, 그걸로 됐다. 우리에게 다른 선택의 여지는 없으니까.

리스가 앞장서서 소나무 숲으로 들어갔다. 그곳은 나무들이 빽빽하게 자라고 있었고, 바닥에 카펫처럼 수북하게 깔린 초록색 솔잎들이 썩어가느라 축축하면서도 달콤한 냄새가 났다. 섬이 변하긴 했어도, 이곳이 기이하고 잔인해진 후로 숲에 나온 사람이 우리 둘 중 나밖에 없긴 했어도, 나는 여전히 이곳을 가장 잘 아는 사람은 리스라고 생각한다. 우리 모두 렉스터 학교 학생이지만 리스 같진 않다.

그녀는 가끔 이 섬에 관한 이야기를 우리에게 들려주곤 했다. 그녀가 찾아낸 비밀의 장소들이었다. 썰물 때만 갈 수 있는 해변이나 풀 속으로 나 있는 은밀한 길들. 리스는 아버지가 한밤중에 자길 깨워서 바위투성이 해변으로 데려가, 부서지는 파도에 씻긴 바위들이 빛을 발하는 풍경을 보여주었다는 이야기를 들려줬다. 그 색은 마치 빛을 받은 그녀의 머리카락처럼 아주 서늘한 흰색이었다고 했다. 여름 방학이 끝나고 학교로 돌아와 며칠이 지나면 그녀는 멍하니 창문 밖을 내다보곤 했다. 햇볕에 타고 주근깨가 있는 얼굴에 마치 덫에 걸린 것 같은 눈빛으로 밖을 바라봤다.

오늘 밤 내가 여기 나왔을 때도 그런 느낌이었다면 얼마나 좋을까. 하지만 어디를 보건 거기엔 두려워할 만한 게 있었다. 우리 뒤에서 동물이 다가와 소리를 낼 때마다 두려웠다. 나는 엽총을 어깨에 메고 이 총엔 탄환이 딱 두 발만 있다는 사실을 다시 생각했다.

우리는 뒤를 돌아봐도 더는 학교 담장이 보이지 않을 만큼 숲속 깊이 들어왔다. 머리 위로 지붕처럼 하늘을 둘러싼 나뭇가지들 때문에 아주 가는 달빛만 그 사이로 스며들어 왔다. 나는 리스가 후드를 벗어서 머리카락에 반사된 달빛으로 우리가 가는 길을 비춰주길 바랐지만, 웰치 선생님에게 들키거나, 선생님이 만나러 가는 사람에게 발각될 위험을 무릅쓸 수는 없었다. 그래서 그녀 옆에 찰싹 달라붙어 가면서 그녀가 나보다 어둠속에서 길눈이 더 밝기를 바랐다.

멀리서 나뭇가지 하나가 부서지는 소리가 들리자 우리는 멈춰 선 다음 소나무 뒤에 몸을 딱 붙이고 기다렸다. 어쩌면 웰치 선생님일지도 모른다. 아니면 다른 것, 선생님보다 더 끔찍한 것일지도 모르고. 심장이 쿵쿵 뛰고, 온 신경이 바짝 곤두섰다. 이것의 정체가 뭐건 내가 보트 근무를 나간 그날보다는 어둠속에 있는 지금이 훨씬 더 안전하다. 반드시 그래야 한다.

"헤티." 리스가 속삭였다. 그녀는 웅크리고 앉아서, 나무 몸통에 몸을 기대고 있었다. "괜찮은 것 같아."

여기서 뭔들 괜찮을 수 있나? "정말?"

"응. 그냥 사슴이야." 그녀는 일어서면서 내게 손짓했다.

나는 그녀의 어깨 주위를 둘러봤다. 그때 달빛을 받으며 한 쌍의 사슴이 우리를 향해 천천히 걸어왔다. 여기서 보면 상태가 괜찮아 보였다. 거의 정상으로 보였지만 가까이서 보니 마치 레이스 패턴처럼 피부에 혈관들이 불거져 나온 모습을 볼 수 있었다. 그리고 우리가 이들의 살을 가르면, 여전히 살아 있는 것처럼 근육이 꿈틀거릴 거라는 사실도 알고 있다.

보초 근무를 섰을 때 우리는 이 사슴들을 우리 담장에 너무 가까이 다가온 다른 동물들처럼 총으로 쐈다. 항상 안전이 최고라고 웰치 선생님이 가르쳤다. 하지만 그저 사슴에 불과한 그것들이 정말 뭘 할 수 있는지 항상 궁금했다.

"어서 가자. 쟤들은 위험해 보이지 않아." 리스가 속삭였다.

나는 고개를 흔들었다. "쟤들이 지나가기 전까진 안 돼."

"알았어." 리스의 목소리가 너무 컸던 탓에 그들이 고개를 획 돌리면서 하얗게 보이는 눈동자로 우리가 있는 그늘을 찬찬히 바라봤다. 나는 숨을 죽였다. 어쩌면 저 사슴들은 눈이 멀었는지도 모른다.

하지만 우리는 그렇게 운이 좋지 못했다. 사슴 한 마리가 우리가 있는 쪽을 향해 머뭇거리면서 한 발자국을 떼었고, 그것이 입을 벌리는 순간 나도 모르게 헉 소리가 나왔다. 마치 코요테 이빨처럼 길고 날카로우면서 축축하게 젖어서 번쩍이는 앞니들이 보였다.

"그 총." 리스가 침착한 척하려고 애쓰는 목소리로 말했지만, 동시에 내 팔을 치면서 나를 자기 앞으로 끌어내고 있었다. 그 사슴이 고개를 갸웃거렸다. "망할, 헤티. 총 잡아."

"누군가 총소리를 들을지도 몰라."

리스는 허겁지겁 뒤로 물러났다. "이건 네 생각이었잖아."

이건 지붕에서와 똑같은 상황이야, 나는 생각했다. 내가 아주 익숙한 상황과 똑같다고. 나는 엽총을 어깨에 대고 겨냥했다. 그리고 눈을 가늘게 뜨고 조준기를 통해 봤다. 어두워도 맞추기 힘든 표적은 아니었지만 이제 그 사슴이 움직이면서 점점 더 가까이 다가오고 있는데, 내게는 총알이 단 두 발 밖에 없었다.

"리스. 총알을 좀 더 많이 훔쳐올 걸 그랬어." 내가 말했다.

"뭐라고?"

나는 총을 쐈다. 그 반동에 비틀거리며 뒤로 물러섰지만, 명중시켰다. 총알이 사슴의 옆구리를 정통으로 맞췄다. 그것이 울부짖으면서 뒷다리로 주저앉자, 뒤에 있던 다른 사슴은 털을 빳빳하게 세운 채 재빨리 나무들 속으로 도망쳤다.

그 사슴은 쓰러져 힘없이 몸부림을 치면서 상처에서 피가 새어나오기 시작하는 동안 낑낑거렸다. 하얗게 서리가 언 땅바닥에 짙은 피 웅덩이가 고이고 있었다. 내가 엎드려 있는 사슴에게 가까이 다가가자, 그것이 고개를 들었다. 그것이 날 똑바로 노려봤다고 맹세라도 할 수 있다.

"어떻게 생각해? 고통을 끝내 줄까?" 리스가 물었다.

"아니." 동정심을 느낄 여지는 없다. 그랬다간 세상 모든 것에 다 그런 감정을 느껴야 할 테니까.

우리는 계속 어둠 속으로 들어갔다. 내가 돌아봤을 때 두 번째 사슴은 달빛이 비치는 그 빈터로 돌아와 쓰러진 사슴 옆에 서서 고개를 숙이고 있었다. 내가 보는 동안 그놈은 다친 사슴의 살을 한 조각 물어뜯었다. 목에 난 하얀 털이 흐르는 핏물로 붉게 얼룩졌다.

그걸 보고 놀라야 했지만 그럴 줄 알았다는 생각만 얼핏 들었다. 렉스터에선 우리 모두 저 사슴과 같다. 모두 살아남기 위해 무슨 짓이든 하고 있다.

나는 총을 어깨에 걸치고 리스를 따라갔다. 리스의 집이 얼마 남지 않았다.

내가 이곳에 온 지 첫해 되는 봄에야 비로소 리스가 우리를 자기 집으로 초대했다. 우린 그동안 교내에서 겨울 방학을 거의 다 보냈고, 항상 우리 셋이 같이 있었다. 바이엇이 집에 가고 싶어 하지 않아서 나도 렉스터에 남았다. 그리고 봄이 와 새 학기가 다시 시작됐을 때 리스를 대하기가 좀 더 편해졌다. 리스는 여전히 미소도 지은 적이 없고, 변함없이 조용하고 폐쇄적이었지만, 점심 먹을 때는 자기 앞에 새치기를 하게 해줬다. 영어 수업에서 내가 책을 잃어버린 걸 보고 자기 《주홍글씨》 책을 빌려줬다. 자기는 이미 다 읽어서 괜찮다고. 아닌 걸 내가 알고 있었는데도.

어느 날 저녁 리스는 저녁 식사에 나왔는데 교복을 입지 않고 있었다. 우리는 평일이면 동틀 녘부터 해가 질 때까지 교복 스커트와 셔츠를 입고 있어야 하는데, 리스는 청바지와 오래되고 추레한 추리닝 상의를 입고 와서 말했다. "우리 집에서 같이 저녁 먹을까 해서 말이야."

우리가 리스를 따라 이중 현관문을 나와 걸어가자 교문 담장에 자전거 두 대가 기대서 있었다. 나는 자전거 타는 법을 배운 적도 없고, 자전거가 있었던 적도 없어서, 바이엇이 자전거에 타기를 기다리는 동안 불안한 표정을 짓지 않으려고 무진 노력했다. 두 사람이 날 놔두고 갈지 궁금해했던 기억이 난다. 리스는 사실상 날 초대하지 않았으니까. 나보고 따라오라고 부르지도 않았고.

"어서 가자. 넌 핸들 위에 타." 바이엇이 말했다.

"그렇게 타는 건 영화에서나 하는 거야." 내가 말했다. 하지만 나는 곧 두 다리를 쫙 벌리고 핸들 위에 탔다.

그때는 낮이 길어지기 시작해서 우리가 자전거를 타고 달리는 동안 사방에 햇빛이 비쳤고, 바닷물에도 햇빛이 반사되고 있었다. 나는 영화에서처럼 눈을 감고 고개를 뒤로 젖히는 소녀가 되고 싶었다. 하지만 현실에선 바이엇에게 속도를 좀 줄여달라고 부탁했다.

리스의 집은 해변 뒤쪽에 있었는데 아주 낮고 비바람에 시달린 모습이 마치 갈대밭 속에서 자라난 생물처럼 보였다. 가까이 다가가자 집 뒤에 부두가 바다 쪽으로 쭉 뻗어 있고, 거기 계류장에 노로 젓는 보트 두 척이 까닥거리고 있는 모습이 보였다. 하커 씨가 집 앞 현관에서 우리를 향해 손을 흔들었다. 키가 크고 어깨가 넓은 체격에 머리는 우리 아빠 같은 해군들처럼 아주 단정하고 짧게 다듬어져 있었다.

"왔구나." 아저씨는 그렇게 말하고 계단을 내려와 내가 바이엇의 자전거에서 내려오는 걸 도와줬다. 이렇게 아저씨를 가까이서 보자 긴장했던 기억이 난다. 그 전에도 교실 창문으로 아저씨를 보고, 아저씨가 잔디를 깎고 배수로를 청소하는 모습을 본 적이 있지만, 이렇게 가까이서 아저씨가 못이 박인 손을 내 팔에 대고 있는 건 처음이었다. 내가 이런 손을 두려워할 수도 있다는 사실을 깜박하고 있었다.

하지만 그런 느낌은 금방 사라졌다. 잠깐 들었던 생각일 뿐이었다. 우리는 안으로 들어갔다. 집 전체를 차지하는 긴 방이 하나 있었다. 그리고 음식에선 맛있는 냄새가 났다. 급식보다 더 맛있었고, 벽에는 리스의 사진이 여러 장 걸려 있었다. 수영을 배우는 리스. 나무에 반쯤 올라가 카메라를 보며 씩 웃고 있는 리스. 그날 밤 내내 나는 그녀에게서 눈을 뗄 수 없었다. 서로 어울리지 않는 가구들이 여기저기 자리하고, 뒷문은 활짝 열린 자기 집에 있는 리스를 보니 마침내 그녀를 이해할 수 있을 것 같았다.

"우리 집이 보기에 괜찮았으면 좋겠구나. 찾아오는 손님이 별로 없어서 말이야." 리스가 접시들을 부엌으로 가져갔을 때 아저씨가 말했다.

"아주 근사해 보여요." 나는 그렇게 말했고, 진심이었다. 나는 우리 집을 그리워해 본 적이 별로 없지만, 그 이후로 종종 그날 밤은 그리워했다.

그 후에 바이엇과 내가 진입로 끝에서 기다리는 동안 리스는 아버지에게 작별 인사를 했다. 그녀는 아버지에게 몸을 기울여 내가 들을 수 없는 말을 했는데, 그러자 아저씨가 웃으면서 그녀의 이마에 손바닥을 댔다.

바이엇은 고개를 돌렸지만 난 그러지 않았다. 나는 리스가 빙긋 웃으면서 눈동자를 굴리는 표정을 봤다. "아직 맞네." 아저씨가 하는 말이 들렸다.

우리 아빠는 외지 근무를 연속으로 이어서 하느라 집에 있는 날이 거의 없다. 우린 리스 부녀와 달리 서로를 잘 모른다.

하늘에 길게 노을이 지고, 희미한 별들이 떠올랐다. 우리는 자전거를 타고 집으로 가는 내내 아무 말도 하지 않았다.

✦ ✦ ✦

그날의 기억이 그토록 선명하게 마음속에 남아 있었고, 그녀의 집도 생생하게 기억하고 있었다. 옅은 초록색 외장과 하얀 테두리, 새로 단 창문들. 새 지붕널은 그 전해에 불어 닥친 허리케인 때문에 새로 단 것이다.

우리는 좀 전에 도로를 건너서 섬의 북쪽으로 가고 있었다. 점점 더 해변에 가까워지는 걸 알 수 있었다. 발밑의 땅이 축축하면서 탄력이 느껴졌고, 공기 중에 훅 짠 내가 풍겼다. 나는 어깨 위에 걸치고 있던 엽총을 다시 잡고, 손가락이 얼지 않도록 몇 번씩 구부렸다 펴면서 계속 걸어갔다.

빽빽하게 들어찬 나무들이 줄어들기 시작했을 때, 달빛이 점점 밝아지면서 사방을 은빛으로 물들이기 시작했다. 그러나 웰치 선생님은 어디에서도 보이지 않았다. 우리가 소나무들 속을 조심조심 나아가는 동안 그 나무들은 점점 더 가늘어지고 휘어지다가 갑자기 수목 한계선이 끝나고 우리 앞에 해변이 열렸다. 그리고 넓은 갈대밭이 나타났다. 그 갈대밭 끄트머리 너머로 뭔가가 낮게 물살을 스치듯 움직이고 있었다.

"저거."

"부두야. 맞아." 리스가 내 말을 끝냈다.

거기에 정박된 보트는 없었고, 수평선 너머로 보이는 사람도 없었다. 현재로선 여기 있는 사람은 우리뿐이라는 생각이 들었다. 그렇지 않았다면 분명 무슨 소리를 들었거나, 달빛이 아닌 다른 불빛을 봤을 것이다. 결국 웰치 선생님에겐 숨길 사람이 없었고, 몰래 만날 사람도 없었던 것이다.

나무들 속을 힘겹게 헤치고 가는 것보다는 수목 한계선을 따라가는 편이 더 쉬워서, 우리는 그 가장자리를 따라 걸었다. 그런 내내 우리가 입고 있는 옷이 계속 부들개지에 걸렸다. 나는 여전히 그 첫날, 내가 기억하는 리스의 집을 생각하고 있었다. 그래서 리스가 갑자기 멈췄을 때 왜 그랬는지 몰라서 그녀에게 그대로 부딪치고 말았다. 아직 도착도 안 했는데 왜.

하지만 다시 보자 우리는 이미 도착해 있었다. 달빛이 바닷물에 반사돼 튀어 오르고, 밀려오는 바닷물에서 차갑고 안개 같은 물보라가 피어올라 그것에 젖은 내 피부도 축축해졌다. 그리고 갈대밭 위로 불쑥 솟아오른 그 집이, 아니 남아 있는 잔해가 보였다.

리스의 집 현관은 마치 주먹을 한 방 맞은 것처럼 한쪽으로 기울어져 있었다. 금이 간 마룻바닥에는 커다란 구멍 하나가 입을 쩍 벌리고 있었고, 이끼가 사방의 벽을 기어올라 자라고 있었다. 외벽용 판자는 이끼와 구불구불 뻗어 올라가는 담쟁이덩굴로 다 가려졌다. 그리고 그 한가운데, 그 집의 심장부에 마룻바닥 밑에서 자라고 있는 자작나무가 부서진 지붕 사이를 뚫고 올라와 있었다. 넓적한 몸통에 여기저기 갈라진 가지들이 하늘을 찌를 듯 높게 솟은 모습이었다.

나는 리스를 흘끗 봤다. 그녀의 얼굴은 활짝 열려 있었고, 달빛을 받아 환했다. 그 부드러운 표정은 처음 리스를 만나서 봤던 표정과 거의 흡사했다. "아름답네." 나는 애써 말했다. 한편으론 진심이기도 했다. "난 저렇게 큰 자작나무는 본 적이 없어."

하지만 톡스가 발생한 후로 모든 것이 전보다 빠르게 자랐다. 그리고 그만큼 빨리 무너지기도 해서 리스의 집은 1년 반이 지난 후 사실상 산산조각이 난 셈이었다. 나는 이 광경을 보며 내가 놀랐으면 좋겠다는 생각이 들었다. 내가 이 중 어느 하나라도 보고 여전히 기이하게 느끼기를 바랐다.

리스는 아무 말도 하지 않았다. 자기 집을 본 후로 눈 한 번 깜박이지 않았던 것 같다. 나는 엽총을 겨드랑이에 끼고 내 팔꿈치로 그녀의 팔꿈치를 쿡 찔렀다.

"그들이 여기 있을 것 같아? 불빛은 하나도 안 보이는데." 내가 속삭였다. 거기다 벽에 구멍이 너무 많이 뚫려 있어서 사실상 집 반대편까지 다 볼 수 있었다.

리스는 여전히 아무 대답도 하지 않았다. 그저 멍하니 집의 잔해만 빤히 보고 있었다. 리스를 여기 데려온 게 실수가 아니었는지, 한 사람이 받아들이기엔 너무 큰 고통이 아닐지 생각하고 있을 때 리스가 갑자기 현관으로 돌진했다.

"기다려." 내가 쉿 하고 소리를 내며 말했지만 아무 소용이 없었다. 나는 서둘러 그녀를 쫓아가면서 총을 다시 고쳐 들었다. 총알은 이제 딱 한 발이 남았고, 유일한 대안은 내 칼 밖에 없었다. 나는 영리해져야 했다.

흰개미들이 집을 차지했다. 그들의 흔적들이 문틀을 가로질러 미로처럼 뻗어 있었다. 그런 흔적들이 너무 깊어서 자작나무가 여러 개의 가지를 뻗어 집의 이곳저곳을 받치고 있지 않았더라면 이미 오래전에 무너졌을 것이다. 리스는 진작 집 안에 들어가 있어서 나는 그녀를 따라 고개를 숙이고, 내 손이 닿자마자 부서서 가루가 날리는 문틀 안으로 들어갔다.

내 머리 위로 뻗어간 자작나무 가지마다 꽃이 활짝 피어서 은빛 꽃다발을 드리우고 있었다. 지붕은 대부분 사라졌는데, 올해 봄에 불어닥친 태풍에 날아간 부분도 있을 것이다. 지붕 대신 자작나무 가지들이 서까래처럼 위로 쭉쭉 올라왔고, 나무뿌리들이 마룻바닥을 뚫고 여기저기 자라 있었다. 그 풍경을 보자 나폴리에 가서 본 성당이 생각났다. 아빠가 휴가를 받아서 나왔을 때 다 같이 간 여행이었다. 그때 그 성당은 마치 날 허공으로 들어 올리는 것처럼 느껴졌다.

갑자기 목소리가 하나 들리고, 손전등 불빛이 부서진 벽을 가르며 들어왔다. 땅바닥을 철벅거리는 소리가 들렸다. 웰치 선생님이 왔다.

공포가 땀방울처럼 솟아났고, 손이 시려서 곱은 내 손가락 사이로 엽총이 흘러내리고 있었다. 나는 리스의 팔을 붙잡고 집 뒤쪽에서 밖으로 끌어냈다. 우리는 렉스터 붓꽃을 사정없이 짓밟으며 허겁지겁 걸었다. 우리 앞에는 길고 좁은 해변이 하나 있었고, 오른쪽엔 부두가 있었다. 웰치 선생님은 누굴 만나러 온 것이니, 그들은 어디서든 나타날 수 있었다. 우린 언제 어느 때든 붙잡혀서 무릎이 꿇려진 후 사살될지 모른다.

진정해, 나는 생각했다. 여기까지 왔으니 절대 돌아갈 수 없어.

"어서 가자." 나는 리스에게 속삭였다. 수목 한계선 뒤쪽으로 가면 소나무가 빽빽하게 몰려 있는 곳이 있으니 거기에 숨을 수 있다.

우리는 때맞춰 도착했다. 나는 쭈그리고 앉았는데, 온몸의 근육들이 뻐근하니 아팠다. 나는 총을 무릎에 올려놓고 나무들 사이로 우리 앞에 있는 집을 살펴봤다. 손전등 불빛이 점점 더 강해지면서 갈대밭 일부를 비춰 갈대가 반투명하게 보였다. 나는 눈을 가늘게 뜨고 봤는데, 멀어버린 한쪽 눈이 욱신거렸다. 누군가의 형체가 보이는 것 같다는 생각이 들었지만, 그가 누구든 허리를 숙인 채 아주 천천히 움직이고 있었다. 웰치 선생님인가?

"그쪽을 조금 더 높게 들어." 웰치 선생님의 목소리가 들렸다. 나는 화들짝 놀랐다. 선생님의 목소리가 너무 가깝게 들렸다. 하지만 선생님은 지금 누구에게 말하고 있는 거지? 바이엇?

그 순간이 영원처럼 느껴졌지만 마침내 웰치 선생님이 숲속에서 나와 달빛은 비치는 곳으로 들어왔다. 그녀는 뭔가 들고 있느라 허리가 구부정했고, 또 다른 사람이 있었다. 어둠에 가려져 있던 그들의 얼굴은 허리를 펴자 드러났다. 테일러였다. 테일러, 보트 근무조를 나온 여자애. 이제 그 이유를 짐작할 수 있었다.

그리고 둘 사이에 있는 것. 그들이 들고 있는 건 시체 운반용 부대였다.

나는 얼른 손으로 입을 가려서 나도 모르게 나오려는 울음소리를 죽였다. 안 돼. 안 돼. 아니야. 아니야. 이렇게 끝날 순 없어. 우린 살아남을 거야, 바이엇이 그렇게 말했다. 그렇게 약속했는데.

어쩌면 저건 바이엇이 아닐지도 모른다고 나는 미친 듯이 생각했다. 아니면 그들이 바이엇을 기절시켰고, 그녀는 아직 저 부대 자루 속에 살아 있을지도 모른다. 그래서 내가 구해 줄 때까지 기다리고 있을지도 모른다. 진실을 알기 전까지는 포기할 수 없다.

"알겠지만 사람이 하나 더 있으면 일이 더 쉬워질 텐데." 테일러는 그렇게 말하면서 웰치 선생님과 같이 그 시체 자루를 갈대들 사이에 내려놨다. 그것은 움직이지 않았다. 그 자루 안에 누가 들어 있건 움직이지 않았고, 나는 그게 무슨 뜻인지 생각하지 않으려 애썼다.

"아, 그래? 그럼 누구에게 부탁할까? 카슨은 골칫거리고, 헤티는 대안이 될 수 없어."

저 말이 대체 무슨 뜻인지 고민하기도 전에 테일러가 말했다. "헤티는 어떻게 하고 있어요?"

그 말에 나는 그만 온몸이 굳어버렸다. 드디어 올 것이 왔다. 만약 내가 웰치 선생님의 비리를 알아차린 걸 선생님이 눈치챈다면 모두 끝이다. 난 여기서 죽고, 뭐라 이름 붙이기도 떨리는 리스와의 새로운 관계도 끝이다.

웰치 선생님은 어깨를 으쓱했다. "그 정도면 잘하고 있어."
그 말에 나는 부들부들 떨리며 나오는 안도의 한숨을 애써 참
았다. "하지만 이걸 시킬 정도로 잘하진 않아."

"줄리아는 어때요?" 테일러가 물었다.

"걔는 안 부르는 게 나아." 순간 웰치 선생님은 소녀처럼 말
했다. "걔는 날 별로 안 좋아하는 것 같아."

테일러가 웃음을 터트렸다. "선생님이 카슨을 좋아하지 않
으면, 줄리아도 선생님을 좋아하지 않아요."

"너랑 같이 이렇게 밖에서 일하는 게 그리웠어." 웰치 선생
님이 말했다. 그녀는 손전등을 끈 후에 재킷 주머니에 쑤셔 넣
었다. 그리고 잠시 멈춰 서서 뭔가 뱉어내는 걸 봤는데 분명 피
일 것이다. "네가 없으니 예전 같지 않아."

"이렇게 해야 내가 좀 더 좋은 일을 할 수 있죠." 테일러가
말했다. 나는 그 말을 한 그녀를 잡고 사정없이 흔들고 싶었다.
대체 이런 일에 좋은 점이 뭐가 있는가. "매리에게 그런 일이 있
고 나서…… 그녀는 그런 일을 당해선 안 되는 사람이었는데.
선생님도 알죠? 그들 모두 그래요."

테일러의 여자 친구인 매리는 마치 짐승처럼 사납고 잔인해
졌다. 그녀를 죽여야 했던 사람은 테일러였고, 소문에 따르면 그
것 때문에 테일러가 망가졌다고 했다. 하지만 이제 그게 사실이
아니란 걸 알았다. 그것 때문에 그녀는 더 끔찍한 존재가 됐다.

웰치 선생님은 다시 시체 자루가 있는 곳으로 돌아가, 잠시
거기에 멈춰 서서, 엉덩이에 두 손을 얹은 채, 내려다봤다. 달빛

이 바다 위에서 미끄러지면서 어둠 속의 얼굴을 비췄다. 선생님의 표정은 잘 보이지 않았지만, 마치 패배자처럼 어깨가 축 쳐져 있었다.

"이번에는 정말 제대로 해냈다고 생각했는데. 너도 알지? 그녀는 괜찮은 것처럼 보였는데." 웰치 선생님이 마침내 입을 열었다.

"음. 알고 보니 그게 아니었던 거죠." 테일러가 말했다.

나는 알고 있었다, 물론 알고 있었다. 저 풀 위에 있는 움직이지 않는 시체 자루가 어떤 의미인지 알고 있었지만, 그걸 다른 사람의 말로 듣는 건 또 느낌이 달랐다. 내 주위의 소나무들이 나를 질식시킬 것처럼 점점 더 가까이 다가오고 있는데, 테일러는 이게 마치 아무 일도 아닌 것처럼, 자신이 방금 온 세상을 박살 내지 않은 것처럼 농담하고 있었다. 리스가 날 끌어당겨서 꼭 껴안았다. 그것만이 내가 쓰러지지 않게 지탱해 줬다.

"좋아. 어서 끝내자." 웰치 선생님이 말했다.

그들이 그 시체 자루를 들었고, 리스가 내 손을 꽉 잡고 있는 동안, 우리는 그들이 자루를 집으로 옮기는 모습을 지켜봤다. 팔 안쪽에서 고통이 솟구치면서 불꽃이 확 튀며 경련이 일었다. 나는 팔을 빼려고 안간힘을 쓰다가 고통을 주는 건 바로 나 자신이었다는 걸, 내가 리스를 너무 꽉 붙들고 있어서 비늘이 돋은 그녀의 손가락들이 내 살 속으로 깊이 파고들어 왔다는 걸 깨달았다.

"정신 차려." 리스가 내 귀 가까이에서 날 달래고 있었다.

"그녀는 살아 있을 거야, 알았어? 바이엇이잖아. 바이엇은 그 어떤 곤경에서도 벗어나는 아이라고."

나는 고개를 끄덕였지만, 저 시체 자루 안에는 분명 누군가 들어 있었고, 내가 얼마나 오랫동안 이렇게 있을 수 있을지 알 수 없었다. 내 가슴에서 타오르는 희망을 얼마나 오랫동안 간직할 수 있을지.

집이 둘을 삼켜버리면서 웰치 선생님과 테일러의 모습이 사라졌다. 그러다 벽에 난 구멍들을 통해 웰치 선생님의 얼굴이 언뜻 보였고, 손전등 불빛이 자작나무의 하얀 나무껍질에 반사됐다.

"그녀를 내려놓자. 팔이 떨어져나갈 것 같아." 웰치 선생님이 말했다.

나는 소리를 지르지 않으려고 입술을 깨물었다. **그녀.** 이건 현실이다.

"그들은 어디 있어요?" 테일러가 말했다. 그가 누구건 분명 웰치 선생님이 워키토키로 대화한 상대를 가리킬 것이다.

"그들이 그녀를 운반할 거야. 우린 여기 놔두면 돼." 웰치 선생님이 말했다.

"그건."

그때 쉬익 소리가 났고, 집 안에서 붉은 빛이 터졌다. 벽에 생긴 구멍들을 통해 웰치 선생님이 조명탄을 들고 있는 모습이 보였다. 피처럼 빨간 그것은 눈에 거슬리게 반짝거렸다.

"이걸 놔두면 짐승들이 들어오지 못할 거야." 선생님이 말했다. 내가 자세히 보기 위해 몸을 한쪽으로 기울이는 동안 선생님은 그 조명탄을 자작나무 가지들 사이의 틈새에 꽂았다.

그때 집 안에서 테일러의 목소리가 들렸다. "그럼 다 끝난 거예요?"

잠시 침묵이 흘렀고, 나는 눈을 가늘게 뜨고 어둠 속을 들여다봤다. 웰치 선생님이 자작나무를 마주 보면서 그 몸통에 있는 뭔가를 유심히 보고 있었다. 그렇게 한동안 아무 말도 하지 않다가 테일러가 서 있을 방향을 향해 고개를 돌렸다.

"다 끝났어. 어서 돌아가자." 선생님이 말했다.

"기다려." 리스가 말했다. 그녀는 내가 금방이라도 미친 듯이 집 안으로 달려가 시체 자루를 찢어 열 걸 알고 있는 사람처럼 말했다. "조금만 더 기다려."

웰치 선생님이 저벅저벅 소리를 내며 집 밖으로 나왔고, 테일러가 바로 그 뒤에 따라 나왔다. 테일러는 금방이라도 토할 것 같은 표정이었고, 순간 본의 아니게 동정심이 느껴졌다. 아마 그녀는 자의로 이 일을 하진 않았을 것이다. 하지만 나 역시 그런 면에선 똑같았다.

그들은 숲속 길로 향했고, 나는 나무들 사이로 가는 그들의 손전등 불빛을 눈으로 좇았다. 그 불빛은 점점 더 작고 희미해지다가 마침내 완전히 사라졌다. 나는 일어났다. 발밑에서 나뭇가지들이 밟혀 우지끈 부러지는 소리가 났다. 나는 리스를 기다리지 않고, 바로 엽총을 움켜쥐고 갈대밭을 가로질러 집을 향해 달려갔다. 다른 사람들이 나타나기 전까지 시간이 얼마나 남았는지 알 수 없었다. 이 기회를 절대 놓치지 않을 것이다.

나는 붉은빛으로 가득 찬 집 안으로 들어갔다. 거기 시체를 담은 부대 자루가 자작나무 밑에 놓여 있었다. 검은 비닐과 고무 소재로 된 자루였다. 나는 바로 그 앞에서 멈춰 섰고, 총이 바닥으로 떨어졌다.

바로 이거다. 끝, 아니면 뭔가의 시작.

나는 조심스럽게 시체 자루 가장자리로 돌아가 그 옆에 무릎을 꿇고 앉았다. 내가 바이엇을 마지막으로 봤던 때를 떠올렸다. 그때도 이런 식으로 그녀를 내려다보며 무릎을 꿇었던 것을 생각했다. 그때 바이엇은 내가 필요한 것처럼 간절한 표정으로 나를 바라봤는데.

제발, 나는 생각하면서 지퍼에 손을 댔다.

자루의 비닐을 벗기는데 손이 덜덜 떨려서 지퍼가 중간에 걸렸다. 마침내 드러난 창백하고 병색이 짙은 피부, 잉크에 담근 것처럼 까맣게 물든 손가락들, 그리고 붉은 곱슬머리.

모나였다.

흐느끼는 울음이 내 몸에서 터져나왔다. 나는 땅바닥에 두 손을 짚고 몸을 앞으로 기울인 채 헐떡였다. 이건 그녀가 아니다. 그녀가 아니야 그녀가 아니야 그녀가 아니라고.

"헤티?"

리스가 뒤에서 나타나 내 등에 한 손을 댔다. 나는 눈을 감았다. 안도해서 전신이 덜덜 떨리고 있었고, 지금 일어나면 다리가 그대로 풀려버릴 것 같았다.

"모나야." 내가 말했다. 너무 안쓰러운 와중에도 미소를 참을 수 없었고, 그러고 싶은 마음도 없었다.

"젠장. 그럼 바이엇은 대체 어디 있는 거야?" 리스가 말했다.

그녀는 내 옆에 쭈그리고 앉아서 다시 모나가 들어 있는 자루의 지퍼를 올렸다. 하지만 나는 모나의 퉁퉁 부은 얼굴이 자루 속으로 사라지는 모습을 보고 있지 않았다. 아니, 나는 다른 걸 보고 있었다. 저기, 자작나무 몸통, 웰치 선생님이 가기 전에 보고 있던 바로 그거.

나는 일어나서 모나의 시체를 넘어갔다. 그 나무껍질은 동그랗게 말려 있었고, 조명탄의 불빛이 길고 기이한 그림자들을 드리우고 있었지만, 나는 볼 수 있었다. 희미하게 새겨져 있고, 삐뚤빼뚤했지만 나는 알아봤다. BW. 바이엇 윈저.

"바이엇이 여기 있었어." 내가 말했다. 그 두 글자는 세계에서 가장 좋은 것이었고, 내 마음을 달래주는 달콤한 안도감을 솟구치게 했다. "봐. 바이엇이 여기 있었어. 그녀는 살아 있어."

나는 리스가 틀렸다고, 이런 경우엔 대체로 상황이 어떻게 흘러가는지 말하길 기다렸지만, 그녀는 그러지 않았다. 그냥 내 어깨에 턱을 댄 채, 내 뺨에 자신의 뺨을 맞대고 있었다. 자작나무 껍질은 부드러웠고, 내 손에는 리스의 은빛 비늘이 내 살을 뚫고 들어와 흘린 핏자국이 남아 있었다.

"바이엇이 우리를 그리워할 거라고 생각해?" 내가 물었다. 나는 그 말을 간절히 바랐다. 내가 그녀를 찾고 싶었던 만큼이나 그녀가 우리에게 돌아오고 싶었다는 말을 듣게 될 그날이 너무나 기다려졌다.

잠시 침묵이 흐른 후에 리스는 내게서 몸을 떼고 어둠 속을 바라봤다. 나는 돌아서서 그녀를 봤다. 물론 그녀는 우리를 그리워하지, 리스는 그렇게만 말하면 됐다. 하지만 그녀는 날 빤히 보기만 할 뿐, 아무 말도 하지 않았다.

나는 눈썹을 치켜올렸다. "뭐야?"

리스가 미소를 짓자 조명탄의 불빛이 그녀의 동그란 입술을 비췄다. "그 질문에 대한 답은 사실 듣고 싶지 않을 텐데."

"아니, 어서 해봐." 어쩌면 내가 그녀를 자극하고 있을지도 모르겠다. 하지만 리스가 난 모르는 뭔가를 아는 것 같은 표정으로 보는 건 참을 수 없었다. "말해 봐."

"난 그저…… 내가 아는 바이엇과 네가 아는 바이엇은 다른 것 같다는 생각이 들어서." 리스는 손을 주머니에 찔러 넣으면서 말했다. "내 생각에 바이엇은 살면서 뭐든 한 번도 그리워해 본 적이 없는 것 같아."

"우린 바이엇의 가장 친한 친구들이야, 리스." 나는 갑자기 쏟아져 나오려는 눈물을 애써 참으면서, 그 눈물이 내 속눈썹을 차갑게 콕콕 찌르는 걸 느꼈다. 리스의 말이 맞을 리 없다. 바이엇이 우리에게 돌아오고 싶어 하지 않는다면 지금까지 우리가 한 일이 다 무슨 소용이란 말인가? "그녀의 가장 소중한 친구. 넌 바이엇에게 그 사실이 중요하지 않다고 생각해?"

"음." 리스의 목소리에 날이 서 있었다. 그건 경고였다. "우리 가식은 떨지 말자. 항상 붙어 다니는 건 너희 둘이었고, 나는 그다음이었지. 그래도 괜찮아. 원래 사람들은 모순 덩어리고, 원래 인생이란 그런 거니까. 하지만 우리 가식은 떨지 말자고."

리스의 말이 옳았기 때문에 수치심에 온 몸이 얼어붙었다. 거기다 그걸 뿌듯해하는, 리스보다 내가 바이엇과 얼마나 더 친했는지에 대해 자부심을 갖는 스스로가 끔찍이도 싫었다. 하지만 리스에겐 절대로 그렇게 말하지 않을 것이다. "바이엇이 대체 어딘지도 모를 곳에서 어떤 고통을 겪고 있을지 모르는데, 그런 이유로 화를 내는 네가 이기적이라고 생각해." 대신 이렇게 말했다.

"난 화나지 않았어. 그냥 그게 진실이야. 그게 다야." 리스는 어깨를 으쓱했다.

리스를 여기 데려오지 말았어야 했다. 리스가 내 마음을 이해하지 못할 줄 알고 있었어야 했다. "그럼 넌 여기 왜 있는데?" 내가 쏘아붙였다. 우리 주위에서 사방의 벽들이 우리를 향해 다가오고 있는 것 같았고, 자작나무가 우리 위에서 어렴풋이 보였는데, 바이엇의 머리글자들에 핏자국이 어려 있었다. "그럼 넌 대체 여기 왜 왔냐고?"

리스는 대답하지 않았다. 그래도 그 대답을 마음으로 들을 수 있었다. 그녀의 모든 것—그녀의 눈에 서린 슬픔, 단단하게 오므린 입술—그 모든 것이 같은 말을 외치고 있었다.

널 위해서야, 헤티 널 위해.

이건 내가 감당하기엔 너무 버거웠다. 나는 그녀에게 와달라는 부탁을 하지 않았다는 말조차 꺼낼 수 없었다. 사실 와달라고 했으니까. 그것도 여러 번 부탁했으니까. 난 바이엇을 위해 이 일을 하고 있고, 리스는 날 위해 이 일을 하고 있다.

망할.

"바람 좀 쐬야겠어." 내가 말했다.

나는 비틀거리며 예전엔 작은 정사각형의 마당이었던 집 뒤쪽으로 나갔다. 주위에 렉스터 붓꽃들이 있었다. 나는 줄기들이 짓밟힌 모습을 보고 학교 어디에나 놓아둔 꽃병에 가득히 꽂혀 있던 붓꽃들을 생각했다. 까맣게 변하면서 떨어지던 그 꽃잎들, 리스의 집 벽난로 앞 장식에 놓여 있던 사진들 사이에 놓인 말린 붓꽃 꽃다발. 부모님의 결혼식에 쓰인 부케라고 우리가 처음 이 집에 놀러왔던 날 리스가 말해 줬다. 그녀의 엄마가 떠나고 모든 사진을 치운 후에도 그 꽃다발은 리스가 그대로 남겨뒀다.

그게 정말 리스에게 그토록 분명하게 보였을까? 나와 바이엇이 먼저 단짝이 되고, 그녀는 두 번째였다는 걸. 내가 얼마나 리스와 가까워지고 싶었는지, 그걸 그토록 간절하게 원했다 해도, 매일 아침 식사 때 바이엇이 날 기다렸다는 사실은 변하지 않았다. 내 머리를 잘라주고 어느 쪽으로 머리 가르마를 넘겨야 할지 알려준 사람도 바이엇이었다. 내가 제대로 살아갈 수 있도록 해준 사람도 바이엇이었다.

나는 현관에 털썩 주저앉아서, 꽁꽁 언 손을 내 입에 대고, 호호 불어서 다시 감각을 되살리려 했다. 지금 중요한 사람은 바이엇이다. 유일하게 중요한 사람은 바이엇이다. 곧 워키토키로 웰치 선생님과 대화했던 사람들이 모나를 운반하러 나타날 것이다. 그들이 모나를 어디로 데려가건, 그곳에 바이엇이 있을 것이다. 그리고 나는 그곳에 갈 방법을 찾아낼 것이다.

나는 그곳이 아마 해군과 CDC 본부가 있는 내쉬 캠프일 거라고 예상하고 있었다. 바이엇이 렉스터를 떠나 있다는 생각만 해도 속이 뒤집힐 것 같았다. 난 섬 밖에 있는 바이엇은 전혀 모르는데. 그나마 가장 비슷한 경우가 본토에서 연락선을 타고 온 그날, 내가 처음 그녀를 본 날, 그녀 뒤에 바다가 펼쳐져 있고, 수평선 저쪽에 렉스터가 있고, 그녀의 머리카락이 바람에 날리던 날이었다. 내가 그녀를 본토에서 찾아내면, 그녀는 여전히 나의 바이엇일까?

그때 집 안에서 무슨 소리가 났다. 나는 벌떡 일어나서 엽총을 움켜쥐었다. 누군가 말하고 있었다. 리스가 아닌 누군가가.

나는 집 안으로 쏜살같이 달려갔다. 여기엔 우리 말고는 아무도 없는데.

"너 그 소리 들었어?" 리스가 말해서 나는 고개를 끄덕였다.

"어쩌면 웰치 선생님이 돌아오는 소리일까? 아니면 내쉬 캠프에서 온 사람?"

"소리가 달라. 친숙한 소리인데. 나도 잘 모르겠어." 리스가 말했다.

"저기." 나는 부서진 벽들 너머 나무들 속을 손으로 가리켰다. 거기서 뭔가 움직이면서 우리 쪽으로 오고 있었다. 그것은 남자의 형상이었다.

14장

나는 엽총을 들어올렸다. 너무 어두워서 얼굴은 보이지 않았지만, 그의 체격에 어딘가 친숙한 느낌이 들어 방아쇠를 당기지 못했다.

"안녕하세요?" 나는 소리쳤다.

아무 대답도 없었지만, 그는 점점 더 가까워져서 집에 거의 다다랐다. 그가 현관으로 올라오는 동안 나는 그 모습을 상상할 수 있었다. 학교 유리창마다 끼워져 있는 낡은 유리에 비쳐 휘어진 그의 형상. 윙윙거리는 잔디깎이 소음 너머로 들리던 그의 목소리. 그때 그가 문간을 넘어서 지금까지 남아 있는 마룻바닥을 가로지르자 부드럽게 삐걱거리는 소리가 들렸다. 그가 고개를 들자 셔츠 한쪽이 찢어져 있고 뺨에 베인 자국이 있었지만 내가 아는 사람이었다. 아무리 어두워도 그가 어디 있든 나는 그를 알아볼 수 있었다.

"아빠?" 리스가 속삭이듯 말했다.

하커 씨였다.

그러다 그가 조명탄의 붉게 빛나는 빛 속으로 천천히 들어왔을 때 알았다. 그가 더 이상 하커 씨가 아니란 걸.

"아, 맙소사. 리스, 리스, 정말 유감이야." 내 목소리는 아주 낯설고, 뭔가에 가려진 것처럼 아주 멀리서 들렸다.

왜냐하면 그건 그의 얼굴이고, 그의 몸이지만, 그 외엔 남은 게 하나도 없는 것 같아서였다. 그의 피부는 하얗게 바래진 채 금방이라도 찢어질 것처럼 팽팽하게 당겨져 있었고, 그의 입에서는 뿌리들이 자라고 있었다. 그리고 나뭇가지들이 그의 귓속, 손톱 밑과 팔 속에까지 파고들면서 자라고 있었다. 아직까지 남아 있는 그의 눈동자는 깜박이지 않은 채 무시무시하게 커져서 우리를 지켜보았다.

그는 톡스에 걸린 후 1년이 넘는 시간 동안 여기 숲속에서 혼자 지냈다. 그러니 뭘 기대할 수 있겠는가?

"안 돼." 리스가 중얼거렸다. 나는 그녀의 팔을 잡고 몇 발자국 뒤로 끌어당겼다. 간신히 서 있던 리스는 비틀거리다가 무릎을 꿇으며 무너졌다. "안 돼, 안 된다고, 아빠."

하지만 하커 씨는 이제 여기 없다. "우린 가야 해. 어서 가자, 리스. 어서." 내가 말했다.

그는 나를 보고 고개를 갸웃거리면서 입을 열어 아주 길고 덜걱거리는 소리가 나는 숨을 쉬었다. 입속에서 여기저기 갈라진 시커먼 이빨들이 보였고, 그의 목구멍 뒤쪽에 초록색 둥지가 있었다. 공기 중에 퀴퀴하고 시큼하면서 몹시 자극적인 냄새가 풍겨서 그 맛을 느낄 수 있을 정도였다.

나는 총을 들어 겨냥할 준비를 했지만, 리스가 내 팔을 휙 뿌리치고, 무시무시하게 사나운 눈빛으로 날 올려다봤다. 리스 뒤에서 하커 씨가 한 발자국 한 발자국 다가왔다. 그의 입에서 덩굴들이 마치 실타래가 풀리듯 길게 풀려나오고 있었다.

"감히 꿈도 꾸지 마." 그렇게 말하는 리스의 목소리가 갈라지면서 날것의 감정이 드러났다.

"제발. 우린 도망쳐야 해." 내가 말했다.

너무 늦었다. 덩굴 하나가 꿈틀거리면서 리스의 다리 위로 올라와, 그녀의 척추를 타고 계속 올라갔고, 또 하나는 그녀의 팔을 감아 뒤로 잡아당겼다. 비명 소리가 들리면서 뼈가 부러지는 소리가 났다. 리스의 오른쪽 어깨가 탈골돼서 비정상적인 방향으로 축 늘어졌다.

나는 그녀에게 달려들면서 벨트에 찬 칼을 잡아 빼 그녀를 붙들고 있는 덩굴을 한 번, 두 번 베어냈다. 하커 씨는 날카롭게 비명을 지르면서 뒤로 물러나 그녀를 끌고 갔다.

"헤티!" 리스가 소리를 질렀다.

엽총. 내가 그의 심장을 향해 총을 쐈지만 아무것도 달라지지 않았다. 그는 그저 으르렁거리면서 리스의 팔을 더 세게 잡아당기며, 또 다른 덩굴로 리스의 목을 감고 조르기 시작했다.

나는 그 자리에서 도망칠 수 있었다. 내 목숨을 구하고 학교 담장을 넘어서 다시 학교로 돌아갈 수 있었다. 이제 내게 있는 거라곤 칼 한 자루뿐이었다. 이 칼이 하커 씨를 상대로 무슨 소용이 있겠는가?

하지만 지금은 선택의 여지가 없었다. 나는 그에게 돌진했다. 그것이 휘두르는 가장 두꺼운 덩굴을 피해 몸을 홱 숙이는 순간 거기에 난 가시들이 내 등살을 찢는게 느껴졌다. 거기에 그가 있었다. 나는 그와 온몸으로 충돌했고, 우리는 바닥으로 굴러떨어졌다. 내 입속에 흙이 들어갔고, 내 살은 나무껍질에 긁혀 상처가 났다. 손에 들고 있던 칼이 떨어져서 나는 축축한 흙바닥을 가로질러서 허겁지겁 집으려 했다.

그때 덩굴 하나가 내 발목을 꽉 잡고 대번에 잡아당겨서 나를 바닥으로 쓰러뜨렸다. 나는 칼을 잡으려고 손가락으로 바닥을 박박 긁었지만 너무 멀리 있어서 잡을 수 없었다. 그가 다시 날 잡아당겼다.

"리스. 그걸 잡아!" 내가 소리쳤다.

하지만 난 리스도, 그 외의 아무것도 볼 수 없었고, 그저 흐릿하게 다가오는 어두운 형상만 볼 수 있었다. 하커 씨가 날 향해 허리를 숙이면서, 멍이 들고 썩어 스펀지같이 변한 손으로 내 목을 졸랐다. 나는 몸부림을 치면서 그를 떼어내려 했지만, 그의 손에 힘만 더 들어갔다. 나뭇가지들이 뱀처럼 내 허리를 감싸면서 날 밑으로 끌어당기고 있었다. 또 다른 가지 하나는 스르르 내 목으로 기어 올라와 내 턱이 고리인 양 걸고 내 입술을 비틀어 벌려서 나도 모르게 비명을 지르도록 만들었다.

내 혀에 닿은 그 가지는 무지무지하게 썼고, 나는 숨 막히는 와중에 하커 씨의 퉁퉁 부은 얼굴을 손톱으로 할퀴려고 안간힘을 썼다. 그의 피부가 종이짝처럼 떨어져 나갔는데, 내 손톱 밑에 걸린 그의 피부가 부드러운 펄프처럼 느껴졌다.

"어이!" 리스가 외치는 소리가 들렸다. 순간 내 목을 조르는 압력이 줄어들었고, 그때 리스의 은빛 손이 위에서 번득이면서 그의 어깨에 칼이 깊숙이 박혔다. 리스가 하커 씨를 힘껏 밀치자 그는 비틀거리며 땅바닥으로 떨어졌다.

"빨리. 어서 그를 꼼짝 못 하게 해." 내가 말했다. 하지만 리스는 입을 떡 벌린 채 멍하니 그를 바라보기만 했다. 이제 그녀는 도움이 되지 않았다.

나는 몸을 던져서 하커 씨의 상체에 올라타고 양쪽 무릎으로 그의 갈비뼈를 조여 옴짝달싹 못 하게 했다. 그는 으르렁거리면서, 온몸에 힘을 주며 날 보고 있었다. 그가 날 보고 있다는 걸 나는 안다. 나와 그가 정면으로 마주 보고 있었다.

하커 씨가 몸을 위로 홱 치켜드는 순간 내가 비명을 질렀다. 그의 짧고 뻣뻣한 털과 분수처럼 쏟아지는 나뭇가지들 그리고 가시들이 내 팔뚝을 깊이 찔렀다. 나는 그의 어깨에 박힌 칼을 단단히 잡고 한 번에 빼서 그의 가슴에 박았다. 그의 살이 갈라지면서 거품처럼 위로 솟아올랐다. 내 입술 사이에서 담즙이 보글보글 끓어오르다 턱으로 흘러내리는 동안 나는 칼날을 비틀어 그의 상처를 더 넓게 찢었다.

"하지 마." 뒤에서 리스가 소리를 질렀다.

하지만 나는 리스의 말을 들을 수 없다. 이 사람은 이제 하커 씨가 아니다. 나는 몸을 앞으로 숙이고, 그의 팔꿈치를 손으로 잡으면서 칼을 점점 더 깊이 찔러 그것을 지렛대 삼아 그의 상체를 들어올리기 시작했다. 그의 가슴 안에 심장이 있다. 분명 있어야 했다.

내 손가락 사이로 시커먼 피가 몽글몽글 솟아나왔고, 칼날은 생각보다 무뎠지만, 가슴의 상처가 벌어지기 시작했다. 그는 점점 더 힘이 빠지고 있었다. 그 속에서 자라난 작은 뿌리들이 뚝뚝 부러지고 있었다. 나는 마침내 칼을 비틀어 뽑아낸 후 옆으로 던져버리고 그의 너덜너덜한 살 속을 샅샅이 뒤졌다.

그는 몸부터 썩어가고 있었다. 몸속 조직들은 곰팡이가 피어서 얼룩덜룩했고, 거기서 나는 냄새는 너무나 시큼하고 얼얼해서 저절로 눈물이 났다. 뭔가가 내 재킷 소매로 허둥지둥 올라왔다. 처음에 한 마리, 그다음에 또 한 마리, 그렇게 조명탄의 붉은 불빛 속에서 수백 마리의 딱정벌레들이 하커 씨의 상처 속에서 밖으로 기어 나오는 모습을 봤다.

나는 비명을 지르고 싶은 걸 간신히 참았다. 미처 내가 움직이기도 전에, 덩굴 하나가 내 등 뒤로 슬금슬금 기어 올라와 내 목을 휘감았다. 그것이 점점 더 목을 조이면서, 나뭇조각들이 내 살을 날카롭게 쿡쿡 찌르자 물결 같은 고통이 전신을 쓸고 지나갔다. 하지만 몸에서 피를 쏟은 그는 이제 약해지고 있었다. 나는 그 덩굴을 잡고 두 쪽으로 잘라냈다. 그리고 다시 그에게 몸을 날렸다. 그의 입술이 점점 더 넓게 벌어지면서 그의 얼굴도 찢어지고 있었다.

나는 다시 그의 가슴 속으로 손을 깊숙이 찔러 넣고 온몸으로 버티며 뼈 같은 것들을 찾아냈다. 하지만 조명탄 불빛에 보자 그건 뼈가 아니었다. 그것은 나뭇가지들로 갈비뼈를 돌돌 말고 있었다. 나는 그 가지들 밑으로 손가락을 넣고 그의 턱 밑에 내 무릎을 댄 다음 그것들을 조금씩 밖으로 끌어냈다.

마침내 뭔가 툭 부러지는 소리가 났다. 그의 흉곽 안에서 그게 보였다. 피에 흠뻑 젖어 윤이 나는, 쿵쿵 뛰는 심장이었다. 흙과 솔의 털로 만들어진 심장. 그리고 다른 뭔가, 뭔가 살아 있는 게 있었다. 나는 두 번 생각하지 않고 두 손으로 그걸 잡아 챘다. 그러자 그것이 무시무시한 비명을 지르면서 축축한 것이 쭉 찢어지는 소리와 함께 밖으로 끌려 나왔다.

하커 씨의 눈이 감겼다. 그의 모든 것이 축 늘어졌다. 나는 떨리는 손으로 그의 심장을 떨어뜨리고 몸을 한쪽으로 구부려 토했다.

전부 토하고 나자 나는 뒤로 기대앉았다. 침이 턱 밑으로 흘러내렸다. 나는 뱃속을 갉아먹는 죄책감이 떠오르길 기다렸다. 어쨌든 그게 어떤 느낌인지 너무나 잘 알고 있다. 보트 근무 조로 일하러 나간 이후로, 바이엇이 사라진 후로, 나는 나 자신이 숨을 쉬듯 죄책감을 느끼는 사람이라고 생각했다.

하지만 하커 씨가 죽고 나는 살아 있는데도 죄책감은 느껴지지 않았다. 나는 내가 해야 할 일을 했다. 난 리스와 나를 살렸다.

나는 일어났다. 다리는 후들거리고, 손의 감각이 없어진 상태로 칼을 찾아 다시 벨트 고리에 걸었다. 우리는 살아남았다. 만약 야생의 숲이 우리에게 가할 수 있는 최악의 공격이 이것이라면, 우리는 이겨낼 것이다.

내가 돌아섰을 때 리스가 서 있었다. 그녀의 오른쪽 어깨가 비정상적인 각도로 축 늘어져 있는 모습을 보자 아찔해졌다. "너 괜찮아? 그거 고쳐야겠다." 내가 말했다.

리스는 날 지나 엉망이 된 하커 씨의의 유해를 봤다. "네가 우리 아빠를 죽였어." 그녀가 말했다. 그녀의 눈은 움푹 꺼져 있었고, 얼굴은 창백하고 핼쑥했다. "네가 정말 그랬어."

그녀는 충격에 빠져 있었다. 그게 다. 곧 정신을 차리고 다른 방법이 없었다는 사실을 알아차릴 것이다. "난 우리를 구해야 했어. 미안해, 하지만." 나는 최대한 부드럽게 말했다.

"아빠가 죽었다고." 그녀의 목소리는 극히 단조로웠다. 모든 감정이 빠져나간 소리였다.

"너와 나 아니면 네 아버지를 선택해야 하는 상황이었어." 리스가 대답하지 않아서, 나는 그녀에게 다가가 다친 어깨에 드리워진 그녀의 많은 머리채를 뒤로 넘겼다. 어깨가 완전히 탈구된 것 같진 않았지만, 리스가 내 손길을 피해 머리를 넘기려 했을 때 얼굴에서 핏기가 싹 가시면서 숨을 헉 들이마셨다. "어깨 상태 좀 봐야겠어, 알았지?" 내가 부드럽게 말했다.

"난 괜찮아." 리스는 내게 기대어 축 늘어지는 순간에도 이렇게 말했다. 나는 그녀가 눈을 감는 모습을 지켜보고, 온몸을 덜덜 떠는 걸 느꼈다. "아빠를 다시 찾았어. 아빠가 사라진 줄 알았는데 다시 찾았단 말이야." 리스가 속삭였다.

"그건 네 아빠가 아니었어."

"아빠는 나를 알아봤어. 그런데 네가 죽였잖아." 리스는 눈을 떴고, 내 눈과 마주쳤을 때 아주 선명하고 날카로운 눈빛으로 나를 비난했다.

"아저씨가 우리를 죽이려고 했어." 나는 서서히 쌓이는 좌절감을 느끼면서 말했다. 나는 우리를 구해야 했다. 왜 그건 리스에게 중요하지 않단 말인가?

"나보단 아빠를 구하는 편이 나았어. 우리보단 우리 아빠를 구하는 편이 나았다고." 리스가 반박했다.

리스의 이런 면은 처음 본다. 리스는 화가 머리끝까지 날 때도 항상 자신의 감정을 억제하면서 이성을 잃지 않았다. 하지만 이 소녀, 지금 내 앞에 있는 리스는 산산조각 나 있었다. 가장자리까지 너덜너덜해지고, 심장은 박살이 나 있었다.

"그건 말도 안 되는 소리야. 널 죽게 놔둬야 했단 소리야? 내 목숨까지 바쳐야 했다고? 리스, 그건 이제 너의 아빠도 아니었단 말이야." 내가 말했다.

그녀는 나를 홱 밀어냈다. 다친 팔이 무력하게 덜렁거렸다. "아니야, 그건 아빠였어. 아빠가 여기 있었어."

"그렇지 않았다니까." 그때 모든 인내심이 순식간에 사라져 버렸다.

"야, 지금 너 스스로에게 화가 난 걸 나에게 화풀이하려고 하지 마."

"그게 무슨 소리지?" 갑자기 그녀가 침착해졌고, 지금 이 순간 내가 실수하기를, 말 한 마디라도 잘못하기를 리스가 기다리고 있다는 걸 알았다. 뭐, 좋아. 어디 한번 해보자고.

"넌 지금 아빠를 죽이는 나를 도와준 너 스스로에게 화가 난 거잖아." 리스는 한 방 맞은 표정이었지만 나는 공격을 멈추지 않았다. "그 칼을 잡은 사람이 나 하나는 아니었어."

잠시 아무 반응도 없던 그녀는 미소를 지으며 말했다.

"엿이나 처먹어, 헤티."

나는 입을 떡 벌렸다. 리스는 전에도 내게 상처를 준 적이 있지만, 지금까지는 진심으로 보이지 않았는데.

"네 목숨을 구해 준 대가로 이런 대접을 받다니, 그냥 아저 씨가 널 죽이게 놔둘 걸 그랬어." 내가 말했다.

리스는 웃었다. 끔찍하리만큼 생기 없는 웃음이었고, 나는 그녀가 그만하길 기다렸다. 하지만 리스는 그러지 않았다. 그녀는 허리를 숙이고, 무릎에 은빛 손을 대면서 버텼다. 하커 씨의 심장이 가슴에서 찢겨 나올 때처럼 그녀의 속에서 뭔가를 찢어 발기는 것 같은 소리가 계속 났다.

"리스." 내가 그녀를 불렀다. 이것이 뭔가 더 끔찍한 상태로 변하기 전에 멈춰야 했다. 하지만 미처 다른 말을 하기도 전에 우르르 소리가 우리를 흔들었다. 우르르 모터 소리가 점점 더 빠르게 가까워지고 있었다. 우리 둘 다 깜짝 놀랐고, 리스의 웃음소리가 그쳤다. 그가 누구건 웰치 선생님이 만나기로 한 사람이 분명했다.

나는 뒷문으로 가서 밖을 살펴봤다. 부두에 보트 한 척이 들어오고 있었고, 모터는 공회전을 하고 있었다. 그 보트 안에

풍선 같은 형태의 사람이 타고 있었다. 그 체격의 비율은 기이했고, 방호복을 입어서 잘 보이지도 않았다. 톡스가 발생한 첫 주에 와서 우리의 체온을 재고, 피를 뽑은 후 헬리콥터를 타고 사라져서 다시는 돌아오지 않은 의사들 같았다.

"망할." 나는 그렇게 말하면서 얼른 리스에게 돌아갔다. 그리고 엽총을 잡아채서 겨드랑이 끼었다. "여기서 나가야 해."

벽에 난 구멍으로 방호복을 입은 사람이 보트에서 내리면서 구름처럼 부풀어 오른 비닐을 볼 수 있었다. 지금 가지 않으면, 그들이 우릴 볼 것이고, 우리가 격리 조치를 어긴 사실을 알게 될 것이다. 그러면 모든 게 수포로 돌아간다.

리스는 고개를 흔들고 비틀거리며 내게서 멀어졌다.

"안 돼." 리스가 말했다. 늘 그렇듯 리스의 고집 센 이런 면은 적어도 온전히 남아 있었다. "아빠를 두고는 못 가."

"누군가 오고 있어." 내가 말했지만, 그녀는 지금 이성을 잃었고, 나는 너무 큰 소리로 말하고 있었지만 어쩔 수 없었다.

"우린 가야 한다니까."

"그럴 수 없어." 리스는 바닥에 널브러진 채, 가슴에 상처가 벌어져 있고, 옆에 놓여 있는 심장에서 아직도 피가 흐르는 아버지를 보고 있었다. 그의 시커먼 치아가 붉은 불빛에 거무스름하게 빛났다.

"내겐 아빠밖에 없어. 이렇게 그냥 갈 순……."

나는 순간 꼭지가 열리고 말았다. 그래서 그녀의 허리를 두 팔로 꼭 끌어안고, 질질 끌면서 문을 향해 갔다. 처음에 그녀는 비늘이 돋은 손가락으로 내 손을 할퀴면서 맹렬하게 싸웠다. 나는 몹시 아팠지만 우린 가야 했다. 이걸 리스는 이해하지 못한 걸까? 우리는 그만 가야 하는데.

우리는 비틀거리며 바이엇의 머리글자가 새겨진 자작나무를 지나쳤고, 마침내 리스가 똑바로 섰다. 우리는 달려서 집 밖으로 나와 숲속으로 들어갔다. 빽빽하게 사방으로 좁혀 들어오는 소나무들을 헤치면서 점점 더 초록색 숲으로 깊숙이 들어갔다. 뒤에서 뭔가가 내는 소리를 들을 수 있었지만 나는 돌아볼 수 없었고, 아무것도 하지 않은 채, 계속 엽총이 옆구리를 찔러대는 와중에 비틀거리며 앞으로 나아갔다. 요란한 소리를 내면서 잡목림 속에서 흔적을 남기며 갔다. 나뭇가지들이 내 머리카락에 걸리고, 내 옷자락을 잡아당겼다. 집에 도착할 즈음엔 꼴이 엉망이 되겠지만, 우리는 거기에 갈 것이다. 그럴 것이다.

마침내 우리는 도로로 나왔다. 그 널찍한 도로를 보자 익숙한 안도감이 밀려왔다. 거긴 아직 어두웠고, 우린 아무도 볼 수 없을 만큼 학교에서 먼 곳에 있었다. 그래서 나는 멈춰 서서 고개를 돌려 뒤에 있는 숲을 살펴봤다. 밀랍처럼 희미하게 빛나는 방호복은 보이지 않았다. 우리가 내는 소리 외에 다른 소리도 들리지 않았다.

"우린 괜찮은 것 같아." 내가 말했다. 리스는 대답하지 않았다. 내가 밑을 내려다보자 리스는 털썩 무릎을 꿇고 앉은 채 다친 어깨를 부여잡고 있었다. 그녀가 입술을 얼마나 세게 깨물고 있던지 그러고도 찢어지지 않은 게 놀라울 정도였다. "넌 괜찮다고 말한 줄 알았는데."

"난 괜찮아." 리스는 이를 악물고 참으면서 말했다. 그녀는 아주 천천히 힘겹게 숨을 쉬고 있었고, 달빛에 비친 얼굴은 백지장처럼 창백했다.

나는 그녀를 도우려고 애쓰지 않았다. 그녀의 말에 입은 상처가 아직 가시지 않았고, 어쨌든 그녀를 그 집에서 빼낸 사람은 나니까. 지금은 그걸로 충분했다. "일어나. 우린 담을 넘어가야 해."

우리는 문으로 들어갈 수 없어서 섬의 북쪽, 거대한 벽돌 담장이 절벽 입구와 만나는 곳으로 가야 했다. 거기서 죽어라 그 담을 기어올라 넘어가서 학교로 들어가야 했다.

나는 지금 여기가 어딘지 알고 있었고, 리스는 지금 어디든 앞장서서 갈 수 있는 상태가 아니었기 때문에, 나는 엽총을 어깨에 메고, 허리를 숙여서 그녀를 잡아 일으켜 세웠다. 그녀를 업고 가야 한다면 그러겠지만, 설사 내가 그럴 수 있다고 해도 리스가 가만 있지 않을 것 같았다.

"어서 가자." 내가 말했다. 내 몸에 기대 무거워진 리스를 이끌고 우리는 비틀거리며 도로를 걸어갔다.

우리가 학교 담장에 도착했을 때 한 줄기 빛이 하늘을 물들이고 있었다. 나는 도저히 지붕이 있는 곳을 올려다볼 수 없었다. 누군가 보초 근무를 서고 있다면, 지금 우리를 총으로 쏴버리고 여기서 그만 끝내라고 하지 뭐. 하지만 보초를 선 사람은 하나도 없었고, 우리는 담장을 향해 빽빽하게 늘어선 수목 한계선을 따라갔다. 나뭇가지들이 담을 갈망하면서 쇠창살 틈으로 들어가려고 애를 쓰고 있었다. 우리는 그것을 따라 섬 가장자리까지 갔다.

바다의 물보라가 내 피부를 두들겼다. 한쪽에선 소나무들이 가깝게 다가서 있었고, 그 맞은편에 담장이 있었고, 바로 앞쪽에 땅이 푹 꺼져 있었다. 바람에 시달려 닳고 닳은 화강암 절벽이 그 밑에 있는 물가까지 600미터 높이로 뚝 떨어져 있었다. 나는 학교를 흘끗 올려다봤다. 모든 창문이 어두웠고, 평지붕에는 랜턴 하나 켜져 있지 않았다. 우리를 찾는 사람은 없었다. 그리고 수평선 너머로 보이는 사람도 없었다. 바다는 텅 빈 채 끝없이 뻗어 있었고, 열을 지어 밀려오는 파도가 계속 부서지고 있었다.

담장은 절벽 입구에서 끝나 T자 모양을 이루고 있었다. 절벽 가장자리와 맞닿아 있는 담의 두꺼운 벽돌 기둥들이 너무 크고 높아서 그 곳을 넘어가거나 돌아갈 방법은 없었다. 우리는 갈 수 없었고, 동물들도 갈 수 없었다. 하지만 시멘트 벽돌에 여기저기 긁힌 자국들과 부서진 이빨들이 있는 걸로 봐서 여길 통과하려고 시도한 동물들이 없진 않은 것 같았다.

나는 천천히 리스를 끌고 와서 그녀를 그 벽돌 기둥에 기대 세웠다. 그녀의 얼굴은 창백했고, 흐릿한 눈으로 나를 빤히 보고 있었다.

"리스." 나는 그녀를 가볍게 흔들며 말했다. 그리고 그녀의 뺨을 부드럽게 쓰다듬었다. 그녀의 피부는 너무 차고 창백했다.

아마 충격에 빠진 것이리라. 나는 그녀의 어깨가 비틀어질 때 나던 소리와 그녀가 비명을 지르던 모습을 떠올렸다. 리스는 우리가 다른 사람들에게 요청할 수 있는 것보다 더 큰 도움이 필요했다.

"정신 좀 차려, 제발. 리스, 나야." 나는 그녀와 대화를 시도해 봤다.

리스는 눈을 깜박였다. 마치 그것이 지금까지 한 일 중에서 가장 힘든 일인 양 아주 천천히. "난 너무나 피곤해." 그녀는 쉰 목소리로 말했다.

"나도 알아. 마지막으로 한 번만 더 힘을 내자, 알았지?"

여기 쇠창살과 벽돌담은 직각이고, 벽돌에 여기저기 틈이 있어서 그 틈에 발을 대고 우리의 몸을 끌어올려 담을 넘어갈 수 있을 것이다. 나는 리스가 일어서는 걸 도와주고 담 쪽으로 몸을 돌려 세웠다.

"보여?" 나는 우리 무릎 높이 정도의 벽돌담에 어떤 동물이 벽돌 한 조각을 떼어내서 생긴 자국을 가리키며 말했다. "저기로 올라가. 내가 지켜봐 줄게."

리스의 오른팔이 기이한 각도로 축 늘어져 있었지만, 리스는 내가 만난 그 누구보다 강하다. 그래서 이 모든 일을 겪은 후에도, 그녀는 다친 어깨를 담장에 대고, 발을 벽돌담의 부서진 틈에 끼운 후에 작게 비명을 지르며 몸을 들어올렸다. 그녀의 비늘 돋은 손이 시멘트 담장을 박박 긁었고, 나는 그녀가 담을 넘어가는 모습을 보면서 기이한 만족과 뿌듯함을 느꼈다.

리스가 올라가면서 벽돌담에 여기저기 자국을 남긴 덕에, 내가 따라 올라가기가 훨씬 더 쉬워졌다. 나는 곧 담장 꼭대기에서 사정없이 짓이겨진 잔디밭 위로 뛰어내렸다. 나도 모르게 신음소리가 나왔다. 이번에는 학교 쪽으로 넘어왔다. 집에 돌아온 것이다.

리스도 끙끙거리고 비틀거리며 일어섰다. 마치 온몸에서 힘이 빠진 것 같았고, 평소에는 환하게 빛나던 그녀의 머리카락마저 색이 흐릿해진 것 같았다.

"넌 2층으로 올라가. 난 총을 헛간에 갖다놓고 2층으로 갈게." 내가 속삭였다.

그녀는 고개를 끄덕였다. 그리고 뭔가 말할 것 같아 보였는데─아마 아까 자기 집에서 한 말에 대한 사과─하지만 그러다 휙 돌아서서 후드를 뒤집어썼고, 동틀 녘의 어둠 속으로 사라졌다.

헛간으로 몰래 숨어드는 건 너무 쉬워서 나는 계속 뒤를 돌아보며 웰치 선생님이 어둠 속에서 나와 내 이마에 권총을 대고 누르길 기다렸다. 하지만 아무도 오지 않았다. 그렇게 총을 되돌려 놓는 건 쉬웠어도, 리스는 그렇지 않았다.

내가 돌아왔을 때 리스는 내 침대에 앉아 다친 어깨를 부여잡고 있었다. 나는 잠시만 말없이 그녀를 바라보며, 햇살이 그녀의 피부 위에서 오락가락하는 모습을 지켜봤다. 저 밖에서 무너져 내린 건 내 인생이 아니라 그녀의 인생이었다. 그러니 우리 둘의 사이를 회복시킬 사람은 나여야 했다.

"너 괜찮아?" 내가 물었다.

그녀는 킥킥 웃으면서 고개를 저었다. "괜찮냐고?"

"미안. 바보 같은 질문이었어." 적어도 리스는 내 말에 대꾸하고 있었다. 나는 방 안쪽으로 더 깊숙이 들어와서 방문을 닫았다. "네 어깨 좀 어떻게 해보자."

리스가 대답하지 않아서 나는 그녀 옆으로 돌아가 내 베개를 집었다. 대부분의 다른 베갯잇들은 모두 모아서 바느질을 해 이불로 썼지만 내건 아직 베갯잇이 그대로 남아 있었다. 나는 그걸 벗겨서 옆의 솔기를 뜯기 시작했다.

"어깨가 완전히 부러진 것 같진 않아." 내가 말했다. 하지만 리스는 지금 그것 때문에 화가 난 게 아니었고, 우리 둘 다 그 사실을 알고 있었다. "내가 팔걸이 붕대를 만들 테니까, 당분간 이걸로 버텨."

나는 리스가 오른팔을 가슴에 대게 도와주고 베갯잇을 목 주위에 걸었다. 그리고 팔걸이 붕대의 매듭을 지을 수 있도록 그녀의 팔을 구부리게 했다가 리스가 떨리는 한숨을 내쉬었을 때 그대로 얼어붙었다. 그녀는 내 가슴에 이마를 기대고 있었다.

"대체 아빠한테 무슨 일이 있었던 걸까?" 리스가 속삭였다.

"나도 모르지. 아저씨는 밖에 아주 오랫동안 있었어." 내가 말했다.

그리고 나는 말하고 싶었다. 아저씨는 우리랑 달라. 톡스가 우리 학교의 여학생들을 건드린 것과는 다르게 그를 통째로 삼켜버렸다고.

나는 잠시 그대로 있다가, 그녀의 목덜미를 엄지로 쓸어내린 후에, 그녀의 옆 침대에 털썩 앉았다. "아마 내일은 너에게 제대로 된 붕대를 구해 줄 수 있을 거야. 아니면 진통제나."

리스는 대답하지 않았다. 리스가 숨을 쉬고 있는지도 확신할 수 없었다. 나는 그녀가 다시 자기 속으로 사라지게 놔둘 수 없었다. 톡스가 이기게 놔두지 않을 것이다.

나는 손을 뻗어서 그녀의 무릎에 대고 꽉 쥐었다. 리스를 안심시키기 위해, 내가 그녀 옆에 있다는 사실을 일깨워 주기 위해서였다. 하지만 그녀는 움찔하며 내 손길을 피했다.

"리스?"

"하지 마." 그녀가 말했다. 내가 얼른 몸을 뒤로 빼는 순간 그녀는 벌떡 일어나서 은빛 손으로 얼굴을 벅벅 문질렀다. "그러지 마."

"미안해. 먼저 물어봤어야 했는데."

"내 말은 이 모든 거 말이야." 리스는 그렇게 말하고 돌아서서 날 봤다. 나는 그녀가 지금 쓰고 있는 침착한 표정의 가면을, 그 밑에 있는 괴로움을 다 볼 수 있을 것 같았다. "이제 그만하자, 헤티."

"알았어." 나는 두 손을 들어 보이며 말했다. 우린 진정한 후에 이 일을 해결할 방법을 알아낼 것이다. "괜찮아."

"아니. 빌어먹을 괜찮지 않아." 리스가 사납게 쏘아붙였다. 그녀의 목소리는 완전히 체념한 것 같았고, 금방이라도 포기할 것 같아서 순간 공황이 올 듯했다. 리스마저 잃을 순 없으니까.

"네가 그런 짓을 한 후에 어떻게 우리가 같이 지낼 수 있을지 모르겠어."

안 돼, 난 리스를 잃을 수 없다. 하지만 이걸 설명할 수 있는 길은 별로 많지 않았다. 내가 자제력을 잃지 않고 우리를 살아 있게 하기 위해 그랬다고 해명하는 데도 한계가 있다.

"다른 해결책이 없었어." 나는 말했다. 나는 폭발하지 않으려고 애를 쓰느라 주먹을 너무 꽉 쥐고 있어서 손톱들이 살을 파고들어 오는 걸 느낄 수 있었다. "그땐 아저씨 아니면 우리를 선택해야 하는 상황이었어. 나는 내가 할 수 있는 유일한 선택을 했어."

"그래서 뭐." 그녀의 목소리는 신랄하기 짝이 없었다. "그러니까 우리 아빠가 죽었는데 나는 화도 내면 안 된다는 거야? 톡스가 우리 아빠를 너무나 심하게 망가뜨려서 네가 어쩔 수 없이 그의 목숨을 끊어야 했다고?"

나는 벌떡 일어섰는데 이 감정이 분노인지 혹은 완전한 절망인지 모르겠지만 어쨌든 감정이 너무 격해져서 온몸이 덜덜 떨렸다. "아니, 사실 내가 널 구했으니까 너는 화도 내면 안 되는 거야." 내가 말했다.

리스는 눈을 가늘게 떴다. 나는 이제 리스가 피부을 공격에 대비해 온몸에 힘을 줬다. 나는 리스처럼 싸우는 사람을, 그것도 너무나 잘 싸우는 사람을 만나본 적이 없었다. 하지만 침묵이 이어졌다. 그러다 마침내 그녀는 아주 길고 느린 숨을 내쉬었고, 어깨에서 긴장이 풀렸다.

"넌 내가 이러길 원한다고 생각해?" 그녀가 말했다. 리스는 목이 쉬어 있었고, 나도 더는 뭐라고 해야 할지 알 수 없었다. 이제 어마어마한 피로가 우리 둘을 무너뜨리고 있었다. "우린 뭐에 상처받고, 뭐에 상처받지 않을지 선택할 수 없어."

내 귓속에서 내 심장이 툭툭 뛰는 소리가 울리고 있었고, 가슴속에서는 두려움의 고리가 점점 강하게 조여들고 있었다. 제발, 제발, 내가 생각하는 그 말은 하지 말아줘.

"리스." 내가 입을 뗐지만, 그녀는 고개를 저었다.

"네가 한 일은 이해해. 네가 옳은 일을 했다고 생각해. 그래도 여전히 그것 때문에 화가 나." 그녀는 성한 왼쪽 어깨를 으쓱했다. "그거 말고 달리 할 말 있어?"

잠시 나는 어둠 속, 나 혼자 내 운명을 짊어져야 하는 바로 그곳으로 돌아와 있었다. 다른 길은 없었다. 죽거나 아니면 죽이거나 둘 중 하나였다. 이건 내가 하커 씨의 가슴에서 심장을 뜯어냈던 것처럼, 내가 내 가슴에서 심장을 뜯어내는 것같이 느껴졌다. 하지만 난 대답했다. "할 말 없는 것 같다."

그녀는 고개를 끄덕였다. 나는 답답한 마음으로 그녀가 뺨에 흘러내린 눈물을 닦아내는 모습을 지켜봤다. "맞아. 내 말이 바로 그 말이야."

지난 며칠간 나는 그녀가 마음을 여는 모습을 봤다. 그런데 이제 다시 그 마음을 닫아버리고 있었다. 그 익숙한 거리감, 단한 번도 날 똑바로 보지 않는 그녀의 눈길. 이 모든 것이 하나로 합쳐지는 동안 그녀가 말했다. "이 방은 네가 써. 난 다른 빈방에 가서 잘 테니까."

리스는 내가 반박하길 기다리고 있었다. 만약 리스가 바이엇이었다면 나는 뭐라고 할지 알고 있었을 것이다. 그녀의 갑옷에 있는 빈틈을 알고 있었을 것이다. 하지만 리스에게 그런 빈틈은 없다.

"알았어." 이 말을 했을 때 목소리가 갈라지지 않은 나 자신이 자랑스럽다. 하지만 그녀가 내 입장을 제대로 이해했는지 확인도 안 하고 보낼 수는 없었다. "미안해. 너도 그건 알아야 해." 내가 말했다.

어두운 방에서 그녀의 머리카락만이 환하게 빛났고, 그녀의 얼굴에는 처음 만났을 때처럼 기이하고 알 수 없는 표정이 떠올랐다. 그녀는 떠났다. 몸은 여기 있지만 이미 마음은 떴다.

"그래, 나도 알아." 그녀는 나가면서 문을 닫았다.

바이엇

• • • •

Byatt

15장

그들이 커튼을 열고 휠체어에 탄 그를 밀고 들어왔다
우리 둘 다 바퀴 달린 들것에 누워 있었고, 나는 그가 누구인
지 안다   다만 내 정신이 온전치 못하다

내 머릿속은 안개로 가득 차 있다 난 바다에 있다 그들이
날 찌르고 내게 피를 흘리게 할 때를 빼놓고는 아무것도 느낄
수 없다

내가 잊어버렸던 사람은 바로 테디였다

소년들은 걸리지 않아

난 그에게 그렇게 말하고 키스했다 내가 그랬다 내가 그랬
다 내가 그를 파멸시켰다 심지어 일부러 그러려고 한 것도 아
닌데

넌 언제쯤 철이 들래 엄마가 내게 말하고 있었다

엄마는 다시 창가에 서 있었다   엄마는 나를 지켜보고
있었고   마치 의사들처럼 수술복을 입고 있었고   눈을

깜박일 때마다 엄마는 보였다 안 보였다 했다

　세상엔 네가 원하는 것보다 훨씬 더 중요한 것들이 있어 엄마가 말했다

✦　✦　✦

　기분이 어때

　나와 헤티는 지붕에 있다 헤티의 한쪽 눈은 붕대로 가려져 있었지만 우리는 안 그런 척했다 내가 헤티에게 기분이 어떠냐고 물어보자 헤티가 말했다

　그렇게 아프진 않아

　그 말을 들으니 기뻤고 그러자 헤티는 날 곁눈질로 봤다 헤티의 새 얼굴에 익숙해지기까진 시간이 좀 걸렸지만 헤티는 이미 익숙해졌다 그러니 나도 그래야 한다 헤티가 말했다

　넌 괜찮아 보여 바이엇

　괜찮다는 말에 뭔가 깊은 뜻이 있는 것 같았지만 그게 뭔지 모르겠어서 난 그냥 어깨를 으쓱하며 말했다

　그런 것 같아

　난 그렇게 말했다

　빛이　　　내 눈을 항상 그렇듯 찢고 있었다 내 눈은 빛에 너무 민감하다　　　안과에 가면 절대로 눈을 크게 뜰 수 없었다 누군가 허리를 숙이고 날 내려다보고 있다 눈을 깜박이자

294 ... 바이엇

선명해지는 모습

파레타

나는 고개를 흔들어서 벗어나려 했지만 그녀가 뭔가 이해
할 수 없는 말을 했고 그러다가

테스트 그들이 테스트를 하고 있었다

내 팔이 움직이고 있었다

다시 원래대로 해놓으려 했던 기억이 돌아왔지만 그럴 수
없었고

구멍이   튜브 하나와 밝고 노란 손들이 밀어 대고

나는 입을 벌려서 비명을   비명을 질렀지만 아무 소리
도 안 나오고 그저 공기만 피식 새어 나오고 내 정맥 주사에 있
는 건 뭐지 투명한 그게 내려와 내 몸으로 들어가고

난   이걸   멈출 수 없다

나는 엄청나게 몸을 잡아당겼고 테디는 원래 있던 그 자리
에 있고 내 안에 뭔가가 차갑고 달콤한데

그는 여기 없다

나도 여기 없다

부드럽게 씻겨 내리는 소리

파도 소리

톡스가 발생하기 전의 렉스터 해변

나는 혼자지만 다른 여자아이들이 뒤에서 뛰어다니면서

웃고 수다를 떠는 소리가 들렸다 그래도 해변에서 혼자 있는 건 괜찮다 왜냐하면 고개를 돌리기만 하면 그들이 있을 테니까

하지만 나는 돌아보지 않는다

물속에서 아주 밝은색의 게 한 마리가 있어서 나는 허리를 숙였고 내 무릎이 수면을 쳤다 나는 캔버스화도 신지 않고 청바지도 입지 않고 아주 부드러운 격자무늬 스커트만 입고 있다 항상 이걸 입고 있다

게가 날 바라보고 있다

나도 게를 본다

그것은 바닷물 위로 둥실 떠올랐다가 바닷물 밖으로 나와 내 손바닥에 올라왔는데 그것은 바짝 말라 있었다

나는 꿈을 꾸고 있다 난 사실 거기에 있지 않다는 걸 알지만 나는 그 게를 집어 들고 그 희미하게 반짝이는 껍데기를 자세히 본다 거기에 내 모습이 아주 작은 여러 개의 조각으로 비친다

수백 개의 작은 나

그들은 "잘 다녀오셨습니까"라고 말하고

그 게는 씰룩거리고 그 집게발은 서서히 까맣게 변하고

서서히 그러다 껍데기가 온통 다 까맣게 변하고 몸통도 까매지고 다리도 까매지고 내 손도 까매지고 내 팔도 까매졌다

나는 그 게를 놓으려 했지만 그럴 수 없었고 내 주위의 물도 까맣고 해변도 까맣고 내가 그걸 놓으면 난 사라질 것이다

내가 이걸 잃으면 난 사라질 것이다

꿈을 꾸는 사람은 꿈에서 일어나는 일을 아는 것처럼 나도 그걸 안다

모든 것이 까맣고 모든 것 모든 것이

아 잠이 깼다

처음엔 조용했다. 내 머리는 마침내 맑아졌고, 병실은 텅 비어 있었다. 아무도 오지 않았다. 아마 그들은 필요한 것을 가져갔거나 아니면 결코 그걸 확보할 수 없다는 걸 알고 있나 보다.

"안녕."

내가 애써 고개를 들자 테디가 침대에서 몸을 일으켰다. 피부는 칙칙하고 지친 기색이 역력했지만, 미소를 짓고 있었고, 새하얀 수술복을 입고 있어서 보기만 해도 눈이 아팠다.

"그들이 또 다른 치료제를 실험했어. 네 몸속에 있는 게 뭐든 그걸 죽일 만한 바이러스였지만, 네 몸이 그걸 싸워서 물리쳤어." 테디가 말했다.

"우리 몸속에 있는 게 뭐든 말이야." 그가 이 말을 했을 때 나는 다시 천장을 빤히 바라봤다.

잠시 후에 그는 일어나 내 침대로 와서 내 손목을 묶고 있던 벨트를 풀었다. 이제 그걸 할 필요가 없다. 우리 둘 다 알고 있었다.

"괜찮아?" 그가 물었다.

나는 고개를 끄덕였다. 나는 입을 벌리고 내 목을 톡톡 쳤다.

"기다려." 그는 캐비닛에 있는 화이트보드를 찾아냈다. 그걸 내 침대 옆으로 가져와서, 내가 마커를 잡을 수 있게 도와주고, 우리는 서로에게 다시는 물어볼 시간을 내지 못할 질문을 주고받았다.

네 성은 뭐야

"뭐라고?"

넌 내 성을 알잖아

"마틴이야."

성은 없이 이름만 두 개인 남자를 사람들이 뭐라고 하는지 알아

"몰라."

나도 몰라

징후가 다시 돌아오기까지 한 시간 정도 걸린다고 나는 생각했다. 그때가 되면 그는 땀을 흘리고 몸을 떨게 된다. 그리고 눈 밑에 다크서클이 생기고, 속이 텅 비도록 토하게 된다.

그거 무지하게 아픈데

테디는 신음하더니 무릎을 꿇고 침대 옆에 대고 토했다. 까만 액체였는데 오톨도톨 알갱이가 있어 보였다. 나는 그의 어깨에 한 손을 올려놨다.

"난 괜찮아."

하지만 그는 괜찮지 않았고 앞으로도 괜찮지 않을 것이다. 나는 침대 밑으로 손을 뻗어 떨리는 손가락으로 호출 버튼을 눌렀다.

"소용없어. 그들은 오지 않을 거야." 테디가 말했다.

나는 어떻게 아느냐고 묻지 않았다.

테디의 상태가 악화됐다. 마치 몸에 뼈가 하나도 없는 사람처럼 축 늘어졌다. 마치 첫 번째 발작에서 살아남지 못했던, 우리 학교에서 가장 저학년이었던 개비 같았다.

나는 무릎을 꿇고 그를 도와서 내 자리에 눕게 한 후 베게 여러 개를 쌓아서 등을 받쳐 줬다. 그의 이마에 손을 대자 그가 피했다.

너에게 이런 일이 일어날 줄 몰랐어

그는 눈을 질끈 감고 고개를 뒤로 기댔다. 그의 쇄골 위쪽에 손가락을 대고 눌렀다. 그의 피부는 새롭고 젊고 보드라웠다.

"그랬겠지." 그가 말했고, 다시는 입을 열지 않았다.

나는 그가 자는 동안 이 말을 화이트보드에 썼다. 쓰고 또 쓰고 또 썼다.

미안해 미안해 미안해 미안해 미안해

그가 잠에서 깼을 때 그걸 보여주고, 그의 손을 잡아서 손바닥을 내 심장 위에 댔다. 쿵쿵 뛰는 소리. 마침내 그는 수그러들어서, 눈을 감고 내게 몸을 기대 늘어졌다.

내 의도, 내 욕망. 그런 것들은 더 이상 중요하지 않았다. 우린 여기 있고, 죽을 때까지 여기 있을 것이다.

◆ ◆ ◆

두 번째 발작이 일어났을 때 사람들이 그를 묶었고, 그것이 끝난 후로는 테디의 몸을 만질 때마다 감전된 것처럼 찌릿한 충격이 일었다. 그는 울고 있었다. 나도 울고 싶었지만, 그래 봤자 그 소리가 덜걱거리는 웃음소리로 바뀔 거라는 걸 난 알고 있었다.

창문으로 사람들의 얼굴을 볼 수 있었다. 가끔은 파레타였고, 가끔은 마스크를 쓰고 있는데도 낯익어 보이는 얼굴의 간호사일 때도 있었다. 그들은 지켜보고 있었다. 이것이 끝날 때를 기다리면서.

"뭔가 말해 줘." 두 번째 발작에 탈진한 테디가 말했다.

뭐

"아무거나."

나는 그를 만났던 날을 떠올렸다. 그가 했던 질문들. 나는 우유 가격을 썼다. 그는 웃으려고 했다.

"그거 말고 딴 거." 그가 말했다.

테디의 세 번째 발작이 왔을 때 나는 입고 있던 병원 가운의 밑단을 찢어서 그걸로 그의 입가에 흘러내린 담즙을 닦아냈다.

누군가 창문 앞에 있었고 테디는 누워 있었다. 나는 그의 옆에서 예전에 아빠한테 한 번 들었던 농담을 보드에 쓰느라 손에 쥐가 났다. 먼저 그의 손가락이 눈에 들어왔다. 집게손가락. 그게 씰룩거리더니 나를 잡고 끌어당겼다. 그 동작은 너무나 작았던 탓에 지붕 위에서 거의 1년 반 가까이 보초를 서지 않았더라면 눈치채지 못했을 것이다. 하지만 나는 봤다.

나는 허겁지겁 뒤로 물러났다. 그러고 싶지 않았지만 내 침대 끝에 가서 몸을 한껏 옹송그린 채 아무 소리도 내지 않으려고 애를 썼다. 나는 그것이 어떻게 갈 수 있는지 기억하고 있다. 그것이 더는 내 몸을 원하지 않을 때 나에게 어떤 짓을 하도록 시키는지 기억하고 있었다.

테디의 눈이 번쩍 뜨였다. 무표정하지만 환한 눈빛. 아름다웠다. 아주 잠깐 그는 그냥 테디였다. 그냥 소년. 하지만 그때 그가 말했다.

"안녕." 그의 목소리. 텅 빈 목소리. 그 이면에 나를 알아보는 기색은 하나도 없었다.

그는 일어나려고, 나에게로 기어오려고 애를 썼는데, 만약 그가 내게 온다면 그럴 생각이 없어도 날 해칠 것이다. 테디가 그렇게 하도록 내가 가만히 있을지도 걱정이었다.

내가 입고 있는 병원 가운 끈이 그 역할을 해냈다.

그는 아주 긴 끈들을 하나로 묶어서 매듭을 지어 더 길게 만들었다. 그는 미소 짓고 있었다. 입을 벌리고 있는 그의 치아 뒤에서 뭔가 움직이기 시작했다. 그늘지고 섬세한 바로 거기에서 덩굴 하나가 천천히 기어 나와 그의 입술 주위를 친친 둘러 감았다. 렉스터 담장을 매끄럽게 휘감은 그런 덩굴 식물 같았다. 마치 나무에서 나무로 걸쳐서 자라는 덩굴 식물처럼.

그의 손은 마치 그의 손이 아닌 것처럼 아주 능숙하게 줄을 묶었다. 그리고 더 많은 덩굴에서 가지가 돋아나 새까맣게 엉키고 있었고, 그의 입과 귀에서 피가 흐르고 있었다. 그 덩굴들이 마치 새집을 찾고 있는 것처럼 나를 향해 뻗어왔다. 나는 테디가 묶는 그 줄이 뭐에 쓰려고 하는지 눈치채기 시작했다. 하지만 나는 아무것도 하지 않았다. 나는 양반다리를 하고 앉아서 톡스가 작업에 들어가는 모습을 지켜봤다.

그는 무릎을 꿇고, 줄을 올가미로 만들었다.

그는 결코 눈을 감지 않았다. 그의 손아귀 힘은 절대 줄어들지 않았다. 그는 마지막 순간까지 있는 힘껏 줄을 잡아당겼다.

16장

하얀 벽과 하얀 바닥은 별 차이가 없다. 나는 그 둘을 구분하느라 애먹고 있었다.

바닥에 얼룩이 하나 있는 것 같은데 내 발치에서 조금 떨어진 곳에 있었다. 나는 그 얼룩의 가장자리가 오락가락하는 모습을 지켜보고 있었다.

방에 소리가 하나 들렸다. 그게 무슨 소리인지도 구분하기 힘들었다.

지금 나는 눈을 감고 있다.

내 왼쪽 발목에 엄지정도 길이로 베인 상처가 있다. 그리고 오른쪽 슬개골에 든 멍 하나가 썩어가는 중이다. 허벅지엔 아무런 자국도 없었고, 그저 허벅지 안이 팽팽하게 긴장돼 있었다.

엉덩이에는 묶여 있던 끈에 눌려 생긴 움푹 팬 자국이 세 개 있었다. 갈비뼈에 패치를 붙였던 부분은 분홍색으로 변했다. 손에는 정맥 주사 자국들이 남아 있었다.

그들이 조금 더 부드러운 벨트로 바꾸면서 손목에는 아무 자국도 없었다. 내 목에는 멍 자국이 많았다. 뺨은 렉스터의 숲 속에 있는 나뭇가지들에 긁혀 부어 있었다.

눈을 뜨면 더 많은 자국이 남아 있겠지.

그들은 시체를 옮기러 들어왔다. 그 시체, 당신이 아는 바로 그　　시체.

세 사람이 들어왔는데 모두 얼굴을 가리고 있었다. 그들은 시체를 들어 시체 운반용 부대에 넣었다.

"저 애가 그에게 이랬어?" 그들 중 하나가 말했다.

"아니. 네가 그걸 봐야 했는데. 그 아이가 자기 손으로 직접 하더라고. 집에 누가 있을지 모르겠어, 내 말이 무슨 뜻인지 알지?" 또 다른 남자가 말했다.

그게 바로 톡스가 너를 원하지 않을 때 하는 짓이야. 그 쌍둥이 자매인 에밀리와 크리스틴처럼. 테일러의 여자 친구인 매리처럼. **당신은 지켜보고 있었잖아 분명 지켜봤을 거야**, 나는 말하고 싶었다.

"얘는 왜 아직 안 했대?"

"파레타 박사 말로는 이 아이의 호르몬 때문이래. 그래서 그것과 조금 더 잘 지낸다나."

그들은 시체를 밖으로 가지고 나갔다. 나는 그대로 병실에 남았다. 나는 앉아 있었고, 내 발바닥은 빨갰다. 나는 이제 아무것도 보고 있지 않다. 아니, 아니, 난 아무것도 보고 있지 않다. 다시는 결코 아무 것도 보지 않을 것이다.

나는 그들이 날 옮길 거라고 예상했다. 내 팔뚝에 다시 정맥 주사를 꽂고, 손목과 발목에 벨트를 채울 거라고 예상했다. 하지만 아무도 들어오지 않았고 내가 내 침대 옆에 있는 텅 빈 침대로 옮겨갔을 때 아무도 신경 쓰지 않았다.

내가 자고 있을 때, 그는 거기 있다.

내가 잠에서 깼을 때도, 그는 거기 있다.

내 차례가 됐을 때 파레타만 옆에 있었다. 나는 몸을 돌린 채 눈을 감았지만, 그녀는 구부렸던 내 팔다리를 펴서 일어나 앉게 했다. 산소 탱크 하나가 침대 옆에서 기다리고 있었다. 탱크의 관과 마스크는 환한 노란색이었다.

"음. 정말 유감이구나." 파레타가 말했다.

그녀에겐 할 말이 하나도 없었다. 난 그냥 그녀를 빤히 바라봤고, 그녀가 내 손에 화이트보드를 놨을 때도 가만히 있었다.

그녀는 침대 가장자리에 앉았다. 테디가 죽었고, 그녀는 머리부터 발끝까지 다 가리고 있어서 눈 주위의 피부만 보였다. 그녀가 내게 손을 뻗었을 때 나는 가만히 있었다. 그녀가 내 얼굴로 흘러내린 머리카락을 뒤로 넘기고, 입 가장자리에 묻은 말라붙은 침을 닦아낼 때도 가만히 있었다.

"뭘 좀 가져왔어." 그녀가 말했다. 입고 있는 비닐 옷의 주머니에서 그녀는 렉스터 붓꽃 한 송이를 꺼냈다. 조금 구겨지고, 가지가 갈라지긴 했지만 꽃잎은 여전히 파랗다. 아직 살아 있었다. "너 아래층에 있는 이 꽃 좋아했잖아. 그런 것 같아서. 받으렴."

그녀가 준 꽃을 나는 손바닥에 조심스럽게 내려놨다. 축 늘어진 꽃잎은 쪽빛이었고 한가운데 깨알만 한 노란 점들이 숨어 있었다. 헤티는 여름이면 날 위해 이 꽃들을 꺾어서 내 머리카락에 끼워주곤 했다.

"잘 들어. 우린 이제 여기에 머물 수 없게 됐어. 테디 일도 있고 너희 학교에 일이 생겼거든. 우리 연구는 종료됐고. 널 도울 수 없어서 미안하다."

그녀는 내가 용서해 주길 기다리고 있다는 생각이 들었다. 대신 나는 눈을 감고 붓꽃을 들어 코에 댔다. 달콤하면서 어딘가 짭짤한 렉스터의 향기.

"좋아." 그녀가 하는 말이 들렸다. 그녀가 산소 탱크를 가까이 굴려 오는데 바퀴에서는 끽끽 소리가 났다. "넌 이걸로 숨만 쉬면 돼, 알았지? 아주 쉽단다."

내가 계속 눈을 감고 있는 동안 그녀는 산소마스크를 코 위에 씌우고, 끈을 조여서 제 자리에 고정했다. 그녀가 내 손을 묶는 것도 신경 쓰이지 않았다. 그녀의 손길은 부드럽고 다정했으니까. 그녀는 내 몸에 더 이상 싸울 투지가 남아 있지 않다는 사실을 알고 있었다.

잠시 후에 쉭 소리가 나더니 밸브가 풀렸다. 나는 파레타를 봤고, 내가 깊이 숨을 들이마시는 모습을 지켜보고 있는 걸 확인했다.

이건 마치 아주 오랜만에 처음으로 물을 마시는데, 그때 혈관으로 들어오는 찬 기운을 느낄 수 있는 그런 느낌 같았다. 다만 이건 차갑지 않았다. 이건 쉭쉭 소리가 나는 일종의 열기 같았는데 그 느낌이 점점 더 커지고 있었다.

나는 이런 식으로 인생을 끝내도 상관없었다.

파레타는 일어났고, 이대로 나가나 보다고 생각했을 때 내 발치에서 멈췄다. "하나만 말해 주렴. 할 수 있다면 말이야. 난 테디가 어떻게 병에 걸렸는지 이해하려고 무진 애를 썼거든." 그녀가 말했다.

나는 간신히 어깨를 으쓱할 수 있었다.

"왜냐하면 다른 사람들은 병에 안 걸렸거든. 거기다 테디가 다른 사람과 다르게 행동한 점은 하나도 생각해 낼 수 없었고." 그녀는 이어서 말했다.

아, 나는 할 수 있는데.

테디가 마스크를 벗고, 테디가 내 머리카락을 만지고, 테디가 사라지고 다른 뭔가가 그 속에서 뿌리를 내리고. 나는 화이트보드를 집어서 썼다.

내가 그에게 키스했어요   그것 때문에 그랬을까요

파레타는 잠시 나를 빤히 보기만 했다. 그러다 웃었지만 그 소리는 웃음소리 같지 않았다.

"행운을 빈다." 그녀는 그렇게 말하고 얼른 돌아서서 그녀의 표정은 볼 수 없었다. 찰칵 소리가 나고 문이 닫혔다.

　방송에서 어떤 여자가 이제 대피 절차를 시작할 시간이라고 말했다. 사람들이 움직이고, 말하는 소리를 들을 수 있었다. 모두 침착하고 절도가 있었다. 누구도 공황에 빠지지 않았다. 누구도 서두르지 않았다. 그들은 이 일이 일어날 걸 미리 알고 있었다.

　다리가 씰룩거렸고, 온몸이 저절로 툭툭 튕겨졌다. 마치 이륙 직전의 비행기 엔진처럼, 마치 발작이 시작되기 전처럼, 하지만 그보다 훨씬 더 큰 뭔가가 일어나려 하고 있었다. 몸이 덜덜 떨리고, 마치 솔기마다 찢어지려는 옷처럼 온몸이 당겼다. 나는 눈을 감았지만 상관없었다. 여전히 볼 수 있었다. 여전히 나는 여기 있다.

　이마에 땀이 흥건히 고였다. 이 고통은 너무 심했다. 내 몸은 이런 용도로 만들어지지 않았다. 내 속에서 뭔가 움직이는 걸 느낄 수 있었다. 그것이 내 갈비뼈 뒤에서 심장으로 올라왔고, 공기가 내 속에서 밀려 나가고 있었다.

　난 할 수 없어

　전처럼은 못 해 전처럼 반짝일 수 없어 침착해　　이건 골절이야 이건 부러지고 있어

　이게 끝이야　　놔주면 안 되는데

　손가락 끝이 까맣게 변하고 있어　　렉스터 블루　　모든 게 사라지고 있어 내 가슴에서 밖으로　　마치 빛의 기둥 같은 것

이   비명을 질러

난 아무것도 아니야

난

난 끝났다

그리고 이제, 이제, 정말 아프다

나는 일어나 앉았다. 붓꽃은 바닥으로 떨어졌고, 손가락 끝을 빛에 비춰봤다. 마치 잉크에 담근 것처럼 검었다. 그 검은 색이 손가락 관절까지 올라갔다.

이것이 바로 그들에게 일어나는 일이다. 렉스터에서 살면서 렉스터섬이 그들의 일부가 됐을 때. 그들이 죽어갈 때 이런 일이 일어나는 것이다.

나는 얼굴에 쓴 산소마스크를 벗었다. 이건 이제 제 역할을 다했다.

나는 침대에서 나와 벽에 딱 달라붙어서 문을 향해 갔다. 내 다리는 아직 흔들리지 않았지만, 다리 힘이 약한 걸 느낄 수 있었다. 머지않아 내 다리는 풀려버릴 것이다. 나는 문 옆에 있는 침대에서 잠깐 쉬면서 복도가 보이는 유리창에 기댔다. 거기 비친 내 모습이 날 빤히 마주 봤다. 눈 밑의 피부는 파란색과 노란색으로 얼룩덜룩했다. 병원 가운을 입고 있는데도 내 갈비뼈들이 툭 튀어나와 있는 게 보였고, 머리는 땀이 말라서 뭉쳐 있었다.

그러다 그게 보였다. 내 팔 속에서 뭔가 흔들리는 게 거울에 보였다. 피부 속에서 뭔가 툭 튀어나와 있었고, 순간 소름이 끼쳤다. 내 손목에서 맥이 뛰는 걸 느낄 수 있었는데 마치 심장 박동처럼 거세게 뛰고 있었다. 나는 죽어가고 있는데, 내 안에 있는 어둠이 도망치려 애쓰고 있었다. 타는 것처럼 뜨거운 피부에 손가락을 대자 뭔가가 움츠러드는 게 느껴졌다. 아마 힘줄일 지도 모른다. 하지만 뭔가 다른 것일지도 모르지.

그건 내버려 둬, 그건 널 위해 간직해, 하고 나의 일부가 말했다. 하지만 내가 죽어가고 있다면, 적어도 내가 원하는 방식대로 죽을 것이다.

나는 문 옆에 있는 침대 밑에서 메스를 하나 찾아냈다. 그것으로 내 팔뚝 안쪽을 살짝 그었다. 뜨거운 내 피부에 댄 칼날은 차가웠고, 작은 구슬 같은 핏방울들이 엷게 맺혔다.

팔뚝을 칼로 다시 그었지만 이번에는 천천히 칼날을 끌어당기면서 힘을 주어 눌렀다. 그러자 진하고 어두운 피가 흘렀다. 피가 위로 샘솟다가 옆으로 흘러내려 팔꿈치로 떨어졌다. 다시, 또다시, 마침내 따끔거리는 느낌이 팔뚝까지 퍼졌다. 그러다 칼날이 깊숙이 숨어 있던 뭔가를 건드렸다는 걸 알았다. 온몸을 으스러지게 쥐는 것 같은 고통이 사방으로 퍼졌고, 몸속에서 비명이 울렸지만, 난 자해를 많이 해봐서 어떻게 해야 할지 잘 알고 있었다.

나는 메스를 내려놓고, 피에 젖어 미끄러운 손가락으로 칼로 벤 부위의 살을 벌렸다. 순간 뼈가 언뜻 보이면서 온 세상이, 생생하면서도 흐릿한 세상이, 빙빙 돌았다. 나는 엄지와 집게손가락을 내 팔 속에 넣고, 신음을 삼키면서, 칼로 베어낸 자리 옆을 힘껏 벌렸다.

그걸 보기 전까진 알 수 없었는데 그러다 그게 움직였다. 번득이고 두꺼운 모양이 마치 근육처럼 생겼다. 그것이 천천히 씰룩거리면서 열기를 발산하고 있었다. 한 마리의 벌레였다.

손가락으로 그걸 집어내려고 했지만 너무 미끄러웠다. 그래도 계속 시도하면서 누가 여기에 핀셋을 놔두고 갔으면 얼마나 좋을까, 생각했다. 그것은 이제 몸부림치고 있었다. 그것은 내가 무슨 짓을 하고 있는지 알고 있었다. 마침내 나는 그걸 꽉 잡아 내 몸속에서 쓱 빼냈다.

마치 내 살에 걸린 낚싯바늘을 찢어내는 것 같은 느낌이었다. 내 살이 찢어지면서 피가 새로 솟구쳤다. 하지만 이제 그건 중요하지 않다. 난 그걸 손에 쥐고 있었다. 그것은 죽었거나 죽어가느라 이제 미동도 하지 않고 있어서 똑똑히 볼 수 있었다. 색깔이 점점 희미해지고 있었는데, 위에서 비쳐 보이는 밑부분의 색깔은 우유처럼 뽀얀 흰색이었다. 마디마디 분절된 형태가 아주 길었다. 내 가운데손가락 끝에서 손목 정도까지 이를 만큼 길었다. 이렇게 긴 기생충이 몸속에 있었는데 나는 그 존재조차 모르고 있었다.

이것은 침입인 동시에 선물이기도 했다. 이것은 내가 렉스터에서, 보스턴에서, 그리고 그 사이의 모든 나날에 느꼈던 모든 감정에 대한 이유를 찾게 해줬다. 이것은 내 마음과 내 몸이 조화로울 수 있게 해줬다. 적어도 그건 고마워할 수 있다.

나는 창문으로 다시 고개를 돌려 거기 비친 내 모습을 봤다. 뭔가 달라진 게 있는지 보려고. 하지만 그런 건 없었다. 똑같은 나 늘 같은 나   하지만 나는 생각한다   아무래도 뭔가 사라진 것 같다고

이제 그건 상관없었다. 나는 시트를 찢어서 팔에 감았다. 피 얼룩이 점점 번져갔고 나는 일어났다. 그들이 날 놔둔 곳에서 죽고 싶진 않았다.

내 옷은 생물학적 유해 물질을 넣는 봉투에 밀봉된 채 내 침대 뒤에 있는 캐비닛에 들어 있었다. 나는 그 봉투를 이빨로 찢어서 열고 내 재킷, 셔츠, 청바지를 꺼냈다. 그 속에 있는 작은 봉투에서 너덜너덜해진 내 부츠도 찾았다.

나는 그것들을 꼭 끌어안은 채, 차갑고 짜디짠 공기를 들이마셨다. 이것만으로 다시 예전의 내가 될 수 있었다.

옷을 다 입고 신발을 신었을 때 다리가 덜덜 떨리고 있었다. 나는 바닥에 떨어져 있는 붓꽃을 찾아서, 꼭 쥐고, 절뚝거리며 걸어가서, 어깨로 문을 밀어 열었다. 문 바로 밖에 휠체어가 있었다. 거기까지 간신히 몇 걸음 걸어가서, 털썩 주저앉았다.

휠체어의 잠금장치가 수동이어서 내가 걸쇠를 풀고 아주 세게 핸들을 눌러야 했다. 그 후에 이리저리 조작하다가 토할 뻔했다. 난 지칠 대로 지친 데다 빈속이었기 때문에, 하지만 그럭저럭 휠체어를 움직이는 데 성공해서 그걸 타고 복도로 갔다. 그 길, 우리가 밖으로 나갔을 때 누군가 날 데려간 바로 그 길.

내 윗입술 위로 뭔가 뚝뚝 떨어지고 있었다. 마치 시럽처럼 천천히 흘러내렸고, 맛은 거의 피 맛 같은데 신맛이 났다. 나는 그걸 닦아냈다. 그리고 손에 얼룩진 그게 뭔지 보지 않았다.

오른쪽 다리에 감각이 사라졌고, 시야가 점점 더 어두워지고 있었다. 얼마 남지 않았다.

그 길은 내가 기억한 그대로였다.

로비를 통과하자 텅 비어 있었고 어지럽게 뒤섞여 있는 데다 익숙했다   생각해   생각해 바이어트   너 모르겠어   그러다 돌아서   모퉁이를 돌아서자   찌그러진 문이 있었다

밖으로 나가자

달콤하고   차갑고   바로 나만을 위한 겨울바람이 불어왔다

나는 최대한 빨리 갔다.

벽에 최대한 바짝 붙어서 드르륵 드르륵 소리를 내며 등을 휠체어에 딱 붙인 채 재킷을 단단히 여미고

붓꽃을 내 심장에 가깝게 댄 채

그것이 마치 파도가 물마루를 이루며 솟구치는 것처럼, 마치 태양이 떠오르는 것처럼, 마치 기차가 선로를 달려오는 것처럼, 마치 총알처럼, 마치 집처럼 오는 걸 볼 수 있었다

이런 식으로 하는 게 더 낫지 않겠니   더 낫지 않겠어

나무들 속에서 태양이 떠오르고 있었다
옅은 햇살이 비스듬하게 밀려오고 있었다
나는 내가 할 수 있는 일을 했고 노력했다
　얼마나 열심히 노력했던가

숨을 들이쉬었다가 내뱉었다
최대한 오래 눈을 뜨고 있으면서 내가 보고 싶은 걸 내가
보고 싶은 걸 내가 보고 깊은 걸 보고
멀어져 가는 숲
내 발치로 기어오는 바닷물
물결에 둥둥 떠다니는 섬
렉스터는 잊지 않는다　　　렉스터
그건 유리로 보는 바다 같을 것이다 나는 허리를 숙일 것이
고 잔물결이 이는 그 수면을 들여다볼 것이고 내가 그 안에 매달
려 있는 모습을 볼 것이고 내가 정확히 어디 있는지 알 것이다
나는 그게 마를 때까지 가장자리가 닳아 없어질 때까지
그것이 더 이상 아름다워지지 않을 때까지 쥐고 있을 것이고
　(포효하고 또 포효하며 몰려오는 물살)
나는 어쨌든 그걸 간직하고 있을 것이다

헤티

• • • •

Hetty

17장

"시간 됐어. 어서 가자."

정신없이 일어나 앉다가 침대 위층에 머리를 쿵 찧었다. 혼자 방에서 밤새 잠 못 이루다 간신히 눈을 붙이자 하커 씨가 리스로 변하는 악몽에 계속 시달렸다.

"어서 일어나라니까." 줄리아가 문간에 기대서서 말했다. 나는 그녀 뒤를 내다보며 웰치 선생님을 찾았다. 원래 선생님이 깨우러 와야 하는데 줄리아 혼자였다. "시간 없다니까 그러네."

"웰치 선생님은 어디 있어?" 나는 지금 느끼는 불안이 목소리에 묻어나오지 않게 하려고 애를 쓰면서 말했다.

"시간 없어. 어서 일어나."

나는 심호흡을 했다. 이건 그냥 평소처럼 보트 근무를 나가는 것이다. 웰치 선생님이 내가 격리 조치를 위반하고 그녀를 따라간 걸 알았다면 이미 혼쭐을 내고도 남았을 것이다.

나는 멀어버린 눈에 말라붙은 딱지를 문질러서 떼어내고, 잠시 시야가 트일 때까지 기다린 후에, 줄리아를 따라 복도로 나왔다. 아직 해가 뜨지 않아서 실내는 반쯤 어둠에 잠겨 있었다. 리스는 내 뒤 어딘가 텅 빈 기숙사 방 중 하나에서 자고 있겠지.

나는 단호하게 앞만 바라보면서 가슴에 느껴지는 격렬한 고통을 무시했다. 리스는 의사를 분명하게 밝혔다.

우리는 중이층으로 나왔다. 밑에서 카슨이 문 옆에 서 있는 모습을 볼 수 있었다. 카슨은 코트를 입고 있었다―그녀는 항상 추위를 탄다―그녀는 우리를 보자 손을 흔들었다. 하지만 줄리아가 계단 꼭대기에서 날 옆으로 끌어당겨 세웠다.

"내가 널 데리러 왔을 때 웰치 선생님과 교장 선생님은 1층 홀에 있었어. 뭣 때문인지 무지하게 화가 나 있더라고." 그녀는 1층 홀을 살펴보기 위해 난간 너머로 고개를 기울였다. "나라면 그 둘의 싸움에 말려들지 않을 거야."

나는 속으로 그들이 화가 난 이유는 백만 개도 넘을 수 있다고 말했다. 점점 줄어드는 보급품 때문일 수도 있고, 관리 스케줄 때문일 수도 있고, 망가진 발전기들 때문일 수도 있다. 그때 교장 선생님이 교장실로 이어지는 복도를 성큼성큼 걸어갔고, 웰치 선생님이 바로 그 뒤를 따라가고 있었는데, 내가 생각한 그런 이유는 아닌 게 확실했다. 우리의 가장 중요한 규칙 위반 말고 다른 문제로 저렇게 세상이 끝나버린 것 같은 표정일 수는 없었다. 그러니까 그들은 분명 누군가 격리 조치를 위반한 사실을 알고 있다. 그게 우리란 사실은 아마 모르겠지만, 적어도 그 일이 일어난 건 알고 있었다.

웰치 선생님이 교장 선생님을 따라잡았고 둘이 멈춰 서서 아주 낮고 긴장한 목소리로 이야기를 나눴다. 교장 선생님의 손이 너무 심하게 떨려 여기서도 보일 지경이었다. 웰치 선생님의 목에선 홍조가 번져가고 있었다.

"아주 심각해 보이는데." 줄리아가 말했다.

"교장 선생님은 분명 우리가 초콜릿을 제대로 배달 안 하고 중간에 먹어치운 사실을 알아냈을 거야." 나는 딱딱한 미소를 지으면서 그녀 옆을 스쳐 지나갔다. "시간 없다고 한 사람은 선배 아니었어?"

우리가 아래층에 내려갔을 때 교장 선생님은 이미 가버린 후였다. 교장이 가고 그 자리에 남은 웰치 선생님은 꼴이 엉망이었다. 뒤로 모아 한 가닥으로 딿은 머리는 여기저기 삐져나왔고, 입 가장자리에서 피가 천천히 새어 나오고 있었다. 웰치 선생님은 평소에 교장 선생님만큼 깔끔하게 보이고 싶어 했지만, 오늘은 입술에 분홍색 얼룩이 그대로 남아 있었다.

"가자." 웰치 선생님이 말했다.

줄리아가 목청을 가다듬었다. "헤티와 전 준비물을 챙겨야 하는데."

"그럼 어서 서둘러." 그녀는 우리를 보지도 않았다. 그걸 보며 안도해야 했다. 선생님이 내가 범인이란 사실을 모른다는 증거니까. 하지만 마음은 여전히 불편하기 짝이 없었다.

줄리아가 내 옷소매를 붙잡고 얼른 복도로 떠밀어서 벽장으로 갔다. 거기에 옷과 물품을 보관하고 있다. 줄리아가 벽장

문을 잡아당겨 연 다음, 자신의 권총에 총알이 장전돼 있는지 확인하고 총알들을 세는 사이에, 나는 코트 앞쪽의 걸쇠들을 다 채웠다. 그리고 머리에 빨간 모자를 눌러써서 이마를 가리고 있을 때 줄리아가 벽장 안쪽 깊숙이 손을 집어넣어 여러 장 쌓여 있는 담요 밑에서 그녀의 것과 똑같은 권총을 한 자루 꺼냈다.

"받아." 그녀는 그걸 내게 내밀면서 기대에 찬 표정으로 눈썹을 추켜올렸다.

"아닌데, 지난번에 이거 안 가져갔어."

"나도 알아. 가져간 사람은 하나도 없었어."

나는 조심스럽게 그 권총을 바라봤다. 혹시 이건 덫인가?

"웰치 선생님이 선배에게……."

"있지. 너 전에 보초 근무를 섰잖아, 그렇지?" 줄리아가 말했다.

"응. 하지만 권총을 쓰진 않았어." 내가 대답했다.

줄리아는 거침없이 이야기를 계속했다. "헛간에서 네가 총쏘는 거 봤어. 넌 사격 실력이 좋잖아. 오늘 그 실력이 필요해."

"왜?" 내가 다그쳐 물었다. 시야 가장자리에서 하커 씨의 얼굴이 맴돌았다.

"그 여자 못 봤어? 저러다 오늘 정신을 놓을 거야. 어쩌면 이미 놓았는지도 모르고." 지금 웰치 선생님 이야기를 하는 게 분명했다.

나는 침을 꿀꺽 삼키고 밑을 내려다봤다. 그러면서 설명하고 싶은 충동을 애써 참았다. 줄리아의 말이 맞았다. 웰치 선생님은 이성을 잃기 직전인데 거기다 만약 격리 조치를 어긴 사람이 나란 사실을 알아내면 어떻게 할까? 그럼 그녀는 무슨 짓을 할까?

나는 그 총을 받았다. 하도 세게 움켜쥐어서 손바닥에 자국이 남았다.

"그걸 코트 밑에 숨겨. 네가 권총을 가진 걸 선생님이 알면 안 돼." 줄리아가 말했다.

다른 날 같았으면 줄리아의 말은 아주 이상하게 들렸을 것이다. 우리는 그런 짓은 안 하니까. 우린 웰치 선생님에게 아무 것도 숨기지 않고, 그녀에게 맞서 자신을 변호하지도 않는다. 하지만 오늘은 다르다. 난 웰치 선생님이 숲속에 모나의 시신을 놔두고 가는 모습을 봤고, 이제 더는 나를 놀라게 할 일이 남아 있다는 생각이 들지 않았다.

다시 1층으로 돌아오자 카슨이 제자리에서 서성거리고 있는 동안 웰치 선생님은 문 앞에서 왔다 갔다 하는 중이었다. 줄리아가 카슨에게 손짓하자, 고마워하는 미소를 지으며 얼른 다가왔다.

"괜찮아?" 줄리아가 물었다.

"선생님은 아무 말도 안 해. 아침 내내 저러고 있어." 카슨이 웰치 선생님을 향해 고개를 끄덕여 보이며 말했다.

카슨은 모른다. 나는 계속 그렇게 되뇌었다. 그녀는 내가 범인이란 사실을 모른다. 그러니까 두려워할 필요가 없다고. 하지만 줄리아가 웰치 선생님 옆에 서서 내가 카슨과 같이 걸어가 게 됐을 때는 고마웠다.

우리는 게시판을 지나면서, 행운을 비는 뜻으로 해군이 보 낸 쪽지를 두드리고 난 다음, 현관문을 나와 밖으로 나갔다. 카 슨이 바로 내 뒤에 있고, 웰치 선생님과 줄리아가 앞장서서 교 문을 나와 숲속 깊이 난 길을 따라갔다. 줄리아가 날 돌아봤다. 총은 코트 속에서 내 살처럼 뜨듯해졌다. 한 발씩 걸을 때마다 그것이 누르는 걸 느낄 수 있었다.

우리는 정오가 되기 전에 부두에 도착했다. 나는 걷는 내 내 도로만 응시했다. 숲을 힐끗 보기라도 하면 그 속에 있는 나, 내 손바닥에서 여전히 뛰고 있는 하커 씨의 심장이 보일까 두려 웠다. 이 길은 고맙게도 사방이 탁 트여 있었고, 우리 머리 위의 하늘은 끝없이 회색으로 펼쳐져 있었다. 차갑지만 상쾌한 바람 에 경고 테이프가 딱딱 소리를 내며 휘날리고 있었고, 파도가 큰 소리를 내며 부두를 내리쳤다. 카슨은 머리카락이 바람에 휘날려서 얼굴을 가리지 않게 재킷 안쪽으로 머리를 밀어 넣었 다. 나는 모자가 바람에 날아가지 않도록 들고 온 가방에 쑤셔 넣었다.

"그들이 어서 오면 좋겠는데." 줄리아가 말했다. 어제 그 어 마어마한 피로가 다시 돌아와 거머리처럼 그녀의 목소리에서 생기를 빨아들였고, 그녀가 기침을 하자 끔찍하고 격렬한 소리 가 나왔다. "오늘은 진짜 얼어 죽을 것 같다."

"바람 좀 피하게 나무들 속에서 기다릴 수도 있잖아." 카슨의 이빨이 딱딱 소리를 내며 부딪치고 있었다. 우리가 처음 밖에 나왔을 때 내 뺨에 와닿던 그 입술의 느낌을 떠올렸다. 그녀의 피가 아직도 내 피처럼 따뜻할지 아니면 톡스가 그 온기를 뺏어갔는지 궁금했다.

줄리아가 고개를 저었다. "여기가 훨씬 더 안전해. 여기 있어야 뭐가 우리를 잡으러 오건 볼 수 있어."

웰치 선생님은 도착한 후로 꿈쩍도 하지 않았다. 그녀는 머나먼 수평선을 바라보며, 가끔 본토가 보이는 그 무한한 공허를 향해 눈을 가늘게 뜨고 있었다. 오늘은 하늘이 흐려서 아무것도 보이지 않았지만, 어쨌든 노력 중이었다.

선생님은 교문을 나와서 여기까지 오는 내내 한 마디도 하지 않았다. 처음에는 고마웠지만, 이제는 불안해졌다. 나는 계속 그녀를 관찰하면서 무슨 생각을 하고 있는지 짐작해 보려고 했지만, 그렇다고 내내 빤히 보고 있을 수도 없는 노릇이었다. 선생님이 내 얼굴에 훤히 드러난 죄책감을 볼까 봐 걱정됐다. 그래서 뒤로 물러나 카슨 옆에 바짝 붙어 섰다.

"이렇게 서 있으면 훨씬 더 따뜻하니까." 카슨이 깜짝 놀란 표정으로 날 쳐다보기에 이렇게 둘러댔다.

웰치 선생님은 다시 앞뒤로 서성거리기 시작했다. 지난번에 여기 나왔을 때 그녀에겐 총이 있었다. 지금 그 총은 안 보이지만, 내가 총을 숨기고 있다면, 선생님도 그럴 수 있었다. 줄리아는 부두에서 느릿느릿 몇 발짝 떨어져 나와 카슨에게 더 가까이 다가섰다.

날카롭게 찢어지는 것 같은 갈매기 소리가 허공에서 들렸다. 나는 고개를 들었다가 급히 숨을 들이마셨다. 갈매기 한 마리가 우리 머리 위를 맴돌고 있었다. 하늘을 배경으로 보이는 그 날개는 까맣고, 곧 두 마리가 더 나타났다. 지난번처럼 예인선이 나타나기 직전에 갈매기들이 나타났다. 그들은 배가 오는 걸 아는 것이다.

1, 2분 정도 지나서 무적 소리가 들렸는데 아주 작고 공허하게 느껴졌다. 웰치 선생님은 오락가락하던 걸음을 멈추고 휙 돌아서서 수평선을 바라봤다. 선생님의 눈에 지금까지 보지 못했던 사나운 표정이 떠올랐다. 그녀만의 아주 독특한 사나움이었다.

"준비해라, 얘들아." 선생님이 말했다.

다시 무적 소리가 들리면서 안개를 뚫고 예인선이 나타났다. 이제 갈매기들이 모여들어 그들의 울음소리도 거기에 겹쳐지고 있었다. 귀를 막고 싶었지만, 줄리아가 내게 고개를 끄덕여서 그녀를 따라 부두가 시작되는 부분으로 갔다. 카슨이 우리 뒤를 따라왔다.

절차는 전과 같았다. 배가 아주 천천히 길게 돌면서 눈에 익은 마크가 보였다. 선미에는 아무도 없었고, 배가 가까이 다가올수록, 갑판이 텅 비어 있는 모습을 볼 수 있었다. 층층이 높게 쌓여 있는 상자들도 없고, 음식이 든 통조림들이 놓여 있는 화물 운반대도 없었다. 그저 상자처럼 보이는 것 하나가 있없는데 옆에 환한 색의 마크가 찍혀 있었다.

나는 줄리아를 흘끗 봤다. 그녀는 뺨 안쪽을 질겅질겅 씹고 있었다. "가끔 이럴 때도 있어?"

그녀는 고개를 흔들면서 뭐라고 했지만, 예인선의 모터 소리가 너무 커 들리지 않았다. 하지만 그녀의 음울한 입매만 봐도 무슨 뜻인지 짐작이 갔다.

크레인이 작동하기 시작하면서 끼익하는 마찰음이 들려왔다. 그것이 상자 하나 ─ 유일한 상자 ─ 를 갈고리에 걸어서 부두로 던졌다. 지난번에는 상자가 툭 떨어지게 놔뒀지만, 오늘은 끝까지 천천히 내려놓고, 완전히 바닥에 닿았을 때 갈고리를 풀었다. 크레인이 다시 배로 돌아가면서 체인이 덜거덕거리는 소리가 들렸다. 마지막으로 울린 무적 소리가 오랫동안 내 귓속에서 맴돌았다.

우리는 그 예인선이 떠나면서 거대한 항적을 남기는 모습을 지켜봤다. 지난번에는 우리 모두 어서 화물이 있는 곳으로 가보고 싶어 했다. 이번에는 아무도 먼저 움직이려 하지 않았다.

나는 고개를 돌려 줄리아를 지나 웰치 선생님을 봤다. 그녀는 어금니를 꽉 깨물고 있었고, 뺨에선 눈물이 흘러내리고 있었다. 눈물이 흘러내린 자리가 유리처럼 투명했고 금방이라도 얼어붙을 것 같았다. 선생님은 고개를 세차게 흔들었다. 선생님의 이런 모습은 처음이었다. 톡스가 시작됐을 때도 이렇지 않았고, 내가 이 학교에 들어온 첫 학기에 어떤 여학생이 팔을 부러뜨려서 뼈가 살을 뚫고 튀어나왔을 때도 이런 표정은 아니었다.

"뭐해?" 선생님이 홱 돌아서서 우리를 빤히 바라봤다. 나도 모르게 그 붉어진 눈을 피해 한 발자국 뒤로 물러설 수밖에 없었다. "뭘 기다리고 있어?"

줄리아가 미소를 지었다. "선생님 먼저 가시죠."

그 순간 파도가 부딪치는 소리 외에 사방이 너무 조용해서 카슨의 떨리는 숨소리도 들을 수 있었다. 그러자 웰치 선생님이 우리를 지나쳐서 줄리아와 부딪치고 갔다. 우리는 그녀를 따라 부두로 내려갔다. 밑에 깔린 판자들이 삐걱삐걱 신음 소리를 냈고, 바람이 점점 거세지고 있었다.

우리 셋은 웰치 선생님 뒤에서 나란히 걸어갔다. 나는 부두 옆의 바다를 내려다보며 걸었다. 그것은 선명하고 역겨우리만큼 진한 초록색이었고, 거품이 둥둥 떠 있었다. 나는 카슨 옆으로 자리를 바꿔 안전하게 가운데서 걸어갔다.

그 상자는 지난번 내가 여기 나왔을 때 봤던 상자들보다 훨씬 더 작았고, 그때처럼 나무 상자가 아니라 소재가 달랐다. 아마 플라스틱 같았다. 매끄러운 회색으로 모서리가 동그랗게 처리돼 있었고, 버클 두 쌍을 채워서 뚜껑을 고정시켰다. 그 뚜껑에 나는 알아볼 수 없는 상징이 찍혀 있었다. 아주 환한 오렌지색 가장자리가 조금 번져 있었다. 마치 스프레이를 뿌려서 스텐실로 찍어낸 것 같았다. 생물학적 유해 물질을 뜻하는 상징과 거의 비슷했지만—이제 우리 모두 잘 아는 원 여러 개가 서로 맞물려 있는 모양—그것과는 조금 달랐다.

"알았어. 너흰 여기서 기다려." 웰치 선생님이 한 손을 내밀어 우리를 저지하며 말했다.

나는 아주 기쁜 마음으로 물러나 있었다. 그 상자는 너무 윤이 나고, 너무 인공적으로 보였다. 여기 있는 물건들과 전혀 닮은 구석이 없었고, 저 안에 뭐가 있는지 알고 싶지 않은 마음마저 들었다. 하지만 줄리아는 앞으로 나가서 웰치 선생님 옆에 섰다.

"제가 도울게요." 줄리아는 그렇게 말하고 선생님과 같이 상자를 향해 가는 사이에 어깨 너머로 슬쩍 나를 돌아봤다. 나는 권총을 숨겨둔 청바지 허리 밴드를 만져보며 고개를 끄덕였다. 웰치 선생님만 걱정해야 할 때도 상황이 엉망이었는데, 이건 그보다 더 끔찍하다.

부두 끝부분의 판자는 파도에 쓸려 시커멓게 변해 있었고, 해조가 모여들어 초록색 망처럼 판자를 둘러싸고 있었다. 카슨과 나는 뒤에 남았다. 나는 불안한 마음을 삼키면서 권총에 쉽게 손이 닿을 수 있도록 재킷의 밑부분에 있는 걸쇠를 풀어놨다.

"저 상자를 통째로 가지고 가야 하나요?" 줄리아가 말했다. 바람이 그녀의 목소리를 아주 빠르게 전달했다.

"아니." 웰치 선생님은 쭈그리고 앉아서 마치 그 안에 움직이는 게 있는지 만져보려는 것처럼 상자 윗부분에 손을 댔다. "여기서 열어볼 거야."

줄리아는 그냥 서 있었고, 우리는 웰치 선생님이 상자 뚜껑의 버클들을 푸느라 팔의 힘줄이 불거지고, 어깨가 들썩이는 모습을 지켜봤다.

상자 뚜껑에 설치된 등이 초록색으로 깜박거렸다. 마치 걸쇠가 풀린 것처럼 상자 뚜껑이 3센티미터 정도 튀어 올랐다. 웰치 선생님은 고개를 옆으로 돌린 채 그것을 조심스럽게 들어 올렸다.

내겐 그 안이 보이지 않았다. 그저 줄리아의 표정이 험상궂어지고, 웰치 선생님이 몸을 앞으로 기울인 채 두 손으로 자신의 머리를 감싸 안는 모습만 볼 수 있었다.

"뭔데?" 카슨이 물었다.

아무도 대답하지 않아서 내가 가까이 다가갔다. 상자 바닥에는 검은 발포 고무가 깔려 있었고 한가운데 작은 통 하나가 아늑하게 누워 있었다. 희미하게 반짝이는 크롬 도금 통이었는데, 주먹만 했다. 마치 미니 산소 탱크처럼 생겼다. 사람들이 병원에서 끌고 다니는 바퀴 달린 산소통 말이다. 하지만 밸브가 환한 붉은 색 테이프로 밀봉돼 있었고, 거기에 상자 뚜껑에 찍힌 것과 같은 상징이 찍혀 있었다.

순간 내 안의 뭔가가 움찔했다. 침을 삼키자 입속이 순식간에 바짝 말라버렸다.

"이해할 수 없어." 카슨이 내 어깨너머로 상자 속을 들여다보면서 말했다. 그녀의 뺨은 너무 창백해서 보는 나마저 불안해질 정도였다. "저게 뭐야?"

줄리아는 웰치 선생님에게서 눈을 떼지 않았다. "치료제겠죠, 아마도?"

"과연 그럴까." 내가 말했다. 그게 치료제였다면 그들이 우리에게 말하지 않았겠어? 그들이 우리에게 직접 오지 않았겠어?

"식량은 어디 있어?" 카슨의 목소리가 이제 더 커졌다. "어디."

줄리아가 그녀의 말을 잘랐다. "딱 봐도 안 오는 거잖아."

웰치 선생님은 온몸을 부들부들 떨었고, 그녀에게서 숨죽인 소리가 새어 나왔다. 그녀의 가슴 속 깊은 곳에서 기이한 흐느낌이 터져 나오고 있었고, 차가운 바람이 선생님의 호흡을 거칠게 끊어냈다.

"집에 있는 식량으론 부족하잖아. 우린 어떻게 해?" 카슨이 내 옆으로 돌아가면서 말했다.

내가 그녀를 막기도 전에 카슨이 웰치 선생님의 어깨를 와락 잡아챘다.

웰치 선생님이 벌떡 일어나서 휙 돌아서는 바람에 카슨의 팔을 쳐서 떨어뜨렸다. 선생님이 우리에게서 너무나 빨리 떨어져서 혹시나 부두 옆으로 추락할까 걱정됐다. "하지 마." 선생님이 말했다.

"죄송해요. 그럴 생각이 아니었는데……." 카슨의 턱이 떨리고 있었다.

"너희들은 이해하겠니?" 선생님은 우리와 줄리아 사이를 번갈아 보면서 말했다. 바람이 그녀의 머리카락을 뒤로 밀어내고 있어서 선생님이 깨문 입술에서 나온 피가 턱으로 흘러내리는 모습을 볼 수 있었다.

줄리아는 가벼운 미소를 지으며 말했다. "그럼요." 나는 저 말투를 안다. 누군가 거짓말을 할 때 나오는 말투. 줄리아는 선생님을 진정시키기 위해 애쓰고 있었지만, 그 와중에도 권총을 몰래 숨겨둔 코트 주머니에 손을 넣은 채였다.

"아니, 너희들은 이해 못 해. 저건." 그러더니 웰치 선생님의 입에서 낮고 거친 목소리가 끊어지면서 나왔다. "저건 끝이야. 식량, 우리, 모든 게 다 끝이라고. 그들은 다시는 돌아오지 않아."

"바보 같은 소리 하지 말아요. 그들은 당연히 돌아와요." 줄리아는 한 손을 내민 채 웰치 선생님에게 조금씩 가까이 다가가고 있었다. 그녀의 목소리는 마치 엄마 같았다. 인내심을 가지고 통제된 목소리. 누군가는 그래야 하니까, 그리고 우리는 아이들이니까. 하지만 우리는 1년 반 전에 아이이길 그만뒀다.

"어제 이후론 아니지. 어제 누군가가 격리 조치를 위반했거든." 웰치 선생님이 말했다.

순간 내 귓속에서 요란하게 흘러가는 혈류 소리에 바람 소리도 들리지 않았다. 그렇구나. 선생님은 알고 있어, 선생님은 알고 있다고. 그리고 선생님의 권총이 내 관자놀이를 누른 순간 확실히 알게 되겠지.

하지만 나는 다음에도 또 그런 짓을 할 거야, 나는 생각했다. 바이엇이 살아 있는 걸 확인하기 위해서라면 또 할 거야.

"누가요?" 줄리아가 물었다. 놀라서 눈을 커다랗게 뜬 그녀가 선생님에게 다가가다가 멈췄다. 나는 숨을 멈췄다. "누가 그랬어요?"

"나도 몰라." 선생님이 말했고 그 순간 너무나도 달콤한 안도감이 혈관 속을 툭툭 치며 지나갔다. "하지만 그건 중요하지 않아." 선생님의 얼굴은 흐르는 눈물로 젖어 있었다. 바람에 눈물이 흩날려서 턱을 스치고 날아갔다. "내쉬 캠프는 항상 깨끗하게 유지됐어. 반면에 우리는 너무 위험한 존재였고. 한 번 실수하면 그걸로 모든 게 끝이야."

한 번 실수. 나와 리스, 부두가 텅 빈 이유는 바로 우리 때문이었다. 우리 때문에 식량도, 보급품도, 아무것도 받지 못하게 됐다. 수치심에 뺨이 벌겋게 달아올라서 옷깃 속으로 턱을 깊숙이 파묻었다.

"그들이 그냥 이렇게 사라질 순 없어요." 줄리아가 말했다.

웰치 선생님은 고개를 흔들었다. "저 통이 뭔지 알아? 저건 종말이야. 저 안에 든 게 뭐든 우리를 죽이기 위해 고안된 거라고."

아니야, 아니야. 선생님이 틀렸어. 그들이 우리에게 그런 짓을 할 리 없어. 그들은 우리를 도와주겠다고 했어. 그들이 약속했다고.

"그걸 선생님이 어떻게 알아요?" 줄리아가 물었다. 카슨은 쓰러지기 시작해서, 내게 무겁게 몸을 기대고 있었다. 나는 밀려오는 공황을 밀어내고 그녀의 팔뚝을 잡고 안심시키려고 힘을 주었다.

웰치 선생님이 상자를 향해 고개를 끄덕여 보였다. "저 상징."

나는 그 통을 너무 오래 보게 될까 두려워 힐끗 보고 고개를 돌렸다.

"선생님이 틀릴 수도 있잖아요." 줄리아는 최선을 다해 반박했지만, 그녀도 서서히 힘이 빠지고 있었다.

"난 틀리지 않았어. 정말 아니야." 웰치 선생님은 뺨으로 쉴 새 없이 흘러내리는 눈물을 손등으로 북북 문질렀다. "그들은 한 번 시도해 봤어. 성실한 대학생처럼 일단 해본 거지. 그리고 이제 그만두기로 한 거야. 이제 내가 무슨 짓을 하건, 너희들을 보호할 방법이 없어."

우리를 무엇으로부터 보호하는데? 톡스로부터? 저 상자에 있는 정체도 모를 것으로부터? 나는 줄리아를 봤지만, 그녀 또한 나처럼 뭐가 뭔지 이해하지 못한 채, 점점 두려움에 집어삼켜진 얼굴이었다. 이건 우리가 감당할 수 없는 상황이다. 하지만 우리를 도와줄 수 있는 사람은 웰치 선생님뿐이다.

선생님은 웃음을 터트렸는데 거칠게, 마치 딸꾹질을 하는 것처럼 웃었다. "이미 내 손엔 피가 묻었어, 안 그래? 그들은 그 빌어먹을 음식으로 실험하려고 했지만 내가 그렇게 놔두지 않았어. 그리고 그들은 너희 모두를 실험하고 싶어 했지만 그것도 내가 허락하지 않았어. 그래서 나는 대가를 치렀지. 이미 대가를 치렀다고. 난 선택을 했고, 너희들을 보내서 죽게 했어."

그 음식, 나는 생각했다. 그래서 그걸 절반이나 바닷속에 버린 거야? "잠깐만요." 나는 말했다. 하고 싶은 질문이 너무나 많았지만, 웰치 선생님이 열띤 시선으로 날 바라봐서 미처 할 기회조차 없었다.

"헤티, 넌 그들을 믿으면 안 돼. 알겠니? 그걸 기억해야 해. CDC, 해군."

"그렇지 않아요." 내가 말했다. 뭐가 문제인지 모를 때는 모든 것이 괜찮은 척하기 쉬운 법이다. "우리 아빠가 해군이에요. 거기에는 좋은 사람들이 있다고요." 내가 이 말을 믿는지 여부는 중요하지 않았다. 하커 씨처럼 좋은 사람이 어떻게 되는지 본 것도 중요하지 않았다. 아버지가 딸에게 무슨 짓을 할 수 있는지 본 것도 중요하지 않았다. "그들이 우릴 도와줄 거예요. 아직 끝나지 않았어요."

"너의 아빠?" 그녀는 한숨을 쉬었다. 그건 동정이었지만 동시에 초조함이기도 했다. "헤티, 애야. 너의 아빠는 네가 죽었다 생각하고 있어."

"뭐라고요?" 선생님은 거짓말을 하는 게 분명하다. 나는 뱃속에서 올라오는 메스꺼움을 억지로 참았다. 선생님은 해군을 믿지 말라고 했지만, 어젯밤 숲속에서 모나의 시신을 건네준 사람도 바로 그녀다. 그녀야말로 우리가 믿을 수 없는 사람이다. "당신 말은 믿지 않아요."

"사람들은 너희가 다 죽었다고 알고 있어. 너의 가족들, 너의 이웃들. 너흰 몰라. 그건 아주 오래된 일이야. 아주 오래전 일이라고." 웰치 선생님이 말했다.

나는 당신 말을 믿지 않아요. 나는 믿지 않는다고 거듭 말했지만 소용없었다. 왜냐면 선생님의 말이 이치에 맞았으니까.

맙소사. 이제 우리에 대해 걱정하는 사람은 하나도 없고, 우리를 기다리는 사람도 없다. 언젠가부터 부모님과 이야기를 나눌 수 없었던 건 보안상의 이유라 했지만 사실은 아니었다. 그건 그저 또 다른 거짓말이었는데, 우리가 아무 의심 없이 믿어버린 것이다.

"잠깐만. 설명 좀 해봐요." 줄리아가 말했다. 하지만 웰치 선생님은 이제 카슨을 보고 있었고, 그녀의 표정은 부드러워졌다.

"카슨." 선생님이 말했다. 바람이 그 속삭임을 우리의 귀에 흘려 넣었고, 그녀는 손을 내밀었다. "여기 잠깐만 와봐. 네 도움이 필요해."

내가 카슨의 소매를 잡으려 했지만, 그녀는 한발 앞서 조심스럽게 물에 젖은 부두의 판자를 가로질러 웰치 선생님의 손을 잡았다. 웰치 선생님이 카슨의 재킷 주머니에서 칼을 꺼낸 순간 심장이 철렁 내려앉았다. 칼날은 불길처럼 환하면서 피에 목말라 보였다.

줄리아가 소리를 질렀지만, 너무 늦었다. 웰치 선생님은 카슨의 손목을 꽉 잡고 그녀에게 몸을 기울였다. "괜찮아, 카슨. 난 그저 내 식으로 끝내고 싶어. 네가 해야 할 일은 그저 찔러주면 돼."

나는 줄리아를 봤다. 그녀가 고개를 끄덕였다. 나는 허리밴드에 꽂아둔 권총을 꺼내서 옆구리에 댔다. 우리는 웰치 선생님을 잃을 수 없다. 그녀는 그들이 바이엇을 어디로 데려갔는지 알고 있고, 만약 선생님이 죽어버리면, 그 해답들도 같이 사라진다. 그리고 선생님이 지금까지 내게 한 모든 거짓말들, 지금까지 선생님이 했다고 생각한 모든 일들을 감안한다 해도, 선생님이 없으면 학교가 산산이 무너질 것이라는 사실을 우리 모두 알고 있다. 우리에겐 선생님이 필요하다. 나는 선생님이 필요하다.

"넌 날 도울 수 있어." 웰치 선생님이 말하고 있었다. 그녀는 칼자루를 카슨의 손바닥에 대고 눌렀다. 칼날은 한겨울의 햇빛을 받아 얼음처럼 반짝이고 있었다. "이건 쉬워. 아주 쉬울 거야."

"하지 마." 줄리아가 말했고, 눈 깜박할 사이에 권총을 들었다.

줄리아는 전혀 떨지 않은 채 정확하게 카슨을 겨눴다. 웰치 선생님은 카슨에게 부탁했을 때 자신이 뭘 하고 있는지를 잘 알고 있었다. 우리 셋 중 카슨이 가장 조종하기 쉬웠고, 그 요청을 수락하기 제일 쉬운 사람이었다. 카슨은 웰치 선생님을 위해 이 일을 할지도 모르는데, 우리는 그러게 놔둘 수 없었다.

"넌 할 수 있어. 넌 충분히 강한 사람이야, 카슨. 난 네가 강한 걸 알아." 그렇게 말하는 웰치 선생님의 미소가 점점 커지고 있었다.

나는 카슨의 얼굴을 볼 수 없었지만, 그녀의 어깨가 똑바로 펴지는 걸 보고 알 수 있었다. 지금까지 그 누구도 카슨에게 그렇게 말해 준 적이 없었다. 나는 총을 들어서 카슨의 목덜미를 겨눴다. 나는 그녀와 아주 가까이 있어서 빗맞히지 않을 것이다.

"카슨을 놔줘요." 떨리는 줄리아의 목소리가 애원으로 바뀌고 있었다. "우리랑 같이 학교로 돌아가요. 우린 이 일을 해결할 수 있어요."

카슨은 칼을 쥐고 있는 자신의 손을 빤히 내려다보고 있었다. 손가락 관절들이 하얗게 질리는 걸 볼 수 있었다.

"이게 끝이야. 너만이 나를 도울 수 있어." 웰치 선생님은 눈을 감고 이마를 카슨의 이마에 댔다.

"칼을 버려, 카슨. 내가 쏠 거야. 내가 그럴 거라는 거 알잖아. 학교에선 선생님이 필요해. 우리끼린 버틸 수 없어." 내가 말했다.

아무도 움직이지 않았다. 바람과 파도만 요동쳤고, 태양이 구름을 뚫고 나오기 시작했다. 나는 눈을 세게 깜박이면서 다시 목표를 향해 정신을 집중했다.

"미안해요. 난 못 하겠어요, 미안해요." 마침내 카슨이 말했다.

나는 총을 든 손을 내리고, 참고 있던 숨을 내쉬었다. 구름 사이로 햇살이 한 줄기 새어 나와 바닷물에 반사됐고, 줄리아가 고개를 돌려 그 햇살을 피하려던 순간 그 일이 일어나는 걸봤다. 웰치 선생님이 카슨의 손을 꽉 잡으면서 칼날도 같이 잡고 있었다는 걸. 웰치 선생님이 턱을 치켜 올렸고, 미소를 지으면서 고개를 들었다. 그리고 카슨을 끌어당겨 안으면서 카슨이들고 있는 칼을 자신의 갈비뼈 사이에 깊숙이 찔러 넣었다.

18장

그녀는 천천히 쓰러졌다. 먼저 무릎을 꿇었고, 다음에 카슨이 그녀를 놓고 비틀거리며 뒤로 물러나는 사이에 앞으로 푹 고꾸라졌다.

"난 안 그랬어. 맹세하는데 내가 한 짓이 아니야." 카슨이 말하고 있었다.

내 몸의 모든 신경이 충격을 받아 무감각해졌다. 거무스름하고 끈적끈적한 피가 부두 가장자리로 흘러가고 있었다. 곧 그 피는 물속에서 활짝 피어날 것이다. 나는 기름처럼 반짝이며 매끄러운 붉은 피가 한없이 수면으로 퍼져가는 모습을 상상할 수 있었다.

줄리아는 반짝이는 통이 들어 있는 상자 주위로 돌아가서 허리를 굽혀 웰치 선생님의 목에 손가락을 대고 눌러봤다.

"맥이 잡히지 않아." 그녀가 말했다.

웰치 선생님은 죽으면서 모든 비밀도 같이 가져가 버렸다. 어떤 감정을 느껴야 할지 알 수 없었다. 그녀가 이제는 나를 해칠 수 없다는 사실에 고마워해야 하나. 아니면 그녀가 알고 있는 비밀들을 이제 알아낼 수 없어서, 바이엇의 행방을 찾아낼 가능성이 연기처럼 사라져 버린 사실에 분노를 느껴야 하나.

그 이면에, 이 모든 일의 이면에, 마치 숨 쉬는 것처럼 익숙해져 버린 죄책감이 심장을 야금야금 갉아먹고 있었다.

나는 권총을 다시 허리 밴드에 찔러 넣고, 허리를 숙인 채 무릎에 두 손을 댔다. 웰치가 우리 가족들에 대해 한 말은 진실이었을 것이다. 거짓말을 할 이유가 없다. 그렇다면 우리 엄마는 저 밖의 어딘가에 있는데도 내가 돌아올 날을 손꼽아 기다리지 않고 있다는 뜻이다.

"다른 사람들에게 말할까? 가족들에 대해?" 그렇게 말하는 내 목소리는 몇 시간 동안 소리를 지르고 있었던 것처럼 쉬어 있었다.

내가 허리를 펴고 일어섰을 때 줄리아는 고개를 흔들었다. "난 그 소식을 전하지 않을 거야. 차라리 몰랐으면 좋았을걸." 줄리아가 말했다.

나도 그렇다. 하지만 이제 그런 걱정을 할 시간이 없었다. 해가 지고 있고, 어둠이 깔린 후에도 여기 남아 있을 순 없다. 특히 웰치 선생님까지 없는 마당에.

나는 그녀의 시신을 힐끗 봤다. 그녀의 손가락은 검게 변하지 않았다. 그녀와 교장 선생님은 우리처럼 심하게 아프지 않았고, 이것이 바로 그 증거다. "선생님은 어떻게 해? 시신을 학교로 가지고 가?"

줄리아는 나를 지나 숲을 바라봤다. 공기 중에 진한 피비린내가 감돌았고, 입속에서 마치 구리처럼 싸한 맛이 느껴졌다.

"아니. 시체를 운반하면 우리 속도가 느려질 거야. 거기다 원치 않은 관심도 끌게 되고." 줄리아가 말했다.

그러면 선택지는 하나가 남았다. 카슨이 울기 시작해서 어깨를 잡고 뒤로 물러나게 했다. 줄리아와 나 둘이서 처리해야지.

줄리아가 선생님의 발을 들고, 내가 팔을 잡았다. 선생님의 시신은 아직 따뜻했고, 사지는 아직 부드러웠다. 선생님의 얼굴에 흘러내린 머리카락을 넘겨 주다가 아직도 뜨고 있는 눈과 마주쳤다. 영화에서 본 것처럼 눈을 감겨주고 싶었지만 손을 대자 손끝에 스치는 선생님의 속눈썹이 추위로 뻣뻣해져 있어서 나도 모르게 움츠러들었다. 하커 씨가 이런 느낌이었다. 그의 몸은 부드러웠고, 그 어떤 긴장도 남아 있지 않았다.

"어서 끝내자." 줄리아가 말했다. 그녀는 웰치 선생님의 무릎 옆에 쭈그리고 앉아 있었다. "교문 열쇠 챙기고 그냥 밀어 넣어."

이건 아무것도 아니라고 난 스스로 타일렀다. 이건 꼭 해야 하는 일이라고.

선생님의 벨트에 열쇠고리가 달려 있었다. 그걸 빼내는 내 손이 사정없이 떨렸다. 거기에 쇠로 만든 긴 교문 열쇠가 있다. 고리 끝에는 선생님의 예전 교실 문 열쇠도 있었다. 언젠가 다시 그 교실에서 가르칠 수 있는 날을 기다렸던 것처럼 아직도 고리에 끼워져 있었다.

이만하면 충분해. 나는 그 열쇠들을 내 벨트에 끼우고, 다시 허리를 숙여서, 웰치 선생님의 피투성이 가슴 양쪽을 두 손을 잡았다. "셋에 밀자." 그녀의 시신을 밀자 부두 가장자리까지 갔고, 줄리아는 뒤로 기대앉은 채 주먹을 꽉 쥐었다. 줄리아는 다시 밀기 위해 용기를 내고 있었지만, 나는 그럴 시간이 없었고, 더는 기다릴 수 없었다. 기다릴수록 카슨이 더 격렬하게 울어댈 거니까. 지금 해치워야 한다. 나는 웰치 선생님의 어깨에 내 어깨를 대고 선생님의 엉덩이를 부두 가장자리로 힘껏 밀었다. 시체는 천천히 바닥을 긁으며 움직이다가 마침내 다리부터 바다로 들어가 부두 밑으로 기울어 떨어졌다.

첨벙 소리가 났다. 물방울이 얼굴에 튀면서 순간 섬뜩한 냉기가 피부로 스며들었다. 나는 얼굴을 닦았다.

"고마워." 줄리아가 조용히 말했다.

웰치 선생님이 물 위에 둥둥 떠 있었다. 머리카락이 수면에 좍 펼쳐지고, 피가 흘러나오고 있었다.

나는 모든 감정을 그대로 다 느꼈다. 아픔과 그 이면에 있는 작지만 격렬한 만족감까지. 그러고 일어나서 돌아섰다. 조만간 숲에서 뭔가 기어 나와 이 시체를 차지할 것이다. 그 일이 일어나는 걸 보고 싶진 않다.

이젠 저 통의 처리 문제가 남았다. 우리는 통 주위에 몰려들면서 단호하게 물가는 외면하고 있었다.

"이게 대체 뭘까?" 내가 물었다.

"관심 없어. 저걸로 뭘 할 건지만 생각하면 돼. 난 저걸 물속에 던져버리자는 데 한 표 던지겠어. 누구에게도 말하지 말자. 그래 봤자 혼란만 생길 거야. 저것 때문에 웰치 선생님이 어떻게 됐는지 보란 말이야." 줄리아가 말했다.

카슨이 움찔했다. 나는 그녀가 허물어져 다시 울음을 터뜨릴 거라 생각했지만, 그녀는 똑바로 일어서면서 어깨를 폈다. "가지고 가자."

나는 줄리아가 놀라서 멍해지는 얼굴을 흘낏거렸다. 둘의 의견이 갈라지는 경우는 처음 봤다.

"왜 그래야 하는데? 왜 그걸 가지고 가야 하는데?" 줄리아가 쏘아붙였다.

"그걸 교장선생님에게 갖다주는 거지. 이걸 어떻게 써야 할지 선생님은 알거야." 카슨이 어깨를 으쓱하며 말했다.

"우리도 이걸 어떻게 처리할지 알고 있어." 줄리아가 고집했다. 나는 고개를 끄덕였지만, 둘은 이제 내게 아무 관심이 없었다. "이건 우리를 죽이는 물건이야. 대체 이걸 왜 우리 집에 갖다 놓고 싶겠니?"

"이건 나중에 언제든지 없앨 수 있어. 웰치 선생님이 없더라도. 이제 우리에게 남은 건 교장 선생님뿐이야. 선생님에게 뭘 감추는 게 무슨 의미가 있는지 난 모르겠어." 카슨이 말했다.

줄리아가 카슨의 손을 잡았다. "네가 충격을 받은 건 알겠지만."

"거기다 웰치 선생님이 틀렸으면 어떻게 할 건데? 어?" 카슨은 지금까지 내가 들어본 중 가장 큰 소리로 말했다. 그녀의 눈은 흐리멍덩하고, 아랫입술은 가볍게 떨리고 있었지만, 자신의 의견을 굽히지 않았다. "만약 저게 치료제면 어쩔 건데? 교장 선생님은 알 거야." 그녀는 뺨으로 주르륵 흘러내린 눈물을 닦았다. "난 너무 지쳤어, 줄리아. 우린 그동안 수많은 비밀을 가지고 있었고, 우리가 해선 안 될 선택들을 해왔어. 더 이상은 못 해 먹겠어. 그 칼은 내가 쥐고 있었다고, 알겠어? 네가 아니라 내가. 우린 이걸 교장 선생님에게 가져다줘야 해."

줄리아는 큰 타격을 받은 표정이었다.

"미안해. 물론 그래야지. 알았어, 가져가자. 헤티. 그래도." 줄리아는 거칠게 말했다.

"카슨이 원하는 대로 하지 뭐." 내가 말했다. 나도 피곤했고, 카슨이 다시 울기 시작하면 나도 울 것 같았다.

나는 고개를 돌리고 부두 쪽으로 좀 더 가서 둘만 있을 시간을 줬다. 아직도 줄리아의 품에 쓰러져 있는 카슨이 얼핏 보였다.

그 상자는 우리끼리 들고 가기엔 너무 무거웠다. 아무도 뭐라고 하지 않았지만 그 통을 꺼내려는 사람은 없었다.

"우리가 저걸 가져갈게. 너 먼저 출발해." 줄리아가 카슨에게 말했다.

나는 쭈그리고 앉아서, 상자 뚜껑을 닫고, 그 매끄러운 표면을 손바닥으로 쓸어봤다. 만져보니 감촉이 서늘했고 멀리서 봐서는 볼 수 없는 아주 작게 튀어나온 부분들이 있었다. 그리고 상자 옆에 손잡이가 있었다. 줄리아는 반대쪽에서 그것과 똑같은 손잡이를 발견했다. 우리는 같이 그걸 들어 올렸고, 그것이 줄리아의 엉덩이를 치자 움찔했다.

"교장 선생님이 물어보면 웰치 선생님이 자살했다고 하자. 카슨은 너 뒤에 서 있었고." 우리가 걷기 시작했을 때 줄리아가 말했다.

"물론 자살이지." 내가 대답했다.

내 청바지는 물에 흠뻑 젖어서 살에 쩍쩍 들러붙었고, 눈에서 통증이 올라오고 있었다. 바닷물에 반사된 햇빛이 너무 세서 눈이 시큰거렸다. 난 그저 어서 집에 돌아가고 싶었다. 조용한 곳에서, 웰치 선생님과 하커 씨의 기억이 떠오르지 않는 곳에서. 모든 것이 다 괜찮아질 거라고 리스가 말해 주는 곳에 있고 싶었다.

막 숲에 들어갔을 때 땅속에서 뭔가 두드리는 것 같은 느낌, 멀리 나뭇가지들 속에서 뭔가 움직이는 느낌이 들었다. 줄리아가 속도를 높였고 나도 거기에 맞췄다. 우리는 뒤를 돌아보지 않으려고 애썼다. 하지만 도로가 구부러진 곳이 있어서 어깨 너머로 그걸 보고 말았다. 뭔가 거대하고 어두운 것이 우리와 반대 방향의 숲속을 배회하고 있었다. 그것은 곰이었다. 피냄새를 맡고, 물속에 있는 시신에 끌려 온 것이다.

나는 너무 지쳐서 두려움도 느끼지 못했다. 너무 피곤해서 계속 가는 것 말고는 아무것도 할 수 없었다. 앞만 봐, 헤티. 다른 걸 생각해. 하지만 생각나는 거라곤 어제 일, 내 손에 닿은 하커 씨의 피부가 벗겨지던 것이 고작이었다. 그리고 그 전에

시체 운반용 자루 속에 있던 모나. 그리고 그 전에, 그 전에, 그
전에.

내가 여기서 했던 일들, 내 손으로 만졌던 시체들. 바이엇
을 찾지 못하면 그들의 죽음은 의미가 없어진다. 웰치 선생님은
이제 내게 아무 대답도 해줄 수 없지만 어쨌든 내가 그걸 찾아
낼 것이다.

우리는 부두를 뒤에 남겨두고 갔다. 톡스가 발생한 후, 내
손에는 굳은살이 두껍게 자랐는데 지금은 그게 고마웠다. 우리
는 계속 걸어갔다. 카슨이 앞에서 갔고, 상자는 점점 더 무거워
지고 있었다. 차라리 그 통을 우리 가방에 넣고 상자는 부두에
두고 올 걸 그랬다.

"거의 다 왔어." 줄리아가 말했을 때 학교 앞에 마지막으로
있는 긴 커브 길에 접어들었다. 나는 계속 우듬지만 보면서 빨리
학교 지붕이 나오길 기다리고 있었다. "사람들은 1층 홀에 있을
거야. 카슨이 먼저 가서 교장 선생님을 찾아서 교문으로 데려와.
그래야 어떻게 할지 알 수 있으니까." 줄리아가 계속 말했다.

식량. 나는 계속 그 생각을 하지 않으려고 애썼지만 아무
소용이 없었다. 나는 눈물이 솟구치지 않도록 입술을 세게 깨
물었다. 제발, 바이엇이 그만한 가치가 있었기를. 제발, 그녀의
목숨이 우리 모두의 목숨만 한 가치가 있기를. "우리 상황이 그
렇게 나쁜 것 같아?"

"분명 좋진 않을 거잖아."

"그렇지." 나는 그렇게 대꾸하면서 내가 그녀의 말에 동의

하는 것처럼 들리길 바랐다. 그리고 속이 죄어드는 걸 애써 무시하면서 카슨을 소리쳐 불렀다.

그녀는 도로에 뜯겨 나간 풀 조각에 발이 걸려 조금 비틀거리며 돌아섰다.

"왜?"

"네가 먼저 들어가."

"교장 선생님을 찾아서 여기로 데려와." 줄리아가 말했다.

"난."

"아무 설명도 할 필요 없어. 그냥 우리가 여기서 기다리고 있다고 말해. 더는 말할 필요 없어." 내가 부드럽게 말했다.

그녀는 고개를 끄덕이며 돌아섰고, 우리는 키가 큰 나무들 사이로 평지붕의 난간이 보일 때까지 계속 갔다. 그게 보이자 답답한 마음이 좀 풀리면서 천천히 길게 숨을 내쉬었다. 우리가 더 빨리 도착할수록, 이 상자는 빨리 내 손을 벗어나게 되고, 나는 익숙한 위험으로 돌아가게 된다.

마지막 모퉁이를 돌아서 교문을 향해 곧장 가기 시작했다. 카슨이 평지붕에서 보초를 서고 있는 소녀들에게 손을 흔들었다. 나는 그들이 어떤 감정으로 우리를 보고 있을지 알고 있다. 우리 숫자를 보고 다시 세어보면서 솟아오를 그 공포를.

웰치 선생님이 없으니 여러모로 상황이 변할 것이다. 우리가 세운 질서는 이미 흔들리고 있었다. 중심을 잡아줬던 웰치 선생님이 없으니 이제 우리를 하나로 묶어주는 건 없다.

우리는 상자를 내려놨고, 나는 벨트에서 열쇠고리를 풀어서, 다른 열쇠들 가운데 교문 열쇠를 찾았다. 내 손가락에 닿은 열쇠는 차갑게 쩍쩍 달라붙었다. 그걸 자물쇠에 놓고 돌렸다. 금속이 철컥 울리는 소리가 나면서 열렸다.

카슨이 교문을 잡고 열어줬다. 줄리아와 나는 상자를 들고 안으로 들어가서 교문 안쪽에 내려놨다. 줄리아는 스트레칭을 하면서 신음했다. 어제 생긴 멍이 말려 올라간 셔츠 자락 밑으로 또렷하게 보였다. 나는 움찔했다. 그 멍은 어제보다 더 상태가 나빠 보였고, 나는 아무 감각이 없어진 손가락들을 구부렸다 펴면서 교문을 잡아당겨 닫았다.

"선생님에게 여기로 나오라는 말만 하면 되지?" 카슨이 불안해서 손거스러미를 뜯어내며 말했다. 나는 손을 내밀어 그녀의 손목을 살짝 잡았다가 섬뜩하게 차가운 감촉에 그만 빼버리고 싶은 충동을 애써 참았다.

"그냥 중요한 일이라고 해. 표정 관리 잘하고, 알았지? 다른 아이들을 위해서 아무 일도 없는 척하라고." 나는 그녀뿐만 아니라 나를 위해서도 그렇게 말했다.

카슨은 고개를 끄덕이고 심호흡을 했다. "다 괜찮아."

"5분만 지나면 모두 무슨 일이 있었는지 다 알겠지." 카슨이 학교로 갔을 때 줄리아가 중얼거렸다.

"적어도 모두 공황에 빠지는 건 피할 수 있잖아." 내가 말했다.

"당분간은 그렇지." 줄리아는 지붕 위에 있는 소녀들을 흘끗 올려다보고 상자 앞으로 한 발자국 나왔다. "그래도 결국엔 공황에 빠지겠지만."

1, 2분만 기다리면 되는 건데, 그보다 더 오랜 시간이 흐르는 것처럼 느껴졌고 세찬 바람이 불 때마다 온몸이 덜덜 떨렸다. 마침내 현관문이 쾅 소리를 내며 열렸고, 고개를 들었을 때 교장 선생님이 우리를 향해 정신없이 걸어오고 있었다.

항상 단정하게 하나로 틀어 올린 선생님의 머리에서 머리카락이 빠져나왔고, 평소와 달리 거의 뛸 듯이 걸어오고 있었다. 황갈색 바지는 마치 창고에서 뭔가 파고 있었던 양 흙으로 얼룩져 있었고, 셔츠 한쪽은 바지에서 삐져나와 있었다. 그녀 뒤에서 카슨이 간신히 따라왔다.

"무슨 일이 있었던 거야? 웰치 선생님은 어디 계시니?" 교장 선생님이 물었다.

나는 카슨을 안심시키기 위해 바라봤다. "부두에서 사고가 있었어요."

"사고라고? 자세히 말해 봐." 교장 선생님은 나를 보다 줄리아를 보면서 말했다.

"그들이 예상치 못한 물건을 보내왔어요. 웰치 선생님은 그 상황을 잘 받아들이지 못했고." 줄리아가 말했다.

카슨이 순간 움찔했고, 나는 아직도 따뜻하게 느껴지던 시신의 기억을 떨쳐내지 못했다.

"네가 지금 하는 말은……." 교장 선생님은 입을 열었지만 아무 말도 나오지 않았다.

"선생님이 자살하셨어요. 피를 너무 빨리 너무 많이 흘리셨어요. 우린 아무것도 할 수 없어서 그냥 놔두고 와야 했어요." 나는 떨리는 목소리로 말했다.

"물론 그랬겠지. 물론 그랬을 거야." 교장 선생님이 힘없이 말했다. 선생님의 몸이 조금 흔들렸다가 다시 발에 힘을 주고 똑바로 섰다.

"말해 줘서 고맙구나, 애들아. 어서 안에 들어가서 식량을 정리해라."

"사실." 줄리아가 어깨를 으쓱하며 말했다. 교장 선생님은 우리의 텅 빈 손과 어깨에 메고 있는 가방이 축 늘어져 있는 모습을 봤다.

"그 식량을 웰치 선생님 옆에 놔두고 왔어? 다시 돌아가. 해가 지기 전까지 아직 시간이 있어." 선생님이 말했다.

"아뇨, 그런 게 아니에요." 나는 헛기침을 했다. 내가 이 말을 해야 했다. 이것만이 내가 질 수 있는 유일한 책임이었다. "그들은 식량을 보내지 않았어요."

교장 선생님은 한동안 멍한 얼굴로 날 바라보았다. 큰 충격을 받아 얼굴이 일그러져 있었다. "뭐라고?"

줄리아가 옆으로 비켜서서 그 상자를 보여줬다.

"그들이 보낸 건 이거 하나에요. 이것 때문에…… 웰치 선생님이 충격을 받으셨어요."

교장 선생님은 거기로 가서 앞에 주저앉았다. 그녀가 그 뚜껑에 페인트로 칠한 상징을 알아보는 걸 나도 알아챘다. 그녀는 입을 떡 벌렸고, 이마에 굵은 주름이 잡혔다.

우리는 선생님이 상자를 열기를 기다렸지만, 그녀는 그러지 않았다. 그래서 줄리아가 목청을 가다듬었다. "웰치 선생님은 이게 어떤 용도라고 했냐면."

"나도 이게 뭔지 안다." 나는 교장 선생님이 우리에게 말해 주길 기다렸지만, 그녀는 재빨리 일어서서 바지를 털어냈다. "이제 그만 들어가라."

줄리아는 어리둥절한 표정으로 나를 바라봤다. "이걸 어떻게 할……."

"내가 안으로 들어가라고 했잖니." 교장 선생님이 소름 끼치게 침착한 표정으로 말했다. "그리고 테일러를 여기로 보내. 다른 아이들에겐 한 마디도 하지 말고. 그리고 헤티, 그 열쇠들은 내게 주렴."

"네." 나는 선생님이 내민 손바닥에 그 열쇠고리를 떨어뜨렸고, 서둘러 그녀에게서 멀어졌다. 줄리아도 날 따라왔다. 나는 카슨 옆을 지나가면서 그녀의 소매를 잡아당겼다. 우리 셋은 재빨리 걸어가 한 줄로 이중 현관문 안으로 들어갔다.

우리는 깜박 잊고 있었다. 적어도 나는 그러려고 노력했다. 우리를 기다리고 있을 아이들을. 그들은 1층 홀에 모여 있었고, 우리가 들어오고 문이 닫히는 순간 그들의 수다 소리가 사라지면서 모두 조용해졌다. 나도 그 느낌을 기억한다. 그 흥분, 우리의 뼛속까지 갉아먹는 그 허기. 두려움도. 언젠가는 우리의 식량이 충분하지 못할 거라는 걱정.

흠, 오늘은 그들의 예감이 맞았다.

나는 줄리아를 봤다. 이 부담스런 임무를 내게 넘기지 마. 난 도저히 감당할 수 없으니까.

"음식은 주방에 있어. 지금 우리에게 있는 걸로 때워야 해." 줄리아가 말했다.

아무도 움직이지 않았다. 누군가 줄리아의 말을 믿었는지 도 확신할 수 없었다. 아이들은 줄리아를 재미있는 사람으로 생각하지 않았고, 그동안 우리는 아주 많은 일을 겪었다. 하지만 아이들이 불안한 미소를 짓기 시작하는 걸 볼 수 있었다. 구석에 있던 어린 소녀 하나가 킥킥 웃자, 친구들이 조용히 시켰다.

"뭐해? 난 너희들의 망할 웨이터가 아니라고." 줄리아의 목소리는 무지하게 날카로웠다.

아이들은 허둥지둥 일어서 부엌으로 향하며, 항상 그렇듯 자기 그룹을 위해 음식을 받으러 갔다. 다만 오늘은 그걸 나눠 줄 웰치 선생님도 없고, 날 기다리고 있는 리스도 없다.

나는 허리 밴드에서 권총을 꺼내서 줄리아의 손에 밀어 넣고, 2층 내 방으로 올라갔다. 그리고 침대에 드러누웠다. 눈을 감을 때 웰치 선생님의 시신을 보지 않으려고 노력했다.

19장

저녁 식사가 끝나고 밤이 됐다. 리스와 내가 몰래 학교를 빠져나가 웰치 선생님을 따라간 게 몇 년 전처럼 느껴진다. 고작 하루밖에 안 지났는데. 하루가 지났는데 모든 게 더 엉망이 됐다.

바이엇이 여기 있었다면, 나는 계속 그 생각을 했다. 이 상황을 어떻게 해결할지 알고 있었을 텐데. 바이엇이라면 이 사태를 바로잡기 위해 뭘 해야 할지 알고 있었을 것이다. 하지만 바이엇은 그 어느 때보다 내게서 더 멀어졌다. 웰치 선생님이 죽고, 모든 의문에 대한 해답들이 내 손아귀를 빠져나가고 있었다.

지금은 늦은 시간이었다. 거의 아침이 다 됐다. 내가 자고 있다고 여겨지면 리스가 다시 슬쩍 방으로 돌아올지도 모른다고 생각했지만, 그런 일은 일어나지 않았다. 그저 복도에 침묵이 흘렀고, 이제는 모두 익숙해진 악몽을 꾸는 소리만 들렸다. 여기서 누군가 비명을 지르고, 저기서 누군가 훌쩍거리며 울고, 울면서 다시 잠이 드는 아이도 있고.

그때 바람결에 아주 희미하고 낮게 귀에 거슬리는 신음이 들렸다. 그 소리는 툭툭 끊겼는데, 너무나 굵은 저음이라 몸으로 느낄 수 있었다. 그런 소리는 처음 들어봤다. 기계 소리도 아니고, 인간의 소리도 아니다. 그건 야생의 소리였다.

나는 일어서서 창가로 갔다. 파란빛이 올라오고 있었지만 창문에서 보이는 거라곤 마당과 북쪽 별채뿐이었다. 잠이 깨서 움직이는 사람은 하나도 없었다. 학교 안이 온통 조용했다. 아마도 숲에서 뭔가가 내는 소리일지도 모른다. 아니면 그냥 내가 상상한 소리거나.

하지만 그건 나의 상상이 아니었다. 1분 후에 그 소리가 다시 들렸다. 좀 더 또렷해지고, 더 오랫동안 들렸고, 그 속에 울림이 있었고, 빈틈이 있었다.

지금쯤이면 나 말고 다른 사람도 그 소리를 들었을 게 분명해서 복도로 나갔다. 어둠에 눈이 익을 때까지 시간이 좀 걸렸고, 처음에는 나 혼자 있는 줄 알았다. 그때 복도 저쪽에 누가 보였다. 리스였다. 그녀의 머리카락이 기이한 모양의 그늘을 드리우고 있었다.

"아." 내가 말했다. 절교한 후로 그녀를 본 건 처음이었다. 리스는 괜찮아 보였다. 당연히 괜찮겠지.

리스는 대꾸하지 않았다. 그녀는 고개를 갸웃거리고 있었고, 내가 뭔가 말하려고 입을 열었을 때 손을 들어 올렸다. 그녀는 팔걸이 붕대를 벗었지만, 창백한 얼굴을 보니 아직 다 낫진 않았다는 걸 알 수 있었다.

그때 우리는 그 소리를 세 번째로 들었다. 이젠 아주 커져서 그것이 차츰 잦아들면서 낮게 으르렁거리는 소리로 변하는 걸 들을 수 있었다. 이 짐승이 뭐든 간에 아주 가까이 있는 게 분명했다.

"교장 선생님을 불러야 할까?" 내가 물었다.

리스는 나와 눈을 마주치려 하지 않았지만 대답하는 목소리는 평상시와 똑같았다. "어째야 할지 모르겠네."

오늘 오후 줄리아와 카슨과 같이 돌아온 후로, 교장 선생님을 보지 못했다. 선생님은 분명 그 통에 든 것의 정체가 뭐건 그것을 처리하고, 웰치 선생님의 죽음에 대처하고 있을 것이다.

캣이 복도 입구 근처에 있는 자기 방에서 머리를 쏙 내밀었고, 그녀 뒤 어둠 속에서는 린제이가 서성거렸다. "야. 너희들도 그 소리 들었어?"

"응." 내가 말했다.

"저게 뭐야? 보초 근무 서는 아이들에게 무슨 말 들은 사람 있어?" 캣이 졸린 눈을 비비며 말했다.

나는 복도로 나갔다. "아직은 아무 소리도 못 들었어."

"내 생각엔 무슨 동물 같은데." 리스가 말하더니, 갑자기 말을 멈추고, 1층 홀이 내려다보이는 중이층을 향해 고개를 끄덕였다. "한번 가보자."

우리는 같이 걸어갔다. 캣과 리스가 앞장서고, 내가 린제이와 같이 따라갔다. 린제이는 날 지켜보고 있었다. 그녀의 시선을 느낄 수 있었다. 리스가 내 방이 아니라 복도 끝 방에서 자고 있었던 걸로 봐서 뭔가 잘못됐다는 사실을 짐작했을 테지만 아무 말도 하지 않았다. 나라면 참지 못하고 물어봤을 텐데.

우리는 중이층을 가로질러 계단을 내려갔다. 알리가 현관문 앞에서 보초를 서고 있었다.

"안녕. 저 소리는 뭐야?" 알리는 우리가 오는 걸 보고 안도한 표정으로 물었다.

"우리가 한번 가보려고. 밖의 저쪽에서 들려오고 있어." 리스가 말하더니 남쪽 복도, 교장실을 향해 손을 가리켰다. "너도 같이 갈래?"

"아니. 난 지붕으로 올라가서 보초 근무조에게 확인해 볼게." 알리가 재빨리 말했다. 그녀는 계단을 급히 올라가서, 1층 복도엔 우리만 남았다.

우리는 이중 현관문으로 향했고, 캣과 린제이는 뒤로 물러나서, 리스가 문을 열기를 기다렸다. 다른 아이들처럼 그녀에게 경의를 표하는 것이다. 그녀가 두렵기도 하고 경외심이 느껴지기도 해서. 하지만 리스는 어깨를 다쳐서 문을 열 수 없었다.

"내가 할게." 내가 말했다. 나는 두 손으로 문을 끌어당겨 열면서 리스를 흘끗 봤다. 리스가 미소라도 지어주길 기대하면서. 하지만 그녀는 고개를 숙여 내 시선을 피했다. 캣과 린제이가 나를 따라 나왔고, 나는 현관문이 자동으로 잠기지 않도록 신경 써서 닫았다.

우리는 현관 앞에 모여 서서, 냉기가 온몸을 파고드는 사이에 재킷을 단단히 여몄다. 금방이라도 폭풍이 몰아칠 것처럼 공기가 묵직했다. 달콤하면서도 톡 쏘는 맛이 나는 공기를 들이마시면서, 맑은 하늘과 아직까지 떠 있는 별들을 바라봤다. 잠시 우리는 조용히 있었고, 누군가 한숨을 쉬는 소리가 들렸다. 그러더니 침묵이 깨졌다. 그 소리가 다시 들렸다. 크게 흔들리면서 덜걱거리는 소리였다. 담장 너머에서 났다.

나는 어두운 밤을 향해 눈을 가늘게 뜨면서 산책로로 걸어갔다. 다른 소녀들은 내 뒤를 따라왔다. 여기까지 오면 그게 우리 눈에 보여야 했다. 소리로 봐선 아주 큰 동물일 테니까. 나무들 속에 있다고 해도 분명 잘 보일 것이다.

서리가 꽁꽁 얼어 있는 넓고 평평한 판석 길이 이어졌다. 담장이 서 있었고, 나무들 위로, 그 모든 것 위로, 해가 뜨려는 조짐이 보였다. 하지만 다른 것도 있었다. 뭔가 어둡고 움직이는 것이 교문 옆에 있었는데 그 형태를 다른 것과 구분하기가 힘들었다. 나는 눈을 깜박이고 다시 봤다. 그러자 캣이 헉 소리를 냈고 린제이가 "망할"이라고 말했다. 갑자기 그 형태가 선명하게 보였다.

검고 윤기가 흐르는 털. 네 발로 서 있는 키가 거의 나만큼 크고, 거대한 어깨와 땅에 붙을 만큼 푹 숙인 고개. 곰이었다. 내가 처음 보트 근무를 나갔을 때 봤던 곰, 우리가 웰치 선생님의 시신을 뒤에 남기고 숲속에 있을 때 들은 곰의 울음소리. 이제 그 곰이 우리 학교 담장 안쪽에 있었다.

곰이 다시 신음하자, 우리는 허겁지겁 서로에게 달라붙은 채 꼼짝도 하지 못했다. 차가운 겨울 공기 때문에 제대로 숨을 쉬기도 힘들었다.

"대체 보초 근무조는 뭐 하느라 이렇게 오래 걸리는 거야? 저놈이 어떻게 담을 넘어왔냐고?" 캣이 속삭였다.

"저기. 저기로 들어왔어." 린제이가 어둠 속을 가리키며 말했다.

순간 뱃속에서 두려움이 차올랐지만 나는 이미 그 답을 알고 있었다. 아니나 다를까. 곰 뒤로 어둠에 삼켜진 교문이 활짝 열려 있었다.

내가 좀 더 신경 썼어야 했는데. 내가 확인했어야 했다. 하지만 나는 보트 근무에서 돌아와서 아무 생각 없이 교문을 잡아당겨서 닫았다. 웰치 선생님, 그 통, 그리고 그 전날 밤의 여파 때문에. 하지만 그건 이유가 될 수 없었다. 어떻게 내가 우리를 이런 위험에 처하게 할 수 있지? 어쩜 이렇게 어리석을 수 있지?

내가 한 짓이다. 내가 이 모든 사태에 종지부를 찍은 것이다. 미안해, 너무너무 미안해. 나는 마음속으로 생각했다.

곰은 이제 더 가까워졌다. 코를 땅바닥으로 향한 채 학교를 향해 어슬렁어슬렁 네 발로 걸어왔다. 그러다 가끔 큰 소리로 식식거리면서 허공을 물어뜯었다. 곰의 턱이 딱딱 부딪치는 소리가 잔디밭을 가로질러 들렸다. 곰의 귀가 씰룩거리는 모습이 보였고, 여기저기 살이 찢어져서 속살이 그대로 드러나 등뼈까지 보였다.

그때 지붕에서 소리가 나더니 총성이 들렸다. 총알이 우리 머리를 스치듯 지나가 앞쪽 산책로의 판석을 때리자 곰이 뒷다리로 일어섰다. 나는 깜짝 놀라 꺅 비명을 질렀다. 누군가 내 입을 손으로 확 틀어막았지만 너무 늦었다.

곰이 고개를 이리저리 돌리다가 나를 똑바로 봤다. 나는 손으로 가려진 입속에서 신음했다. 곰의 얼굴 반쪽은 살이 뜯겨 나가 뼈까지 다 보였다.

소리를 내야 해, 하커 씨가 그렇게 말했다. 싸우라고. 하지만 저 곰은 톡스에 걸렸으니, 그런 규칙들은 이제 적용할 수 없다는 생각이 들었다.

"저 총알로는 놀라지도 않는군. 그래도 보초 근무조가 곰을 맞출 수 있어." 리스가 말했다.

내 옆에 선 린제이가 덜덜 떨고 있었다. 다른 소녀들과 몸을 바짝 붙이고 선 내 몸은 전기가 통하는 전선처럼 느껴졌다. 온몸이 바짝 긴장돼서 어찌나 뻣뻣해졌는지 내 몸을 두 쪽으로 분지를 수 있을 것 같았다. 심장이 미친 듯이 뛰었다.

"보초들에게 한 번만 더 기회를 주자." 내가 속삭였다.

다시 총성이 울렸고, 곰이 으르렁거렸다. 그 총알에 맞은 것 같았지만 놈은 여전히 우리를 향해 다가오고 있었다.

"우린 뒤로 갈 거야. 셋을 세면 천천히 가." 리스가 아주 낮고 차분한 목소리로 말했다.

리스가 숫자를 세기 시작했을 때 나는 캣의 손을 꽉 잡았다. 모두 손에 손을 잡고 있었고, 곰이 코를 힝힝거리면서 몸을 움직였을 때 누군가 덜덜 떠는 게 느껴졌다. 우린 학교에서 그리 멀지 않은 곳에 있었지만, 여기서 달린다면, 적어도 우리 중 하나는 곰에게 잡힐 것이다.

우리가 한 발 뒤로 물러서자 놈의 뜨겁고 지독한 냄새를 맡을 수 없을 정도로 떨어지게 됐다. 곰은 우리를 지켜보고 있었고, 나는 눈을 깜박이지 않으려고, 곰에게서 눈을 떼지 않으려고 안간힘을 썼지만, 멀어버린 눈이 아팠고, 지독히 긴장한 데다 사방이 너무나 어두웠으며, 무지무지 피곤했다.

"다시 한번." 리스가 말했다. 우리는 다 같이 한 걸음 더 뒤로 물러났다. 긴장해서 덜덜 떨면서, 주먹을 꽉 쥔 채.

순간 모든 것이 고요했고, 어깨의 긴장이 풀어지는 것을 느꼈다. 그러다 놈이 으르렁거리며 두 발로 일어서는 소리가 너무 커서 내 몸의 중심까지 흔들렸다.

"좋았어. 이제 달려." 리스가 말했다.

캣이 제일 먼저 우리를 제치고 나갔다. 그 순간 나는 땅바닥에 털썩 엎어져서, 손바닥에 거친 흙이 박히며 살이 긁혀서 쭉 찢어지는 차가운 느낌이 올라왔다. 어둠이 짙어지고 있었고, 고개를 들었을 때 반짝이는 뼈에 축축한 입을 벌린 놈이 다가오는 중이었다. 그 순간 나는 침착해졌다. 내가 가진 거라곤 벨트에 찔러놓은 칼 한 자루뿐이었다. 이런 싸움에 적합한 무기는 아니지만, 다른 아이들을 위해 시간은 벌 수 있다. 곰을 들여놓은 사람이 바로 나니까. 더는 들어오지 못하게 막다가 죽겠다.

하지만 리스가 은빛 손을 내 팔 밑에 걸고 나를 끌어올려 세웠다. 그녀의 눈빛은 거칠었고, 열기가 올라온 뺨은 붉게 상기돼 있었다.

"어서 움직여."

쿵쿵쿵 소리를 내며 발바닥으로 땅을 때리고, 바람이 휙휙 내 얼굴을 스쳐 가고, 피가 툭툭 뛰는 가운데 그 소리를 들을 수 있었다. 곰이 한 발씩 디딜 때마다 땅바닥을 뒤흔들어 놓으며 우리를 쫓아 전력으로 달려오고 있는 소리를. 날카로운 총성이 들렸지만 어둠 속에서 빗나갔고, 나는 돌아볼 수 없었다. 절대 돌아볼 수 없었다. 캣이 현관문 앞에서 기다리고 있었고, 린제이가 바로 내 앞에서 달리고 있었다. 나는 그녀를 지나 계속 달렸다. 한 번씩 숨을 쉴 때마다 점점 더 힘들어졌고, 차가운 냉기에 폐가 계속 오그라들었다.

"서둘러!" 캣이 소리를 꽥 질렀다. 리스가 문에 도착해서 안으로 사라졌다. 캣이 내게 손을 내밀었고, 다리 힘이 풀려서 달리기를 멈추는 순간, 나는 그녀의 품으로 쓰러져 그녀가 날 1층 홀로 힘껏 밀었다.

"빨리 와, 린제이." 캣이 소리를 질렀다. 린제이는 바로 내 뒤에 있었다. 그랬다고 맹세할 수 있다. 하지만 그녀가 내지르는 소리가 들렸고, 이어서 갈라지고 목쉰 비명 소리가 뒤따랐다. 그 끔찍한 비명 소리가 내 등을 사정없이 할퀴어 댔다. 난 절대 그 소리를 잊지 못할 것이다.

캣이 현관문에 손을 대고 한껏 밀었으며, 리스가 허겁지겁 문을 잠그고, 걸쇠를 걸었다. 그 문 너머로 축축하게 으르렁거리는 소리와 뼈가 부러지는 소리가 들렸다. 린제이의 훌쩍거리는 울음소리가 들리다가 그쳤다.

"너 괜찮아?" 내가 캣에게 물었다.

그녀는 얼굴이 하얗게 질리고, 눈은 밝게 빛났지만, 고개를 끄덕였다. 자제력이 한없이 강한 캣. 해군의 딸답다. "지금은 그래."

우리는 기다렸다—고맙게도 1층 홀에는 창문이 하나도 없다—그리고 곰이 이 문을 부수고 들어오려고 시도하지 않기를 빌었다. 문의 자물쇠는 튼튼하지만 저런 괴물이 덤빈다면 오래 버티지 못할 것이다.

"할 수 있을 때 어서 가자. 교장 선생님에게 경고해야 해." 리스가 말했다.

알리가 미친 듯이 계단을 뛰어 내려왔고, 그 뒤에 지붕에서 보초를 섰던 소녀 둘이 따라왔다. "망할. 린제이는 어딨어?"

"린제이는 어디 있냐고?" 캣은 알리를 밀치고 지나가서 가장 가까이 있는 보초 소녀의 멱살을 잡았다. 내가 빠진 빈자리를 채운 로렌이었다. "대체 너희들은 어디 있었어?"

"미안해." 로렌은 더듬거리며 사과했고, 또 다른 소녀인 클레어가 캣과 로렌 사이에 끼어들었다.

"그건 로렌 잘못이 아니야." 그녀는 꿀꺽 침을 삼켰고, 이렇게 어두운 곳에서도 붉어진 뺨이 보였다. "우린 교대 근무를 섰는데 이번이 내 차례였어. 그런데 내가 잠이 들어버려서."

캣이 로렌의 재킷을 놓아줬다. "네가 잠이 들었다고?"

클레어는 차마 캣을 보지 못했다. "그건 사고였어."

"린제이에게 사고였다고 말해 봐." 캣이 으르렁거리듯 말했다. 그때 북쪽 복도 입구에서 불빛이 보였고, 교장 선생님이 고개를 숙인 채 서둘러 홀로 왔다. 그녀가 온 방향에서 통을 숨겼을 만한 곳은 하나도 생각해 낼 수 없었지만, 나보다는 선생님이 학교 안을 더 잘 아니까.

"선생님." 리스가 그렇게 부르자 선생님이 화들짝 놀랐다. 그녀는 긴장해서 크게 뜬 눈으로 우리를 바라봤다.

"얘들아. 무슨 일이니?"

리스가 다 설명했다. 우리가 들은 소리, 그 곰, 그 곰이 어떻게 학교 안으로 들어왔는지. 그녀는 린제이 이야기와 보초 근무조가 깜박 잠이 든 이야기는 하지 않았다. 어쨌든 그건 더 이상 중요하지 않았다.

교장 선생님이 입을 떡 벌렸다가 닫았다. 순간 그녀의 혀에 빨갛게 부풀어 오른 상처 하나가 생생하게 보였다. 마침내 선생님은 목청을 가다듬었다.

"곰이 대체 어떻게 학교로 들어온 거니?"

나, 항상 내가 이 학교를 파멸시키고 있다. 리스는 화가 났고, 난 그녀가 그 생각을 하고 있다는 걸, 내가 아는 반쪽짜리 진실을 이야기할 생각을 하고 있다는 걸 알 수 있었다. 난 반박하지 않을 것이다. 설사 리스가 일러바친다 해도 난 그래도 싼 인간이니까. 하지만 리스는 고개를 저었다. "우리도 몰라요."

"알았다." 우리보다는 자신에게 하는 말 같았다. "알았어, 알았다고." 그러더니 선생님은 나를 보고, 이어서 리스를 보더니, 교장실로 들어가 버렸다.

"뭐야. 이제 우리 어떻게 하지?" 리스가 말했다.

20장

우리는 모두를 깨웠다. 학교 건물로는 버텨내지 못할 것이
라 곰이 뚫고 들어오는 건 시간문제였다. 문도 너무 많은 데다,
식당 창문들은 굉장히 높고 길었지만, 우리는 가능한 오래 살
아남을 것이다.

캣과 나는 2층으로 올라가 방마다 돌아다니며, 문을 두드
려 학교에서 가장 어린 소녀들을 깨웠다. 줄리아와 카슨도 여
기저기 다니면서 남은 아이들을 자극하지 않은 채 여러 무리로
나누어 아래층으로 데려왔다. 소녀들은 양초마다 불을 밝히고
게슴츠레한 눈빛에 얼굴을 잔뜩 찌푸린 채 1층 홀로 천천히 들
어오기 시작했다.

하지만 웰치 선생님이 없으니 우리를 책임지고 이끌어 줄
누군가가 필요했다. 리스는 아니고, 어린 소녀들이 두려워하지
않을 누군가. 테일러 같은 사람이.

나는 그녀의 방이 어딘지 몰랐지만, 테일러와 같은 학년 중
몇 명이 다른 아이들의 방에서 좀 더 떨어진 복도 끝 방을 차지

하고 있는 건 기억했다.

이 방은 전에 에밀리와 크리스틴의 방이었고, 또 이 방은 메리의 방이었고. 나는 그 빈방들을 지나가면서 1층 홀에 모인 소녀들의 점점 커지는 말소리를 무시하려고 애썼다.

마침내, 모나의 방까지 가기 전에 몇 개 남은 방 중 하나에서 작은 불빛이 깜박이고 바스락거리며 뭔가 움직이는 소리가 들렸다. 내가 방문에 노크를 하고 뒤로 물러서자, 테일러가 문손잡이를 홱 비틀어서 열었다. 머리가 사정없이 헝클어진 그녀가 셔츠자락을 밑으로 잡아 내렸다. 순간 그녀의 가슴 속에서 내 엄지손가락만 한 너비의 줄처럼 긴 근육이 밑으로 주르륵 내려와 그녀가 입고 있는 청바지의 허리 속으로 쓱 들어가 버렸다. 마치 땋아 내린 머리처럼 생긴 그 근육은 옅은 파란색으로, 꿈틀거리는 데다 마치 살아 있는 것처럼 맥이 뛰고 있었다.

"구경 실컷 했어?" 테일러가 쏘아붙였다.

나는 재빨리 고개를 돌렸다. 저건 대체 어떤 종류의 혈관이지? "미안해요. 난 그럴 생각이 아니었⋯⋯."

"무슨 일이야?"

나는 헛기침을 했다. "그게⋯⋯ 선배가 1층에 내려와야 할 것 같아요." 나는 테일러에게 학교 담장과 곰에 대해 이야기하면서 그녀의 얼굴에서 핏기가 싹 가시는 모습을 지켜봤다.

"교장 선생님은 어디 있어?" 그녀가 물었다.

"교장실에 가셨지만 나는."

테일러는 나를 홱 밀면서 넓은 어깨 한쪽으로 내 어깨를 치

고 갔다. 그녀를 따라 중이층으로 가면서 서서히 긴장이 풀리는
걸 느낄 수 있었다. 테일러가 책임자가 된다면 우리는 뭘 해야
할지 알아낼 것이다. 테일러는 뭘 해야 할지 알고 있을 것이다.

우리는 아래층으로 내려가서, 1층에 있는 아이들과 이제야
합류하는 아이들 몇 명을 지나쳤다. 가다가 리스와 눈이 마주
쳤고, 나는 아이들을 헤치고 지나가는 테일러를 보면서 그녀의
얼굴에 떠오른 안도하는 기색을 봤다. 하지만 그건 성급한 판단
이었다. 교장 선생님처럼 테일러는 모여드는 소녀들을 무시하고
그때부터 교장실을 향해 달리기 시작했다.

"괜찮아. 우리끼리 해결하지 뭐." 캣이 내 옆에 다가와 서면
서 말했다.

우리는 가장 먼저 해야 할 중요한 일이 현관문을 강화하는
것이라고 판단했다. 찰리와 알리가 남은 책상들과 의자들, 뭐든
바리케이드를 치는 데 쓸 수 있는 물건들을 찾으러 아이들 한
무리와 함께 교실들을 다니기로 했다. 줄리아와 카슨은 바닥에
볼트로 고정된 식당의 식탁들을 떼어낼 수 있는 도구를 찾으러
주방으로 향했다. 심지어 랜드리까지 돕겠다고 나서서 어린 소
녀들 몇 명과 함께 기숙사 2층 침대에 붙어 있는 사다리들을 떼
러 갔다.

그리고 나는, 나는 바닥에 뿌리를 내린 것처럼 1층 홀 한가
운데 그대로 서 있었다. 1년 반 동안 우리는 능력껏 최대한 안전
하게 지냈다. 튼튼한 학교 담장, 규칙적으로 오는 보급품. 그리
고 웰치 선생님과 교장 선생님이 우리를 하나로 단결시켰다. 그

렇게 1년 반이나 살아왔는데 단 일주일 만에 내가 이 모든 걸 부셔버렸다.

사라와 로렌은 소파들을 끌어서 현관문 앞에 갖다 놓고 있었다. 그 근처에 있는 캣은 언제나 옆에 있던 린제이가 없어 혼란스러워 보였고, 나는 줄리아가 식당에서 여러 개의 긴 테이블을 고정한 볼트들을 가지고 씨름하는 모습을 볼 수 있었다. 나는 식당을 향해 가기 시작했지만, 몇 걸음 걷기도 전에 복도 문이 쾅 소리를 내며 열렸다. 교장 선생님이 사무실에서 나왔고, 테일러가 그 뒤를 따라왔다.

교장 선생님은 교문에서 봤을 때보다 상태가 훨씬 나아 보였다. 옷매무새도 말끔해졌고—어디다 다리미라도 숨겨놓은 건지 옷의 선이 날렵하게 서 있었다—회색 머리는 전처럼 단정하게 쪽을 져서 올렸다.

"올라가. 모두 올라가라." 선생님은 손뼉을 두 번 치며 말했다.

모두 하던 일을 멈추면서 홀에 침묵이 흘렀다. 교장 선생님의 이런 모습은 낯설다. 선생님은 평소에 대체로 우리와 멀찍이 거리를 두고 있었고, 항상 웰치 선생님이 교장 선생님의 지시를 전달했다. 하지만 이제 그런 선택은 할 수 없는 상황이니 뭐.

"뭐해? 어서 가." 선생님이 소리를 질렀고, 우리는 모두 허겁지겁 움직였다. 선생님은 우리 사이를 지나가 모두 자신을 볼 수 있게끔 계단 중간까지 올라갔다. "좋아, 모두 한 줄로 서. 학년별로, 그리고 성의 알파벳순으로 서."

이런 식으로 일곱 개의 줄로 맞춰선 지가 너무 오래돼서 그 지시에 따르기까지 시간이 좀 걸렸다. 과거에는 줄마다 열넷에서 열다섯 명 정도의 소녀들이 있었지만, 이제는 이 자리에 애초부터 없었던 것처럼 보이는 빈틈도 많았고, 열한 살부터 학생을 받았는데 이젠 가장 어린 소녀가 열세 살이었다. 너무나 많은 소녀들이 유령이 됐고, 남은 소녀들이 선 줄 역시 짧고 들쭉날쭉했다. 그래서 우리는 그동안 이런 식으로 줄을 서지 않았다. 볼 때마다 마음이 너무 아프니까.

나는 채핀이라 C로 시작되니 제일 앞에 섰고, 다음이 리스였다. 리스 뒤에는 다나 켄드릭, 캣 리오, 로렌 포터 그리고 사라 로스가 섰다. 바이엇이 있어야 할 마지막 자리가 텅 비어 있는 모습을 보지 않을 도리가 없었다.

"다들 고맙다." 우리가 이리저리 움직여서 마침내 줄을 맞췄을 때 교장 선생님이 말했다. "자, 이제 너희 모두 봐서 알겠지만—이때 선생님의 목소리가 점점 더 갈라지는 것을 들을 수 있었다—오늘 새벽에 담장에 구멍이 뚫렸다. 내가 지시를 내리기 전까진 아무도 학교 밖으로 나가선 안 돼."

나는 눈을 감았다. 내 속에서 배배 꼬이는 이 죄책감에 익숙해져야 한다.

"비상사태에 대비하는 연습을 하기 위해 오늘 아침에 안전훈련을 실시한다. 날 따라와라." 선생님이 이어서 말했다.

이건 정말 어이가 없는 상황이었다. 어이가 없어도 너무 없었다. 하지만 우리는 선생님을 따라 북쪽 복도로 가서, 교실들과 교무실들을 지나, 모퉁이를 돌아서 맨 뒤쪽에 있는 음악실까지 갔다.

전에는 음악실에 악보대 여러 개와 피아노가 한 대 있었다. 집에서 바이올린을 가져온 소녀들도 있었다. 하지만 다 오래전에 사라졌다. 다만 음악실 앞쪽 바닥에 볼트로 고정된 교사 책상만 남아 있었다. 내 옆에 서 있는 캣이 가볍게 몸을 떨었다. 햇빛이 전혀 들지 않는 이곳은 몹시 추웠다.

일단 전원이 음악실로 들어오자 교장 선생님은 우리들의 수를 세고 또 셌다. 나는 선생님이 이 상황을 설명하기를 기다렸지만, 그녀는 우리 앞에 서서 소리를 내지 않은 채 계속 입술을 달싹이며 인원을 셌다. 평소 교장 선생님을 잘 몰랐다면, 덜덜 떨고 있는 것처럼 보였을 것이다. 그러고 나서 선생님이 테일러에게 고개를 끄덕여 보이자 그녀가 줄에서 한 발자국 앞으로 빠져나왔다.

순간 심장이 철렁했다. 이럴 줄 알았어야 했는데. 이런 일이 일어날 줄 알았어야 했는데. 테일러야말로 모나를 리스의 집으로 운반한 사람이다. 난 그녀가 우리 편이라고 생각했지만 사실은 아니었다. 그녀는 그들 편이었다.

"걔를 데려가." 교장 선생님이 말했다.

테일러가 날 향해 다가왔다. 분명 나일 것이다. 그래야 한다. 그들은 내가 격리 조치를 어긴 사실을 알고 있을 테니까. 분명 교장 선생님이 알아냈을 것이다. 하지만 성큼성큼 걸어온 테일러는 나를 지나쳤고, 그녀의 시선은 내가 아닌 다른 사람에게 못 박혀 있었다.

"잠깐만." 내가 말했지만 그게 내게 허락된 전부였다. 테일러가 느닷없이 리스의 땋은 머리를 움켜쥐고 줄에서 끌어냈다. 리스는 비명을 질렀지만, 테일러는 리스의 몸을 잡고 그녀의 팔을 등 뒤로 비틀었다. 순간 다친 어깨가 홱 틀어지면서 리스가 비명을 질렀는데 마치 내 이름을 부르는 것 같은 소리였다.

누군가 소리를 질렀고, 나는 캣을 밀어제치고 난리판 속에서 리스에게 가려고 싸우는 사이에, 테일러가 리스의 뒤통수를 쳤다. 순간 리스의 몸이 축 늘어지면서 그녀의 눈동자가 격렬하게 흔들리는 동안 피가 뿜어져 나왔다. 내가 눈을 깜박이기도 전에 테일러가 리스를 어깨에 둘러메고 문으로 가는 모습이 보였다. 대체 지금 무슨 일이 벌어지고 있는 거야? 저들이 리스를 어디로 데려가는 거야?

"야." 나는 그렇게 외치면서 비틀거리며 그들을 향해 몸을 날렸다. 내가 테일러를 거의 잡을 뻔했을 때 누군가 내 멱살을 잡아서 뒤로 끌어 바닥에 던졌다. 교장 선생님이 나를 내려다보며 서 있었고, 내 시야가 빙빙 돌다가 다시 진정되는 사이에 그녀의 윤곽이 흐릿하게 보였다.

그때 그들은 이미 음악실을 빠져나갔고, 교장 선생님도 나와서 문을 닫아버렸다. 나는 비틀거리며 일어서서 문손잡이를 잡아당겼지만, 자물쇠가 둔중하게 돌아가는 철컥 소리가 들렸다.

"리스! 리스!" 나는 소리를 질렀다. 하지만 그들이 복도를 빠르게 걸어가는 소리만 들렸다. 저들이 왜 리스를 데려가는 거지? 리스에게 무슨 짓을 하려고?

줄리아가 내 옆에 왔는데 얼굴에 걱정스러운 표정이 떠올랐다. "대체 무슨 일이 벌어지고 있는 거지?"

"나도 몰라. 나도 모른다고. 망할. 나는."

갑자기 머리 위에서 쉭쉭 소리가 나면서 화재 시에 작동되는 살수 소화 장치가 켜졌다.

거기서 아주 미세하면서 온몸에 끈적하게 달라붙는 안개 같은 물질이 뿜어져 나왔다. 나는 눈을 가늘게 뜨고 그걸 올려다보면서, 머리카락이 축축하게 젖어 무거워지는 걸 느꼈다. 물이라고 보기엔 너무 걸쭉하고, 화학적인 냄새가 났다.

대체 이게 뭐지?

하지만 난 알았다. 이것의 정체가 뭐든 그 통 안에 들어 있던 것이다. 카슨과 줄리아와 내가 이걸 우리 손으로 들고 돌아왔다. 우리가 우리의 사형 집행 영장에 서명하고, 단두대에 우리 목을 내려놓고, 교장 선생님에게 도끼를 건넨 것이다.

그 가는 안개가 점점 더 짙어지자 아이들은 재킷으로 머리를 덮으며 큰 소리로 떠들기 시작했다. 누군가 기침을 하기 시작했고, 점점 더 주위를 보기 힘들어지고, 생각도 하기 힘들어졌다. 속눈썹에 그 물질이 방울방울 맺혀서 달라붙으며, 시야가 전체적으로 뿌옇게 변했다. 나는 손으로 얼굴을 문질렀다. 그러자 끈적거리는 뭔가가 손에 묻어나왔고, 두툼한 안개에 닿은 피부는 창백하고 역겨워 보였다. 거기다 가슴은 마치 솜뭉치를 틀어넣은 것처럼 답답해져서 숨을 들이쉬려고 할 때마다 점점 더 공기가 줄어들었다.

우리는 여기서 나가야 한다. 당장 나가야 한다.

이 문은 몇 년 전에 새로 만든 것으로, 커다란 정사각형의 유리가 끼워져 있고, 거기에 철망을 씌워 놨다. 나는 교장 선생님이 문을 잠근 걸 알고 있었지만 그래도 손잡이를 돌려봤다. 그리고 온몸으로 문에 부딪쳐 봤지만 꿈쩍도 하지 않았다.

"이거. 내 칼." 줄리아가 말했다. 내가 옆으로 비켜서자 줄리아는 문 앞에 쭈그리고 앉아, 벨트에서 칼을 꺼내 손잡이에 있는 열쇠 구멍에 넣고 돌리려 안간힘을 썼다.

이제 모두 충격과 공황에 빠졌다. 우리만 그런 게 아니라 사방에서 다들 난리가 났다. 다들 미친 듯이 소리를 질러대서 제대로 생각을 할 수 없었고, 안개를 뚫고 볼 수도 없었다. 나는 셔츠를 잡아당겨서 입을 덮고 그걸 통해 숨을 쉬었다. 처음에는 조금 도움이 됐다. 머리가 맑아지면서 다시 제대로 생각을 할 수 있었지만, 스프링클러에서 뿜어져 나온 그 약물이 너무 많았고, 그게 모두 우리에게 쏟아지고 있었다.

그때 처음으로 쓰러지는 아이들이 생겼다. 처음에 하나가 쓰러지더니 무섭도록 빠른 속도로 속속 쓰러졌다. 모두 이상한 각도로 몸이 틀어진 채 크게 뜬 눈으로 허공을 빤히 바라봤다.

"맙소사." 캣이 말하더니 그녀도 쓰러져 버렸다.

"줄리아, 서둘러야 해." 내가 말했다.

사라가 캣을 향해 허리를 숙이고 그녀의 어깨를 잡고 흔들었다. 음악실 반대편에서 키가 작고 비쩍 마른 누군가가 랜드리의 품에 안겨 있었다. 누군가는 울고, 누군가는 비명을 질렀다. 만약 여기서 조금 더 있게 된다면 우리 중 누구도 살아남지 못할 것이다.

"안 되겠어. 우리가 저 유리를 깰 수 있을까?" 내가 말했다. 내 호흡은 너무 짧고 너무 얕았다.

줄리아가 일어섰는데 금방이라도 기절할 것 같았다. "뭘 가지고?"

줄리아 말이 맞았다. 여긴 아무것도 없다. 심지어 악보대도 없고, 주먹으로 저 유리를 부쉈다간 거기 쳐진 철망에 손이 잘려나갈 것이다. 하지만 그게 우리에게 남은 유일한 대안이었다. 내 머릿속이 흐려지고, 눈도 흐려지고 있었다. 이러다 나도 기절할 것이다. 빨리 조치를 취해야 한다.

나는 재킷을 벗어서 왼손에 두르고, 주먹으로 재킷을 꽉 잡았다. 이러면 손이 다치겠지만 폐 속에서 이 안개가 활활 타고 있었다. 지금이 아니면 영원히 못 한다.

나는 유리를 세게 한 번 치고, 또 치고, 또 쳤다.

유리가 와장창 깨졌다. 그 순간 아무 느낌도 없다가 차가운 새 공기가 세차게 밀려왔고, 그때 손에서 통증이 폭발하면서 무릎이 풀리고 말았다. 나는 문에 몸을 기대고 축 늘어진 채, 오른손을 깨진 유리창 틈에 넣어서 더듬더듬 자물쇠를 찾았다. 금속이 내 미끄러운 손안에서 돌아갔고, 이러다 토할 것 같다는 생각이 들었다.

나는 다시 문손잡이에 기댔다. 세상이 아주 요상한 각도로 기울어져 있었다. 그때 문이 홱 열렸고, 내 위에서 회색의 뭔가가 흐릿하게 흔들리고 있었다. 이제 손엔 아무 감각도 느껴지지 않았다. 나는 눈을 감고 바닥으로 쓰러졌다.

"야, 이봐. 어서 나가자."

나는 기절하지 않으려고 애썼다. 줄리아가 무릎을 꿇고 나를 내려다봤다. "그 방법이 효과가 있었어?" 내가 쉰 목소리로 물었다.

"그래. 공기가 깨끗해지고 있어. 자, 팔 좀 들어봐. 이럴 때는 팔을 들고 있어야 해. 너 지금 피가 많이 나." 줄리아가 말했다.

그녀는 내 팔꿈치를 잡고 들어 올리면서 엉망이 된 손에 감겨 있던 재킷을 벗겨냈다. 그러자 살이 벗겨지는 것 같은 통증이 느껴졌지만, 이건 아무것도 아니다. 그저 통증일 뿐이고, 이런 통증은 이미 충분히 겪어봤다.

음악실이 다시 시야에 들어왔고, 주위 상황이 보이기 시작했다. 우린 모두 쓰러져서 널브러져 있었다. 줄리아와 나는 문 옆에 있었고, 다른 아이들은 방 여기저기에 누워 있었다. 조금 더 정신이 깨어 있었던 아이들은 움직이기 시작했지만, 모두 눈빛이 흐리고 멍했다.

"밖으로 나가자. 모두 여기서 나가야 해." 내가 말했다.

천천히 스프링클러가 약물을 뱉어내길 멈췄고, 내가 다친 팔을 가슴에 대고 일어서는 걸 줄리아가 도와줬다. 유리가 박살 났고, 바둑판무늬 타일 바닥은 피로 얼룩져 있었다. 살아남은 소녀들이 죽은 아이들의 시신을 끌며 내 옆을 지나 복도로 가는 모습을 보면서 나도 비틀비틀 따라갔다.

교장은 어떻게 우리에게 이런 짓을 할 수 있지? 지금까지 우리가 어떤 시련에서 살아남았는데 어떻게 이제 와서 우리를 이렇게 포기해 버렸지?

21장

다 해서 열여섯 명이 죽었다. 가스 공격에서 살아남은 우리는 1층 홀에 모여 몇 명이나 남았는지 세어봤다. 줄리아가 죽은 소녀의 재킷에서 찢어낸 천 쪼가리로 다친 손을 묶어줬다. 주로 어린 소녀들이 죽었고, 가장 어린 학년에선 에이미만 살아남았다. 하지만 나랑 같은 학년인 다라가 죽었고, 나보다 한 학년 위인 선배들도 셋이나 죽었다. 우리는 그들의 시체를 줄을 맞춰 눕혀놓고 눈을 감겼다.

그 일을 끝냈을 때 모두 입을 다물었고, 그저 소리를 죽여 훌쩍훌쩍 우는 소리만 간간이 침묵을 깼다. 약 마흔 명 남은 우리가 너무나 적게 느껴졌다. 에이미가 같은 학년의 소녀들 시체 옆에 앉아서 손으로 조심스럽게 그들의 머리를 빗기는 모습을 보자 목이 메었다.

"교장이 이랬어. 교장이 우리에게 이런 짓을 했다고. 우리 친구들을 죽인 여자를 가만 놔둬선 안 돼. 우리 모두 죽이려 했잖아." 캣이 갈라지는 목소리로 말했다.

"뭘 어떻게 할 건데?" 로렌이 말했고, 나는 그녀의 친구인 사라의 시신 옆에 서 있는 그녀를 발견했다. "교장은 사라졌 잖아."

"내가 찾아낼 수 있어." 나는 손에 욱신거리는 통증을 무시 하면서 말했다. 난 찾아야 했다. 교장을 찾아내면 리스가 거기 있을 테니까. 리스는 지금 내게 의지하고 있을 테니까.

"그다음엔 어쩔 건데? 교장을 죽일 거야?" 로렌이 귀에 거 슬리는 소리로 웃으며 말했다.

"그래. 바로 그렇게 할 거야." 캣이 말했다.

그러자 웅성거리며 다들 동의하는 소리가 나왔다. 처음에 는 작은 소리로 시작됐다가 점점 커졌지만 로렌은 고개를 저었 다. "아직도 밖에는 곰이 있어. 교문은 열려 있고. 이제 이곳은 망했어. 우리도 마찬가지야. 우리가 걱정해야 할 건 지금 그거 아니야?"

캣이 소리를 지르기 시작하면서 난리가 났다. 나는 줄리아 에게 기대를 걸면서 그녀를 봤다. 그녀는 지금까지 한 마디도 하지 않았다. 줄리아는 카슨의 어깨에 팔을 두르고 있었고, 카 슨은 줄리아의 목에 머리를 기대고 있었다. 줄리아에겐 친구가 있는데. 내 친구들은 둘 다 사라졌다.

"어떻게 생각해?" 내가 조용히 물었다.

줄리아는 다투고 있는 캣과 로렌을 본 후에 다시 나를 봤 다. "가서 리스를 찾아. 리스에겐 이럴 시간이 없어."

나는 고마운 마음에 빙긋 웃으면서, 성한 손으로 그녀의 손을 힘껏 쥐었다가 놓고 천천히 뒤로 물러나 문을 향해 다가갔다. 아무도 날 보지 않을 때 복도로 나갔다. 그리고 서둘러 1층으로 돌아갔다. 내 걸음은 여전히 비틀거렸고, 머리는 아까 그 안개 때문에 아직도 흐리멍덩했다. 왼손은 심장 박동에 맞춰 계속 욱신거리고 있었고, 임시변통으로 만든 붕대 위로 피가 계속 새어 나오고 있었다. 앞으로 이 손은 전처럼 똑바로 펴지거나 구부려지지 않을 거라는 걸 난 알고 있었다.

창문으로 햇살이 가득 쏟아졌다. 귀 기울여 들어보면 현관문 바로 밖에서 식식거리는 곰의 사나운 숨소리를 들을 수 있었다. 놈은 린제이의 시신을 다 먹어치운 게 분명했다. 이제 남은 우리를 노리고 있겠지.

교장 선생님이 리스를 잡고 있을 정도로 안전한 곳은 얼마 없었다. 그중 하나가 교장실이었지만, 여기서 보니 문이 열려 있어 굳이 확인할 필요도 없었다. 나는 곧장 두 번째 방으로 갔다. 한 발자국 한 발자국 갈수록 점점 더 힘이 돌아왔다. 교장은 날 쓰러뜨리려 했지만 실패했다. 그러니 리스도 다시 뺏어올 것이다.

저기에 양호실 계단으로 가는 문이 있었다. 방금 누가 막 들어간 것처럼 빠끔하니 열려서 살짝 흔들렸다. 하지만 3층에선 누가 있는 소리가 들리지 않았다. 아마 테일러와 교장은 리스처럼 날 잡아 가둘 준비를 하고 숨어서 기다리고 있는지도 모른다. 하지만 난 그것에 대비할 무기도, 계획도 없었다. 내겐 남은 게 하나도 없었다. 손의 통증이 점점 심해져서 벽에 온몸을 기댄 채 올라갔다.

양호실은 어두웠다. 문들이 다 닫혀 있어서 아침 햇살이 보이지 않았다. 내가 마지막으로 여기 왔을 때는 바이엇을 찾고 있었고, 내가 찾고 있는 답은 언제나 손에 닿지 않는 곳에 있는 것처럼 느껴졌다. 이제 나는 그 답들을 알고 있다. 그들이 바이엇을 섬에서 빼냈고, 웰치 선생님이 그 일에 관련돼 있다는 사실도 알고 있다. 그것 때문에 온몸에서 투지가 빠져나갔다. 이젠 진실이고 뭐고 다 필요 없다. 그저 살고 싶을 뿐이다.

좁은 복도에선 숨을 곳이 없다. 지금 여기는 나 혼자밖에 없다는 생각이 들었다. 나는 비틀거리면서 이 방 저 방 문 앞을 서성이며 무슨 소리든, 어떤 소리든 들리는지 귀를 기울였다. 그러다 복도 끝에 있는 방, 바이엇의 실과 바늘을 찾았던 방. 그 방에는 자물쇠가 걸려 있고, 안에서 매트리스가 삐걱거리는 것처럼 작은 소리가 들려왔다.

리스.

진정해, 나는 마음을 가다듬었다. 만약 리스가 여기 있다면 다른 사람도 같이 있을지 모른다. 나는 바닥에 누워서 왼쪽 눈을 마룻바닥에 갖다 댔다. 대략 5센티미터 정도 되는 문틈으로 안을 볼 수 있었다. 침대 다리들이 보였고, 그 옆에 당겨진 걸상 같은 것이 보였다. 교장과 테일러는 없었다.

나는 맨 위의 데드볼트부터 시작해서 하나씩 열었다. 그 볼트들은 문 속에 깊이 박혀 있었고, 나는 오른손만 쓸 수 있었기 때문에 그걸 밀어서 여는 데 전력을 다해야 했다. 첫 번째 볼트를 막 열었을 때 그 소리가 들렸다. 아주 조용해서 들릴락 말락 한 소리였다.

"헤티?"

나는 문에 이마를 댔다. 리스였다. 정말 그녀였다. "그래. 너 괜찮아?"

잠시 침묵이 흘렀다가 목소리가 들렸다. "그런 것 같아."

"그들이 너에게 무슨 짓을 한 거야? 그들이 너에게 뭘 원했어?"

"그들이 원한 건……." 리스는 말을 하다 말았는데 목소리가 몽롱하게 들렸다. "이 섬에서 나갈 수 있는 길을 원했어."

리스는 음악실에서 머리를 맞아 아직도 머리가 멍한 게 분명했다. 그리고 말하는 폼이 아직 정신이 온전히 돌아오지 않는 것 같았다. 두 번째 데드볼트를 잡아당기자 간신히 움직였다. "조금만 더 버텨. 내가 널 꺼내줄게." 내가 말했다.

리스가 숨을 돌리는 소리가 들렸고, 막 뭔가 말하려는 것 같다는 생각이 들었을 때, 리스가 아닌 누군가가 복도에서 내 이름을 불렀다.

테일러였다.

나는 천천히 돌아섰다. 그녀의 윤곽이 복도의 어둠 속에서 얼룩처럼 번져 보였다. 하지만 분명 거기서 날 지켜보고 있었다.

"물러서. 문에서 물러나라고." 그녀가 말했다.

"테일러?"

그녀는 날 향해 몇 발자국 다가와서, 이제 얼굴을 볼 수 있었다. 그녀의 고집스럽게 생긴 턱과 벨트에 찬 칼도. 나는 그녀를 향해 몸을 더 틀면서, 내 손에 임시로 감은 붕대가 보이게 했다. 그녀가 나를 위협이 되지 않는다. 여긴다면, 여기서 빠져나갈 길을 찾을 수 있을지도 모른다.

"난 그냥 리스와 이야기를 하고 싶어. 리스가 괜찮은지 확인하고 싶어서 그래." 나는 거짓말을 했다.

"네 말 안 믿어. 문에서 떨어지라고 했잖아." 테일러의 목소리는 단호하고 냉혹했다.

"리스는 괜찮아? 적어도 그건 말해 줄 수 있잖아?"

"물러서. 당장."

테일러는 우리 편이었는데. 그간 사정이야 어쨌든 적어도 조금은 우리를 생각하는 마음이 있을 것이다. 내가 계속 밀어붙이면 조금이라도 틈을 보일지도 모른다. 어쩌면 기회가 생길지도 모른다. "리스에게 무슨 짓을 한 거야? 리스에게 뭘 원한 거냐고? 그걸 말해 주면 갈게. 내가 여기 오지 않았던 척할 수 있잖아."

테일러는 고개를 저었다. "널 가게 놔둘 수 없다는 거 너도 알잖아, 헤티."

나는 최선을 다해 미소를 지었다. "선배는 당연히 날 놔줄 수 있잖아. 선배는 원하는 건 뭐든 할 수 있잖아."

"나야 그렇지. 교장 선생님과 나는 이 빌어먹을 섬을 뜰 거야. 그 방법을 아는 사람이 있다면 그건 네 친구고." 테일러는 나를 향해 한 발자국 더 다가오며 말했다.

나는 테일러가 리스의 집에서 그날 밤에 했던 말을 떠올렸다. 더 좋은 일을 하기 위해 보트 근무조를 떠났다고 했던 말. 그건 다 개소리였다. 테일러가 정말 했던 일은 바로 이런 것이었다. 그래서 리스를 기절시키고, 우리를 그 음악실에서 죽게 내버려 뒀다. 여기서 도망치기 위해.

"그들이 정말 선배가 여길 떠나게 놔둘 것 같아? 해군과 CDC가?" 어쩜 이토록 순진할 수 있지? 예전의 내가 그랬다가 지금 이 사달이 나지 않았나.

그녀는 어깨를 으쓱했다. "상관없어. 우린 어쨌든 여기 있지 않을 거야."

"그럼 남은 우리는 어쩌고?"

"그 질문 정말 신물이 난다. 그럼 나는 어쩌고? 응? 나는 어쩌라고?" 테일러가 으르렁거리듯 말했다.

난 그 말에 반박할 수 없었고, 내 뱃속에 굳건하게 자리 잡고 있는 죄책감도 밀어낼 수 없었다. "내 말 좀 들어봐. 선배는 날 죽일 수 없어." 나는 대신 이렇게 말했다. 테일러는 콧방귀를 뀌었지만 나는 바이엇처럼 미소를 지었다. "이 섬에서 나갈 길을 찾는다고 했지. 그럼 나랑 같이 가. 나랑 같이 찾아."

그녀는 또 한 발자국 다가왔다. "넌 거짓말을 하고 있어." 테일러가 말했다.

"아니야. 아니라니까. 내가 약속할게." 하지만 테일러는 더이상 내 말을 듣지 않았고, 벨트에 꽂아놓은 칼을 향해 손을 뻗었다.

"그거 치워. 제발, 이럴 필요 없잖아." 나는 그렇게 말했지만, 그녀를 달래려고 했던 말은 더 이상 통하지 않았다. 그녀를 막으려고 내민 내 손이 덜덜 떨렸다.

"아니, 그래야 해."

난 이제 도망쳐야 했다. 하지만 테일러가 길을 막고 있어서 도망칠 수도 없었다. 그때 테일러가 달려들어 내 멱살을 잡았다.

22장

빠르다. 너무 빨라서 흐릿해 보였다. 그녀가 손을 뻗는 동작을 봤고, 하얀 그녀의 손과 하얀 칼이 보였지만 뭐가 손이고 뭐가 칼인지 알 수 없었다. 그래서 가까이에 있는 하얀 것을 잡고, 다른 건 억지로 밀어내면서 그녀의 발을 있는 힘껏 밟았다.

그러자 테일러가 팔꿈치로 내 코를 힘껏 쳐서 비틀거리며 뒤로 물러나 벽에 기댔다. 다친 손에서 통증이 폭발했고, 내 눈 위로 머리카락이 흘러내렸고, 내 입은 피로 가득 찬 데다 뺨과 귀까지 피로 얼룩졌다.

그녀의 칼이 나를 향해 뻗어오자 나는 그녀를 홱 잡아당겨서 칼날을 내 몸에 딱 붙여 쓸 수 없게 만들었다. 테일러는 칼날을 뒤집으려고, 내 살을 그어버리려고, 내 가슴을 길게 베려고 안간힘을 썼다. 그래서 내가 별로 힘을 들일 필요도 없이 몸을 살짝 앞으로 기울이면서 힘껏 밀자 그것이 쑥 들어갔다. 마치 기다리고 있었던 것처럼.

"맙소사. 맙소사." 나는 말했다.

그녀는 칼에서 손을 떼고 쓰러졌다. 칼도 떨어졌다. 그녀의 온몸에서 피가 나고 있었고, 나는 어떻게 피를 멈춰야 할지 알 수 없었다.

"헤티."

뭐로든 출혈을 막을 수 있을 것 같지 않았다. 테일러의 눈이 사정없이 흔들리고 있었다. 숨이 막혀 컥컥거리는 소리를 내면서 몸을 썰룩거리며 덜덜 떨었다. 그녀의 한 손은 허공을 움켜쥐고 있었고, 다른 손은 갈비뼈를 누르고 있었다. 그리고 테일러는 웰치 선생님이고, 웰치 선생님은 하커 씨고, 이 모든 일이 또 일어나고 있었다.

내 뒤에서 목소리가, 이곳이 아닌 다른 어딘가에서 나는 소리가 들렸다.

"헤티. 헤티."

나는 움직일 수 없었다. 숨을 쉴 수도 없었다. 흘러내리는 테일러의 피가 내 부츠 앞부리에 막 닿으려 했다. 여기 계속 서 있으면 그 피가 내 부츠 솔기 사이로 스며들어와 양말과 발가락까지 적실 것이다. 이 얼룩은 결코 씻어내지 못할 것이다.

"와서 문 열어." 리스가 말했다.

리스.

나는 피 웅덩이에 있는 부츠를 들어서 철벅거리는 소리를 내며 테일러의 다리를 건너갔다. 계속 내 이름을 부르는 리스의 목소리가 그 철벅거리는 소리를 덮고, 테일러의 입에서 흘러나오는 피거품 소리와 컥컥거리는 소리를 덮어줬다.

문 앞에 서서 데드볼트 하나당 몇 번씩 시도해 여는 동안, 어깨가 사정없이 쑤셨지만 마침내 문을 밀어 열었다. 침대엔 시트도 깔려 있지 않았고, 매트리스는 피로 얼룩져 있었다. 걸상 위에 워키토키와 단파 수신기가 있었고, 그 옆 창문으로 흘러 들어 오는 햇살에 반짝이는 칼이 한 자루 놓여 있었다. 칼날은 피가 묻어 칙칙해져 있었고, 나는 그걸 외면하고 싶었다. 대체 누구든 리스에게 또 무슨 짓을 할 수 있단 말인가? 하지만 리스는 그 걸상 옆에서 기다리고 있었다. 달빛처럼 환한 머리에, 어깨는 탈골되고, 목에 멍이 나타나기 시작한 리스.

"괜찮아. 괜찮아." 리스는 그렇게 말하면서 은빛 손으로 내 뺨을 동그랗게 감쌌고, 그녀의 엄지손가락이 내 입술 가장자리를 눌렀다.

"난 그럴 생각이 아니었는데." 나는 입을 열었지만 말이 나오지 않았다.

"넌 그 일을 해야만 했어." 리스가 말했다. 이 말을 들으니 기분이 나아져야 했지만, 목 뒤쪽으로 올라온 담즙이 따끔따끔하기만 했다.

"이제 가야 해."

"뭐 하러?" 이 난장판에서 빠져나갈 길도 없는데.

"한 번에 하나씩 하는 거야, 알았지? 지금은 아래층으로 가야 해. 그게 다야. 그다음에 어떻게 할지 생각해 보고."

"그래." 내가 말했다. 리스가 여전히 날 보면서 기다리고 있었기 때문에 다시 더 기운을 내 대답했다. "그래."

리스는 내가 테일러의 시체를 보지 않도록 눈을 감고 방에서 나가게 해줬다. 자기를 꽉 잡고 오라고 하면서 나를 복도로 인도했다.

"그들이 너에게 무슨 짓을 한 거야?" 내가 물었다. 아무리 애를 써도 방에 있는 그 칼이 계속 떠올랐다.

"아무것도 안 했어." 그렇게 말하는 리스의 목소리는 침착했지만 떨림까지 감추진 못했다. 그러자 금방이라도 토할 것 같았다.

"그들이 아무 짓도 안 한 후에 무슨 짓을 했어?"

리스는 대답하지 않았다. 하지만 내가 눈을 떴을 때 찢어진 부츠 틈새로 새어 나오는 피를 볼 수 있었다. 그리고 리스는 한 발짝씩 바닥에 발을 디딜 때마다 마치 그 다리를 너무 사랑해서 내려놓기 힘들어하는 것처럼 보였다. 마치 그들이 칼로 그녀의 발바닥을 그어버린 것처럼.

나는 그 생각을 머릿속에서 밀어냈다. 이 생각에 너무 깊이 빠져들었다간 돌아버릴지도 모른다.

우리는 계단 꼭대기에서 머뭇거렸다. 아래층에서 나는 소음이 흘러들어 오고 있었다. 1층 홀에서 아이들은 다시 문에 바리케이드를 치고 있었다. 교장 선생님이 우리를 끝장내려 했지만, 아이들은 그러게 놔두지 않았다. 우리는 아무 말도 하지 않았지만, 둘 다 그녀가 어디 있을지 궁금해하고 있다는 걸 나는 알았다. 아이들이 교장을 찾아냈을까? 아니면 교장이 우릴 잡아서 다시 리스를 가둘까? 교장은 나에게 관심도 없겠지만 리스는 마치 이 섬의 현신인 것처럼 이곳을 속속들이 알고 있다. 교장은 할 수만 있다면 절대 리스를 놔주지 않을 것이다.

1층 홀 어딘가에서 뭔가 부서지는 소리가 나더니 누군가가 소리를 질렀다. 점점 커지는 떠들썩한 외침과 극심한 공포의 메아리가 올라왔다. 또다시 끔찍하게 쾅 소리가 났다. 이번에는 마치 뭔가 단단한 것이 문에 부딪치는 듯 묵직한 소리였다. 갑자기 그 고동치는 신음이 탄환처럼 실내를 뚫고 들어왔다.

그 곰이 문을 사정없이 때려 부수면서 들어오고 있었다. 톡스에게 점령당한 그 곰은 원하는 걸 얻을 때까지 멈추지 않을 것이다.

"어서 가자." 리스가 말했다. 우리는 얼른 계단을 뛰어 내려왔고, 나는 내가 남기는 발자국들, 테일러의 피에 흠뻑 젖은 그 발자국들은 생각하지 않으려고 애썼다. 내 맥박 소리가 귓속에서 쿵쿵 뛰는 가운데 우리는 중이층으로 뛰어들었다. 1층 홀은 우리 밑에 있었고, 소녀들은 소리를 질러대고 있었고, 줄리아는 큰 소리로 지시를 내리고 있었다. 누군가 흐느껴 울고 있었다.

우리가 계단을 서둘러 내려가는 동안 1층은 난장판이 됐다. 곰이 온몸을 던져 치고 있는 현관문은 그 무게를 못 이겨 덜덜 떨리고 있었다. 우리를 따라 2층에서 내려온 소녀 두 명이 서류 캐비닛을 들고 있었다. 그리고 몇 안 되는 소녀들이 현관문 앞에 밀어놓은 소파 위에 웅크리고 앉아서 문이 부서지지 않게 죽어라고 힘을 주고 있었다.

"헤티." 줄리아가 우리를 보고 불렀다. 그녀는 바리케이드

근처에 서서 이 모든 일을 감독하고 있었다. "네가 리스를 찾았구나."

우린 그녀에게 가다가 캐비닛을 든 소녀들이 지나가자 급히 길을 비켜줬다.

"무슨 일이야? 저놈이 아까는 이러지 않았잖아?" 리스가 물었다.

줄리아가 고개를 끄덕였다. "냄새를 맡은 게 분명해. 음악실에 있는 너의 피 냄새 말이야."

내 붕대는 시뻘겋게 피로 물들어 있었지만, 이 층에 있는 그 어마어마한 피 웅덩이에 비하면 아무것도 아니라고 나는 생각했다.

"젠장. 저것 좀 봐." 리스가 말했다. 나는 그녀의 시선을 따라 현관문을 봤는데, 문이 휘어지기 시작했다. 곰이 계속 온몸으로 부딪쳐 치자 단단하게 잠겨 있던 산업용 자물쇠마저도 부러지고 있었다. 그 소음은 마치 심장 박동처럼 규칙적으로 들렸고, 그에 맞춰 문이 덜덜 떨리면서 데드볼트가 있는 부분이 끝없이 압력을 받고 있었다.

"뒤로 물러나." 줄리아가 말했다. 그때 경첩에 매달린 이중문이 덜걱거리는 소리가 나기 시작하자 다시 소리를 질렀다. "모두 물러서."

자물쇠가 부서지고 문이 어마어마한 소리를 내며 열렸다. 차가운 햇살과 세찬 바람이 휙 소리를 내며 밀려왔다. 내 턱이 덜덜 떨렸다. 소파와 책상이 마치 파편처럼 산산조각 나서 부서

22장 ... 387

졌고, 이중문이 경첩에서 떨어지면서 우레와 같은 소리를 내며 그 밑에 있던 소녀들을 덮쳤다. 비명 소리가 사방에서 들렸고, 뒤이어 거대한 윤곽과 함께 하늘을 울리는 으르렁 소리를 내며 곰이 성큼성큼 다가왔다.

"남쪽 별채! 남쪽 별채로 가!" 줄리아가 소리를 질렀다. 여태 서 있던 사람들은 모두 그쪽으로 달아났다. 나는 바닥에 뿌리를 내린 것처럼 꼼짝없이 서서, 손과 무릎이 피범벅이 된 어린 에이미가 부서진 문 밑에서 기어 나오는 모습을 곰이 지켜보는 걸 목격했다.

적어도 이건 내가 할 수 있다.

"헤티, 하지 마." 리스가 말했다.

하지만 난 달려서 캣 옆을 지나 남아 있는 소파 하나를 뛰어넘었다.

"에이미." 내가 불렀다.

곰이 고개를 들고, 썩은 눈동자로 나를 바라봤다. 에이미는 허겁지겁 나를 향해 기어오다가 팔꿈치로 내 정강이를 세게 쳤다. 나는 성한 한 팔로 그녀의 허리를 안아서 들어 올렸다.

"가. 내가 바로 뒤에서 따라갈게." 내가 말했다.

"서둘러!" 리스가 소리를 지르는 게 들렸다. 나는 천천히 한 걸음 뒤로 물러나 곰과 에이미 사이에서 내 자리를 지켰다. 그동안 에이미는 죽어라고 안전한 곳을 향해 달렸지만, 곰이 에이미를 물려고 했고, 본능이 불꽃처럼 살아났다. 나는 돌아서서 남쪽 별채를 향해 달렸다. 온몸에 서늘하고 맑은 아드레날린이 넘쳐흘렀고, 그 어느 때보다 강해진 느낌이 들었다. 리스도 정신없이 달려 복도 입구에서 날 기다리고 있었다. 그들이 문을 열어두고 있었다.

"어서 들어와. 어서." 리스가 말했고 나는 때마침 어깨 너머로 한 번 돌아보면서 마지막 몇 발자국을 달렸다. 곰은 창처럼 길게 쪼개진 문 조각에 눈을 관통당해 죽은 어떤 소녀의 몸에 코를 묻고 킁킁거렸다.

리스가 날 재촉해서 복도 깊숙이 들어가 기다리고 있는 아이들에게 합류하는 사이에 줄리아와 캣이 남쪽 별채의 이중문을 닫았다. 이미 소녀들은 교실들과 사무실들로 돌진해 거기 있는 책상들을 복도로 밀어 또 다른 바리케이드를 치고 있었다.

우리가 얼마나 더 오래 버틸 수 있을까? 이 남쪽 별채 문이 부서지기까지 또 얼마나 걸릴까? 그땐 또 어떻게 할 건데?

복도 문은 곰이 씩씩거리고 신음하면서 우리를 부르는 소리를 그다지 막아주지 못했다. 에이미는 벽 옆에 쭈그리고 앉아서 찢어진 입술을 쓰다듬으며 째진 손바닥의 살을 오므리고 있었다. 에이미 주위에는 더 많은 소녀들이 다쳐서 고통스러워하고, 더 많은 소녀들이 굶주린 채 홀로 죽어가고 있었다. 이건 내 잘못이다. 내가 이런 재앙을 불러왔다.

"여기서 빠져나갈 길이 있어? 교장 선생님에겐 말하지 않았겠지만 내겐 말해, 리스. 우리가 여길 떠날 수 있어?" 내가 말했다.

그녀는 오랫동안 날 물끄러미 보다가 한숨을 쉬었다.

"그럴 수 있을 것 같아. 그래."

지금 이 말은 진심인가? 나는 그녀를 끌고 다른 아이들에게서 멀찍이 떨어졌다. "그럼 왜 전에는 그걸 쓰지 않았어?"

"처음엔 학교 담장을 넘어갈 수 없다고 생각했어. 그다음엔 할 수 있었지만 여기가 내 인생의 전부인걸." 그녀는 내 시선을 피하며 말했다.

나는 힘겹게 마른침을 삼키면서 순간 깜박거리며 나타나는 하커 씨의 얼굴을 애써 외면했다. 그 텅 빈 눈과 시커매진 이빨을. "그런데 지금은?"

그녀는 어깨를 으쓱했다. "네가 나에게 그러자고 했잖아."

23장

  우리가 다른 사람들에게서 살금살금 멀어져 주방으로 꺾어지는 모퉁이가 나오는 복도로 갔을 때까지 아무도 눈치채지 못했다. 주방에 문이 하나 있다. 그건 아무도 사용하지 않는 비상구였는데, 거기로 나가면 경보음이 울릴지도 모르지만 이 상황에서 그걸 걱정하는 건 아무 의미가 없었다.

  나는 모퉁이에 있는 교장실을 지나치다가 갑자기 멈췄다. 교장실 문은 아까 열려 있었는데 지금은 거의 닫혀 있었다. 그 문틈으로 식량이 든 상자 하나가 보였고, 누군가 확 지나가면서 시야를 막았다. 교장이 분명했다. 그녀는 우리가 렉스터를 떠날 경우에 필요한 생필품을 비축하고 있었다.

  문은 잠겨 있지 않았지만, 내가 그걸 밀어서 열려고 하자 문이 안에 있는 뭔가를 치면서 멈췄다. "밖에 누구야?" 안에서 화가 난 목소리로 누군가 말했다. 분명 교장이다. "너희들은 여기 들어오면 안 돼."

  나는 순간 웃을 뻔했다. 이제 그런 게 뭐 중요하다고.

내가 다시 어깨로 힘껏 밀자 문이 뭔가를 긁으면서 천천히 열렸다. 나는 높은 창문으로 물밀 듯이 밀려오는 햇빛에 눈을 깜박였다. 그 햇빛을 배경으로 교장의 축 처진 어깨와 쪽을 졌다가 풀려버린 머리의 윤곽이 보였다.

그녀는 생수 박스를 내려다보며 서 있었고, 옆에 있는 아주 오래되고 거대한 책상에는 나도 알아볼 수 있는 상자들이 쌓여 있었다. 식량, 보급품, 다 찬장에서 훔친 것, 우리에게서 훔친 것들이다. 그 상자들 사이에는 해군이 이전에 우리에게 보냈던 의료 도구 세트들도 있었다. 작은 구급상자들, 쌓여 있는 서류들, 양호실에서 온 기록들과 내가 숲속에서 찾아낸 것과 같은 쿨러 백들도 있었다.

교장은 얼마나 오랫동안 이것들을 쌓아뒀지? 언제부터 자기 앞가림만 하고 있었던 거야?

나는 리스 앞으로 나섰다. 다시는 리스를 보내주지 않을 거니까. 하지만 리스가 날 손으로 쳐서 물러나게 했고, 교장을 다시 보자 그 이유를 알 수 있었다. 잔뜩 충혈된 눈, 떨리는 손가락. 교장은 입고 있는 셔츠 자락을 만지작거리면서 일그러진 얼굴로 불안하게 웃었다.

"얘들아, 너희들은 이만 나가는 게 좋겠다." 교장의 목소리가 갈라지는 걸 들을 수 있었다. 그녀는 두려워하고 있었다. 우리를 두려워하고 있었다.

"무슨 일이죠? 지금 이 물건들을 가지고 뭐하는 거예요? 이건 우리 건데." 내가 물었다.

그녀는 바지를 손으로 쓸어내리고, 손톱 밑에 긴 말라붙은 피딱지를 떼어냈다. 지금도 그녀의 입에서 반짝거리는 피고름이 흘러나오는 판에 말이다. "아무것도 안 한다. 그냥 재고 목록을 만들고 있었어."

순간 세찬 물살 같은 분노가 밀려와 그 속에 빠져버렸다.

"아무것도 안 한다고? 음악실에서 당신이 그랬던 것처럼?" 내가 말했다.

리스가 날 잡으려 했지만, 난 어깨를 움츠려서 그 손길을 피하고, 앞으로 나섰다. 교장은 비틀거리며 뒤로 물러나 벽에 기댔다. 나는 참느라, 당장 교장에게 달려들지 않으려고 마음을 다잡느라, 전력을 쏟아야 했다.

"당신이 우리를 가뒀잖아. 우리를 죽이려 했다고!" 나는 소리를 꽥 질렀다.

"아니야. 아니야. 그런 게 아니야. 난 그저 너희들을 도우려고 했던 것뿐이야." 눈길을 한곳에 두지 못한 채 교장이 말했다. 그러면서 날 향해 힘없는 미소를 지어 보였다. "그게 다야."

뒤에서 리스가 큰 소리로 웃음을 터트렸다. "거짓말하지 마. 당신이 우릴 돕고 싶었다면, 오래전에 그런 노력을 시작했겠지."

"네 말이 무슨 뜻인지 모르겠구나."

"아, 왜 이러셔." 나는 한 발자국 뒤로 물러나서, 리스가 내 앞에 나오기 쉽게 길을 터줬다. 흥분한 와중에도 차가운 그녀의 얼굴이 빛났다. "여긴 우리뿐이잖아. 그러니까 당신도 좀 솔직해져 봐." 교장이 아무 대꾸도 하지 않자 리스가 고개를 끄덕였다. "그럼 내 생각을 말해 주지. 내 생각에 당신은 항상 여기서 도망칠 계획을 짜고 있었어. 처음부터 탈출할 생각이었던 거지. 혹시라도 그들이 우리를 치료하지 못할 경우에 대비해서 말이야, 그렇지? 하지만 그들은 당신을 버리고 가버렸어. 그래서 내가 필요했던 거야."

"그런 게 아니라니까."

"그럼 설명해 봐."

"우린 몇 년 전부터 뭔가 일어나고 있는 걸 알았어." 교장이 이제 입을 열고 횡설수설 떠들기 시작했다. "겨울 내내 너무 따뜻해서 붓꽃이 계속 자랐지. 그러다 그들이 물었어. 내쉬 캠프, 해군, CDC 사람들, 하지만 그때는 그저 이 섬에 들어올 수 있게만 해달라고 했어. 그냥 섬 여기저기서 몇 가지 테스트를 하는 정도였지. 우리는 톡스 같은 것이 생기리라곤 예상하지 못했어. 이건 진짜야. 우린 절대로, 절대로 이런 일이 일어나리라곤 생각하지 못했어."

그게 거짓말이라는 걸, 우리 둘 다 알 수 있었다. 교장은 알고 있었다. 교장은 톡스가 시작되기 전부터 뭔가 잘못됐다는 사실을 알고 있었다. 그런데도 우리를 계속 여기 있게 했다.

"당신 말은 이것 때문에 당신이 위험에 처하게 될 줄 몰랐다는 이야기겠지. 하지만 당신을 뺀 우리는 위험을 감수할 만한 가치가 있었던 거야, 그렇지 않아? 우리 아빠가 당신은 항상 잘못된 걸 원한다고 말씀하셨어. 항상 당신을 믿지 말라고 그러셨는데, 이제 그 이유를 알겠어."

나는 이곳의 무게와 끝없는 거짓말에 짓눌려 사람들이 계속 죽어가는 이 상황에 신물이 났다. 이렇게 서로 대립하면서 피처럼 비밀이 쏟아져 나오는 상황 자체가 지겨웠다. 나는 손을 뻗어 리스의 재킷을 꽉 잡고 그녀가 날 돌아볼 때까지 잡아당겼다.

"어서 가자." 내가 말했다. 처음엔 리스가 내 말을 들었는지 알 수 없었지만, 그러다 그녀의 표정이 어딘지 변했다. 마치 다른 어딘가에서 이곳으로 돌아온 것처럼 부드러워졌다. "이 여자는 자기가 자초한 난장판에 남으라고 해."

리스는 고개를 흔들었다. "이 여자는 우리를 살릴 수도 있었어. 그 가스를 빌어먹을 바다에 던져버릴 수도 있었다고."

그래, 나도 알아. 나도 그럴 수 있었어.

나는 심호흡을 한 번 한 후에, 속에서 올라오는 메스꺼움을 애써 무시했다.

"하지만 지금은 우리 손으로 우리를 살릴 수 있어. 제발, 리스. 어서 가자."

리스는 크게 눈을 뜬 채 무력하게 날 보면서 덜덜 떨고 있는 교장을 흘끗거렸다.

"저 여자가 빌어먹을 근육 하나만 움직여도, 내 맹세코."

"안 그럴 거야? 그렇지?" 내가 끼어들었다.

"안 그럴게." 교장은 미친 듯이 고개를 끄덕이며 말했다.

리스는 한숨을 쉬었다. 몸에서 긴장이 빠져 나가면서 어깨

힘이 살짝 풀리고, 고개가 앞으로 숙여졌다. "식량 좀 찾아봐. 나는 물을 챙길게." 리스가 부드럽게 말했다.

"고마워. 금방 나갈 거야, 약속할게." 내가 말했다.

교장은 벽에 몸을 딱 붙인 채 서 있었고, 활짝 벌린 두 손은 텅 비어 있어서, 나는 그녀에게 등을 보인 채 돌아섰다. 리스는 원한다면 계속 교장을 감시하게 놔두고. 벽에 줄줄이 늘어선 책장들 옆에 캔버스 배낭이 하나 있었는데, 거기에 권총 한 자루와 탄약 상자가 몇 개 들어 있어 이미 반쯤 차 있었다. 나는 그 권총을 집어 안전장치를 확인하고 리스에게 건넸다. 리스가 어깨는 다쳤지만, 난 권총을 쏴본 적이 없으니 리스가 나보다 나을 것이다. 내가 가르쳐 준 대로 자세를 바꾸는 것만 기억하면.

리스는 총을 청바지 허리띠에 찔러 넣고 생수병들이 들어 있는 박스 옆에 쭈그리고 앉았다. 생수 묶음을 포장한 비닐 껍질이 칼로 그어서 벌어져 있었고, 생수 몇 병이 바닥에 뒹굴고 있었다.

"넌 저것들 챙겨." 리스는 내 옆에 있는 박스를 가리켰다. 그 안은 육포와 크래커로 가득 차 있었다. "나는 해군용 조명탄 몇 개랑 구급상자를 넣을게."

나는 배낭에 음식을 최대한 많이 넣었다. 좀 이상한 게 그 박스 바닥에 서류가 있었다. 교장이 학교 기록 일부를 넣어둔 것 같았다. 나는 그걸 꺼내서 훑어봤다. 리스가 어깨 너머로 그걸 들여다봤지만 활자가 너무 작았고, 내 눈은 못 견디게 아픈 데다 쉬어야 했기 때문에, 그냥 배낭에 쑤셔 넣었다. 이건 나중에 읽어보기로 하고.

리스는 다시 생수병 박스로 돌아갔지만 조금 후에 그녀가 날 불렀다. 나는 눈을 가늘게 뜨고 그녀를 올려다봤다. 그녀는 뚜껑을 연 생수병을 하나 들고 있었다.

"뭔데?" 내가 물었다.

"이건 열려 있었어. 뚜껑이 이미 열려 있었다고."

나는 이 방에 들어왔을 때 교장이 생수병 박스를 내려다보고 있던 모습을 떠올렸다. 그때 그녀의 손에는 뭔가가 들려 있었다. 나는 교장을 올려다보며 그녀와 눈을 마주치려 했지만, 그녀는 단호하게 앞만 응시했다.

"그거 하나만 그래?" 내가 물었다.

리스는 또 한 병을 꺼내서 뚜껑을 열어봤다. "이것도 열렸어." 나는 얼른 리스에게 가서 같이 박스 속을 뒤져봤다. 모든 생수병이 아주 쉽게 열렸다. 이미 개봉된 것이다.

"망할." 내가 말했지만, 리스는 이미 일어나서 교장을 향해 성큼성큼 다가가고 있었다.

"당신 대체 무슨 짓을 했어?" 리스는 조용히 물었다.

내 무릎 밑의 바닥이 축축했고, 뭔가가 천천히 내 청바지로 스며들고 있었다. 교장이 이 생수병들에 손을 댄 게 분명했다. 하지만 무엇 때문에?

나는 생수병 하나를 들어서 햇빛에 비춰봤다. 처음에는 아무것도 보이지 않았지만, 그러다…… 그게 보였다. 아주 미세한 검은 알갱이들이 물병 바닥에 모여 있었다.

리스가 그대로 멈춰 서 있는 사이에 내가 그녀를 밀고 지나갔다. 교장이 날 피했지만, 나는 그녀의 바지 주머니를 잡고 내게로 끌어당겼다. 내 짐작이 맞았다. 나는 놀라기라도 했으면 좋았겠지만, 그런 일은 일어나지 않았다. 여기선 그저 똑같은 일이 계속 일어나고 있을 뿐이다. 그저 똑같은 일의 반복이었다.

"헤티. 그게 뭐야?" 리스가 말했다.

교장은 몸부림을 치면서 내게서 벗어나려고 했지만 나는 그녀의 가슴을 내 어깨로 눌러서 움직이지 못하게 했다.

"탄환들 좀 확인해 봐. 그럼 알게 될 거야." 나는 리스에게 말했다.

"난 누구든 해칠 생각은 없었어. 그저 도우려고 한 거야." 교장이 애원했다.

"아." 리스가 뒤에서 말했다. 돌아보지 않아도 그녀가 뭘 발견했는지 알고 있었다. 탄환 일부가 이미 열려 있었고, 우리보다 나이가 많은 보초 근무조의 소녀들이 우리에게 가르쳤던 방식대로 화약이 텅 비어 있었다. 그때는 소량의 화약이 톡스가 걸린 몸에 어떤 영향을 미치는지 어떻게 알아냈냐고 물어보지 않았다. 내가 물어본다 해도 아무도 대답해 주지 않았을 것이다. 하지만 그게 아주 서서히 오는 죽음이란 사실을 알고 있다. 자는 것 같은 죽음이지만 죽는 순간까지 고통에 온몸이 타들어 가는 것 같다는 점만 빼면.

"당신이 그걸 물에 넣었지, 그렇지?" 나는 교장의 뺨에 침이 튀길 정도로 얼굴을 바짝 들이대며 물었다.

그녀는 내가 뒤로 물러서기 전에 두 손으로 내 얼굴을 잡고 나를 내려다봤다. 손아귀의 힘이 점점 세지는 와중에도 그녀의 표정은 부드러웠다.

"내 말을 잘 들어. 이것이 지금 너희들을 위한 최선이야." 그녀가 말했다.

"헤티를 놔줘." 교장은 리스의 말을 무시했다.

"그들이 오고 있어, 헤티. 항공모함에 있는 비행기를 타고 오고 있단 말이야." 교장의 목소리가 갑자기 작아졌다. 쉰 목소리로 속삭이는 것처럼. "그들이 무슨 짓을 할 수 있는지 너도 알잖아."

나는 안다. 기지에서 살 때 그런 소문을 들었던 건 아니다. 그런 적은 한 번도 없었다. 그렇지만 듣지 않아도 그것의 위력을 알 수 있었다.

나는 그녀의 손을 밀어내고 뒤로 물러났다. "왜 지금인데? 그들에겐 1년반 이나 시간이 있었어. 이제 와서 뭐가 달라졌는데?"

"연구팀원 중 하나가 전염됐어. 그리고 너희 중 하나가 격리 조치를 위반했고." 교장이 말했다.

나는 그 자리에 그대로 서 있기 위해 온힘을 다 쏟아야 했다. 죄책감이 날 사정없이 짓눌렀다. 그 속에 빠져 금방이라도 죽을 것 같았지만 교장에게 들켜선 안 되니 참아야 했다. 그 범인이 우리란 사실을 교장이 알게 할 수 없다.

"위험 부담은 너무 큰데 보상이 형편없으니까. 그들은 이걸 치료할 수 없어. 만약 그들이 더 광범위하게 테스트할 수 있었다면." 교장이 이어서 말했다.

"더 광범위하게?" 그 말이 기억의 어딘가를 건드려서 나는 눈을 질끈 감고, 지난 며칠을 돌이켜보다 마침내 현재로 돌아왔다. 그날 부두에 서 있는 웰치 선생님, 그녀가 죽기 직전에 했던 말. 그들은 우리 모두를 테스트하고 싶어 했고, 음식을 가지고 실험하길 원했지만, 그녀가 그렇게 하도록 놔두지 않았다고 했다.

"웰치 선생님은 우리 편이었어. 그렇지?" 내가 말했다.

교장은 얼굴을 찌푸렸다. "뭘 어떻게 해야 너의 편이 되는지는 모르겠다만, 헤티. 웰치는 전교생을 대상으로 테스트할 수는 없다고 고집을 부렸지. 그랬다간 필요 이상으로 고통받는 아이들이 늘어날 거라고. 나는 이로서 웰치의 판단이 틀렸다는 게 분명해졌다고 생각한다." 그녀는 불안한 미소를 지으며 말했다.

"웰치 선생님은 자살하셨어." 나는 온몸을 부들부들 떨고 있었고, 리스가 다가와 내 허리에 손을 댔다. "당신 계획 때문에 자살한 거야."

"이 점은 잊지 마라." 교장은 순간 짜증나는 표정으로 말했다. "웰치 선생은 비판적인 사고를 할 수 있는 성인이었어. 그녀 스스로 선택한 거야. 내가 그것까지 책임질 순 없지."

교장의 말이 맞았다. 웰치 선생님은 선택했다. 그녀는 오염된 식량을 바다에 던질 때마다, 그 사실에 대해 교장에게 거짓말하도록 시킬 때마다, 우리를 선택했다.

내가 틀렸다. 그동안 내내 선생님을 오해하고 있었다.

나는 더 이상 여기 있을 수 없었다. 내가 한 모든 실수가 우리를 점점 더 깊은 늪에 빠뜨리고 있었고, 제트기가 오고 있다 해도 이곳은 내가 없으면 훨씬 더 나아질 것이다.

"헤티." 리스가 뒤에서 말했다. 복도에서 사람들이 말하는 소리를 들을 수 있었다. 다른 소녀들이 책상과 걸상, 뭐든 문에 바리케이드를 칠 수 있는 걸 찾아 근처 교실로 몰려오는 소리가 점점 더 커지고 있었다.

나는 다시 교장을 돌아봤다. "비행기들이 올 때까지 얼마나 남았는데?"

"어두워지면 도착하겠지."

그게 다군. 딱 하루. 비행 중대가 와 렉스터섬을 지도상에서 날려버리기까지 딱 하루가 남은 것이다. 나는 머릿속에서 아버지가 하는 말을 들을 수 있었다. 아버지는 최대한 빨리 도망치라 말하고 있었다. 난 그럴 것이다. 하지만 아직 할 일이 하나 남았다. "그럼 왜 굳이 물에 손을 댔어? 어쨌든 우리 모두 죽는다면 그게 무슨 소용이냐고?" 내가 물었다.

교장은 고상하게 기침했다. "그게 더 인도적이잖니."

"인도적?" 순간 웃을 뻔했다. 교장이 하는 말을 믿을 수 없었다. "우리를 독가스로 죽이려 할 때는 또 언제고?"

"독가스?" 리스가 뒤에서 말했다. 충격을 받은 목소리였다.

나는 리스가 그 사실을 모르고 있었다는 점을 깜박했다.

"그걸로 끝났어야 했는데. 아무래도 용량이 부족했던 것 같아. 네 친구에겐 잘 먹혔는데 말이지." 교장은 그렇게 끝까지 우겼다.

그 순간 나는 여기 없었다. 나는 여기 온 첫날 그 연락선에서 날 보는 바이엇을 보고 있었다. 그녀의 미소는 내가 평생 기다려 온 것이었다. 내가 특별한 존재로 느껴지게 만드는 그런 미소.

"아니야. 아니야, 난 이해할 수 없어. 대체 지금 무슨 이야기를 하는 거야?" 내가 말했다.

"네 친구. 윈저 양 말이야."

순간 숨이 턱 걸렸다. 리스는 조용히 흐느껴 울었다.

하지만 교장은 계속 말했다. "내가 듣기론 그 아이는 아주 협조적이었다고 하더라."

"협조적이었다고?" 내가 반문했다. 하지만 나는 알고 있다. 교장이 이어서 무슨 말을 할지 알고 있었다.

"그 아이는 죽었어. CDC가 어제 그 아이에게 가스를 주입했다고 하더군." 교장은 어깨를 으쓱하며 말했다.

순간 속이 텅 빈 느낌이 들었다. 마치 나의 중심이 사라져 버린 그런 느낌. 완전히 깨끗하게 뜯겨 나간 느낌. 그녀가 죽었을 리 없다. 눈물이 내 눈을 따끔따끔 찔렀고, 온몸이 덜덜 떨렸다. "당신 말은 믿지 않아. 안 믿어. 안 믿는다고." 내가 말했다.

"그게 뭐 그렇게 중요하겠니."

나는 무의식중에 방을 가로질러 와 손으로 교장의 얼굴을 할퀴었다. 그녀는 비명을 질렀고, 내 손톱이 뺨의 살점을 뜯어내면서 피가 흘렀다. 리스가 내 허리를 잡아 뒤로 끌어당겼다. 내가 계속 허공에 대고 발길질을 하는 동안 리스가 날 교장에게서 떼어냈다.

"저 여자는 거짓말을 하고 있어. 저 여자는 바이엇을 몰라. 바이엇을 이해하지 못한다고." 내가 말했다.

"난 알아. 네 말이 맞아. 네 말이 다 맞아. 하지만 우린 시간이 없어. 네가 말한 것처럼, 알았지? 우린 가야 해." 리스가 내 귀에 대고 말했다.

"그래." 나는 침을 꿀꺽 삼키면서 억지로 몸의 긴장을 풀었다. "이거 하나만 하고 가자. 저 물병들 버리자. 하나만 빼고."

"아니. 아니야, 아니, 잠깐만." 교장이 말했다. 리스는 날 놔줬고, 내가 교장의 목을 팔뚝으로 누르게 놔뒀다.

"다 끝났어." 내가 말했다. 뒤에서 리스가 물병의 물을 따르기 시작했다. 마룻바닥의 색이 짙어지면서 반들반들해졌고, 교장은 울고 있었다.

바이엇은 죽지 않았다. 교장의 말은 믿지 않을 것이다. 교장은 전에도 거짓말을 했으니, 지금도 거짓말일 수 있다. 난 약속했던 것처럼 바이엇을 찾아낼 것이다. 그리고 그녀를 찾는다면, 바이엇에게 너를 위해 이 일을 했다고 말할 수 있을 것이다.

나는 교장의 목을 누르고 있던 팔을 내려서 리스에게 내밀었다. 리스는 마지막 남은 물병을 내 성한 손에 올려놨다. 바이엇을 위해, 하커 씨를 위해, 그리고 우리를 위해.

"우리가 이걸 마셔야 했다고?" 나는 그 물병을 들어서 내 입술에 댄 채 말했다. 그녀는 고개를 끄덕였다.

"그게 너희를 위한 최선이야. 너희는 그 모든 고통을 원하지 않잖아. 내가 약속할게. 그건 세상에서 가장 쉬운 일이 될 거야." 교장이 말했다.

"그렇군." 나는 그 물병을 내려다보며 내 입술을 핥았다. 다시 고개를 들어 교장을 봤을 때 그녀는 눈에 온기가 어린 표정으로 날 지켜보았고, 내 어깨를 만지기 위해 손을 들었다.

"아프지 않을 거야." 그녀가 부드럽게 말했다.

나는 그녀에게 가까이 다가갔다. "증명해 봐."

교장이 헉 소리를 냈고, 나는 그 물병을 그녀의 입속에 힘껏 쑤셔 넣었다. 내 체중 전체를 그녀의 턱에 실어 누르면서, 물이 콸콸 그녀의 입속으로 쏟아지는 동안 물병을 잡고 있었다.

교장이 내 밑에서 몸부림을 치며 흐느껴 울고 소리를 질렀다. 물이 내 손 밑으로 흘러내리면서 그녀의 셔츠 앞쪽을 적셨다. 지금은 교장이 물을 삼키지 않으려고 했지만 얼마 못 갈 것이다. 내 손바닥에 닿은 교장의 입술이 축축해도 나는 손의 힘을 풀지 않은 채 더 세게 누르며 교장의 이마에 내 이마를 댔다. 그녀가 우리에게 이 짓을 했다. 이제 우리 차례다.

교장의 코에서 콧물이 뚝뚝 떨어졌다. 그녀의 몸에서 경련이 일어나 뒤틀리기 시작하자 그녀는 숨을 제대로 쉬지 못했다. 나는 그녀의 목구멍을 보면서 기다리고 또 기다렸다. 마침내 그녀는 신음하며 물을 삼켰다.

나는 그 자리에 그대로 서서, 그녀가 축 늘어지고 더 이상 그녀를 붙들고 서 있을 필요가 없을 때까지 있었다. 그리고 물러나서 그녀가 바닥으로 쓰러지게 놔뒀다. 그녀는 바닥을 네 발로 기어 다니며 숨을 쉬려고 헐떡거렸다. 그녀는 아주 작아 보였다. 밑으로 갈수록 점점 가늘어지는 손목의 피부가 창백하게 노래지는 걸 볼 수 있었다. 나는 물병을 구겨서 그녀 옆에 던졌다.

"저 여잔 여기 놔두고 가자. 밖의 상황이 좋지 않아." 리스가 말했다.

내가 혼란스러운 표정으로 리스를 돌아보자 그녀는 복도를 향해 고개를 끄덕였다. 1층 홀과 별채를 분리하는 이중문을 곰이 계속 치는 소리가 들렸다. 만약 현관문이 곰의 습격에 버티지 못했다면, 이쪽 문도 그럴 수 없을 것이다. 다른 아이들에게 소리를 지르는 줄리아의 목소리를 들을 수 있었다. 줄리아는 계속 아이들에게 바리케이드를 힘껏 밀고 있으라고 독려했다. 하지만 그래 봤자 아무 소용없었다.

"알았어." 내가 말했다.

나는 배낭을 다시 집어 들었다가 그 무게에 조금 휘청거렸지만 곧 적응했다. 우리는 교장실을 나왔다. 주방에 도착할 때까지 한 번도 뒤를 돌아보지 않았고, 거의 도착하자 다른 소녀들이 우리를 따라오진 않았는지 확인했다.

주방은 텅 비어 있었고, 밖에선 비명 소리들이 들렸다. 서둘러야 했다.

리스는 비상구로 갔다. 문 위에 달려 있는 비상구 표지판은 까맣게 때가 타고 여기저기 금이 가 있었다. 나는 그녀를 따라 갔고, 리스가 먼저 문을 살짝 열어 밖을 살폈다.

"아무것도 없는 것 같아."

나는 피식 웃었다. "어쨌든 나가야 하잖아."

그녀는 은빛 손을 내밀어 내 손을 잡았다. "나랑 같이 있어. 나도 너랑 같이 있을 테니까. 알았지?" 리스가 말했다.

나는 눈을 감았다. 내 뒤에는 렉스터 학교가 있었지만, 내 앞에는 뭐가 있을지 그 누가 알겠는가.

24장

우리는 그 문을 열고 학교 남쪽으로 나왔다. 구름 사이사이를 뚫고 나온 강한 아침 햇살이 사방을 채우고 있었다. 앞에 있는 잔디밭은 텅 빈 채였고, 우리와 바다 사이에는 소나무 몇 그루가 전부였다. 내가 서 있는 곳에서 오른쪽, 서리로 뒤덮인 잔디밭에서 100미터쯤 떨어진 곳에 학교 담장과 출구가 있었다.

"만약 우리가 헤어지면, 우리 집을 찾아와. 거기서 만나자." 리스가 말했다.

"그다음은?"

"우리 아빠 보트. 아주 작은 보트지만 해변 어딘가에 숨겨져 있어." 리스가 말했다.

학교 안에서 요란한 소리가 들렸다. 아마 문 하나가 부서지는 소리였을 것이고, 다른 아이들이 지르는 비명이 들렸다. 나는 리스의 손을 꽉 쥐었다. 나는 비행기들이 오고 있다고 생각했다. 이 말이 변명처럼 들려서 너무 싫지만.

"셋에 교문을 향해 뛰자." 리스가 말했다.

나는 고개를 끄덕였고, 우리 둘이 같이 속삭였다.

"하나. 둘. 셋."

우리는 전력을 다해 달렸다. 너무 빨리 달려서 숨이 차 입을 헤 벌린 채 모든 힘을 다리로 집중했다. 하늘에선 첫눈이 내려 내 뺨을 따끔따끔 찔러댔다. 너무 느슨하게 멘 배낭이 이쪽저쪽으로 사정없이 흔들렸고, 나는 비틀거렸지만, 리스는 내가 주저앉게 놔두지 않았다.

"거의 다 왔어!" 리스가 소리를 질렀다.

담장이 금방 나타났지만 나는 멈출 수 없었다. 난 너무 지치고 다리 힘이 풀려서 아주 괴상한 자세로 뛰어갔다. 마침내 교문이 나왔다.

우리는 비틀거리다 멈췄다. 내 손은 욱신거렸고, 리스는 눈 위에 피로 젖은 발자국을 남겼다. 입속에 흐르는 아드레날린이 강렬하면서 쓸쓸하게 느껴졌고, 추위가 피부의 감각을 깨우고 있었다. 난 살아 있다. 난 여기 있고, 살아 있다.

내가 배낭끈을 조이는 동안 리스는 허리 밴드에서 권총을 빼냈다. 우리 앞에 교문이 열려 있었고, 리스는 통증을 참느라 입술을 깨물면서 권총을 들어 내가 전에 가르쳐 준 대로 자세를 잡았다. 그녀는 교문 너머로 나무들을 뒤덮은 그늘을 향해 총구를 겨눴다.

"혹시 모르니까." 리스가 말했다.

난 웃을 뻔했다.

우리는 리스의 집까지 전과 다른 길을 택했다. 야생의 자연에서 멀찍이 떨어져 나무들 사이에 있는 거미줄처럼 가늘고 길면서 사슴들이 다니는 길로만 갔다. 우리 둘 다 낯선 위험 대신 익숙한 위험과 마주치길 바라서였다.

숲속은 아무리 렉스터섬이라고 해도 기이할 정도로 조용했다. 눈이 땅바닥에 작은 반점을 찍으며 초겨울인데도 평소보다 더 두텁게 쌓였다. 우리는 땅바닥에 짐승들의 발자국들이 있는지 유심히 살펴봤지만, 찾아낼 때마다 발자국들은 학교로 향해 있었다. 우리가 여기서 안전하다면, 그건 다른 아이들의 목숨을 대가로 한 것이었다.

마침내 금방이라도 무너질 것 같은 하커 씨의 집이 앞에 보였다. 나는 속눈썹으로 떨어지는 눈송이 때문에 눈을 깜박이면서 조금이라도 쉬고 싶어 걸음을 서둘렀다.

먼저 들어가던 리스가 무의식중에 문 앞에서 발을 닦았다. 그걸 보니 울컥했다. 그 후에 그녀는 헉 소리를 내며 울음을 터트렸는데 나는 너무나 당연하게도 잊고 있었다. 하커 씨. 그의 시신.

나는 성한 손을 그녀의 어깨에 올리고, 옆으로 다가가서 위로의 말을 건넬 준비를 했다. 하지만 그런 말은 소용없을 것이다. 하커 씨의 시신 주위에 회색 여우 세 마리가 모여 있었다. 하커 씨의 상반신을 물어뜯은 그들의 입에서 검은 액체가 뚝뚝 떨어졌다.

"아빠에게서 떨어져!" 리스가 소리를 꽥 질렀다. 그리고 권총을 들어 여우들 사이를 쐈다. 특별히 어느 놈을 겨냥하진 않고 자세도 제대로 잡지 않은 채 마구잡이로 쏘아댔다. "어서 꺼져!"

여우 한 마리는 집의 벽에 뚫린 구멍으로 뛰쳐나가 갈대밭 속으로 사라졌지만, 나머지 두 마리는 고개만 치켜들고 우리를 바라봤다. 하지만 리스는 신경 쓰지 않았다. 그녀는 시신을 향해 비틀거리고 가면서, 만류하려 드는 내 손을 찰싹 쳤다. 그리고 아버지의 발치에 털썩 쓰러져 무릎을 꿇었다. 하커 씨가 신은 부츠 하나는 끈이 풀려 있었고, 또 다른 부츠 위로 줄무늬 양말을 신은 발이 삐져나와 있었다.

그 여우들은 마치 그녀가 자기 무리인 것처럼 침착하게 바라봤다. 하지만 내가 다가가자 고음으로 소리를 지르면서 잽싸게 달아나 벽에 난 구멍으로 나가버렸다.

"리스?" 나는 그녀를 불렀다. 리스는 무릎을 꿇고 앉아 있었고, 뺨에는 흐른 눈물을 닦아낸 흔적이 보였다.

"여기서 나가도 괜찮을까?" 리스가 말했다.

우리는 섬의 해안가를 따라 서쪽으로 더 멀리 갔다. 해변으로만 가면 더 쉬웠겠지만, 리스는 나뭇가지들 속에 숨어서 갈 수 있는 길을 고집했다.

렉스터섬의 풍경은 여기서부터 달라져서 여기저기 갈라진 틈과 구멍들이 보였다. 여기서 조금 더 가면 삐죽삐죽한 바윗덩어리가 나와서 길 끝에 있는 습지와 부드럽게 이어질 것이다. 학교에서 나올 때 리스에게 어디로 가냐고 물었지만, 그녀는 고개만 흔들면서 나를 잡아끌었다. 일주일 전이라면 그런 그녀를 고집쟁이라고 불렀겠지만, 지금 리스는 당황하고 있었다. 내가 어디로 가냐고 물었을 때 자기도 잘 몰랐기 때문이다.

이제 바윗덩어리들이 나왔다. 리스는 얼굴을 잔뜩 찌푸린 채 해변을 내려다보며, 한 번에 몇 발자국씩 조심스럽게 숲 밖으로 나를 인도했다.

"거의 다 왔어." 리스의 말에 나는 고개를 끄덕였다. 그녀를 압박하지 말아야지. 리스는 자신이 찾고 있는 걸 찾을 것이다.

우리는 계속 걸어갔다. 우리는 잔뜩 긴장하고 있었고, 어깨에 멘 배낭은 한 걸음 한 걸음 뗄 때마다 점점 더 무거워졌다. 이곳은 아주 조용했다. 마치 섬의 모든 것이 학교에서 일어난 일을 피해 숨어 있는 것 같았다. 일단 곰이 남아 있는 아이들을 다 먹어치우면, 다른 동물들을 쫓을 것이다. 이 섬이 전쟁터로 변하기 전에 빠져나가야 한다.

리스가 갑자기 멈춰 서서 손으로 앞을 가리켰다.

"저기야." 그녀가 말했다.

창처럼 우뚝 솟은 두 개의 돌 사이에 길이 하나 있었다. 그 길 끝에 쭉 뻗어 있는 해변이 보였고, 파도가 모래에 있는 해초들을 꼼짝 못 하게 가둬두고 있었다. 그 해변에, 선체에 따개비들과 이끼가 자라는 우중충한 흰 색 보트가 한 척 있었다.

우리는 바닷물에 젖어서 미끄러운 바위들을 조심스럽게 내려갔다. 나는 리스가 내민 손을 잡고 조심조심 해변으로 내려갔다.

길이 모래 위에서 갑자기 끊겨 바위 위에서 거기로 뛰어내려야 했다. 내 부츠가 모래 속으로 쑥 들어갔고, 지나온 발자국들은 모래 속에 파묻혀 사라졌다. 수평선 너머 하늘을 배경으로 텅 비고 까만 본토가 보였다.

"여기." 리스가 바위 하나를 가리키며 말했다.

"여기서 네 붕대를 갈자."

나는 거기 앉아서 리스가 구급상자를 꺼낼 수 있게 배낭을 건네줬다. 줄리아가 감아준 천은 찢어진 상처를 반밖에 못 가려서, 리스가 구급상자를 열었을 때 눈처럼 희고 좋은 새 붕대를 보고 안도의 한숨을 쉬었다.

리스는 두 손으로 내 손을 잡으면서 어깨의 긴장을 풀기 위해 어깨를 조심스럽게 돌렸다. 아직까지 펑펑 쏟아지진 않지만 닿는 곳마다 끈적하게 달라붙는 눈송이가 옷깃 밑으로 숨어들고, 목덜미를 차갑게 내리쳤다. 리스가 급조한 붕대를 풀고 있는 동안 나는 후드를 뒤집어썼다.

"와, 이번에는 손을 정말 끝장냈구나." 리스는 그렇게 말하면서 내 손바닥을 부드럽게 살펴봤다. "이거 느껴져?"

"부분적으로만."

리스는 새 붕대를 좍 펴 내 손에 다시 두르면서, 감은 붕대 사이로 피가 벌써 스며 나오는 곳은 조심스럽게 피해 감았다. "움직이는 건 어때?"

내가 간신히 엄지손가락을 씰룩거리자, 리스는 생긋 웃으며 내 손을 놔줬다.

"좋네. 계속 시도해 보자." 리스가 말했다.

그녀는 일어서서 구급상자를 배낭에 넣었고, 나는 그녀 옆을 지나 수평선 너머 본토가 희미하게 보이는 곳으로 갔다. "저긴 너무나 멀어 보인다." 내가 말했다.

"아마 해안가까지 50킬로미터는 될 거야. 그다음엔, 거기 도착한 다음엔 뭐해?" 리스는 눈을 가늘게 뜨고 수평선을 보며 말했다.

"내쉬 캠프에 가고 싶어. 거기에 분명 바이엇이 있을 거야. 그녀를 놔두고 가진 않을 거야. 이미 죽었다고 해도." 나는 단호하게 말했다.

"헤티."

"난 안 한다니까. 그런 식으로 그녀를 놔둘 수 없어. 넌 이해 못 해."

리스는 고개를 돌렸다. "아니, 이해해."

물론 그렇겠지. 리스의 아빠. 나는 울렁거리는 느낌을 애써 참았다. "미안해. 그런 뜻으로 한 말은 아니었는데……." 나는 고개를 뒤로 젖히고 내려오는 눈을 바라봤다. "내가 잊었다고 생각하지 않았으면 좋겠어. 아니면 내가 다 괜찮다고 생각하거나. 네가 화난 거 알아. 그렇게 오랫동안 화가 나 있을 거라는 것도 알고. 그건 받아들일 수 있어." 나는 말했다.

"난 화가 나. 하지만 지금은 간신히 느낄 정도야. 그 분노가 다시 돌아올 거라는 것도 알지만, 내가 미안한 일들도 있잖아." 리스는 천천히 말했다. 리스는 내 목을 흘끗 봤고, 리스가 내 목을 팔로 세게 눌렀을 때의 그 느낌이 기억났다. 일주일 전 일인데 마치 몇 년 전처럼 느껴졌다. "지금은 그보다 더 중요한 일들이 있잖아."

나는 안도해서 웃었지만, 금방이라도 눈물이 나올 것 같았다. 리스가 내게 몸을 기울여서 우리의 어깨가 스쳤다.

"그중 하나는 치료제야. 아무도 진짜 치료제를 찾지 않고 있어. 우리도 이제 그거 하나는 알고 있잖아." 리스가 말했다.

"아마 내쉬 캠프에서 뭔가 찾아낼지도 몰라." 내가 말했다. 그러다 부두에 서 있던 웰치 선생님과 우리 부모님에 대해 그녀가 한 말이 떠올랐다. 그리고 아빠에 대해 내가 한 말도. "아니면 우리를 도와줄 수 있는 다른 사람이 있을지도 모르고."

리스는 얼굴을 찡그렸다. "누구?"

"우리 아빠." 나는 아빠가 아직도 노퍽 기지에 주둔해 있을지 궁금했다. 내가 죽었다고 생각했다면 부모님은 지금 어떻게 살고 있을까? "우리 아빠는 해군이야. 내쉬 캠프에 있는 해군은 아니지만, 뭔가 알고 있을지도 몰라. 현재로서는 그게 우리가 바랄 수 있는 전부겠지." 내가 말했다.

리스가 아무 말도 하지 않아서 나는 고개를 돌렸다. 나는 지금 리스가 자기 아빠 생각을 한다는 걸 알고 있었고, 그녀가 어서 그 상태에서 빠져나오길 기다렸다.

"좋아. 바이엇을 찾고 그다음에 치료제를 찾자." 리스가 마침내 말했다.

내가 배낭의 지퍼를 다시 올리는 동안 리스는 보트를 뒤집었다. 1, 2분 정도 지난 후에 그녀는 보트를 바로 세워서 물가로 끌고 갔다. 녹이 슨 선외 모터가 보트 선미에 간신히 달려 있는 모습을 볼 수 있었다.

"그게 작동이 되겠어? 아니면 우리가 노를 저어야 해? 50킬로미터는 아주 먼 거리야." 내가 물었다.

"괜찮을 거야. 그리고 아빠가 자물쇠로 잠가놓은 박스 안에 여분의 연료 통을 보관해 두셨어." 리스가 대답했다.

내가 지켜보는 동안 리스는 노들을 살펴본 후에 비상사태를 대비해 보트 속에 걸쳐놨다. 강한 파도가 보트를 흔들어서 나는 얼른 뒤로 몇 발짝 물러났다. 난 해군의 딸이다. 내가 살던 곳의 보트들은 이것보다 훨씬 컸다. 안정적이고, 널찍하면서 선미에 구멍 난 곳들을 타르로 때워놓지도 않았다.

리스가 웃었다. 바람이 그녀의 땋은 머리를 잡아당겼고, 내 가슴이 죄어드는 걸 느꼈다. 하늘에서 구름이 살랑살랑 흔들리고 있었고, 태양이 물속으로 떨어졌다. 바위들 틈으로 불어오는 바람소리가 났다. 난 결코 렉스터를 놓을 수 없을 것이다. 내가 여기서 아무리 멀리 간다고 해도, 렉스터 역시 절대 날 놓아주지 않을 것이다.

"타. 내가 보트를 바다로 밀게." 리스가 내게 배낭을 건네면서 말했다.

나는 보트에 올라타서 재빨리 앉아 해안을 보며 뱃전을 세게 움켜쥐었다. 리스가 보트를 파도 속으로 밀기 시작해서 마침내 물이 무릎까지 차는 깊은 곳에 들어왔다. 보트가 좌우로 흔들리자 장기가 뒤틀리는 게 느껴졌다.

"좋았어. 꽉 잡아. 나 들어간다." 리스가 말했다.

리스는 마지막으로 한 발자국 더 물속으로 들어와서 최대한 힘껏 보트를 민 후에, 뱃전을 잡고 몸을 들어 올렸다. 보트가 한쪽으로 심하게 기울어지는 동안 리스가 한쪽 다리를 보트 안으로 걸쳤고 그다음에 남은 다리를 넣었다. 바닷물이 내얼굴을 때려서 화들짝 놀라 몸을 뒤로 젖혔다.

"됐다." 리스는 나의 맞은편에 앉으면서 물었다. "너 괜찮아?"

"네가 바닷물의 절반은 가지고 들어왔어."

리스가 눈동자를 데굴데굴 굴렸다. "그거 빼고 괜찮냐?"

"응."

물살이 벌써 우리를 다시 해변으로 밀어내고 있어서, 리스는 엔진을 조작하는 레버를 조정하고, 시동을 걸었다. 처음에는 아무 반응도 없었지만 리스가 다시 시도하고, 또 하고, 또 하자 마침내 털털거리면서 살아나 물보라를 뿜어내며 윙 소리와 함께 앞으로 나아갔다.

"좋았어." 리스가 말했다. 엔진 소리 때문에 목소리가 거의 안 들렸다. "이제 출발."

해변이 조금씩 멀어졌다. 리스는 절대 뒤를 돌아보지 않았다.

25장

우리는 계속 섬 북쪽으로만 계속 갔다. 리스가 기름을 아끼기 위해 모터를 약하게 틀어놔서 보트는 느릿느릿 움직였고, 해안이 그렇게 천천히 멀어졌고, 눈보라가 쳤다. 나무들은 마치 성냥갑 속의 성냥처럼 나란히 서 있었고, 태양이 하늘 높이 올라가면서 늪지대가 나타났다. 밖으로 툭 튀어나온 부두에 도착하기까지 약 800미터가 남았다.

여기서부터는 기이한 곳에서 모래톱이 툭툭 튀어나와서 지나가기가 힘들어졌다. 나는 눈을 가늘게 뜨고 관광 안내소를 찾았다. 거길 지나면 해저가 밑으로 뚝 떨어지고, 그다음에 바다가 나온다.

곧 안내소가 나왔다. 그곳은 섬 북쪽에 자리 잡고 있으며, 빽빽하게 자란 나무들 때문에 늪지와 분리돼 있었다. 그 건물은 집처럼 보이게 지어졌고, 밖을 볼 수 있는 돌출 현관이 있고, 뒤쪽엔 상자 모양의 공간이 딸려 있다. 아마 한 10년 전 관광 이사회에서 건물을 현대풍으로 개조하겠다 결심한 모양이었다.

하지만 지금은 사실상 멋대가리 없어 보였고, 건물 위에 텐트가 쳐져 있었다.

나는 허리를 곧추세우고 앉았다. 그리고 눈을 문질렀다가 세게 깜박이고 나서 다시 봤다. 지붕에 라디오 안테나가 툭 튀어나와 있었다. 하지만 나머지 부분은 텐트가 쳐져 있어서 텐트 가장자리들이 바람에 휘날리고 있었다.

"멈춰." 내가 말하자 리스가 스위치를 꺼서 엔진이 공회전했다.

"뭔데 그래? 저긴 비어 있을 텐데." 리스가 물었다.

그 텐트는 건물 전체를 덮은 것처럼 보이지 않았지만 여기선 제대로 보이지 않았다. 나는 건물을 훈증 소독하느라 격리하기 위해 저렇게 해놓은 걸 본 적이 있었다. 하지만 그게 왜 여기 있지?

그러다 모든 게 이해됐다. 그날 밤 하커 씨 집 근처의 부두에서 보트가 한 척 떠났지만 내쉬 캠프로 가지 않았다. 그 보트는 여기로 온 것이다.

"우린 항상 그들이 본토에 있을 거라 생각했어. 해군, CDC 말이야. 하지만 그게 아니었어. 그들은 내내 렉스터에 있었던 거야." 나는 그렇게 말하면서 리스에게 고개를 돌렸다. "웰치 선생님과 워키토키로 말하던 사람이 바로 그거였어. 그들은 전초기지에 있었던 거야. 생각해 봐. 그들이 오염된 물질을 본토로 가져가지 않았을 거야."

"그러니까 대신 여기로 부대를 보냈구나. 말 되네. 하지만 그러면 자기들도 감염될 위험을 무릅쓴 거잖아." 리스가 얼굴을 찡그리며 말했다.

"교환한 거지." 실험 재료를 얻기 위해 그들의 안전을 건 것이다. 실험 재료인 우리를 확보하기 위해. "그리고 치료제를 테스트할 준비가 됐을 때 살아 있는 실험 대상을 요구해서 받은 거야." 내가 몸을 앞으로 기울이자 배가 한쪽으로 흔들렸다. "저기에 바이엇이 있어. 난 알아."

리스는 보트를 섬의 뾰족 튀어나온 곳 주위로 몰고 가서 부두로 향했다. 계류용 밧줄들은 모두 오래전에 사라졌고 우리에겐 밧줄이 없어서, 리스는 모래톱으로 간 다음 습지에 보트를 세웠다.

리스는 나보고 먼저 내리라고 하면서 내가 내리는 동안 자기가 보트의 균형을 잡고 있겠다고 말했다. 이쪽의 물은 흙탕물이라 바닥을 볼 수 없었지만 그렇게 깊진 않을 것이다. 나는 뱃전 밖으로 양다리를 걸쳤다가, 보트가 한쪽으로 기울어지는 사이에 체중을 보트 밖으로 이동했다. 그리고 차가운 물이 다리 위로 차오르는 사이에 보트를 밀어내면서 갈대밭 속으로 뛰어내렸다.

물은 종아리 중간까지 올라왔지만, 살이 뒤틀릴 정도로 차가웠다. 이렇게 차가운 물은 처음이었다. 나는 격렬하게 떠는 와중에도 곧바로 해변을 향해 뛰어가지 말고 리스도 나올 수 있게 보트를 잡고 있어야 한다고 생각했다.

리스는 성한 어깨에 배낭을 메고 마치 수천 번 해본 것처럼 보트 옆으로 아주 쉽게 미끄러져 내렸다. 물론 그녀는 수도 없이 그랬을 것이다. 리스가 선미 주위에서 물을 첨벙거리며 보트를 미는 동안 나는 뱃머리에서 보트가 나아갈 방향을 인도했다. 우리는 같이 힘을 합쳐 흘수선으로부터 30에서 60센티미터 위에 배를 댔다.

여기서 관광 안내소까지는 주로 습지였고, 습지를 시야에서 감추는 나무들이 있는 곳까지 가기 전에는 몸을 숨길 곳이 하나도 없었다. 우리는 판자를 깔아 만든 길을 피해, 허리를 사정없이 숙인 채, 각다귀들이 끓고 먼지가 하얗게 내려앉아 악취가 풍기는 갈대들을 헤치면서 살금살금 나아갔다. 이쪽이 더 안전하긴 하지만 더웠고, 피부에 벌레가 기어가는 것 같은 느낌이 드는 데다, 인중에 땀이 고였다. 어쩌면 비행기들은 오지 않을지도 모른다. 어쩌면 그들은 아직 안내소에서 대피하지 않았고, 어쩌면 아직 여기 있을지도 모른다.

눈 가장자리로 본 사물이 계속 형상을 바꿨다. 그리고 권총의 안전장치가 풀리는 딸각 소리가 계속 들렸다. 뒤에서 갈대가 툭 소리를 내며 부러지자 나는 움찔해서 무릎을 꿇었다. 그들이 오고 있다. 다 끝났다, 다 끝났어.

"헤티."

나는 그저 그들이 빨리 나를 해치우길, 내 눈 사이에 총알을 박아 끝내주길 바랐다. 난 싸우지 않을 것이다. 그런 일을 당해도 싸니까. 자업자득이니까. 하지만 제발 나를 기다리게 하진 말아줘.

"헤티. 맙소사, 너 온몸이 펄펄 끓어."

그때 내 이마를 짚는 손길이 느껴져서 눈을 세게 깜박였다. 리스, 리스가 날 앉힌 후에 턱을 내 가슴에 대게 했다. 축축한 땅바닥의 물기가 스며들어 오고 있었다.

"좀 쉬어야 해. 넌 쉴 필요가 있어." 리스는 배낭에서 구급상자를 찾아 뒤지면서 말했다.

"난 괜찮아."

리스가 구급상자를 내던지는 순간 아스피린 병이 미끄러져 진창에 떨어졌다. "이거론 부족해. 이게 대체 무슨 소용이 있어?" 그녀의 목소리에 분노가 번졌다.

리스가 날 도와서 일으켜 준 후에 구급상자를 버리고 갔다.

우리는 마침내 습지를 가로질러서 나무들이 있는 곳으로 들어갔다. 거기서부터 조심스럽게 나아가서 마침내 반대편으로 나오자 관광 안내소가 어렴풋이 보였고, 비닐 텐트가 바람에 맞아 휘날리고 있었다.

보도가 바로 앞에 있었다. 판석이 깔린 길이 텐트 밑에서 구불구불하게 뻗어 나와 있었다. 난 안내소 안에 몰래 들어갈 특별한 계획이나 방법을 준비했어야 한다는 걸 알지만, 손이 아프고, 너무 지쳐서, 그냥 텐트를 걷어 올리고 그 밑으로 들어가는 것 외엔 아무것도 할 수 없었다. 리스가 뒤에서 욕을 퍼부은 후에 나를 따라왔다. 그 비닐 텐트가 리스 뒤에서 다시 밑으로 툭 떨어져서 우리를 숨막히는 어둠 속에 가뒀다.

우린 혹시라도 누군가 달려올까 싶어 잠시 멈췄지만 텐트 안엔 침묵만 흘렀다. 그리고 비행기들이 오는 중이라면, 연구팀은 분명 이미 대피했을 것이다. 안내소의 이중문이 팔만 뻗으면 잡힐 거리에 있었다. 내가 팔을 뻗어서 손잡이를 가볍게 잡아당기자 끼이익 소리를 내며 문이 열렸다.

"그냥 들어가야 하나?" 내가 물었다.

리스가 어깨를 으쓱하는 바람에 그녀의 어깨가 내 어깨를 스쳤다. "그럼 뭐? 노크라도 하고 싶어?"

안으로 들어가자 중앙 로비는 내가 처음 렉스터에 왔을 때와 똑같아 보였다. 누렇게 색이 바래고, 벽은 초록과 파란 색조의 추상적인 무늬들이 페인트로 칠해져 있었다. 우리는 접수처로 갔다. 거긴 서너 명이 앉아 있을 수 있을 정도로 길었다. 하지만 접수처 뒤에는 의자가 하나밖에 없었고, 접수처 책상은 이지역에서 오락을 즐길 수 있는 흥미로운 장소들에 대한 정보가실린 오래된 카탈로그들로 뒤덮여 있었다.

"여긴 무지 조용하고 무지 따뜻한데. 여기에 누가 있는 걸까?" 리스가 말했다.

나는 탈출을 약속받았다가 버려진 교장을 생각했다. "아니. 그들은 분명 다 대피했을 거야." 나는 책상 너머를 흘끗 보고, 카탈로그들을 훑어봤지만, 중요한 정보, 우리가 바이엇을 찾을 수 있게 도와줄 단서는 없었다.

"그들이 바이엇을 어디에 가뒀을까? 분명 큰 방이 필요했을 텐데." 나는 리스에게 돌아서며 물었다.

"건물 뒤쪽의 새로 지은 공간에 연회실이 있어."

리스가 앞장서서 갔다. 우리는 복도에 있는 표지판들을 따라갔다가 또 다른 로비에서 예배실, 이라는 표지가 붙은 방을 발견했다. 이 로비는 아까 중앙 로비보다 더 작고 허름했다.

여기 리놀륨 바닥에 피가 묻어 있었다. 그것이 내 눈에 제일 먼저 들어왔다. 웅덩이처럼 고인 피가 무전탑으로 올라가는 계단통에서 양쪽으로 갈라져 있었다. 나는 리스와 눈빛을 교환했다. 피가 아주 많았다. 누구든 이렇게 피를 많이 흘리고는 살아 있을 수 없을 만큼.

"왼쪽일까, 아니면 오른쪽일까?" 리스가 말했다.

우리는 왼쪽을 택해서 연회실 표지가 붙어 있는 곳을 따라갔다. 줄줄이 있는 창문들이 다 열린 그 방에 바퀴 달린 들것들과 커튼 그리고 찢어진 리놀륨 바닥 타일이 있었다. 그리고 저쪽 벽에 여러 개의 캐비닛이 일렬로 늘어서 있었고, 싱크대 하나와 여기서 한 번도 열린 적 없는 파티를 위한 바가 설치돼 있었다. 캐비닛 위에는 벽지를 다시 바르긴 했지만 그 틈새로 렉스터의 관광 명소들을 광고하는 포스터들이 붙어 있는 게 보였다.

"그들이 어디로 갔을 것 같아? 내 말은 의사들 말이야." 리스가 말했다.

"아마 해안 기지로 돌아갔겠지. 이곳은 학교에서 아주 멀리 있으니 누가 그들을 데리러 왔다고 해도 우리는 보지 못했을 테니까."

문이 열려 있었고, 핏자국은 그 안으로 사라졌다. 그래서 내가 먼저 조심스럽게 들어갔다. 거기엔 침대가 네 개 있었고, 세 명이 잔 흔적이 있었다. 나와 맞은편에 있는 침대 시트가 헝클어져 있었고, 이불은 바닥에서 뒹굴었고, 그 옆에는 정맥 주사대가 엎어져 있었다. 바닥에 붉은 얼룩들이 문질러져 있었다.

리스는 들것의 발치에 끈으로 묶여 있는 클립보드를 들어 훑어봤다. "이게 그녀야. 봐, 보이지? 바이엇 윈저."

바이엇은 정말 여기 있었다. 하지만 너무 늦었다. 난 항상 너무 늦게 왔다.

나는 돌아서서 단서를 찾기 위해 주위를 훑어보다가 문 왼쪽에 있는 침대에 시선이 갔다. 그것은 뭔가에 흠뻑 젖어 있었고, 이불은 짙은 적갈색 얼룩들로 뒤덮여 있었다. 한가운데 놓여 있는 메스 한 자루가 스치는 햇살에 부드럽게 반짝였다. 거기에 뭔가가 또 있었다.

"리스. 이것 좀 봐." 내가 말하자 리스가 돌아섰다.

"대체 저게 뭐지?"

우리는 조금씩 가까이 다가갔다. 그건 움직이지 않았지만 렉스터는 내 눈을 믿지 말라고 가르쳤다. 죽은 지 아주 오래된 생물들이라도 위험할 수 있다고.

"저거?"

"벌레야." 리스가 말했다.

그건 마른 피로 딱딱하게 굳어져 있었지만, 속에 창백하고 반투명한 살이 보였다. 그런데 어쩐지 낯익어 보였다. 한 번도 본 적이 없는데. 이것만큼은 확실히 알고 있다. 순간 내 속에서 뭔가가 씰룩거렸다. 마치 내 의문에 대답하는 것처럼.

이 벌레, 이 메스, 이제 이 둘을 보고 상황을 이해할 수 있었다. 바이엇이 여기서 이 메스를 들고 자신이 찾고 있는 걸 발견할 때까지 자신의 살 속을 헤집은 것이다.

"저게 바이엇 속에 있었어." 내가 말했다. 사실 우리 둘 다 같은 생각을 하고 있었다. "저게 우리 속에도 있잖아, 안 그래? 저게 톡스야."

기생충들이 우리 몸속에 살면서, 우리를 자기와 같은 종으로 만들어 가고 있었다. 그걸 받아들일 수 있는 이들은 써먹고, 그러지 못하는 이들은 버리면서. 어떤 대가를 치러서라도 스스로를 보호하고 있었다. 내 안에서, 동물들 안에서, 렉스터 안에서. 기생충이 우리를 야생의 생명체로 만들고 있었다.

나는 더 이상 그걸 보고 있을 수 없었다. 나는 허리를 숙이고 몸부림을 치면서 헛구역질을 했다.

"괜찮아." 리스가 내 등을 문질러 주면서 말했다.

"난 그걸 빼내고 싶어." 눈물이 솟구쳐 올라왔고, 나는 숨을 너무 가쁘게 쉬고 있었다. 난 속도를 늦춰야 했다, 그래야 했다. "제발, 그걸 꺼내줘."

"우린 할 수 없어."

나는 허리를 펴고 일어서서 리스의 손을 밀어버렸다. "넌 그걸 빼내고 싶지 않아?"

"그랬다가 무슨 일이 생길지 우린 알 수 없어. 피를 흘리다 죽을 수도 있다고." 리스는 내 머리카락을 귀 뒤로 쓸어 넘겨 주고, 불안한 미소를 지어보였다. 그녀는 이 상황을 괜찮게 만들기 위해 무진 애를 쓰고 있었다. "우리가 방법을 알아낼 거야. 다 알아낼 거야."

"이해가 안 돼. 우리가 어떻게 모르고 지낼 수 있었지?"

"그동안 자란 게 분명해. 처음에는 분명 아주 작았을 거야. 현미경으로 봐야만 보일 정도로 아주 미세했겠지."

"하지만." 나는 길을 잃은 기분이었다. 마치 온 세상이 새 언어를 배웠는데 나만 빠진 그런 기분이었다. "그럼 그 테스트들은 뭐야? 우리의 혈액 검사와 그 신체검사들. 그리고 왜 지금이야? 왜 우리냐고?"

"나도 몰라." 리스가 말했다. 그녀는 바이엇의 침대에 달린 클립보드로 돌아가서 거기 꽂혀 있는 종이들을 훑어봤다. 나도 리스처럼 할 수 있다면 좋겠다는 생각이 들었다. 내가 할 수 있는 일이 하나도 없을 때는 그냥 그걸 놓아버릴 수 있다면 좋을 텐데.

나는 그녀 옆에 서서, 그녀의 어깨 너머로 그 서류들을 읽었다. 여기저기서 아는 단어들이 보였다. '에스트로겐', '적응', 그리고 계속해서 '실패'란 말이 나왔다. 하지만 서류의 주요 내용은 차트와 숫자 들이었다. 여기 어딘가에 그 답이 있는 걸까?

더 많은 차트와 읽을 수도 없는 필체로 쓴 단락들이 이어졌다. 리스는 제대로 보지도 않고 획획 넘기다가 어떤 페이지에서 멈췄다.

"뭐야?"

리스는 그 페이지 귀퉁이를 접고 나서, 우리 배낭에 든 내용물을 매트리스 위에 쏟아버리고, 우리가 학교에서 가져온 서류들을 찾았다.

"리스?"

"이 말을 어디서 본 것 같아서." 리스는 그렇게 말하고 배낭에서 꺼낸 종이들을 죽 늘어놨다. 똑같은 그래프들과 그 밑에 인쇄된 분석 내용의 활자가 너무 작아서 읽으려면 돋보기가 필요했다.

"이건 기후 변화를 추적한 거야." 리스가 설명하면서 연도가 표시된 한 축을 가리켰다. 한 서류에 톡스가 발생한 해가 형광펜으로 칠해져 있었는데, 그 노란 잉크가 희미해지고 있었다. "렉스터섬의 평균 기온을 매년 추적한 거야. 봐, 아주 오래전부터 시작됐어."

한 부는 학교 서류고, 여기 있는 또 한 부는 이 급조한 병원의 바이엇 침대에 달린 클립보드에 있었다. 거기에 그 정보가 있었다. 기후 변화로 기온이 상승하는 자료. 나는 전에 북극 얼음 속에 갇힌 생물들에 대해 읽은 적이 있었다. 선사 시대 고대 생물들이 북극의 얼음이 녹으면서 깨어나고 있다고. 메인주의 렉스터섬에서 기생충 하나가 서서히 가장 약한 생물들—붓꽃, 게들—에 마수를 뻗다가 마침내 야생으로 침투할 정도로 강해졌다. 우리에게도.

26장

 리스는 계속 그 그래프들을 봤고, 나는 침대에 달려 있던 클립보드를 떼서 서류의 나머지 내용을 읽었다. BW 환자에 대해 관찰한 내용. 모든 서류마다 같은 서명이 있었다. 그건 읽을 수 없었지만, 그 밑에 인쇄된 이름이 있었고, 옆에 "주치의"라고 적혀 있었다.

 "오드리 파레타. 이 사람이 바이엇의 의사였어." 내가 말했다.

 교장이 말하길 그들이 바이엇에게 독가스를 주입했다고 했다. 그렇다면 그 짓을 한 사람은 분명 파레타였을 것이다. 내 친구를 죽일 결정을 한 인간. 만약 파레타가 여기 있었다면 맨손으로 그녀의 눈알을 파냈을 것이다.

 "그 여자는 대피했어. 지금 우리가 할 수 있는 일은 하나도 없어." 리스는 부드럽게 말했다.

 나는 고개를 끄덕이고, 파레타 생각은 머릿속에서 밀어낸 후에, 계속 그 클립보드에 있는 서류들을 넘겼다. 테스트와 또 테스트들. 하지만 효과가 있는 건 하나도 없었다. 톡스는 죽이기엔 너무 강했고, 우리는 살아남기엔 너무 약했다. 렉스009, 그들은 바이엇에게 이런 꼬리표를 붙였다. 그렇다면 여덟 명이 더 있었다는 말이다. 나는 그 시체 운반용 자루에 들어 있던 모나를 생각했다.

웰치 선생님은 그날 밤 그들이 그걸 제대로 치료한 줄 알았다고 말했다. 그들이 분명 모나를 다시 학교로 돌려보내고, 그녀가 계속 버틸지, 그들이 발견한 치료제가 계속 효과가 있을지 기다리면서 관찰했을 것이다. 하지만 모나는 버티지 못했고, 그 치료제는 효과가 없었고, 장담하는데 모나는 이 건물 어딘가에서 눈을 크게 뜬 채 허공을 바라보고 있을 것이고, 뻣뻣하게 굳어진 그녀의 몸은 해답을 찾기 위해 난도질돼 있을 것이다. 이것은 모나의 이야기이기도 했다.

나는 리스가 방을 살펴보고, 바이엇의 침대에 있던 서류들을 챙겨서 다시 배낭에 넣는 데 1분을 줬다. 다 마쳤을 때 우리 둘 다 문으로 향했다. 여기서 필요한 건 이제 더 없었고, 곧 비행기들이 날아올 것이다. 이제 바이엇을 찾으러 갈 시간이었다.

우리는 그 핏자국을 따라 다시 방을 나와, 복도를 지나, 로비를 통과했다. 그 핏자국은 계단통을 지나 급하게 꺾이는 복도를 지나갔다. 핏자국은 점점 희미해졌지만 끊기진 않은 채 여기 저기 벽에 흩뿌려져 있었고, 손을 짚은 자국도 있었다. 마치 누군가가 서 있기 위해 손을 대고 기댄 것처럼 보였다.

복도의 세 번째 모퉁이를 돌아가자 바깥 공기 냄새가 나기 시작했다. 아주 깨끗하고 신선한 냄새였다. 나는 속도를 높였고, 리스가 옆에서 나란히 갔다. 그때 여기저기 움푹 들어가고 반쯤 열린 문이 있었다. 그리고 그 너머로 잔디와 햇살이 보였다.

나는 쾅 소리를 내며 그 문을 밀어제치고, 비틀거리면서 여기저기 잔디가 뜯겨 나간 마당으로 나왔다. 철조망 울타리가 주위를 둘러싸고 있었고, 그 너머에 나무들이 빽빽하게 서 있었다. 여긴 분명 안내소 뒤쪽으로 숲과 바로 맞닿아 있는 것 같았다. 하늘은 선명한 파란색으로 구름 한 점 없었다.

나는 그녀를 못 볼 뻔했다. 아주 작은 몸이 저 아래쪽 안내소 벽에 기대 쓰러져 있었다. 재킷이 그녀의 몸을 단단히 감싸고 있었다.

"바이엇?"

나는 달렸다. 땅바닥을 세게 치고 달리는 내 발소리가 들렸다. 나는 그녀 옆에 무릎을 꿇었다. 그녀의 몰골은 엉망진창에 끔찍했지만 그녀에게서 눈을 돌릴 수 없었다. 하얀 눈이 그녀의 갈색 머리카락에 흩뿌려져 있었다. 팔에 감은 붕대는 피에 흠뻑 젖어 있었고, 피부는 너무나 창백해서 속이 들여다보일 지경이었다. 그녀는 손가락이 다 까맣게 변해버린 손으로 렉스터 붓꽃 한 송이를 움켜쥐고 있었다. 그녀는 차가웠다. 그녀의 몸이 너무나 차가웠다.

"바이엇. 바이엇, 야. 정신 좀 차려. 나야. 헤티라고."

아무 대답이 없었다. 그녀의 맥을 짚어봤지만, 내 손이 너무 심하게 떨렸다. 바이엇은 날 똑바로 보고 있었다. 내가 기억하는 바로 그 따뜻하고 환한 눈빛으로. 다만 이제 그 눈동자에는 아무것도 없었다. 생기도 없고, 비밀의 장소도 없었다. 나는 그녀의 머리카락을 쓸어 넘겼다. 우리가 처음 만난 지 이제 1년하고 한 달이 지났다. 주방에서 날 위해 몰래 음식을 숨겨온 바이엇, 내가 시험에 합격하지 못했을 때 나 대신 우리 부모님에게 전화해 줬던 바이엇, 저녁 예배에 내 자리를 맡아준 바이엇, 내가 악몽을 꿀 때 꼭 안아줬던 바이엇, 멀어버린 내 눈 쪽에서 항상 같이 걸으며 내가 혼자 걷는 법을 익힐 때까지 팔꿈치를 잡고 인도해 준 바이엇. 나의 친구, 나의 자매, 나의 일부.

"의사들이 바이엇에게 독가스를 주입했어. 바이엇은 자기가 죽어가고 있다는 사실을 분명 알고 있었을 거야." 리스가 말해서 나는 다시 억지로 현실로 돌아왔다.

죽을 때가 돼서야 혼자가 된 바이엇. 자신의 몸을 되찾고, 그들이 가둔 곳에서 나와 여기로 온 바이엇.

나는 온몸이 부서질 것 같은 울음을 터트리며 바이엇의 가슴에 얼굴을 묻고, 대성통곡했다. 교장이 내게 말했지만 믿을 수 없었다. 바이엇은 내게 너무 크고, 너무 중요한 존재라, 사라지지 않을 줄 알았다. 누가 어떻게 그녀에게 이런 짓을 할 수 있지? 어떻게 파레타란 여자는 바이엇을 만나보고도 그녀에게 어떤 가치가 있는지 보지 못했을까?

"어떻게 하고 싶어? 바이엇을 데려갈 순 없을 것 같아." 내가 조용해졌을 때 리스가 물었다.

"뭐라고?"

"우린 영원히 여기 있을 수 없어. 학교는 아마도 지금쯤 파괴됐을 거고, 비행기들이 곧 여기로 들이닥칠 거야."

"난 바이엇을 놔두고 가지 않아." 나는 바이엇의 재킷을 다시 여며주면서 말했다.

"하지만."

"내가 놔두고 가지 않겠다고 했잖아." 나는 이 상황을 어떻게 해결해야 할지 알 수 없었다. 나는 내 생각을 굽히지 않을 작정이고, 리스도 마찬가지니까. 굳게 다문 턱을 보면 알 수 있었다. 여기 남는 게 위험하다는 것쯤은 나도 안다. 하지만 바이엇을 찾기 위해 지금까지 내가 한 일들을 생각해 보면 이제 와서 그녀를 여기 놔두고 갈 수 없었다.

리스는 한숨을 쉬었고, 뭔가 말하려 했을 때 기침 소리가 들렸다. 그리고 작고 급하게 숨을 쉬는 소리가 들려서 나는 펄쩍 뛰었다. 나는 천천히 고개를 돌렸는데 사실 보기가 두려울 지경이었다.

그녀가 살아 있었다. 바이엇의 가슴이 알아보기 힘들 정도로 아주 미세하게 움직였고, 그녀는 눈을 깜박이면서 입을 열었다.

"맙소사." 나는 손을 그녀의 목덜미에 대고 받쳐줬다. "바이엇, 내 목소리 들을 수 있어?"

마침내 그녀가 고개를 기울여 나를 봤다. 그때 내 얼굴에 떠오른 미소가 사라지는 걸 느낄 수 있었다. 뭔가 이상했다. "바이엇?"

"뭐야?" 리스가 물었다.

"나도 잘 모르겠어." 나는 바이엇의 손을 잡아 내 뺨에 대고 눌렀다. "나야. 헤티."

아무 반응이 없었다. 날 알아보는 기색도 없었다. 바이엇의 얼굴이었지만, 그 속엔 아무도 없었다.

"이해가 안 돼. 그들은 바이엇에게 독가스를 주입했어. 그런데 어떻게 지금까지 살아 있을 수 있지?" 리스가 말했다.

나는 내 손 안에서 축 늘어지고 앙상한 그녀의 손을 내려다봤다. 그리고 팔에 감은 붕대와 그 밑에 삐져나온 깊은 상처의 가장자리를 봤다.

"바이엇이 그걸 꺼냈기 때문에 살아 있는 거야." 내가 말했다.

"뭐라고?"

"그 가스는 원래 톡스를 죽여야 했어. 하지만 바이엇이 그걸 꺼냈지. 그래서 독가스가 죽일 대상이 사라진 거야." 바이엇의 눈은 초점이 풀린 채 멍하니 내 어깨 너머를 바라보고 있었다. "그런데 그것과 함께 그녀도 빠져나가 버린 것 같아. 바이엇의 개성과 모든 것이."

리스는 바이엇의 발치에 쭈그려 앉았고, 우리는 바이엇이 천천히 고개를 돌려서 리스를 바라보는 모습을 지켜봤다. 처음에 그녀의 눈동자가 반짝 빛나는 것 같았지만, 제대로 봤는지 확신이 서기도 전에 사라져 버렸다.

"바이엇이 움직일 수 있는지 보자. 넌 바이엇을 도울 힘이 없고, 나는 혼자서 바이엇을 안고 보트까지 갈 자신이 없어."
리스가 말했다.

그러기엔 상처가 너무 크다는 뜻이겠지만 리스는 절대 그렇게 말하지 않았다. 이렇게 힘든 일을 많이 겪은 지금도.

내가 한쪽에 서고, 리스가 반대편에 서서 함께 바이엇을 일으켜 세웠다. 그때 멀리서 낮게 윙윙거리는 소리가 들리더니 점점 더 커졌다. 비행기들이었다. 순간 입이 바짝 말랐고, 두려움에 목덜미의 털이 일제히 곤두섰다.

"젠장. 서둘러야 해." 내가 말했다.

바이엇은 이제 막 사지를 움직이는 법을 배운 사람처럼 머뭇머뭇 걸었다. 우리는 그녀를 부축해서 안내소로 들어가는 문으로 다시 향했다.

안에 들어간 후에 복도를 끝없이 걸었다. 기운이 빠져나가면서 나는 점점 더 지쳤고, 한 걸음씩 걸을 때마다 우리의 속도는 점점 느려지고 있었다. 마침내 중앙 로비에 도착했을 때 정오의 햇살이 판자를 덧댄 창문들 틈 사이로 들어오고 있었다. 거기 잠시 멈춰서 바이엇을 책상에 기대 앉혀놓고 나도 한숨 돌렸다. 날 보는 리스의 시선을 느낄 수 있었다. 리스는 내가 그 말을 하기를, 바이엇을 놔두고 가자는 말을 하기를 기다리고 있었지만, 그러자면 아주 오래 기다려야 할 것이다.

"어서 가자. 지금 안 가면 영원히 못 가." 내가 말했다.

우리는 습지를 가로질러 갔다. 해변에 우리 보트가 있었는데 너무 멀어서 나는 의지력을 잃고 있었지만, 리스는 내 이름을 딱 한 번 불렀다. 고집 세고 강인한 그녀. 그런 리스가 나는 이 일을 할 수 있다고 믿어주었기에 난 해내야만 한다.

핑 소리가 나면서 순간 얼어붙을 것처럼 차가운 공기가 거세게 밀려왔다.

"엎드려." 내가 그 말을 하자마자 전투기 세 대가 우리의 머리 위로 급강하했다. 그 소리가 너무 큰 탓에 아무 생각도 할 수 없었고, 견디는 것 외에 할 수 있는 일도 없었다. 그들은 아주 낮게 날고 있었다. 우리는 이제 가야 했다.

그때 그들은 또 다른 목표를 향해 급강하 비행을 하려고 주위를 맴돌았다. 나는 성한 팔로 바이엇을 들어 올리면서 말했다. "어서 가자."

마침내 부두가 나왔고, 최대한 빨리 허겁지겁 해변으로 내려가는 동안, 바이엇의 발이 모래 속에서 질질 끌렸다. 우리는 조심스럽게 바이엇을 보트 한가운데 앉혔다. 그녀는 눈을 감고 있었지만 숨은 쉬고 있었다. 아직 살아 있었다.

"어서 타. 내가 보트를 밀게." 리스가 말했다.

물살이 출렁거리고, 엔진의 회전 속도가 올라가고, 리스가 고물에 있는 사이에 보트는 천천히 부두를 빠져나왔다. 리스가 재빨리 보트를 돌렸고, 우리는 물 위를 스치듯 나아갔다. 섬은 점점 희미해지다가 마침내 물보라 속에서 모습을 감췄다. 비행기 소리가 들리지 않을 때까지 우리는 멀리 또 멀리 갔다.

눈이 그쳐 날이 따뜻해지고, 바닷물에 반사된 햇빛이 내 시야를 가로질렀다. 선체에 붙은 자기 점화등이 반짝거렸다. 나는 몇 분 동안, 몇 시간 동안 수평선을 물끄러미 바라보며 내쉬 캠프의 낮은 건물들을 찾아내려고 얼마나 애썼는지 모른다. 하지만 본토는 흐릿하게만 보일 뿐 리스가 아무리 물살을 거슬러가며 보트를 몰아도 결코 가까워지지 않는 것 같았다.

보트가 해변에서 몇 킬로미터 떨어져 있을 때 리스가 짜증스런 소리를 내면서 엔진을 껐다. 나는 깜짝 놀라 멀어버린 눈을 문질렀다. "지금 뭐하는 거야?"

"해류가 계속 보트를 밀어내고 있어. 이런 식으로는 도저히 못 가."

"그래서 이대로 멈춘다고?"

"해류가 바뀔 때까지 기다려야 해." 그녀는 얼굴에 흘러내린 머리카락을 뒤로 넘기면서 일어섰다. 순간 보트가 첨벙 소리를 내며 한쪽으로 기울어졌다. "연료가 얼마 없어. 그걸 지금 쓰는 건 낭비야."

리스는 보트에 축 늘어져 있는 바이엇의 몸을 넘어와 이물쪽에 있는 내 옆에 앉았다. 바이엇은 너무 이상해 보였다. 얼굴은 축 처지고, 눈은 감고 있었다. 바이엇은 자고 있을 때도 항상 빛나던 아이였는데. 이제 그 빛은 사라졌거나 어떤 식으로든 달라졌다.

"그는 어떤 사람이야? 너희 아버지 말이야." 리스가 갑자기 물었다.

"나도 모르겠어." 나도 모르게 불쑥 이 말이 나와버렸다.

그건 사실이었지만, 리스가 바라던 대답은 아니란 건 알고 있었다. "아빠는 부대에 있다가 집에 돌아와서 잠깐 지내고, 다시 떠나니까 말이야."

리스는 고개를 갸웃거렸다. "넌 아빠를 사랑하고?"

"물론 사랑하지. 그저 잘 모를 뿐이야." 리스가 이 말을 이해하지 못한다는 걸 아니까 나도 설명하고 싶었다. 리스가 가슴에 자기 아빠를 품고 있는 것과 달리 나는 그렇진 않다는 걸 말하고 싶었지만 그럴 기회가 없었다. 순간 몸이 뒤틀리면서 누군가 가슴 한쪽을 잡아당기는 것 같았고, 목이 침으로 가득 차서 걸쭉해지는 걸 느꼈다.

"헤티?"

나는 습지에서 열이 펄펄 끓었고, 관광 안내소 밖에서도 그랬다. 바이엇의 몸이 내 마음속에서 활활 타오르듯 떠올랐다. 그 징후를 알아차렸어야 했는데. 그것이 지글지글 소리를 내며 내 몸을 통과해 배 속에 자리를 잡았다. 뭔가 묵직한 것이 내 속에 있었다. 나는 배 옆으로 몸을 숙여서 구역질을 하다가 입 안에 가득 찬 담즙을 뱉어냈다. 내 목구멍 속에 뭔가 있는 게 느껴졌지만 꺼낼 수 없었다.

"도와줘." 내가 간신히 말하자, 리스는 날 잡아당겨서 자신을 마주 보게 했다. 그녀의 눈빛은 사나웠다. "난 해야……." 또다시 온몸을 뒤흔드는 경련이 일어났고, 피가 턱으로 흘러내렸다. "우리가 그걸 꺼내야 해."

그녀는 멍하니 날 보다가 불현듯 이해했다는 표정이 떠올랐다. "알았어."

나는 다리를 벌려 앉았고, 리스가 날 따라서 똑같은 자세로 앉았다. 나는 두 손으로 그녀의 허벅지를 잡아 대비했고, 그녀의 은빛 손가락이 내 뒷목을 꽉 잡았다.

"내가 그만하길 원하면 말해." 리스가 말했다.

나는 고개를 흔들었다. "끝나기 전까진 안 돼."

나는 입을 벌렸다. 리스가 손가락 두 개를 내 목구멍 속으로 최대한 깊이 찔러 넣었다.

나는 숨을 쉴 수 없었다. 가슴 속에서 기침이 올라왔지만, 기침을 할 수 없었고, 삼킬 수도 없었다. 그것이 리스를 쫓아내려고 애를 쓰자 몸속에서 파도 같은 것이 몰려왔다. 눈에서 눈물이 나고, 세상이 안개가 낀 것처럼 흐릿하게 뒤틀려 보였지만, 내 속 깊은 곳에 박혀 있는 뭔가가 움직이고 있었다.

내가 리스의 팔을 때리자 그녀가 팔을 빼면서 실처럼 긴 침을 빼냈다. 나는 구역질을 하고, 또 하고, 마침내 토했다. 마치 내장이 뜯겨진 것처럼 아팠다. 살집이 있고 맥박이 고동치는 뭔가가 철퍼덕 소리를 내며 보트 바닥에 떨어졌다.

나는 옷소매에 입을 닦았다. 그게 뭐건 피범벅이었지만, 익숙해 보였다. 전에 어딘가에서 본 것처럼 생겼다. 교과서에서, 시체에서, 하커 씨가 있는 숲속에서.

"이건 심장이야. 인간의 심장이야." 리스가 말했다.

이건 바짝 졸아들어 쪼글쪼글 해졌고, 내 건 여전히 내 가슴 속에서 뛰고 있었다. 나는 고개를 돌린 채 리스에 기대 쓰러졌다. 머리가 빙글빙글 돌아가고 있었다. 리스는 내 허리를 한 손으로 안아줬다.

"학교에 있는 누가 또 이러지 않았나?" 리스가 물었다.

"사라. 심장 박동이 두 번 뛴다고 했어." 하지만 그게 아니라 심장이 두 개였던 거야 만약 사라의 몸에 두 개의 심장이 있었다면, 나라고 그러지 못할 것도 없었겠지?

나는 바이엇과 나를 생각했다. 내가 보트 근무조에 뽑히기 전날 해변에 그녀와 같이 갔던 날을 떠올렸다. 모든 것이 엉망진창이 되기 전에 우리가 함께했던 마지막 순간. 그때 바이엇은 렉스터 블루를 발견했다. 우리가 생물 시간에 배웠던 것처럼 폐도 있고 아가미도 있는 게. 폐와 아가미 둘 다 있는 게. 그래서 그 게는 어떤 조건에서건 살아남을 수 있었다.

렉스터 블루 안에서 살아 숨쉬던 톡스는 렉스터의 모든 것과 내 속에도 있었다.

"그것이 날 도우려고 했어. 내 몸이 나아지도록 도우려고 했지만 도저히 받아들일 수 없었어." 내가 말했다.

리스가 내 뒷목에 흘러내린 머리카락을 정리해 주며 열이 오른 뒷목이 바람에 식도록 도와줬다. "진정해. 이제 괜찮아."

나는 기침을 했다. 혀에 닿는 피가 싸하니 금속성 맛이었다. 리스가 날 끌어안아서 그녀의 가슴에 얼굴을 댔다. 보트가 흔들리고, 공기 중에서 진한 짠맛이 느껴졌다. 나는 눈을 감고 아프도록 쏘아대는 물빛과 창백한 바이엇의 피부색을 지워버렸다. "난 괜찮아. 그냥 좀 쉬면 돼."

우리 셋은 함께 정적 속에 누워 있었다. 이전에도 이런 정적 속에 와본 적이 있었다. 내가 렉스터에 온 첫해 어느 주말에. 바이엇이 가지고 있던 마지막 팬티스타킹의 올이 나가서, 새 스타킹을 살 수 있게 하커 씨가 우리를 본토까지 태워다 줬다. 쇼핑이 끝나면 공원에서 하커 씨와 다시 만나기로 했지만 아저씨가 늦게 왔다. 그래서 우리는 제멋대로 뻗어나간 키 작은 오크나무 그늘 아래 누워 있었다. 햇살에 나뭇잎들이 반투명하게 변했고, 공기는 신선하고 달콤했다. 바이엇은 한가운데 있었고, 나와 리스가 양옆에 있었다. 그것이 우리가 처음으로 아무 말도 하지 않고 같이 누워 있던 때였다. 처음으로 우리가 진정한 우리 자신으로 있었던 때.

"우린 괜찮을 거야." 리스가 속삭였고, 난 그 말을 들으며 잠으로 빠져들었다. "네가 날 구해줬어. 이제 내가 널 구할 거야."

우리가 어디로 가는지 나는 알 수 없었다. 다음엔 뭘 해야 할지도 알 수 없었다. 하지만 내 귀에 규칙적으로 뛰는 리스의 심장박동 소리가 들렸고, 나는 기억났다. 그게 어땠는지. 우리 셋이 함께 있었던 게 어땠는지. 다시 그렇게 되도록 내가 만들 것이다.

저는 운 좋게도 믿을 수 없을 정도로 뛰어난 팀과 같이《와일더 걸스》를 작업할 수 있었습니다. 팀원들 모두 감사합니다. 여러분은 제 취지를 알아주시고 그걸 표현할 수 있는 적절한 방법을 찾을 수 있도록 도와주셨습니다. 그 고마움은 영원할 겁니다.

우선 크리스타 마리노에게 고맙다는 말을 전하고 싶습니다. 당신의 헌신 덕분에 제 머릿속에서 그 소녀들을 끄집어낼 수 있었고, 당신의 지도 덕분에 그 소녀들을 글로 쓸 수 있었습니다. 당신의 통찰력 덕분에 아주 많이 배웠고, 당신은 내가 생각 못 했던 방식으로 이 책이 성장할 수 있도록 저를 밀어붙였습니다. 당신보다 더 훌륭한 편집자는 바랄 수 없었을 겁니다.

제 에이전트들에게도 감사 인사를 전하고 싶습니다. 이들에 대한 제 감정은 경외심뿐입니다. 먼저 제가 공황에 빠져 쓴 모든 메일에 꼬박꼬박 답장해 준 데이지 페란테에게 고맙다는 말을 하고 싶어요. 당신의 열정과 조언과 《와일더 걸스》에 뭔가 특별한 점이 있다는 걸 알아봐 준 안목에 감사합니다. 지혜와 공정하고도 냉정한 판단을 제공해 주신(그리고 역시 저의 불안을 달래준 답장들도 고마워요.) 킴 위더스푼도 고맙습니다. 이 책을 쓰는 내내 저를 지지해 주고 소중한 피드백을 준 제시카 밀레오도 고맙습니다. 루티앤스 앤 루빈스타인, 잉크웰, 카사로토 팀도 도와주셔서 감사합니다.

《와일더 걸스》를 최고로 만들기 위해 끝없이 헌신하고 너그럽게 도와주신 델라코테 프레스에게도 감사하다는 말을 전하고 싶습니다. 《와일더 걸스》의 가치를 믿어준 바바라 마르쿠스, 주디스 호트, 베벌리 호로위츠도 고맙습니다. 델라코테 프레스와 랜덤하우스 패밀리의 일원이 될 수 있어서 아주 자랑스러웠습니다.

이렇게 근사한 책(영문판)을 디자인해 주신 베티 루와 레지나 플라스에게도 고맙다는 말을 전하고 싶습니다. 표지 그림을 그려 주신 아커트 아이도 두에게도 고맙다는 말을 전합니다. 이 표지는 아주 섬뜩하면서도 아름다웠고, 제가 바라는 모든 점을 다 표현해 줬습니다. 나머지 팀원들도 정말 감사합니다. 모니카 진, 매리 맥큐, 아이샤 클라우드 그리고 언더라인드 팀인 케이트 키팅, 카일라 라시, 엘리자베스 워드, 줄스 켈리, 켈리 맥컬리, 재닌 페레즈. 이분들에게 말로 다 표현할 수 없이 고마운 마음을 보냅니다.

이스트앵글리아 대학교의 내 지지자 군단이 없었다면 《와일더 걸스》는 이 세상에 존재하지 않았을 겁니다. 저를 지지해 줘서 고맙고, 이 소설의 초반부를 읽은 후에 뒤에 나올 이야기도 궁금하다고 말해 줘서 고맙습니다.《와일더 걸스》를 읽을 만한 이야기로 만들 수 있게 조언해 준 진 맥닐과 트레자 아조르 파디에게도 고맙다는 말을 전하고 싶습니다. 제가 하고 싶었던 이야기를 미처 하기도 전부터 이해해 준 테이무어 솜로도 고마워. 무엇보다 너의 우정에 감사하고 있어. 저와 같이 다양한 조찬 모임에 참석해 주고, 빵에 대한 제 정확한 의견을 공유해 주고,《와일더 걸스》를 고치고 또 고칠 때마다 읽어 준 아반티 샤도 고마워. 너 같은 사람을 알고 지내다니 나는 참 행운아야.

그리고 어머니에게 감사하다는 말을 전하고 싶습니다. 저를 다윈 박물관 전시회에 데려가 주시고, 수많은 영화를 보러 극장에 데려가 주시고, 기차역까지 데려다주셔서 고맙습니다. 무엇보다 언제든 제가 요구하면 개 사진들을 문자로 보내주셔서 고마워요. 제 곁에 있어 주셔서 고마워요. 저도 항상 엄마 옆에 있을게요.

인터넷에서 만난 소녀들인 크리스틴, 클레어, 에밀리에게도 고맙다는 말을 전하고 싶어요. 이 소설을 쓰느라 내가 얼마나 힘들었는지 너희들은 알 거야. 하지만 난 정말 너희들을 다 좋아해. 너희들은 아주 활발하고 예리하면서도 너무나 사랑스럽지. 너희들을 알고 지내게 돼서 정말 좋구나.

시간을 내서 피드백을 해주신 감수성이 예민한 독자들도 감사합니다. 이 책에 나온 실수가 있다면 그건 다 저 혼자 저지른 실수입니다. 렉스터섬의 영감을 준 하커스섬을 소개한 야보로스에게도 고맙다는 인사를 전하고 싶습니다. 미들버리의 사마와 프로비던스의 신에게도 고맙다는 말을 전하고 싶어요. 내가《와일더 걸스》를 쓰다가 돌아버릴 것 같았을 때 절 지켜봐 준 이들이죠. 선생님들도 감사합니다. 이 작품을 읽기 위해 따로 시간을 내주시고, 기생충을 근접 촬영한 사진들을 보여줬을 때도 인내해 주셔서 정말 감사합니다. 그리고 내가 더는 못 쓰겠다고 마음을 바꾸고 또 바꿀 때도 나를 격려해 준 가족들에게도 고맙다는 말을 전하고 싶습니다.

마지막으로 살아보자고 결심했던 젊은 날의 나에게도 고맙다는 말을 전하고 싶습니다. 그녀가 없었다면 전 지금 이 자리에 없었을 테니까요.

로리 파워

와일더 걸스

1판 1쇄 찍음 2021년 7월 13일
1판 1쇄 펴냄 2021년 7월 28일

지은이 로리 파워
옮긴이 박산호
펴낸이 안지미
편집 김유라
디자인 안지미
제작처 공간

펴낸곳 알마 출판사
출판등록 2006년 6월 22일 제2013-000266호
주소 04056 서울시 마포구 신촌로4길 5-13, 3층
전화 02.324.3800 판매 02.324.2844 편집
전송 02.324.1144

전자우편 alma@almabook.com
페이스북 /almabooks
트위터 @alma_books
인스타그램 @alma_books

ISBN 979-11-5992-339-5 03840

알마는 아이쿱생협과 더불어 협동조합의 가치를 실천하는 출판사입니다.

종이 표지_비비칼라 185g/㎡ 본문_그린라이트 80g/㎡